Dados Internacionais de Catalogação na Publicação (CIP)
(Câmara Brasileira do Livro, SP, Brasil)

Brandão, Ana Beatriz
  Caçadores de almas / Ana Beatriz Brandão. -- 1. ed. -- São Paulo: Editora Melhoramentos, 2021.

  ISBN 978-65-5539-296-8

  1. Ficção juvenil I. Título.

21-57468   CDD-028.5

Índices para catálogo sistemático:
1. Ficção : Literatura juvenil 028.5

Maria Alice Ferreira - Bibliotecária - CRB-8/7964

© Copyright Ana Beatriz Brandão 2021
Todos os direitos reservados à autora
Direitos desta edição negociados pela Authoria Agência Literária & Studio
© 2021 ilustração de Ana Beatriz Brandão

Projeto Gráfico: Editora Melhoramentos Ltda.
Diagramação: Balão Editorial
Criação e design da capa: Mirella Santana
Imagem de capa: ©Faestock/depositphotos

Direitos de publicação:
© 2021 Editora Melhoramentos Ltda.

1.ª edição, abril de 2021
ISBN: 978-65-5539-296-8

Atendimento ao consumidor:
Caixa Postal 729 – CEP 01031-970
São Paulo – SP – Brasil
Tel.: (11) 3874-0880
sac@melhoramentos.com.br
www.editoramelhoramentos.com.br

Impresso no Brasil

CAÇADORES DE ALMAS

ANA BEATRIZ BRANDÃO

PARTE UM
SEGREDOS E MALDIÇÕES

O INÍCIO

Não há fórmulas matemáticas que possam demonstrar o quanto o mundo pode nos surpreender, provando que nem tudo tem uma explicação lógica.

Estavam no escuro. Tudo o que se podia ouvir era a respiração pesada das pessoas à volta. Não sabiam o que os observava enquanto estavam momentaneamente cegos, e acho que não queriam nem imaginar.

Sussurros envolviam o ambiente, fazendo arrepios subirem por seus braços, chamando por eles, pedindo que fossem até o inocente e escuro cômodo no fim do corredor. Por que não? Aquela voz demoníaca parecia tão confiável.

Então eles foram, ignorando os protestos de quem estava ao redor, xingando-os de burros e idiotas, dizendo que morreriam merecidamente. Caminharam de maneira lenta e hesitante, um passo de cada vez. Quando entraram, sentiram uma sensação de frio intenso atingir o corpo e um cheiro pútrido entrar pelo nariz. A porta se fechou com um baque, fazendo com que dessem um salto, porque aquilo não era nada esperado.

Todos gritaram à minha volta no cinema, e eu comecei a rir. Diziam que aquele era o melhor filme de terror de *todos os tempos*, mas aquela criatura grudada ao teto como um Homem Aranha tendo ataques de epilepsia era extremamente cômica para mim.

Meu namorado, sentado ao meu lado, me olhou como se eu fosse completamente louca por começar a rir na parte mais pesada do filme. Ainda não havia entendido como eu podia achar toda aquela história de demônios e possessões algo banal e sem sentido, mas ele não se lembrava de que eu, apesar de ter só dezoito anos, sabia mais de ciências exatas e nomotéticas do que muitos profissionais por aí. Falei, já sabendo que não aguentaria mais nenhum segundo no meio daquela gente pateticamente assustada:

– Vou ao banheiro, já volto.

Me levantei da poltrona, ignorando todos os xingamentos proferidos pelas pessoas sentadas atrás de mim e desci as escadas laterais da sala apressadamente, abrindo a porta de saída e parando em frente ao corredor que dava acesso à praça de alimentação. O cinema ficava dentro de um shopping e, como eram quase duas da manhã, estava tudo completamente vazio.

Uma brisa estranha me atingiu. Não deveria haver brisas dentro de um lugar fechado, ou deveria? Sorri, balançando a cabeça. Não deixaria aquelas paranoias malucas me perturbarem. Segui pelo corredor, cheguei à praça de alimentação e continuei indo em direção ao banheiro.

Parei em frente ao enorme espelho em cima da pia de mármore preto e me encarei por um segundo. Meu cabelo ruivo cacheado estava completa e permanentemente desgrenhado. Não importava o quanto eu o penteasse ou tentasse ajeitar, ele sempre se tornava um enorme redemoinho que ia até alguns centímetros acima da cintura, e meus grandes olhos verdes eram apenas um farol um pouco menos chamativo no meio de meu rosto pálido, cheio de sardas claras nas bochechas e no nariz.

Suspirei, verificando a caixa de mensagens do celular. Ainda esperava a resposta do professor de física sobre meu trabalho de dinâmica de elétrons em sólidos. Aquilo me permitiria ganhar uma bolsa de estudos na melhor faculdade da Inglaterra. Tinha trabalhado duro para manter minhas notas altas, conseguido cartas de recomendação de todos os professores e só faltava a nota desse trabalho para que eu cumprisse todas as exigências a fim de conseguir a bolsa de estudos. Eu não poderia perder essa oportunidade.

Subi o olhar para o espelho, encontrando minha melhor amiga parada de pé ao meu lado, me observando com curiosidade. Seus olhos eram grandes e ficavam ainda maiores por trás das lentes garrafais de seus óculos. O cabelo castanho liso estava repuxado em um rabo de cavalo apertado.

– O filme acabou. Alex está esperando você – disse.

Assenti com a cabeça, guardando o celular de volta no bolso e fechando mais o casaco preto de tecido impermeável que eu usava. O capuz era envolto por pelos artificiais da mesma cor que me causavam alergia, mas minha mãe me obrigava a usá-lo.

Saímos do banheiro, entrando no enorme mar de rostos das pessoas que haviam saído da sala de cinema. Odiava aglomerações como aquela, em que você está cercado por estranhos de todos os lados. Estar no meio de toda aquela confusão me dava a sensação de que a qualquer momento alguém poderia fazer algo para me machucar. Fui empurrada, como em uma correnteza, para fora do fluxo de pessoas, parando em frente a Alex, ao lado da porta do cinema. Sorri para ele. Tinha os cabelos dourados que caíam até a altura dos olhos azuis-celestes. A pele era bronzeada como a de um surfista que havia passado muito tempo debaixo do Sol no fim de semana. E de certa forma isso era verdade, ele adorava passar o dia inteiro em cima de uma prancha esperando a onda perfeita.

Alex estudava em outra escola, uma que ficava na cidade vizinha. A gente havia se conhecido em um jogo de futebol, no qual Briana tinha me obrigado a ir com ela. Nós duas nos sentamos ao lado dele na arquibancada, e, quando me dei conta, eu estava ouvindo suas intermináveis explicações sobre o que eram escanteios, pênaltis e faltas. Estávamos juntos há dois anos. Ele não é um gênio e na maior parte do tempo não entende a metade das coisas que eu digo, e mesmo assim acha tudo engraçado e faz o que eu peço sem questionar, quase como uma criança obediente.

Nosso namoro é morno, sem grandes arroubos de paixão. Parando para pensar, acho até que é mais um relacionamento de conveniência do que de amor. Ele namorava comigo porque eu o ajudava a fazer os deveres (todos eles, não importava a matéria), e eu namorava com ele para não me sentir sozinha. É claro que eu sabia que ele estava me usando, mas pra que mexer em algo que já está feito, resolvido e com o qual você já se conformou?

— Não acredito que começou a rir na parte mais...

— Não tem parte assustadora, Alex — eu o interrompi. — O filme todo é uma porcaria. Esperei mesmo que fosse, mas era pior do que eu pensava.

— Como você não sente medo?

— Não tenho medo do que não acredito. Se a coisa não pode ser explicada, quantificada e não há provas científicas de sua existência, é porque ela não existe.

Colocou as duas mãos em meu rosto, apertando os lábios contra os meus antes que eu começasse a tagarelar sob o ponto de vista científico das coisas. Ele odiava quando eu fazia isso. Afastei-o, olhando em volta. Toda a multidão parecia ter sido desintegrada naqueles dois segundos em que fiquei dispersa. Briana parecia muito entretida ao encarar as pedras brilhantes amareladas do chão do shopping. Perguntei:

— Pode me dar uma carona até minha casa, B.?

— Desde que não fique me enchendo o saco quando eu violar as leis de trânsito, tudo bem.

Sorri levemente pra ela antes que se virasse, em direção ao estacionamento, e a seguimos. Briana tinha um carro bem velho e barulhento coberto de tinta vermelha descascada e bancos rasgados e encardidos. Ela não costumava jogar fora as embalagens dos montes de *fast-food* que tanto adorava.

Paramos em frente a ele e ao enorme, caro e brilhante carro de Alex. As diferenças de classes sociais entre eles não afetavam em nada sua relação de amizade, embora tenha sido eu quem juntou os dois, já que não se suportavam no começo.

Sorri, mordendo o lábio inferior enquanto Alex passava os braços em torno da minha cintura, beijando minha bochecha demoradamente, se despedindo. Entrou em seu carro depois de fazer um simples gesto com a cabeça na direção da minha amiga.

Quando já estávamos na rua, com as janelas fechadas e o ar-condicionado barulhento ligado, me permiti voltar a falar.

– O que deu em vocês dois, estão estranhos?

– Nada, por quê?

– Ele não disse nada antes de ir. Pensei que já tivessem se resolvido.

– Já nos resolvemos, Serena – disse, com um tom mais severo do que antes.

Serena. Esse era meu nome, que combinava bastante com minha personalidade. Nada me tirava do sério, nada perturbava meu estado de espírito. Nunca havia me metido em uma briga na vida. Apenas seguia em frente sem olhar para trás.

Seguimos em silêncio até ela me deixar em casa, e nossa despedida se resumiu a apenas um "te vejo amanhã". Não entrei pela porta da frente, e sim pela escada de incêndio que dava direto no meu quarto, pois não queria que meus pais me vissem chegar e dar a oportunidade a eles de me perturbarem de novo com o assunto da faculdade. Suspirei ao entrar nele. Em minhas paredes e teto tinham centenas de folhas com fórmulas de Física e Matemática, por isso já nem sabia mais a cor da tinta que os cobria.

Gostava daquilo, de saber que pra onde eu olhasse haveria informações a aprender. Não deixava meu cérebro descansar por nenhum segundo. Já tinha tido pesadelos sobre as folhas criando vida e vindo atrás de mim, me matando sufocada embaixo delas, mas isso foi quando eu comecei a colá-las nas paredes, aos dez anos de idade.

Estamos observando você.

Meu sorriso se tornou descrente, e balancei a cabeça. Devia ser algum idiota bêbado mandando mensagens a esmo. Que idiota. Coloquei o celular em cima da mesinha de cabeceira, voltei a me deitar e coloquei o travesseiro por cima da cabeça, bloqueando qualquer som que pudesse vir do lado de fora e esperando que contivesse minha ansiedade em saber a maldita nota do trabalho. Tudo o que eu queria era ter finalmente uma boa noite de sono sem ser consumida pelos pesadelos que me assolavam quase todas as noites. Eram realmente macabros, mas não era por esse motivo que me assustavam, mas sim porque... bem, era melhor não pensar no assunto naquele momento.

Acordei com um grito abafado. O meu grito. Tapava a boca com as mãos. Minha respiração e os batimentos cardíacos estavam acelerados e eu podia sentir o suor escorrendo pela testa. Sentei na cama, me encostando na cabeceira enquanto tentava me acalmar um pouco. Como sempre, a pior parte de acordar dos pesadelos ainda não havia chegado, mas sempre tinha esperança de que, por um milagre, estivesse curada de uma paranoia maluca que só se manifestava à noite. Ficava horas e horas acordada, olhando em volta esperando que alguma criatura saltasse em cima de mim do nada. Minha parte racional, a que funcionava de dia, parecia adormecer à noite, deixando espaço apenas para o medo incontrolável.

Olhei em volta. Chovia do lado de fora. Era uma grande tempestade e seus raios iluminavam meu quarto com flashes de luz. Cada vez que isso acontecia, as sombras em meu quarto pareciam mais escuras e maiores. Os móveis pareciam estalar como se estivessem sob algum tipo de força invisível. Respirei fundo. Era a variação da temperatura agindo sobre a madeira: quanto mais quente, mais o material se dilatava e, quando voltava a esfriar, seu volume voltava ao normal, causando os estalos. Não tinha nada de sobrenatural ou inexplicável.

Os minutos se passavam, e cada vez mais eu me via presa ao ato de observar aquelas sombras nas paredes. Sombras que pareciam maiores, diferentes e mais deformadas a cada raio. Eu sabia que era coisa da minha imaginação, mas não conseguia deixar de encarar. Esperava pelo momento em que alguma imagem de algo maligno aparecesse entre elas, como qualquer pessoa paranoica espera. Eu as observava com atenção, esperando com paciência por alguma mudança real, quando, pela primeira vez, algo aconteceu. Não foi no meu quarto ou no lado de fora. Foi no andar de baixo, na sala. Uma das televisões da casa ligou, liberando um chiado irritantemente contínuo e alto. Eu me levantei da cama, calcei os chinelos que deixava no chão e coloquei meu moletom cinza-claro que estava sobre a escrivaninha porque o ar estava congelante.

Via vapor sair da minha boca e do nariz ao respirar, e minhas unhas dos pés e das mãos haviam atingido um tom azulado meio assustador. Caminhei

Amassei o bilhete, corri para a cozinha e o joguei na pia, ligando a torneira, o que borrou a tinta. Demorou apenas alguns segundos para que ele se rasgasse e descesse pelo ralo. Instintivamente liguei o triturador de lixo, garantindo que não sobrasse nada dele.

Balancei a cabeça, dei alguns passos para trás e me lembrei da noite anterior, sentindo a respiração acelerar. Estava perdendo o controle, e não podia permitir que isso acontecesse. Se tem algo que me apavora realmente é não ter o controle das minhas emoções. Respirei fundo. Eu precisava repassar na mente todas as pesquisas que havia feito sobre entidades e espíritos, procurando alguma prova de que realmente existiam. Tinha que relembrar a mim mesma de que não havia encontrado nenhuma prova da existência dessas coisas.

Fui para meu quarto, vesti um moletom limpo e depois saí para a rua, andando apressadamente até a delegacia que ficava na esquina. Eu morava em uma cidade tão pequena que tinha, no máximo, uns vinte quarteirões. O shopping havia sido inaugurado naquele mesmo ano, alguns meses antes. Minha escola ficava do outro lado da cidade, por isso meus pais levavam minha irmã de carro. Não que isso fizesse alguma diferença, já que a distância não chegava a cinco quilômetros. Apesar de eu já ter dezoito anos, ainda estava no último ano do colegial. Meus pais decidiram tirar um ano sabático logo após o nascimento de Cassie e viajar pelo mundo, o que fez com que perdêssemos um ano escolar inteiro.

Minha casa ficava no penúltimo quarteirão, bem próxima à floresta que rodeava toda a cidade. Talvez a uns cinquenta metros de distância. E andar sozinha à noite naquela área, apesar de todo mundo se conhecer naquele lugar, não era uma boa ideia pra quem gostava de permanecer vivo e em segurança.

Ao chegar ao meu destino, encontrei o velho policial Johnson dormindo em sua cadeira atrás do balcão de madeira da delegacia. Já deveria ter sido substituído há anos, mas ninguém queria aquele emprego. Falei bem alto com o máximo de animação possível:

– Bom dia, John!

Ele acordou bruscamente, pegando a espingarda que estava de pé encostada à parede ao seu lado e apontando em volta, a esmo. Me abaixei, para não correr o risco de acabar morta, até ele ver quem era e colocá-la de volta no lugar.

– Mas que coisa, Serena! – esbravejou ele, com o sotaque sulista que todos tinham em nossa pequena cidade do interior. Menos a minha família, já que meus pais haviam sido criados até os doze anos em cidade grande e não deixaram que eu e minha irmã o adquiríssemos. – Num pode entrá assim numa delegacia que só tem um velho troncho e uma espingarda.

Sorri, me apoiando no balcão. Ele gostava de se referir à espingarda como se fosse uma esposa jovem, de corpão, supercorajosa. Perguntou, levantando-se e acendendo um charuto:

– E o que a bela moça vem fazê aqui nessa manhã tristonha?

– Não é porque chove que o dia é triste, John! – falei, sorrindo. – Enfim... eu vim aqui dizer que têm acontecido coisas estranhas na minha casa... mais especificamente comigo. – Fiz uma pausa, encarando o balcão. – Eu recebi uma mensagem pelo celular, vi uma imagem na minha TV e encontrei um bilhete dizendo que alguém está me observando. Sempre estão me observando. Onde quer que eu esteja.

– Minha Nossa Senhora, Serena. E cê num tem nem desconfiança de quem é? Num sabe se é tua irmã pregando mais uma peça?

– Não. Não é ela, eu sei disso. Conheço a Cassie. Ela não brincaria com essas coisas porque tem medo.

Ele coçou a cabeça cheia de cabelos brancos desgrenhados, segurando o charuto com a boca. Usava calça jeans, botas, camisa azul da mesma cor que os olhos e um distintivo no peito. Falou:

– É mió cê me contá direito o que se sucedeu. Pode se abancar aí e me exprica tudi novo.

Me "abanquei" em sua cadeira e "expriquei" tudo de novo. E de novo. E de novo. E de novo. Infelizmente, como não tinha nenhuma suspeita de quem pudesse ser, tudo o que ele pôde me prometer foi que ficaria de guarda na porta da minha casa à noite. Não tinha como pedir reforços, já que aquele departamento policial tinha apenas ele e mais dois guardas que se revezavam na patrulha e no atendimento na delegacia. Não tínhamos mais de 600 habitantes, e todos se conheciam e se tratavam como se fossem parte da mesma família. Nos reuníamos no Natal, no Ano Novo e em qualquer outra grande comemoração numa praça no centro da cidade que ocupava um quarteirão inteiro e passávamos horas lá, festejando, conversando e brincando uns com os outros. Se alguma ameaça aparecesse, com certeza vinha de fora da cidade.

Quando cheguei em casa, não pude deixar de pensar que talvez devesse consultar um médico... ou melhor, meu pai. Ele era neurologista e talvez pudesse ajudar. Sei lá! Eu podia estar desenvolvendo algum tipo de esquizofrenia, ou um tumor cerebral. Com certeza era algum problema de cunho psíquico, porque nada daquilo era real. Simplesmente não podia ser. Não havia provas concretas da existência de atividades paranormais. Vídeos, talvez, mas eles podiam ser editados.

Subi as escadas até meu quarto e me joguei em cima da cama encarando o teto cheio de folhas, olhando uma a uma e lendo o que havia escrito. Contas, fórmulas, leis, frases de pensadores que me inspiravam e...

Estamos indo atrás de você.

Juntei as sobrancelhas. "Estamos indo atrás de você"? Me levantei, fiquei de pé no colchão e arranquei aquela folha, analisando-a. Passei os dedos pelas letras, e a tinta borrou. Haviam sido escritas fazia bem pouco tempo, mas... não me lembrava de ter feito aquilo.

Sorri com descrença, balançando a cabeça. Falei:

– Eu já saquei. Já saquei tudo. É uma pegadinha. Isso não é muito original. Onde estão as câmeras? – Olhei em volta. – Cassie, pai, mãe, John, essa foi boa. Vocês se superaram.

Não houve resposta. Ou pelo menos queria que não houvesse tido.

No segundo seguinte, uma sombra saiu de baixo da porta do meu banheiro, espalhando-se pelo chão e avançando em minha direção, como se a noite estivesse chegando de dentro pra fora do meu quarto. Recuei enquanto ela engolia minhas paredes, vindo lentamente pra cima de mim. E quando eu bati contra alguma coisa, meu coração deu um salto. Me virei para olhar.

Era uma criatura bem mais alta do que eu. Não tinha olhos por baixo das pálpebras e os lábios estavam costurados, mas ainda assim consegui ouvir seu grito de desespero invadindo minha alma.

Gritei.

Você acredita agora?

Ouvi sua voz em minha mente misturada à de almas em desespero. Me pegou pelos dois braços com tamanha força que pensei que meus ossos fossem ser esmagados em suas mãos, e eu gritei por ajuda, me inclinando para trás e tentando me livrar de seu aperto.

Agora a escuridão havia engolido meu quarto. As janelas se fecharam com um baque, assim como a porta e as cortinas, e eu pude sentir mãos agarrando meus pés. Já não conseguia mais respirar, e minha garganta havia fechado, impedindo que eu gritasse.

Ele me empurrou para trás, e caí em cima da cama, sentindo mãos me agarrarem e me prenderem contra ela. Mãos frias e fortes. Várias delas. Podia ouvi-los gritando pelo meu nome, gritando coisas completamente sem sentido... Foi quando o pânico me consumiu e eu desmaiei.

O RITUAL

É INCRÍVEL COMO AS COISAS PODEM FICAR AINDA PIORES DO QUE JÁ ESTÃO.
É COMO CHEGAR AO FUNDO DO POÇO E DESCOBRIR QUE LÁ TEM UM PORÃO.

Quando acordei, estava encolhida em cima da cama. Olhei em volta. Meu quarto estava como eu havia deixado antes. Sem sinal algum das criaturas que tinha visto antes, e até mesmo a porta e as janelas estavam abertas novamente. Isso não queria dizer que eu iria continuar ali, já que havia anoitecido e era de noite que as coisas pioravam nos filmes.

Saí correndo da minha casa, disparando por vários quarteirões até a casa de Briana. Subi as escadas de incêndio. Já tínhamos intimidade suficiente para irmos visitar uma à outra sem avisar antes e sem avisar nossos pais. No caso, os dela estavam viajando, e ela estava sozinha.

Quando parei em frente à sua janela e olhei dentro de seu quarto, meu coração descompassou e dei um salto para trás, sentindo meus olhos se encherem de lágrimas. Ela não estava sozinha no quarto. Como se quisessem provar que dois corpos podiam ocupar o mesmo lugar, ali também estava Alex.

Realmente, eles não pareciam brigados. Pelo contrário. Um estava praticamente engolindo a cabeça do outro. Ela não se parecia em nada com a minha amiga. Estava com o cabelo solto e não usava os óculos fundo de garrafa.

No lugar da jardineira esfarrapada, ela usava uma saia curtíssima e uma regata bem justa. Coloquei as mãos na boca, sentindo o coração acelerar. Aquilo só podia ser brincadeira. Aquilo *tudo* só podia ser brincadeira.

Eu juro que minha intenção era sair de fininho e agir normalmente no dia seguinte apenas para ver a cara de pau deles ao mentirem pra mim e fingirem que estava tudo bem, mas acabei batendo contra o corrimão de ferro, fazendo o maior barulho, e os dois se afastaram, olhando direto pra mim. Ambos com os olhos arregalados.

– Serena, eu posso... – começou ele, levantando da cama e se aproximando de mim, abrindo a janela.

Recuei, batendo contra a grade mais uma vez. Falei, levantando as mãos e virando a cabeça para o outro lado:

– Não encoste em mim, seu escroto filho da p... – berrei. – Não tem como explicar isso.

– Se... – começou Briana. Pude vê-la se levantando também pelo canto do olho.

– Cala a boca, traidora! – gritei. – Não quero ver vocês dois na minha frente nunca mais!

Antes que qualquer um deles pudesse dizer alguma coisa, desci as escadas correndo. Ouvi Alex fazendo o mesmo atrás de mim, mas ele só conseguiu me alcançar dois quarteirões depois e segurou meu braço.

Parei, me virei e acertei um soco em seu nariz com um movimento só, fazendo com que me largasse. Continuei correndo pela rua a esmo. Não queria voltar pra casa porque estava com medo de que algo pudesse estar à minha espera pra me atacar novamente.

Olhei pra trás me certificando de que não estava mais sendo perseguida pelo Alex. Vi que ele tinha desistido e parei, me recostando na parede de um beco, ofegando de cansaço por causa da corrida e tentando desesperadamente conter o choro que ameaçava tomar conta de mim. Respirei fundo por algumas vezes, conseguindo me controlar um pouco, e olhei para o visor do celular. Àquela hora, meus pais já estariam em casa. Acho que na companhia de alguém nenhuma daquelas "coisas" apareceria para me atacar. Certo? Suspirei. Eu, uma pessoa extremamente racional e cética em relação a tudo, estava com medo de algo que não era real... OK. Eu tinha sido atacada. *Precisava* admitir que aquilo estava realmente acontecendo.

Entrei em casa e encontrei meus pais e minha irmã na sala assistindo TV. Passei direto por eles, subi as escadas e corri para... não. Não ia até lá sozinha. Desci novamente e me sentei no chão da sala, escondida em um canto, e abracei os joelhos. Fechei os olhos, sentindo as lágrimas quase transbordarem deles.

Eu gostava realmente de Alex, mas gostava ainda mais de Briana, que era minha amiga desde que tínhamos dois anos de idade. Éramos praticamente irmãs. Por que ela faria aquilo comigo? O que eu havia feito para ela?

– Sery, o que aconteceu com você? – perguntou minha irmã.

Pude sentir ela se sentando ao meu lado e passando um braço em torno de mim. Mesmo com pouca idade, ela já sabia muito mais da vida do que a maioria de suas amigas. Seu cabelo loiro e liso era quase branco, e seus olhos verdes eram incrivelmente claros, assim como os meus. Os dos nossos pais eram verde-esmeralda, e o cabelo deles tinha um tom mais dourado. Diziam que ela havia puxado as características de nossa tia que vivia na Europa, e que até já havia me convidado para morar com ela diversas vezes. Naquele momento eu lamentava nunca ter aceitado.

– Eu encontrei o Alex com a Briana. Encontrei os dois se agarrando no quarto dela. – Olhei pra ela. – Eu não acredito que eles tiveram coragem de me trair desse jeito!

– Nossa, não acredito! Aquela falsa, dissimulada e traidora com aquele mané ridículo? Eu sempre soube que ele era um boy lixo, mas pegar a melhor amiga da namorada é demais – falou, ficando com as bochechas vermelhas, o que era típico dela quando ficava com raiva. Depois, me olhou e continuou: – Mana, você tem dezoito anos. Já devia saber que o que resta a fazer agora é esquecer esse cara e seguir em frente. Deixa os dois – disse, fazendo um gesto com as mãos. – Eles se merecem. Pensando bem, até que são um par perfeito. O milho e a galinha.

Sorri um pouco, secando os olhos e assentindo com a cabeça. Ela tinha razão... Suspirei. Ela tinha razão, sim, mas esquecer e ignorar não era tão fácil quanto parecia. Eram dois anos da minha vida jogados fora. Tempo desperdiçado com aquele... ancípite.

– Você tem razão – concordei, apoiando a cabeça em seu ombro.

Sequei os olhos mais uma vez e olhei na direção da TV, onde havia visto aqueles olhos terríveis. Coloquei as mãos na cabeça, me endireitando mais uma vez ao lembrar deles. Olhos escuros, me fitando cheios de pânico, como se tivessem medo de mim, e não o contrário. Pedi, pensando que talvez, se não estivesse sozinha, eles não me incomodariam mais:

– Será que pode dormir no meu quarto hoje? Acho que estou meio... – dei de ombros. – Sei lá. Preciso de companhia.

Cassidy sorriu, assentindo com a cabeça, e me senti um pouco aliviada. Era menos vergonhoso pedir a ela que dormisse comigo do que a meu pai ou minha mãe. Fiz o máximo que pude pra retribuir, mas acho que acabei fazendo uma careta, porque ela começou a rir.

Pediu que nossa mãe colocasse um colchão ao lado da minha cama em meu quarto. Meu pai disse que estava cansado e que precisava dormir porque tinha feito um turno de um zilhão de horas e blá-blá-blá. Parei de ouvir no primeiro número de quantas horas ficou acordado.

Fomos pro meu quarto e colocamos nossos pijamas. Nos enfiamos debaixo de nossos cobertores e fechamos os olhos sem trocar uma palavra, ficando em silêncio por vários minutos constrangedores.

— Eu *odeio* essas folhas — revelou Cassidy, finalmente. — Juro que um dia vou entrar aqui quando você não estiver em casa e jogar todas elas pela janela, ou incinerar. Qualquer coisa que destrua todas e não permita que eu as veja nunca mais.

— Nossa, Cassie. O que elas fizeram pra você?

— É tralha. Não gosto de tralha, e você também não devia gostar. E não sei de onde tirou esse apelido idiota. Apelidos são feitos pra tornar mais fácil a comunicação entre pessoas e até mesmo descomplicar um nome, é uma forma de demonstrar a afeição ou, infelizmente, menosprezo por alguém. Acho que eles não deveriam nunca ser usados para esse fim, mas enfim... Cassie parece nome de cachorro, então ache um apelido mais bonito e mais descomplicado.

Revirei os olhos, sorrindo. Ela havia puxado de mim esse negócio de explicar coisas simples com textos enormes. Falei, me aproximando da beirada da cama para poder vê-la melhor:

— Não acho que parece nome de cachorro, mas bem que você parece uma maltês com esse seu cabelo loirinho, só falta um lacinho cor-de-rosa pra ficar ainda mais bonitinha.

— Não acredito que disse isso — disse ela atirando em mim uma almofada que estava ao lado do colchão.

Abri ainda mais o sorriso, me virando para cima a fim de encarar o teto lotado de folhas com números e palavras repletas de letras que tinham muitos significados. A palavra *significado* tinha um significado. Mordi o lábio. Gostava de pensar que a linha de pensamento nunca tinha fim. Sempre podíamos aumentar um pouco o tempo de duração de uma explicação. Mas nunca o tempo de duração de uma vida. Isso me deixava perplexa. Como podíamos nos demorar fazendo coisas se isso não aumentava nosso tempo de vida? Tudo devia funcionar como um vídeo. Se colocado em câmera lenta, ele demorava mais tempo pra acabar... E por que eu estava pensando nisso? Bem... porque se eu tivesse prolongado nossa conversa e se não tivesse dado a resposta que dei a seguir, talvez minha irmã tivesse mais algum tempo. E eu também.

— Nem eu — falei, finalmente.

∞

Eu estava no escuro. Não havia nada, e acho que podia jurar que não existia nem ar pra respirar ou chão no qual pisar. Me sentia perdida. Nada diferente de quando estava acordada. Só que havia um sussurro, tão baixo que suas palavras eram indistinguíveis, mas eu tinha a impressão de que a cada segundo elas ficavam cada vez mais altas. Me concentrei mais, como se aproximasse o ouvido de um rádio e, quando o fiz, com a certeza de que poderia ouvir alto o suficiente, a voz berrou: ACORDE!

Abri os olhos e me sentei na cama com a respiração acelerada, como se tivesse acabado de levar um susto. E tinha mesmo. Encarei minhas próprias pernas por baixo dos lençóis brancos, tentando controlar a respiração o mais silenciosamente possível. Minha irmã ainda estava ali, e ainda dormia. Coloquei as mãos na cabeça. A pior parte dos pesadelos não eram imagens ou sons, e sim como eles me faziam sentir quando eu acordava, sem a capacidade de me controlar.

Olhei um pouco para a frente, notando algo diferente próximo ao meu colchão, e subi o olhar. Havia alguém ali parado de pé ao meu lado. Era uma pessoa que usava uma capa azul-marinho completamente fechada, que não permitia que eu visse nada por baixo dela, e um capuz que só mostrava de certo ponto do nariz até a metade do pescoço. Pelos traços que eu conseguia ver, era homem. Nem velho nem muito jovem. Talvez alguém da minha idade.

Sabia que me observava, mesmo que eu não pudesse ver seus olhos. Sua pele era pálida como o brilho da Lua que iluminava meu quarto e sua boca pequena trazia uma expressão séria. As mangas de sua capa eram compridas o suficiente para que eu não pudesse ver suas mãos, e... de alguma forma eu não senti medo ao vê-lo ali, mesmo sabendo que aquilo não era nada normal, e mesmo tendo certeza de que não o conhecia. Sabia que deveria gritar, porque eu não era maluca nem nada, então foi o que me preparei pra fazer. Foi quando ele ergueu a mão, devagar o suficiente para que eu não me assustasse, e colocou um dos longos, pálidos e finos dedos na frente dos lábios como se pedisse para eu fazer silêncio. Arqueei as sobrancelhas, prestes a perguntar quem era ou o que fazia ali, mas num piscar de olhos ele não estava mais lá.

Esfreguei os olhos. Não. Continuava não tendo nada ao lado da minha cama. Olhei em volta para ver se ele estava em outro lugar, mas não havia nada. Se era uma das aparições que estava vendo nos últimos dias, por que não me fez mal algum, como elas? Por que eu não senti medo ao vê-lo?

Saí da cama, passando por cima do colchão da minha irmã e indo até o banheiro. Lavei o rosto com água fria e encarei o ralo, respirando fundo. Tinha que passar a acreditar em coisas sobrenaturais. Não havia como negar sua existência e que assuntos improvados e inexplicáveis podiam ser reais, mas eu me perguntava... Por que eu? Por que justo comigo? Bem... acho que devia passar a acreditar que nem tudo tinha uma explicação e que o destino realmente existia.

Levantei o olhar até o espelho e meu coração deu um salto. Uma imagem tão assustadora fez todos os pelos do meu corpo se arrepiarem e o medo me paralisar por completo. Era uma garota de cabelo liso, castanho-escuro, que ia até a altura da cintura. Seus olhos eram duas poças pretas e deles lágrimas de sangue caíam, sujando suas bochechas pálidas e a camisola branca de mangas compridas e gola na base do pescoço. Recuei, batendo contra a porta, quando percebi que seus lábios se moviam, produzindo palavras ininteligíveis. Balançava a cabeça freneticamente, de um jeito totalmente assustador, como se ela já não fosse o suficiente. Hesitei ao me aproximar para ouvir melhor. Perguntei:

– O quê? O que está...

– Eles estão aqui – alertou ela, como se essas palavras a enchessem de pânico. – Eles estão aqui – repetiu.

Era a quinta vez que repetia a mesma frase quando seus olhos negros se arregalaram, olhando através de mim, e ela gritou. Um grito agudo que penetrou minha alma e coloquei as mãos nos ouvidos. O espelho se quebrou, e seu reflexo sumiu, mostrando várias imagens de mim encolhida. Mas eu não estava sozinha. A porta atrás de mim estava aberta e um homem alto de capa preta me observava. Seus lábios estavam costurados.

Ouvi um grito de uma garota. Era o de minha irmã. Antes que eu pudesse fazer o mesmo, o homem, que tinha a cabeça raspada e uma tinta preta que pintava toda a cavidade dos olhos, se aproximou e tapou minha boca, me apertando contra ele e a parede tão forte que chegava a doer.

Em um movimento mais rápido do que o normal, ele me puxou e se postou atrás de mim, ainda tampando minha boca, e me arrastou pra fora do banheiro enquanto eu me debatia; e, quando percebi que a cama de minha irmã também estava vazia, fiquei em choque. Eles queriam levá-la também. Entrei em um estado de pânico tão grande que todos os meus membros congelaram. Meu coração batia tão forte que pensei que explodiria meu peito.

Quando estávamos no corredor dos quartos, vi que o dos meus pais tinha a porta escancarada. Um rastro de sangue sujava o chão, seguindo o mesmo caminho que nós. Não conseguia gritar, não conseguia me debater, não conseguia fazer nada. Fomos arrastados pelas escadas, e eu sentia o pânico cada vez maior dentro de mim, e tudo parecia se acelerar.

Passamos pela sala, e pude ver as pernas de minha mãe no chão, ela estava caída atrás do sofá, e vi um rio de sangue se formando em torno do corpo dela, cuja parte de cima estava escondida pelo móvel. E em frente à porta estava meu pai, com um corte enorme na garganta. Seu olhar era vítreo, encarando o lado de fora, e pude jurar que ele olhava pra mim enquanto me arrastavam pelo jardim da casa.

O frio da noite estava congelante, muito mais do que o normal. Senti cada pelo do meu corpo ficar arrepiado. Como a floresta não ficava muito distante da minha casa, era pra lá que estavam nos arrastando.

Espasmos de frio e de medo tomaram conta do meu corpo, mas ainda assim eu não conseguia reagir ou fazer nada para tentar nos salvar. Minha garganta estava fechada, impedindo que eu gritasse. Sabia que mesmo que pudesse fazer alguma coisa, seria impossível me livrar dos braços que me seguravam.

Adentramos na floresta. Vários homens e mulheres haviam se juntado a nós agora. Todos usavam capas pretas e estavam cabisbaixos. A imagem do garoto que tinha visto mais cedo surgiu em minha mente, e eu não sei o porquê. De alguma forma, sabia que ele não pertencia àquele grupo. Sua capa era de um azul bem escuro. E, apesar de os capuzes daquelas pessoas serem enormes como o dele, ainda podia ver seus olhos cruéis e frios.

Entramos cada vez mais fundo na floresta. Agora não havia mais a cidade, apenas árvores altas de troncos grossos e uma neblina densa que cobria o chão. Podia ouvir o canto macabro dos pássaros empoleirados nos galhos mais baixos das árvores, a metros do chão. Ele ecoava ao nosso redor, como se estivessem dando trilha sonora à nossa morte. Lágrimas escorreram dos meus olhos. Era isso que iria acontecer, não é? Iríamos morrer, não iríamos? Já não tinha mais importância. Não tínhamos mais nada. Não tínhamos pais, não teríamos uma vida normal...

Fechei os olhos, já não querendo mais ver o que deixava para trás. Já não querendo mais ver aquelas pessoas horríveis e monstruosas de lábios costurados, e deixei que me levassem para onde quer que fossem. Minha única preocupação agora era minha irmã, que talvez não estivesse ali se eu não tivesse dado uma de medrosa e pedido que dormisse comigo naquela noite. Eu sabia que não poderia salvá-la. Sabia que a tinha condenado à morte.

Senti o ar começar a ficar quente e abri os olhos, notando que estávamos nos aproximando de uma enorme fogueira. Quatro círculos de sal estavam colocados no chão em frente a ela, e em dois deles havia corpos de garotas mortas, com cortes na garganta. E uma delas era Briana. Arregalei os olhos, finalmente encontrando forças pra gritar e me debater ao ver aquela cena, mas nos jogaram dentro dos círculos, e, por algum motivo, uma força invisível nos prendeu ao chão, permitindo que nos mexêssemos, mas sem desencostar dos galhos quebrados e úmidos debaixo de nós.

Olhei para minha irmã. O pânico havia invadido seus olhos verdes, e ela tentava ficar o mais longe possível do corpo de Briana, que estava no círculo ao seu lado.

– Me desculpa – sussurrei, sentindo os olhos se encherem de lágrimas mais uma vez. – É tudo culpa minha.

Ela assentiu com a cabeça, como se dissesse que tudo bem. Suas bochechas estavam úmidas e brilhavam um pouco sob a luz da fogueira por causa das lágrimas que ainda caíam de seus olhos.

Vi um círculo de pessoas se formar em torno da fogueira. Elas colocaram algumas pedras aos pés de Cassie, em forma de uma cruz invertida. Olhei para o outro lado enquanto via um homem se aproximar dela e dizer palavras em uma língua incompreensível. Eu queria gritar para que se afastasse dela, mas não conseguia. Pude ouvi-la gemer e os galhos embaixo dela se partindo como se estivesse tentando se debater. E aos poucos seus gemidos se tornaram gritos.

Encarei a floresta escura ao meu lado, sentindo as lágrimas quentes escorrerem pelas minhas bochechas. Não conseguia mais me mover, e minha garganta doía como se mãos a estivessem apertando. Fechei os olhos. Não queria assistir ao que faziam com ela. Não queria ver a dor da minha irmã, pois sabia que não poderia protegê-la como sempre havia feito. Não queria me sentir impotente. Não mais do que já estava me sentindo.

Algo virou minha cabeça à força em sua direção, meus olhos se arregalaram e meu coração quase saiu pela boca ao ver o que vi.

Cassie tinha as costas arqueadas de uma forma que duvidava que fosse possível. Seus olhos estavam arregalados, encarando as copas das árvores. Podia ver as veias neles se tornando arroxeadas e pretas, e depois serem consumidos e transformados em duas poças de escuridão profunda, engolindo as íris verdes.

Sua pele havia começado a empalidecer, e jurava que podia ver cada veia por baixo dela como se houvesse começado a ficar transparente, e então começou a atingir um tom levemente azulado, e ela gritou. Um grito alto e agonizante parecido com o apelo de um pássaro.

Berrei, tentando me debater, mas a força fazia com que eu me mantivesse imóvel com cada membro do corpo grudado ao chão. Meu coração batia tão rápido que chegava a doer, e todo o ar do mundo já não me parecia mais suficiente. O que estavam fazendo com ela? Por quê?

Depois de muito esforço, finalmente consegui virar a cabeça para o outro lado. Praticamente me afogava em minhas próprias lágrimas e fazia o máximo possível para respirar, mas meus pulmões ardiam como se meus esforços não estivessem fazendo diferença alguma. Berrava para que parassem, mas não pareciam me ouvir, e os gritos de minha irmã, cada vez mais altos, cobriam o som da minha voz rouca e trêmula.

Foi quando eu o vi. Estava distante, parado entre as árvores, encarando aquela cena com atenção. O garoto que tinha visto mais cedo. E mesmo que seus olhos estivessem ocultos, soube que não havia expressão alguma em seu rosto, como se fosse indiferente àquela monstruosidade. Continuei encarando-o, enquanto os gritos da minha irmã começavam a ficar cada vez mais longos e inumanos, e senti meu estômago revirar quando outra voz se juntou à dela. Era como se gritasse e risse de loucura ao mesmo tempo, como se algo tivesse entrado no corpo dela e estivesse lutando pelo controle, mas ela resistia.

Os gritos ficavam cada vez mais espaçados, sendo substituídos pelas risadas, e quando ela já não gritava mais, ouvi o barulho de uma lâmina cortando o ar, e em seguida o silêncio. Trinquei os dentes, sem tirar os olhos do garoto metros à frente. Não queria olhar para a cena ao meu lado. Simplesmente não podia fazer isso.

Quando ele deu um passo em minha direção, pude ver que não estava sozinho. Havia uns trinta iguais a ele alguns passos atrás. Olhei para baixo, na direção dos meus pés, e vi o mesmo homem responsável por dizer as palavras a Cassie colocando pedras em formação logo abaixo do meu círculo. Sentia a raiva correr pelo meu corpo como o sangue que corria em minhas veias. Haviam matado meus pais e minha irmã. Não ia deixar que me matassem também.

Minha respiração se acelerou quando ele se endireitou, começando a dizer as tais palavras, e eu senti. Eu senti frio, raiva e minha alma sendo arrancada do corpo. Balancei a cabeça. Não. Trinquei os dentes. Não. Eu vou continuar aqui, ninguém vai tomar o meu lugar. Sentia dedos frios penetrarem minha mente, envolverem meus braços e pernas, me segurando no chão. Ouvia uma voz em minha mente.

Você vai desistir, Serena. Você precisa fazer isso.

Uma dor aguda subiu pela minha coluna, invadindo meu cérebro e quase impedindo que eu pensasse em alguma coisa.

Perdeu sua família, perdeu sua única amiga, seu namorado. Não tem mais nada.

Apertei os lábios com força. Não ia gritar. Eu não ia desistir.

Não tem como resistir. Não vai conseguir.

Minha coluna se curvou involuntariamente, e a dor aumentou, assim como o frio. Cerrei os punhos.

Sua irmã desistiu, ela foi fraca. E você é como ela. Vai desistir.

NÃO! Abri os olhos, encarando a copa das árvores. Gritei com toda a força que eu tinha, espantando quem quer que quisesse impor o controle sobre mim. Não deixaria que fizesse isso. Por ela.

Olhei para o homem aos meus pés, que proferia palavras cada vez mais alto, mas eu resistia, gritava, e ignorava a voz em minha cabeça. Olhei em seus olhos, trincando os dentes, respirando pesado e sentindo cada vez mais a raiva tomar conta de mim, ganhando do frio quase insuportável que fazia meus membros tremerem, até que ele parou de falar, olhando para os outros de uma forma confusa. E eu comecei a rir, eu ri do fato de conseguir ganhar daqueles idiotas. Mal sabia que isso só pioraria minha situação.

Apagaram a fogueira à minha cabeça e depois se recolocaram no círculo em torno dela. A luz da lua cheia iluminava as árvores e o ambiente, dando um brilho levemente cintilante à neblina. Olhei novamente para onde estava o garoto da capa azul-marinho. Ele não estava mais lá. Senti o pânico me invadir mais uma vez, e a raiva recuou, não dando mais sinal de que um dia tivesse existido. Ele havia ido embora junto com qualquer possibilidade de ajuda que pudesse me dar. E a voz também tinha ido.

Tentei controlar a respiração enquanto o círculo de pessoas à minha volta começava a sussurrar palavras diferentes ao mesmo tempo. Fechei os olhos. Tinha a sensação de que o mundo à minha volta estivesse girando. Bateram os pés no chão, todos juntos, uma vez. E depois outra. E depois outra e mais outra. A cada vez que faziam isso, era como se dessem um puxão em minha alma. Podia senti-los tentando arrancá-la. Não havia mais nada que pudesse fazer. Estava exausta e não tinha mais o que fazer contra isso. Não tinha mais ninguém, não tinha mais nada. Por que lutar? A voz tinha razão. Tinha toda razão.

Só naquele momento notei que sussurravam meu nome, sem ritmo, cada um com seu tempo, parecendo que falavam coisas diferentes e confundindo minha mente. Serena Devens Stamel. Três palavras, com seis letras cada. Seis letras, três vezes. Seis, seis, seis... Um espasmo fez com que minha coluna se arqueasse mais uma vez, e ela se manteve assim, erguida. Meu corpo inteiro doía como nunca.

Você morreu, Serena. Não há como lutar contra mim.

Rimos ao mesmo tempo, eu e a voz.

Se saiu bem da primeira vez, mas agora já chega. Você é minha.

Gargalhei num tom sombrio, gritando ao mesmo tempo, sentindo o frio de suas palavras inundar minhas veias. Eles continuavam batendo os pés ritmadamente. Seis vezes. Pausa. Seis vezes. Pausa. Três. Quatro... Um grito me distraiu, e a voz em minha cabeça interrompeu seu discurso de persuasão. As batidas pararam, assim como os sussurros, e agora eu ouvia gritos e lâminas cortando o ar. Ouvi até alguém gritando "ajudem-na!", e então três pessoas com capas azul-marinho se ajoelharam em torno de mim. Ninguém usava capuz. Todos eram garotos. Se pudesse chutar, de dezesseis a vinte e quatro anos. Um de cabelos cacheados castanho-escuros e olhos dourados fez com que eu olhasse para ele, dando leves tapinhas em minha bochecha.

– Pode me ouvir? Você pode me ouvir, garota?

Assenti com a cabeça, sentindo a tontura aumentando. Agora minha visão começava a embaçar e só podia ver seu contorno. Segurou meu rosto com as duas mãos e disse:

– Fique acordada, está bem? Fique comigo. Não deixe ele vencer. Não deixe. Você precisa se concentrar...

Tudo apagou, mas só por alguns segundos. Quando voltei a abrir os olhos, ele ainda estava lá, segurando meu rosto com as mãos. Esboçou um sorriso e pude ver que contava os segundos em voz baixa. Havia parado no quatro. Disse:

– Ela ainda é nossa. Meu nome é Norman, ouviu? Concentre-se na minha voz. Não apague de novo. Não...

Minha visão embaçou mais uma vez, mas não o suficiente para me impedir de enxergar. Alguém parou atrás dele, e todo o barulho em torno de nós parou. Olhou para cima, para quem o observava, e se afastou de mim, abaixando levemente a cabeça. A pessoa se ajoelhou em seu lugar e pegou meu rosto com as mãos, como Norman fez antes.

Afastou os cachos ruivos de meu rosto. Agora eu podia ver. Era ele. O garoto que havia visto depois de acordar naquela noite. Não dizia nada, e eu não podia ver seus olhos por baixo do capuz, mas por algum motivo achava mais fácil me concentrar nele. Minha respiração desacelerou.

– Droga, Dorian! – reclamou Norman, aparecendo atrás dele. – Você nem fala e consegue fazer isso melhor do que eu!

Dorian. Esse era o nome dele. Nem sequer virou a cabeça para olhar enquanto o garoto atrás dele tagarelava dizendo que aquilo não era justo. Seus dedos eram frios em meu rosto, mas eu não me importava com isso. Agora estava segura, e só quando disseram isso a mim em voz alta me permiti fechar os olhos.

CAÇADORES DE ALMAS

Quando nos deparamos com aquilo que acreditávamos ser impossível, vemos que na verdade o impossível é só uma questão de ponto de vista.

Não sei por quanto tempo dormi, só sei que quando acordei o céu ainda estava escuro. Podia jurar que a noite havia se tornado eterna. Estava em frente a uma fogueira, deitada em um tipo de tronco caído. Me levantei devagar. Meu corpo inteiro doía e o mundo ao redor parecia girar.

Quando notaram que eu havia acordado, me ajudaram a sentar. Não vi exatamente quem foi. Olhei para mim mesma. Agora usava uma capa igual à de todos ao meu redor.

À minha esquerda estava sentado Norman e do meu lado direito, um garoto de cabelo preto liso e olhos castanho-escuros. Sua pele era bem branca, mas não tanto quanto a de Dorian. Ele sorriu e me cumprimentou com um aceno de cabeça.

– Meu nome é Tristan – disse.

Olhei para o garoto loiro de olhos azuis ao lado dele. Disse que seu nome era Boyd. Um a um foram dizendo seus nomes, mas notei a ausência de Dorian. Não havia nenhuma mulher ali, o que me deixou um pouco assustada. Uma garota sozinha no meio de trinta homens desconhecidos em uma floresta... Não conseguia achar o ponto positivo daquela situação. Fiquei em silêncio durante todo o tempo, e todos me encararam com expectativa, esperando que eu dissesse meu nome, mas não o fiz.

– Ótimo! Mais uma que não fala – falou Boyd, sorrindo com descrença.

– Meu nome é Serena – respondi apressadamente, passando os olhos para a fogueira.

– Serena – repetiu Tristan, como se sentisse o gosto da palavra em sua boca. – Nome bonito, mas não combina nada com a dona.

Juntei as sobrancelhas, olhando pra ele de um jeito confuso. Norman sorriu ao meu lado e perguntou, sem olhar pra mim:

– Sabe o que acabou de acontecer com você, Serena?

– Eu vou gostar de saber?

– Não, mas precisa – alertou um garoto chamado Arthur. Era ruivo como eu, mas seus olhos eram escuros e sombrios. Cinzentos como o céu nublado de uma tempestade.

– Você acabou de participar de um ritual satânico e foi vítima de uma quase possessão – explicou Boyd. – Garota... nunca vi ninguém conseguir resistir tanto aos *Angeli*.

– *Angeli*? – perguntei.

– *Angeli Autem Diaboli* – completou Tristan. – Anjos do Diabo. Eles são uma seita adoradora do demônio. Estão espalhados pelo mundo e, de vez em quando, quando esses infelizes não se comportam bem, os matamos.

– E o que eles queriam de mim?

– Ultimamente – começou Norman –, eles vêm tentando trazer almas para a Terra. Almas que deviam estar apodrecendo no Inferno. Daí os filmes e histórias de terror. Acredite quando dizem que é baseado em fatos, Serena – falou com tom sério. – Eles pegam garotas como você, com três nomes de seis letras, fazem rituais de possessão para trazer almas para o nosso mundo e depois sacrificam as garotas, transformando-as em... criaturas monstruosas que, no caso, são o que nós caçamos.

Resisti ao impulso de rir. Havia alguns caras de uns trinta anos ou mais ali, podia perceber isso, mas tudo não parecia passar de uma simples brincadeira de crianças desocupadas. Balancei a cabeça, apertando os lábios com força pra não acabar rindo alto. Perguntei:

– Tipo... tipo Caçadores de Fantasmas?

– Não! – exclamou um garoto negro de cabelos curtos e olhos escuros sentado ao lado de Norman. Seu nome era Chad. – É um nome bem mais bonito: Somos Caçadores de Almas.

– Dá no mesmo – falei, dispensando o assunto com um gesto de mãos. – E como vão me fazer acreditar nisso?

– Sua irmã está morta. Acho que isso é prova suficiente – disse Arthur.

Trinquei os dentes, sentindo a raiva tomar conta de mim mais uma vez.

Podia matar aquele garoto por ter dito aquilo, mas era a verdade. Tinham matado minha irmã. Eu mesma a tinha visto se contorcendo. Eu mesma havia participado daquilo. Imersa na minha agonia e medo, imóvel, presenciei Cassie sendo morta e não fiz nada para ajudá-la. Baixei o olhar e encarei o chão da floresta, sentindo as lágrimas se formarem, mas eu não me permitia chorar, se o fizesse, desabaria. Não ia me permitir sentir a dor da perda dos meus pais e da minha irmã, não ali na frente de estranhos. Engoli o choro como se fosse um veneno amargando minha alma. Um pequeno brilho de esperança iluminou minha mente quando me lembrei de meu irmão. Não tinha visto seu corpo na casa durante o ataque. Perguntei:

– Eu preciso saber se meu irmão está bem. Não o vi quando nos pegaram. Pode ser que tenha conseguido fugir, e eu preciso avisá-lo, preciso protegê-lo. Será que algum de vocês pode me levar pra casa?

Todos eles, sem exceção, começaram a rir alto, como se eu tivesse contado a melhor piada do mundo. Senti as bochechas corarem enquanto observava a maioria deles se dobrar de tanto rir. Foi quando eu o vi. Dorian. Ele se aproximava. Parou de pé ao lado da fogueira, observando todos em volta. Ainda usava seu capuz.

Todos pararam na mesma hora em que o viram, se endireitando e encarando a fogueira, sérios. Observei-o enquanto ele se virava para Tristan. Não abriu a boca ou moveu um músculo sequer, mas o garoto se virou diretamente pra mim e explicou:

– Não podemos levá-la pra casa. O ritual não foi completo, mas iniciado. É possível que a alma ainda esteja aí, dentro de você, só que fraca demais pra tentar alguma coisa. Os Angeli sabem onde você mora e vão atrás de você pra terminar o que começaram. Além disso, Serena, sinto muito em ter que te dar essa notícia, mas seu irmão também foi morto por eles. Não sabemos o porquê, mas o corpo dele estava próximo do local onde fizeram o ritual. Pode ser que ele tenha visto vocês sendo levadas e tentou salvá-las, mas não temos certeza. Sinto muito.

Uma dor dilacerante atingiu meu estômago como se tivessem me dado um soco. Agora eu não tinha mais ninguém no mundo. Toda a minha família estava morta e, pra falar a verdade, eu também queria estar.

– Por que não deixaram ela me possuir de vez? – falei, tentando não desabar. – É só uma alma. Só precisariam matá-la depois. Por que não acabaram com tudo logo de uma vez?

– Se fosse assim tão fácil, já teríamos feito – murmurou Arthur.

– A alma que está em você é a sexcentésima sexagésima sexta – falou Chad. – É a última necessária para abrir um portal que liga o Inferno ao nosso mundo. É como uma lei que precisa de assinaturas para ser aprovada. A sua assinatura é a última da qual precisam, e não tem mais como usarem outra pessoa. Tem que ser você.

O pânico me atingiu mais uma vez, mas durou apenas um segundo, já que Dorian virou sua cabeça na minha direção. Era como se ele fosse um ímã para o medo, que atraía esse sentimento e o desintegrava completamente. Queria muito poder ver seus olhos, saber o que se passava na cabeça dele... e, mesmo não podendo vê-los, eu sabia que olhava pra mim. Ele me cumprimentou com um gesto de cabeça, e eu retribuí. Virou-se de costas e caminhou de volta para a floresta.

Levantei, indo atrás dele. Precisava de algumas respostas. Ignorei quando um deles disse que não era boa ideia e quando outro chamou meu nome. Entrei na floresta, seguindo-o pela noite escura e fria. A capa que me cobria era de camurça, assim como a de todos, e era tão leve que mal notava que a estava usando. Arrastava-se pelo chão atrás de mim e as mangas ficavam enormes nos meus braços. Tinha sido feita pra pessoas altas e fortes, não pra uma garota pequena e magrela.

Só depois de me afastar bastante da fogueira eu o vi, parado, encarando a floresta escura e sombria à sua frente. Podia ver o queixo erguido, a boca com expressão séria e o nariz perfeito. Não conseguia imaginar como era o que o capuz cobria, como era seu rosto completo, mas sabia de alguma forma que ele tinha um olhar triste, que devia esconder muitas coisas naqueles olhos ocultos. Virou a cabeça na minha direção.

Hesitante, me aproximei. Podia sentir seu olhar pesando sob meus ombros, mesmo não podendo vê-lo, me analisando e me acompanhando com o olhar a cada passo que dava em sua direção. Parei à sua frente, bem próxima, tentando enxergá-lo melhor. Sei lá. Queria ver se havia alguma falha em seu capuz que deixasse algum fio de cabelo escapar, ou um rasgo que denunciasse qual era a cor de seus olhos, mas não havia nada além de pele bem pálida e tecido azul-marinho. Perguntei:

— Por que estava no meu quarto hoje? Quer dizer... o que fazia lá? Se queria me salvar, por que não o fez naquela hora? E eu vi você na floresta quando nos colocaram naqueles círculos. Por que não fez nada? Podia ter salvado a minha irmã, sabia disso? Por que nem tentou? Por que a deixou morrer daquela forma? — Ele apenas permaneceu imóvel e em silêncio. Continuei — Eu sei que é falta de educação tocar em pessoas desconhecidas sem permissão, e você me parece uma pessoa muito civilizada e educada, mas podia nos arrastar pra fora da minha casa e fugir. Alguma hora, depois que tivesse entendido tudo, eu iria agradecer. E agradeço por me ajudar naquele momento, quando eu estava sendo possuída por aquele demônio, mas... acho que podia ser grata por algo mais. Ficaria feliz por ser. Enfim... eu esqueci a pergunta, mas acho que você deve lembrar, então, me responda, por favor.

Cruzei os braços, esperando que ele fizesse algo além de me encarar. Bati o pé no chão algumas vezes, impaciente, mas ele não se abalou. Revirei os olhos, perguntando:

– Não vai me dizer que é mudo, né? Quer dizer... se você é mudo, não me diria isso, mas podia fazer mímica ou algo assim. Sou boa com essas coisas, você vai ver. Só precisa tentar, porque eu não leio mentes e não acho que você seja algum tipo de telepata, até porque essas coisas não existem. Quer dizer... eu também acreditava que esse negócio de almas não existisse, mas existe, então nada mais pode me surpreender, afinal hoje, depois do que aconteceu, descobri que tudo é possível, mas voltando à pergunta inicial... você é telepata? Acho que essa era a pergunta, né? Não? OK. Então é isso. Foi bom conversar com você.

Dei duas batidinhas fracas no ombro dele e saí andando, não entendendo muito bem o que havia acontecido. Como tinha sido bom conversar com ele se apenas eu falei? Suspirei, apertando o passo até perceber que estava indo para o lado errado. Olhei para trás, e lá estava ele, parado, no mesmo lugar, me observando. Gesticulou com a cabeça para seu lado direito, e foi a direção que eu segui, passando por ele apressadamente e murmurando um "obrigada".

Toda vez que o vapor de água é submetido a um resfriamento, ele tende a se condensar, formando uma névoa parecida com uma nuvem que, quando está próxima ao solo, é nomeada neblina. Pelo menos era isso que diziam os livros e sites da internet, mas o que ninguém nunca dizia era o quanto ela podia ser assustadora e bela ao mesmo tempo. Dava um ar de mistério à noite em florestas, mas, sob a luz da Lua, o tom perolado que atingia era lindo. Gostava da forma como ela se dissipava quando me aproximava e da umidade que ela deixava no ar.

Sorri. Era em momentos como aquele, em momentos nos quais ficava sozinha, que eu conseguia pensar nas coisas. Deixar minha mente vagar por aí com seus pensamentos científicos. Parei de andar, encarando o chão, e o sorriso se desfez. Foi ali que a ficha caiu. Eu tinha perdido minha mãe, meu pai, meu irmão e Cassidy, e talvez tudo isso fosse culpa minha.

Se eu tivesse contado sobre as mensagens...

Coloquei as mãos na cabeça, entrelaçando os dedos em meus cachos ruivos. Eu não tinha mais ninguém além daqueles garotos e homens cuja única coisa que eu sabia era os nomes. Pensei se eu estava realmente segura com eles. Eram estranhos, sombrios e ainda podiam me matar enquanto dormia, mas minhas opções eram limitadas. Ou ficava com eles ou com os tais Angeli que queriam que eu me transformasse em um demônio ou algo assim.

Meus olhos se encheram de lágrimas de tristeza e desespero. Havia algo dentro de mim que eu não sabia o que era e que a qualquer momento podia tentar tomar o controle da minha mente. Não tinha mais família. Seria caçada por pessoas estranhas e cruéis pela vida inteira... Coloquei a mão na boca e me encostei em uma árvore. De repente minhas pernas pareciam não aguentar mais o peso de meu corpo e tombei no chão. As lágrimas transbordavam, escorrendo por minhas bochechas e caindo no manto que me envolvia. Eu não conseguia mais manter presos dentro de mim o sofrimento e o desespero, eles finalmente me atingiram como um soco no estômago e eu desabei.

Abracei os joelhos, fechando os olhos. Aquilo simplesmente não podia estar acontecendo. Quer dizer... por que meus pais não escolheram um nome com cinco letras, ou sete? Por que eles haviam sido os escolhidos para morrer? Por que *eu*? Não importava mais. Eu estava sozinha agora.

O SEGREDO

Só nos damos conta da importância das pessoas que amamos quando, infelizmente, não podemos mais tê-las ao nosso lado.

Levantamos acampamento assim que amanheceu. Era incrível olhar pra todos aqueles homens trabalhando tão ordenadamente. Em poucos minutos todos já estavam prontos e seguindo silenciosamente em formação para o meio da floresta.

Depois de algumas horas de caminhada, comecei a diminuir o ritmo por conta do cansaço. Eu não era o tipo de pessoa que gostava de praticar atividade física. Em toda a minha vida escolar, só tinha uma mácula em meu boletim quase perfeito: as notas baixas em educação física. Eu preferia ler cem páginas de um livro a correr uma volta na quadra poliesportiva do colégio.

– Acabando a gasolina, Serena? – perguntou Tristan com um sorriso, reduzindo o passo e se colando ao meu lado.

Tentei pensar em uma resposta engraçada para dar a ele, mas nada passou pela minha cabeça. Parecia que uma mancha escura tinha se espalhado por todo o meu cérebro, me impedindo de pensar em qualquer coisa que não fosse o sofrimento do meu coração. Será que algum dia toda aquela dor ia passar e eu voltaria a sorrir e achar graça em alguma coisa?

Limitei-me a esboçar um falso sorriso em retribuição e balbuciei um "quase", que não tive certeza se saiu mesmo dos meus lábios ou se ficou apenas na intenção. Ele continuou andando ao meu lado, mas em silêncio. Acho que entendeu que naquele momento tudo o que eu queria era ficar imersa em meus pensamentos.

Passou-se mais uma hora de caminhada. Olhei em volta tentando identificar onde estávamos. Eu não fazia ideia do lugar para onde o grupo estava indo. E me perguntava se todos ali sabiam. Apesar do pouco tempo que eu tinha passado ao lado daqueles caçadores, já havia percebido que eles seguiam seu líder sem questionar. Ele mandava andar, eles andavam. Se ele mandasse parar, eles paravam. Acho até que se o líder misterioso deles mandasse que pulassem de um precipício, eles pulariam.

Olhei por cima do ombro e vi Dorian caminhar lentamente por entre as árvores, alguns metros atrás de nós. Tristan colocou a mão em minhas costas, me encorajando a seguir em frente. Perguntei:

– Ele é meio quieto, não é?

Tristan sorriu. Sabia que eu falava de Dorian. Agora, de dia, eu podia ver que seus olhos eram castanho-claros e o cabelo preto e liso era brilhante. Disse, olhando pra mim apenas por um segundo antes de voltar a encarar os Caçadores à nossa frente:

– Nunca ouvimos ele dizer uma palavra. Nunca fica com a gente à noite, nem de dia, mas temos que respeitar; afinal, até os mais antigos Caçadores de Almas dizem que ele é um de nós muito antes de eles entrarem para a "brincadeira". – Arregalei os olhos, surpresa. Como assim? Ele pareceu ler meus pensamentos, pois respondeu minha pergunta logo em seguida. – Eu sei que parece bobagem, mas existe uma lenda sobre ele. E acho que pra existir lendas as coisas têm que ser bem antigas, não é? Enfim... dizem que ele é o Caçador de Almas original. O primeiro. E só se tornou um porque foi amaldiçoado pelo próprio Lucian a vagar pela Terra caçando almas até que a sua estivesse livre.

– Você quer dizer que o cara lá de baixo o amaldiçoou? – A expressão de descrédito na minha cara o fez rir. – E o que poderia libertar a alma dele? – indaguei curiosa.

– Ninguém sabe – respondeu, dando de ombros. – Faz parte da maldição nunca poder mostrar o rosto e falar. Mas ele não parece se importar muito em ir atrás da libertação de sua alma. Nunca o vimos fazer algo além de caçar e matar Angeli e demônios.

Olhei para trás mais uma vez. Parecia mais distante do que antes, mas ainda assim sabia que ele me observava. Senti as bochechas corarem enquanto desviava o olhar. Perguntei, encarando o chão:

– Aonde estamos indo?

– Voltando ao local do ritual. Queremos ver se deixaram alguma pista para onde possam ter ido. Nós matamos alguns, mas a maioria fugiu.

Senti o estômago revirar só de pensar em voltar àquele lugar e ver o corpo da minha irmã... Enrolei os dedos em um dos cachos do meu cabelo, tentando pensar em outra coisa, mas meus pensamentos se alternavam entre Cassie, meus pais, meu irmão e Dorian, e não queria pensar em nenhum deles, embora fosse necessário pensar em minha família. Precisava enterrá-los e duvidava que algum dos Caçadores fosse me deixar fazer isso. Talvez se eu pedisse com educação...

Quando ia abrir a boca pra fazer isso, avistei o primeiro Caçador parando e se virando para o restante de nós. Acho que seu nome era Arthur. Formamos uma roda em torno dele. Fiquei entre Tristan e Chad, então o ouvimos dizer:

– Preciso que dois de vocês vão com a garota para a cidade. Duvido que ela queira continuar usando uma capa se não é uma de nós. Levem-na para pegar alguns pertences. O resto fica e me ajuda a limpar a bagunça que eles fizeram ontem. – Virou-se para Dorian, parado ao lado de Chad, e perguntou, levemente cabisbaixo. – Concorda em ir com Norman até a cidade?

O garoto apenas inclinou a cabeça para baixo uma vez, como se estivesse cumprimentando Arthur, mas aquilo significava um sim. Esperei que Arthur perguntasse o mesmo a Norman, mas não o fez, como se a opinião dele não importasse.

Não pude deixar de olhar para trás, enquanto íamos em direção à cidade, e ver os Caçadores se aproximarem da fogueira apagada e dos círculos, impedindo que eu visse os corpos dentro deles. Segui de cabeça baixa pelo resto do caminho, tentando conter a enorme vontade de desabar no chão e chorar até chegarmos à minha casa.

A porta estava fechada, mas eu sabia o que encontraria quando a abrisse. Hesitei antes de colocar a mão na maçaneta e girá-la. Entrei e encontrei o corpo do meu pai caído no chão em uma poça de sangue coagulado. Fechei os olhos, sentindo que se enchiam de lágrimas, enquanto Norman me guiava para dentro, impedindo que eu parasse no meio do caminho.

– Vamos enterrá-los. Vamos fazer isso por eles, OK? – Assenti com a cabeça, secando uma lágrima que havia caído. – Suba e faça o que deve fazer. Vamos esperar aqui.

Subi as escadas um pouco hesitante, tentando não pisar no rastro de sangue que vinha lá de cima. Fui até meu quarto, ignorando a bagunça dele, abri o armário, peguei uma mochila e a enchi de roupas. Depois fui até o banheiro. Fiquei encarando o espelho quebrado por algum tempo, me lembrando da garota que estava nele na noite anterior. Ela havia tentado me avisar, mas eu fui burra demais. Fui burra pela primeira vez e isso acabou custando a vida da minha família.

Tomei um banho, lavei o cabelo e tirei todos os galhos que haviam se enroscado nele. Vesti uma calça jeans, uma camisa branca e um cardigã rosa-bebê por cima. Calcei meus tênis brancos e me sentei na cama, penteando o cabelo, encarando as folhas grudadas nas paredes. Juntei as sobrancelhas ao ver que não eram mais as mesmas de antes. Senti o coração acelerar enquanto eu me levantava e me aproximava de uma das paredes, arranquei uma das folhas e li o que estava escrito.

Serena Devens Stamel. Serena Devens Stamel. Serena Devens Stamel...

Era o meu nome, repetido dezenas de vezes em cada linha da folha, e, no fim, a última frase era: *Ainda estamos atrás de você*. Dei um passo para trás, largando a folha no chão. Não estava segura. Com eles ou sem eles... Não estava segura em lugar nenhum.

Ouvi algo amassando as folhas atrás de mim, e o barulho se misturava ao de passos. Olhei para trás e levei as mãos à boca com a imagem que vi. Uma criatura estava na minha parede, tinha o tamanho e a estrutura corporal de um humano, mas com os braços e pernas em ângulos estranhos. A pele era azulada e tão fina que deixava transparecer os ossos sob ela. Os olhos totalmente pretos eram grandes e sem pálpebras. O nariz era quase inexistente, e a ausência dos lábios mostrava completamente a gengiva apodrecida e os dentes amarelados afiados. Gritei enquanto ela se aproximava e me apertei contra a parede. Ela avançou em minha direção, e usei a mochila que estava em cima da cama para golpeá-la com toda a força, jogando-a no chão. Estava prestes a avançar em cima de mim mais uma vez quando o lado esquerdo de sua cabeça explodiu, espirrando sangue preto por todos os lados. Ela caiu se contorcendo no chão, e Dorian entrou no quarto com um enorme revólver prateado em mãos. Acertou a cabeça da criatura com mais dois tiros antes de olhar pra mim.

Fiquei encarando aquela criatura com a cabeça completamente estilhaçada pelos tiros por alguns segundos, como se ainda estivesse processando o que tinha acabado de acontecer. Passei o olhar para ele, ainda chocada. Duvidava muito que alguma palavra inteligível fosse sair da minha boca se eu tentasse falar, mas mesmo assim sussurrei, pois era o máximo que eu conseguia fazer naquele momento.

– Obrigada.

Ele puxou um pouco a capa, apenas o suficiente para colocar a mão lá dentro e guardar sua arma num coldre preto. Pude ver que usava uma calça, uma camisa e botas da mesma cor por baixo daquilo tudo, mas não houve sinal de que tiraria o capuz. Talvez a lenda fosse mesmo verdadeira. Aproximou-se de mim, parando tão próximo que alguns de meus cachos tocaram a capa dele.

Eu o encarei, levemente confusa, enquanto ele abaixava a cabeça e aproximava a mão fria dele até a minha. Pegou-a e a levou até seu rosto. Só naquele momento percebi que meu corpo inteiro tremia por causa do susto.

Beijou as costas de minha mão e fez um gesto com a cabeça. Aquilo significava um "não foi nada", pelo menos foi o que entendi. Como não conseguia nem piscar direito, não sorri ou fiz qualquer gesto. Ele se afastou, virando de costas e saindo do quarto, me deixando sozinha e paralisada com aquele negócio caído no chão à minha frente.

Peguei a mochila e passei por cima do corpo, saindo apressadamente do quarto. Desci as escadas correndo, encontrando os dois parados no meio da sala. Os corpos da minha mãe e do meu pai já não estavam mais lá. Norman se virou para me olhar.

– O que houve lá em cima?

– Fui atacada por um Smurf possuído.

– Uma alma – corrigiu. Deu de ombros e sorriu, aproximando-se de mim. – Quem nunca foi atacado por uma? Acontece!

– Ah, claro. Isso acontece – murmurei, com um sorriso irônico.

Norman riu, passando um braço por cima dos meus ombros e me conduzindo para fora da casa.

– O que fizeram com eles? – perguntei, me referindo a meu pai e minha mãe.

– Levei os corpos para os outros enquanto Dorian ficava de guarda. Eles os enterraram junto com sua irmã e seu irmão.

Perguntei, sentindo o coração apertar e meus olhos se encherem de lágrimas ao pensar que nunca mais teria a chance de ouvir suas vozes ou de ver seus sorrisos:

– E posso me despedir deles?

Seu sorriso diminuiu um pouco, e tive de esperar até entrarmos na floresta mais uma vez, seguidos pelos olhares das pessoas que passavam, para finalmente receber minha resposta. Ele olhou para Dorian, que estava alguns metros atrás de nós, e só depois de o garoto assentir levemente com a cabeça falou:

– Pode.

– Obrigada.

– Agradeça a ele – acrescentou, tirando o braço de cima dos meus ombros e gesticulando com a cabeça na direção do garoto que nos seguia.

– Ele é o chefe de vocês, não é?

– Tristan te contou sobre a lenda? – assenti com a cabeça.

– Bem... ele é nosso líder por direito, e apesar de não poder falar diretamente o que quer que a gente faça, nós seguimos uma certa hierarquia dentro do grupo, com os mais antigos nos guiando, mas sempre com a aprovação do Dorian. Se ele não quiser que façamos alguma coisa, não podemos fazer.

– E ele não poderia escrever o que quer? – perguntei, me sentindo cada vez mais intrigada com aquela história tão inacreditável.

– Não – respondeu. – Tentamos isso várias vezes, mas sempre que ele escrevia, as palavras eram escritas em uma língua que nós desconhecemos. Então, paramos de tentar.

Olhei para baixo, digerindo tudo aquilo. Passei os dedos pelo cabelo molhado. Vi pelo canto do olho que Norman me observava.

– E como sabem o nome dele se ele não fala?

– Não sei. Quando me tornei um deles já o chamavam por esse nome.

Ele deu de ombros e continuamos a andar em silêncio. Eu sabia que Norman me observava, mas mantive meu olhar grudado no que havia à nossa frente.

– Como você conseguiu resistir tanto tempo ontem? – perguntou, depois de alguns segundos de silêncio.

– Eu pensei nela. Na minha irmã – respondi. – Disse que iria resistir por ela. Que teria a força que ela não teve e... eu sei, parece loucura, mas acho que ela meio que... desistiu por mim, sabe? Acho que de alguma forma ela deu sua força pra mim, para que eu sobrevivesse – suspirei, sentindo o peso daquelas palavras sobre meu coração. – Apesar de só ter catorze anos, acho que ela conseguiu proteger melhor a mim do que eu a ela.

– Pelo jeito carinhoso que você fala dela, posso ver que era mesmo uma boa garota.

Assenti com a cabeça, vendo que estávamos nos aproximando dos outros. Todos subiram seus olhares até nós, abrindo espaço para que passássemos. Eu fui na frente, em direção a quatro pilhas de terra a alguns metros dos restos da fogueira do ritual da noite anterior.

Em cima da primeira estavam os óculos que meu pai usava. Tinham os aros pretos e as lentes grossas. Em cima da segunda estava uma das pulseiras de minha mãe, com um pingente de coração. Meu pai deu a ela de presente de casamento neste mesmo ano, alguns meses antes.

Em cima da terceira e da quarta não havia nada, mas eu sabia que elas pertenciam aos meus irmãos. Me ajoelhei em frente a elas, sentindo os olhos se encherem de lágrimas.

Como eu sabia que não conseguiria dizer nada naquele momento, já que minha garganta havia se fechado completamente, quem fez isso por mim foi Chad, dizendo as palavras de despedida que eram padrão para qualquer padre. Enquanto ele as proferia em um tom baixo e constante, eu não conseguia parar de pensar no quanto sentiria a falta deles. Que nunca veria meus pais envelhecerem e que nunca iria ao casamento da minha irmã ou do Michael. Não conseguia parar de imaginar como seriam suas vidas se não tivessem sido interrompidas daquela forma tão brutal.

    Fiz o máximo para segurar as lágrimas durante todo o tempo. Sempre fui boa em tentar parecer durona na frente dos outros. Já havia me acostumado a fazer isso depois de anos de uma "tortura escolar" chamada bullying. E acho que, de certa forma, isso acabou me tornando uma pessoa um pouco fria, boa em lidar com perdas.

    Depois, quando ele acabou, me levantei, disse a cada um que os amava como se pudessem me ouvir e fui abraçada pela maioria dos Caçadores de Almas. Os únicos que não se aproximaram foram Arthur e Dorian, que apenas observaram tudo de longe, lado a lado.

    Caminhamos em silêncio por horas depois disso, e quando eu perguntei o porquê daquilo, Boyd me respondeu que era para despistar os Angeli. Me mantive sempre atrás do grupo, seguida apenas por Dorian, metros atrás. Só paramos ao anoitecer, quando encontraram uma clareira com um pequeno riacho. Em pouco tempo já tinham montado algumas barracas e feito uma fogueira.

    Sentaram em um grande tronco de árvore caída quase no meio do acampamento e conversavam descontraidamente, e eu apenas fiquei observando tudo, até algumas dúvidas voltarem a surgir. Dúvidas que havia tentado tirar com Dorian, mas... bem, não deu muito certo. Olhei para Chad, sentado ao meu lado, e perguntei:

    – Ontem, durante o ritual, enquanto ainda o realizavam em minha irmã, eu os vi na floresta. Por que não ajudaram?

    – Porque tínhamos que esperar os Angeli completarem o ritual. Nosso plano era matar todos depois que a alma possuísse o corpo, assim destruiríamos também qualquer chance deles de abrirem o portal.

    – Tudo isso é tão insano! – falei, escondendo o rosto entre as mãos, tentando conter uma onda de medo que começava a me dominar. Respirei fundo e voltei a encará-lo. – Mas agora que não conseguiram terminar o ritual, eles não deveriam me deixar em paz? Eu não sirvo mais pra eles. O ritual não deu certo, não é? Eu consegui resistir, a alma não conseguiu me possuir.

    – Você é diferente, Serena. Eles a escolheram há muito tempo. Te observaram por meses para ter certeza de que era a humana certa. Quando as aparições começaram a te atormentar, foi o momento que eles decidiram que era a hora de te capturar.

    – Então a minha irmã devia vê-los também?

– Não. Acho que ela só foi pega por estar com você no momento em que invadiram sua casa. E como ela também tinha o nome com as seis letras, tentaram o ritual nela também. Já você via tudo porque era realmente a última.

Chad parou de falar e me encarou por alguns segundos, parecendo analisar meu estado de espírito e descobrir se eu estava pronta para ouvir o que tinha a dizer.

– Eles não vão te deixar em paz, Serena, porque você ainda é a chave pra abrir o portal pro Inferno.

Encarei o fogo por alguns segundos. Sempre eu. A azarada, diferente de todo mundo, da família, da sala... Suspirei, sentindo lágrimas encherem meus olhos de novo. Será que era um castigo de alguma força maior por eu ser ateia? Baixei o olhar. Ou talvez fosse por eu só fazer escolhas erradas.

– Ei – disse Chad, colocando a mão em meu queixo e fazendo com que eu olhasse para ele. – Não fique assim, lindinha, agora você está segura. E quanto à sua perda, eu sinto muito. Todos nós já perdemos alguém que amamos. A dor nunca sumirá, mas com o tempo ela ficará mais amena. As pessoas costumam dizer que o tempo cura tudo, pra mim, o tempo não cura, somos nós que aprendemos a levantar a cabeça e seguir em frente. Você vai conseguir fazer isso também.

– É o que eu espero – falei, encarando seus olhos escuros e fazendo o máximo para sorrir. Passei os dedos por seu cabelo curto cacheado e falei, antes de me levantar: – Obrigada, Chad.

O garoto apenas retribuiu o sorriso, me acompanhando com o olhar enquanto eu me levantava. Foi nesse momento que Arthur chegou com um pássaro morto enorme jogado por cima do ombro e disse:

– Trouxe o jantar.

– O primeiro em três dias! – exclamou Boyd. – Estava prestes a comer partes de vocês enquanto dormiam.

Todos riram. Tristan pegou o pássaro e começou a depená-lo com a ajuda de um homem que parecia ser o mais velho do grupo. Devia ter uns cinquenta anos. Seu nome era Arnold. Eles discutiam sobre quem ficaria com a coxa maior, até eu dizer que, como era a única garota, deveria ter prioridade. Acharam minha piada engraçada, mas não fiquei com coxa alguma.

E enquanto devorávamos os pedaços pequenos que havíamos ganhado, perguntei, olhando em volta:

– Ninguém vai chamar o...

– Dorian? – perguntou Arnold. – Menina, virei um Caçador de Almas aos vinte anos e nunca vi esse garoto colocar um alimento na boca.

– Espere... – falei. – Ele não fala, não tira a capa, não come, não envelhece... A lenda é verdadeira, então?

– Toda história tem seu fundo de verdade – murmurou Tristan.

– Mesmo sabendo que tem uma alma adormecida dentro do corpo, você ainda duvida de que essas coisas existam, Serena? – indagou Norman.

Sob a luz da fogueira, seus olhos castanho-claros pareciam um pouco alaranjados. O cabelo castanho-escuro cacheado estava desgrenhado. Ele tinha o rosto fino e o nariz um pouco... eu juro que tentei encontrar uma palavra difícil, como faço na maioria das vezes, mas... o nariz dele era um pouco maior do que o normal, mas era um garoto bonito.

– Não. Não duvido, é só que... – suspirei. – Passei a vida inteira acreditando apenas em coisas que foram provadas cientificamente ou que podiam ser quantificadas ou explicadas de alguma forma. É difícil abrir mão dessa realidade de um dia para o outro. – Fiz uma pausa, tendo consciência de que todos me observavam, como se esperassem algo de mim. – Eu preciso dar uma volta. Tomar um ar. Me deem licença.

Me acompanharam com o olhar enquanto me levantava e entrava mais fundo na floresta. Acho que podia entender Dorian de alguma forma. Ele era diferente dos outros, como eu. Era uma novidade, de certa forma. Todos queriam entendê-lo e esperavam algo dele, e agora eu sabia o quanto isso enchia o saco. Se pudesse, ficaria sozinha também, mas não podia nem tinha coragem.

Parei em uma pequena clareira a alguns metros da fogueira. Eu podia vê-los sentados, conversando, mas eles não podiam me ver. De longe era mais fácil enxergar quem eles realmente eram.

Arthur, antes, me parecia uma pessoa amargurada, irritada, mas vendo ele ali, observando tudo em silêncio em um canto, pude ver tristeza em seus olhos escuros. O cabelo dele atingia um tom forte de vermelho à luz da fogueira. Sua mandíbula estava rígida. Ele tinha olheiras, e as sobrancelhas ruivas e grossas estavam quase sempre juntas. Às vezes gostaria de saber o que havia acontecido pra ele ficar assim. Quer dizer... ninguém tem o olhar triste assim por nada.

Tristan era grande, forte, tinha o cabelo preto e liso que caía escorrido pelos olhos escuros. Seu nariz era reto, e o sorriso enorme, como um tubarão. Algo naquele sorriso criou uma nota em minha cabeça para nunca confiar totalmente nele. Havia maldade em algum lugar por trás daquela máscara de gentileza.

Ouvi passos atrás de mim e me virei para olhar. Era Dorian. Sorri um pouco, e me perguntei se deveria dizer oi ou não. Por via das dúvidas, fiquei em silêncio. Ele não retribuiu o sorriso. Aproximou-se, parando tão próximo de mim quanto havia feito em meu quarto naquela manhã, pegou minha mão, abriu meus dedos um por um e colocou um objeto metálico frio na palma. Meu coração pulou uma batida quando vi o que era. O colar de minha mãe. Ele tinha um pingente com um sinal dourado de infinito. Costumava dizer que simbolizava o tamanho do amor que ela tinha por nós. Eu tinha pensado que o haviam enterrado com ela.

Meus olhos se encheram de lágrimas. Apesar de não ter dito uma palavra, eu sabia o que ele queria dizer com aquele gesto. Queria que eu tivesse algo pra me lembrar deles. Falei, tentando segurar as lágrimas:

– Obrigada. Você não tem noção do quanto isso significa pra mim.

Apenas pegou o objeto de minhas mãos e se posicionou atrás de mim. Eu sabia o que ele queria fazer. Peguei meu cabelo com as duas mãos e o tirei do caminho enquanto ele colocava o colar em mim. Sorri ao me virar novamente para ele e agradeci com um gesto de cabeça, sentindo uma lágrima descer pela minha bochecha. Não me sentia na liberdade de abraçá-lo nem sabia se era permitido.

Ele retribuiu o gesto e se virou, voltando para a escuridão das árvores. Queria pedir que ele ficasse, queria tentar me comunicar com ele de alguma forma, mas algo me impedia de fazê-lo. Medo, talvez. Não dele, e sim do que poderia acabar descobrindo ao fazer isso. Arqueei as sobrancelhas. Que idiotice a minha. Sequei minha bochecha. Ele não era um monstro nem nada assim. Quem sabe não conseguia arrancar algumas palavras dele?

– Dorian! – chamei, correndo atrás dele.

O garoto parou, virando apenas um pouco a cabeça para o lado, a fim de me escutar melhor. Continuava de costas pra mim. Falei, sorrindo de um jeito sem graça:

– Aquilo que você fez hoje... salvar a minha vida... foi legal da sua parte. – Virou-se para mim, vendo que eu não seria tão breve quanto ele gostaria que eu fosse. – Além de ser uma cena de filme. Tipo... você explodiu a cabeça daquele negócio feio com sua arma superirada! Foi tão... UAU!

Juro por tudo nessa vida que pude ver a sombra de um sorriso se formando em sua boca, mas logo sumiu. Daria qualquer coisa pra poder ver seus olhos, ver se o que eu havia visto tinha sido de verdade ou era apenas uma alucinação. Por via das dúvidas, continuei:

– Eu queria saber... como você matou uma coisa que tecnicamente já está morta?

Dorian me observou por alguns segundos, imóvel, até que puxou um pouco a capa, colocou a mão dentro dela e tirou sua arma do coldre. Por um segundo fiquei com medo de ele acabar atirando em mim, mas tudo o que fez foi tirar uma bala do tambor e depois guardar a arma de volta no coldre. Aproximou-se um pouco mais, me mostrando uma bala prateada. Havia vários escritos nela numa língua que me parecia latim.

Fiz menção de pegá-la, mas assim que a ponta do meu indicador a tocou, senti uma dor lancinante, como se o material tivesse me queimado. Fiquei confusa. O garoto apontou para minha cabeça, depois apontou para onde ficava meu coração e depois para meus ombros, um de cada vez, como se fizesse uma cruz. Eu sabia o que aquilo queria dizer. Eram balas abençoadas e haviam me queimado por causa do que ainda estava em meu corpo, por causa da criatura adormecida dentro dele.

– Não há como tirá-la daqui? – perguntei.

Como ele não respondeu, considerei aquilo um "não sei". Resisti ao impulso de rir. Que ótimo. Estava ferrada, com certeza. Baixei o olhar, sorrindo com descrença. Realmente... eu era a pessoa mais sortuda do mundo. Só que não. Falei, um pouquinho revoltada com tudo o que estava acontecendo na minha vida:

– Eu só queria saber o porquê de tudo isso estar acontecendo comigo. Quer dizer... sei que tenho três nomes com seis letras cada e é por isso que me escolheram, mas... deve existir outras garotas com nomes assim, não? – suspirei, trocando a perna de apoio. – E o pior é não saber se posso dizer que isso é injusto. Eu sei que se tudo o que dizem de você for verdade, sua situação é bem pior, mas... – Voltei a olhar pra ele. – Foi justo com você? Foi justo ou até hoje você está esperando uma explicação?

Fiquei encarando-o por um longo tempo, como se ainda tivesse esperança de ele dizer alguma coisa, mas não houve nada além de imobilidade e silêncio. Sorri um pouco, cruzando os braços antes de brincar:

– Sabe... você faria sucesso com as garotas se fosse menos monótono. Sorria um pouquinho, não fique andando nas sombras e tal... Esse negócio de não falar até ajuda! É um bom ouvinte! Só não encare muito, está bem?

Dei as costas para ele, sabendo que era o que ele faria se eu tivesse continuado ali por mais um segundo, e segui de volta para a fogueira com o pingente entre os dedos. Não sabia o quanto eu era grata por ele tê-lo guardado pra mim. Só queria poder demonstrar isso de alguma forma... não. Não como aquelas donzelas em perigo faziam com seus cavaleiros, dando uma rosa e um beijo de agradecimento. Eu era uma garota racional, inteligente, nunca faria uma estupidez dessas.

Recostei a uma árvore a uns dois metros deles, abraçando os joelhos e pensando mais naquilo, não prestando atenção em nenhuma das histórias que contavam. Sabia que aquela seria mais uma longa noite cheia de memórias da minha família e lágrimas de tristeza e, enquanto aqueles pensamentos ainda não invadiam minha cabeça, decidi tentar pensar em como seria meu futuro. Agora que sabia que nunca poderia ir para a faculdade ou ter uma vida normal, tinha um objetivo: iria descobrir o que se passava na cabeça de Dorian, quer ele quisesse ou não.

∞

Estava caminhando sozinha na floresta escura e, por algum motivo, não sentia medo disso. Olhei em volta. Não havia sinal de ninguém por perto. Estava sozinha e sentia como se sempre tivesse sido assim. Ouvi passos quebrarem o silêncio.

Recuei um passo quando vi Dorian saindo de trás de uma árvore. Ele se aproximou de mim, um pouco mais desajeitado do que o normal. Parou alguns centímetros de distância. Estava tão próximo que podia jurar que sentia sua respiração em meu rosto. Pro meu espanto, ele disse:

– Não é justo com você.

Arregalei os olhos. Dorian tinha... ele tinha dito alguma coisa! Tinha dito alguma coisa com sua voz incrivelmente angelical! Juro que se pudesse teria gravado aquela frase e escutado por horas e mais horas seguidas sem enjoar do tom que ele usava. Não, garota! Contenha-se! Mantenha a postura! Perguntei:

– Por que acha isso?

– Se pudesse ver o que eu posso, Serena, não faria essa pergunta.

Não pude deixar de sorrir ao ouvi-lo dizendo meu nome. Ainda estava surpresa demais com aquilo para reagir melhor e tentar disfarçar. Perguntei, cruzando os braços:

– E... isso é um sonho ou algum tipo de... sei lá... coisa paranormal que você usa pra falar com os outros?

– Um sonho, mas não quer dizer que não possa interferir nele.

– E, se eu estiver certa, você não vai me explicar o que isso quer dizer, não é?

Ele apenas se manteve em silêncio, o que respondeu à minha pergunta. Continuei:

– E... você já fez isso com algum deles? – *Balançou a cabeça como um não.* – Então por que está fazendo comigo?

– Você merecia uma resposta. E não é sempre que posso fazer isso – *respondeu ele.*

– Isso quer dizer que não vai fazer de novo?

Silêncio, e esse silêncio me respondeu algumas perguntas. Bem... aquilo significava um "talvez, mas muito provavelmente não", também significava que, mesmo que pudesse falar, seria um garoto muito quieto, e também mostrava que não gostava de responder as coisas se não fosse realmente necessário.

Palavras eram preciosas. Pra mim também seriam se não pudesse usá-las frequentemente, como ele.

– E isso é segredo nosso – supus. Apenas abaixou a cabeça uma vez, o que significava um "sim". Abri um pouco mais o sorriso que já estava em meu rosto. – E tudo o que dizem sobre você é verdade então?

Ele não respondeu, apenas esticou um pouco o pescoço e virou a cabeça, como se tivesse ouvido alguma coisa e quisesse identificar de onde o barulho vinha. Disse, ainda sem olhar pra mim:

– Hora de acordar, Serena.

– Mas... – comecei, e, antes que pudesse continuar, tudo escureceu.

A MULHER NO ESPELHO

As lendas só existem porque um dia foram histórias reais.

Dessa vez eu acordei quando me chamaram. Ou foi Dorian que me acordou... não sei direito. Só sei que a voz dele continuava ecoando em minha cabeça, repetindo meu nome da forma mais angelical possível. Pisquei algumas vezes até minha visão focar no rosto de Norman, à minha frente. Ele sorriu um pouco e disse:

— Hora de acordar, ruiva.

— Ruiva?

— O quê? – perguntou, abrindo ainda mais o sorriso e estendendo a mão para me ajudar a levantar. – Você é loira e eu não percebi?

Retribuí o sorriso, ainda sem muito ânimo pra brincadeiras, pegando a mão dele e me levantando do chão, limpando os pequenos galhos que haviam grudado em meu casaco e na calça jeans. Os Caçadores estavam se aprontando pra sair mais uma vez.

— Bom dia, lindinha! – cumprimentou Chad, e o recompensei com um sorriso.

— Vamos logo com isso – falou Arthur, interrompendo completamente o que Boyd estava prestes a me falar. – Temos muito o que fazer hoje. Falaremos com *ela*.

Oi? Ela? Quem era "ela"? O garoto de cabelos curtos e loiros ao meu lado gesticulou com a cabeça para que eu seguisse em frente, e foi o que fiz, com ele ao meu lado. Perguntei:

— Aonde vamos?

— Ser Caçador de Almas não é só andar pela floresta, fazer fogueiras e usar essas capas sinistras. Nós temos que *caçar almas* de fato. Pra saber aonde devemos ir, consultamos quem vocês chamam de "Loira do banheiro". A diferença é que ela não é loira. É morena e bem bonita até... tirando a parte assustadora...

Enfim, a história dela não é tão idiota quanto falam por aí. Isso aconteceu porque um dia um garoto bêbado entrou no banheiro enquanto falávamos com ela e saiu contando pra todo mundo que a viu.

Encarei-o confusa.

– Hã?

– OK, vou explicar melhor – suspirou, diminuindo um pouco a velocidade com a qual andava e me encarou com seus olhos azuis-celestes. – Sempre que queremos saber onde estão as áreas com mais atividade paranormal, vamos a uma casa velha e abandonada. Nela, ou melhor, no espelho de um banheiro dela, fica um tipo de... garota. Que nos informa isso. É sempre o Dorian que conversa com ela. – Revirou os olhos antes de continuar. – Sempre sozinho. Não. Ele não conversa literalmente. Já colocamos o ouvido na porta e a única voz que dá pra ouvir é a dela. Eles devem utilizar algum tipo de comunicação mental ou algo assim.

– E como você sabe que ela é bonita se Dorian sempre entra sozinho? – Por algum motivo, essa foi a única parte que eu filtrei de tudo o que ele havia dito.

– Um dia, estávamos tentando escutar a conversa, e eu acabei me apertando tanto contra a porta que ela... abriu – explicou. – Os outros saíram correndo e eu fiquei lá, como um pateta. Foi aí que o tal garoto bêbado do qual eu falei antes chegou, e ele ficou tão assustado que, quando contou a história pras pessoas, confundiu meu cabelo com o dela e aí deu nisso.

Ele baixou o olhar.

– Foi a única vez que Dorian expressou algum tipo de emoção que não fosse indiferença à nossa frente. Ele me pegou pela gola da capa e praticamente me jogou pra fora da casa. Juro que na hora pensei que fosse enfiar minha cabeça na privada.

Não pude deixar de rir, imaginando a cena, embora fosse meio trágica, mas logo voltei a ficar séria. Quem era aquela garota? Por que Dorian conversava com ela sozinho? Por que eles tinham essa tal ligação aí? Será que eles eram... não. Não podiam ser. Tentei afastar aquela ideia da minha cabeça. Isso não era da minha conta, era?

Olhei para trás. E lá estava ele, seguindo-nos em seu ritmo lento, capuz sobre os olhos e capa completamente fechada, que não permitia que víssemos o que havia dentro. O que mantinha suas capas fechadas, um pequeno e frouxo cordão prateado amarrado em um laço, era quase invisível se não fosse visto de perto. As mangas compridas se misturavam com as dobras do tecido azul-marinho, e só dava para enxergá-las quando os braços deles não estavam grudados ao corpo. Perguntei:

– Eu sei que ele não pode tirar isso, mas e vocês?

– Nós podemos. Aliás, eu tiro toda hora. Se não sumisse na floresta durante a noite, veria. – Levei aquilo como um pedido discreto para parar de dar minhas caminhadas noturnas.

– E vocês escolhem ser Caçadores de Almas?

– A maioria de nós foi abandonada na floresta quando criança e fomos encontrados pelo grupo. Ficamos com eles até termos maturidade para escolher entre ser Caçador ou tentar a vida na cidade. A maioria escolhe a segunda opção, mas sempre há alguma coisa que nos faz voltar. Ataques de sonambulismo, alucinações, pesadelos... Tudo isso não para até estarmos juntos dos outros. A idade com que voltamos para a floresta depende de nossa resistência. Fui embora aos treze e voltei aos quinze, há sete anos.

– Então vocês são tipo pais uns dos outros?

– Quando encontramos as crianças, sim. Inclusive, um dos garotos foi embora no dia em que você chegou. – Fez uma breve pausa antes de continuar. – Jordan, de catorze anos.

Encarei o chão cheio de galhos úmidos e folhas alaranjadas. As pobres crianças tinham de contar com a sorte de serem encontradas, e isso era visível, porque nos três dias que havia passado com eles não ouvi nenhum comentário do tipo "Ei, pessoal! Vamos tentar achar crianças abandonadas hoje?". Perguntei, prometendo silenciosamente a mim mesma que essa seria a última pergunta, já que Boyd não era nenhum tipo de enciclopédia:

– E vocês continuam sendo Caçadores pelo resto da vida? Não podem sair nunca mais?

– Podemos deixar o grupo a qualquer momento – respondeu. – Mas sabemos que sempre vamos ser atraídos de volta; então, simplesmente continuamos caçando almas pelo resto da vida – continuou. – É claro que depois de uma certa idade, ou quando estamos realmente decididos que essa não é a vida que queremos ter, vamos embora. Alguns de nós deixam o grupo ainda jovens e têm persistência o suficiente para nunca mais voltar, seguindo a vida deles a partir daí, mas isso quase nunca acontece.

Fiquei um pouco surpresa. Então, praticamente não tinham escolha se continuavam ou não. Só havia duas opções: ou vivia sendo um Caçador, convivendo com as mesmas pessoas isoladamente numa floresta para o resto da vida, ou ia embora e tentava conviver com ataques de sonambulismo, pesadelos etc. Uau. Que vida.

Ele gesticulou com a cabeça para que eu olhasse para a frente. Vi que estávamos prestes a sair da floresta e chegando a uma pequena cidade que não parecia muito maior do que a que eu morava. Continuamos andando por algum tempo em silêncio. As pessoas que passavam não davam a mínima para nós. Talvez já estivessem acostumadas com a presença dos Caçadores de Almas.

Não havia se passado muito tempo quando paramos em frente a uma casa abandonada. Era de madeira velha e a maioria das janelas sujas estavam quebradas.

Quando Norman abriu a porta de entrada, um rangido alto saiu de suas dobradiças enferrujadas e da madeira que, de tão podre e desgastada pela ação do tempo, parecia prestes a virar um monte de poeira se batida com um pouco de força ao ser fechada. Ao entrarmos na casa, senti um cheiro forte de mofo que fez minhas narinas arderem. Naquele momento nada me assustou mais do que pensar no que aquele mofo todo faria com minha rinite alérgica. Eu estava ferrada! Será que os Caçadores tinham algum corticoide pra me emprestar caso eu começasse a espirrar descontroladamente? Acho que não.

Pela casa havia vários móveis velhos e empoeirados, com o forro rasgado e espuma exposta. Outros estavam quebrados em pedaços. Podia jurar que tinha visto até algumas manchas de sangue no chão, e meu estômago revirou só de imaginar de onde poderia vir aquele sangue todo.

Subimos algumas escadas de madeira. Os degraus rangiam quando pisávamos neles, e um chegou a quebrar comigo em cima, o que não foi nada previsível. Tristan me segurou para que eu não saísse rolando escada abaixo.

Quando chegamos a um enorme corredor de chão e paredes de madeira, senti uma sensação ruim. A mesma que havia sentido no primeiro dia das aparições, quando tive de descer para desligar a televisão. Estava tão frio naquele corredor que vapor saía de nossas bocas quando respirávamos. Todos os pelos de meus braços se arrepiaram, e abracei a mim mesma, notando que minhas unhas estavam atingindo um tom azulado meio assustador. Se os outros não tivessem me encorajado a continuar andando, teria saído correndo dali há tempos.

Paramos em frente à última porta do corredor. Todos deram um passo atrás para que Dorian passasse por nós. Abriu a porta e entrou sem fazer nenhum gesto para que o esperássemos ou algo do tipo. Assim que a fechou, metade dos Caçadores colocaram os ouvidos contra a porta pra tentar ouvir algum barulho que viesse lá de dentro.

Eu apenas me mantive encostada à parede de madeira de braços cruzados a certa distância da porta, com Arnold à minha frente. Perguntei, sem olhar pra ele:

– Então, o que vocês fazem com os restos mortais das almas que matam? Enterram ou apenas deixam largados por aí?

— A maioria dos Caçadores enterra. Outros fazem como o Dorian, que os deixa apodrecer onde foram mortas. Ele não gosta que tratemos as almas com gentileza e respeito, já que não merecem isso. Eu concordo com ele. Muitos humanos não têm a chance de serem enterrados. São largados por aí para se decompor ao ar livre. Por que temos que enterrar essas criaturas que só querem o mal para os outros?

— Porque a morte já foi castigo suficiente – falei. – Sim, foram cruéis durante a vida e punidas com a morte. Pra que continuar tratando-as como se nunca tivessem sido humanas?

— Elas já estão mortas, Serena. Voltaram pra tirar a vida de outras pessoas pra que tenham a mesma vida trágica que a delas. Voltaram para tirar vidas de pessoas como a sua irmã.

Meu estômago revirou e desviei o olhar, me mexendo desconfortavelmente. Citar minha irmã me fazia concordar com ele, mas muitas outras garotas perderam suas irmãs antes e não pensei nelas na hora de defender as almas.

— O que eu não entendo é: não estamos fazendo nada por elas. Quer dizer... vocês as caçam, mas só porque elas nos fazem mal. E por que elas querem tanto nos matar? Por que os Angeli querem tanto trazê-las pra cá? O que ganham com isso? – perguntei.

— Talvez tenham feito um pacto em troca de outra coisa. Isso é muito comum entre eles – respondeu. Falávamos baixo, tentando não atrapalhar os outros, que faziam o máximo para ouvir o que Dorian e a tal garota misteriosa conversavam dentro do banheiro. – Eles matam crianças em troca de alimento, bebem sangue de animais em troca da cura de uma doença, oferecem carcaças para terem abundância... talvez estejam fazendo isso por uma causa que para eles seja importante. Quanto às almas... elas não têm nada a perder. Não pertencem às pessoas que eram boas e dignas. Elas são das pessoas realmente cruéis. Elas vieram do Inferno.

Foi aí que eu pude entendê-los. Matavam coisas cruéis que não tinham mais sentimento humano algum. A alma que me atacou podia ser tanto de Hitler quanto de algum sociopata morto há alguns dias, mas não importava mais no estado que estavam. Todas eram monstros, todas fizeram coisas ruins, e os Caçadores estavam ali pra mostrar que elas não mereciam uma segunda chance e que nem deveriam ter tido a primeira.

— Mas... almas não são coisas palpáveis, certo? – perguntei. – Pelo menos não deveriam ser. Não vi nenhum monstro se aproximando no ritual e tenho quase certeza de que não havia nenhum daqueles smurfs malignos que tentou me atacar em casa.

– As almas habitam corpos – explicou. – Elas são responsáveis por sentimentos, pensamentos, modos de agir, e elas controlam tudo o que fazemos. Quando não chegamos a tempo pra interromper um ritual, rezar pelos mortos e abençoá-los, os corpos são possuídos por essas almas. Os corpos definham, mas se mantêm vivos, as veias secam, olhos afundam, as pálpebras e os lábios somem. Dentes ficam afiados, os músculos dos braços e pernas atrofiam, ficam mais leves. Os cabelos e pelos caem, e se esquecem de como falar, tudo que conseguem fazer é grunhir. – Fez uma pausa, suspirando. – Eles se tornam aquela coisa que te atacou. Mas isso não é de todo ruim. Aqueles corpos monstruosos, destruídos, definhados, se tornam uma prisão para as almas. Elas não se libertam, não vão para o Inferno. Ficam ali, presas eternamente até o corpo não resistir mais e virar adubo, e depois permanecem aprisionadas na terra na qual pisamos, sob nossos pés, sentindo-se vermes sob nossas botas.

Sorri com uma satisfação estranha ao ouvir aquilo e imaginei suas palavras como se fossem um filme em minha cabeça. Ainda podia sentir o ódio por eles terem tirado a minha família, e me imaginar pisando na cabeça de algumas daquelas almas desgraçadas me fazia sentir uma satisfação quase doentia. Pensei em fazer mais uma pergunta, mas no momento em que abri a boca Dorian surgiu diante da porta do banheiro.

Os fuxiqueiros que até aquele momento estavam tentando ouvir atrás da porta se afastaram mais rápidos do que um relâmpago, e tenho certeza de que estavam rezando por dentro para que o líder deles não tivesse percebido o que estavam fazendo.

Ficamos em silêncio, esperando que Dorian desse alguma ordem. Não que ele pudesse falar, mas imaginei que devia haver uma forma de dizer o que queria, certo? Quando ficou me encarando por um longo tempo sem dizer nada, comecei a me sentir meio desconfortável, até ele finalmente gesticular com a cabeça para que eu entrasse no banheiro também.

Me aproximei dele devagar, com medo do que encontraria lá dentro ou do que Dorian queria me mostrar. Entrei encarando o piso cor de salmão do chão do lado de dentro. Respirei fundo criando coragem e tentando convencer meu cérebro de que estava segura e que nada que eu visse ali poderia me machucar. Quando consegui levantar a cabeça, olhando em volta do lugar, pude ver que as paredes eram apenas um tom mais claro que o piso.

O cômodo era enorme, com vários reservados e quatro pias de cerâmica da mesma cor que tudo ao redor, e as torneiras e bordas dos espelhos eram douradas. No penúltimo deles, ao meu lado esquerdo, estava o reflexo de uma garota que parecia ter a idade da minha irmã.

Seus cabelos pretos e lisos iam até um pouco abaixo do peito. Usava uma camisola branca cuja gola acabava na base do pescoço, e tinha mangas enormes. Seus olhos eram como poças de águas escuras, feito um lago sombrio e assustador. Eu a reconheci. Era ela quem havia tentado me avisar que os Angeli estavam na minha casa naquela noite.

Olhei por cima do ombro, vendo Dorian fechar a porta atrás de si e se aproximar de mim. Parou ao meu lado, olhando para as minhas mãos, e segui seu olhar. Elas tremiam como nunca, assim como as minhas pernas. Tive que resistir ao impulso de me apoiar nele para não cair estatelada no chão de tanto medo. Respirei fundo mais uma vez, erguendo o queixo enquanto esperava que fizessem o que queriam fazer.

– Serena. Devens. Stamel – disse a garota, pausadamente, pronunciando cada letra do meu nome perfeitamente, como se gostasse de ouvir o som da própria voz ao dizer aquilo, sua voz agora era suave, apesar de provocar um arrepio de medo na minha coluna. – Posso sentir o que há dentro de você, e não é bem-vindo. – Estava prestes a abrir a boca para fazer um comentário sarcástico, mas Dorian colocou a mão em meu braço, me fazendo parar. – Mas você é. – Sorri um pouco, aliviada. – Tentei avisá-la da chegada dos Angeli, mas não fui rápida o suficiente. – Ela passou o olhar para o garoto ao meu lado. – Nós não fomos. – Baixou um pouco a cabeça. – E lamento por isso, por sua perda e pelo risco que corre de perder a própria vida. Ambos lamentamos.

Olhei para Dorian, que encarava a garota no espelho com atenção. Embora não tivesse virado a cabeça na minha direção, ele sabia que eu o estava observando. Abaixou a cabeça uma vez, como se dissesse "É verdade". Não pude deixar de me sentir um pouco mal por eles. A culpa era minha. Se tivesse avisado alguém antes, se tivesse fugido... mordi o lábio. Só naquele momento percebi que era uma daquelas garotas de filme de terror que eu tanto criticava.

– Obrigada – falei, num tom tão baixo que fiquei em dúvida se haviam ouvido ou não.

– Não agradeça – disse ela, abrindo um leve sorriso e depois passando a olhar para Dorian. – E agora vão.

Assentiu com a cabeça, colocou a mão em minhas costas, me guiando em direção à porta com gentileza, e a abriu para mim do jeito mais cavalheiro do mundo, saindo do banheiro apenas depois de eu dar alguns passos para fora.

– Cristo! – exclamou Chad, aproximando-se. – O que aconteceu lá dentro, lindinha? – colocou a mão em meu cabelo. – Você está pálida... Dorian! – disse, passando o olhar para o líder. – O que fez com ela?

– Nada – respondi por ele, colocando a mão por cima da de Chad. – Ele não fez nada. Eu só... fiquei com medo.

– Tudo bem, princesa – disse Boyd, empurrando o amigo para o lado e abrindo um lindo sorriso, inclinando-se um pouco para ficar da minha altura. – Eu prometo que você se acostuma com o tempo – continuou.

Retribui o sorriso, torcendo para que ele estivesse certo, e não pude deixar de olhar para Dorian, que, de braços cruzados a alguns metros, me pareceu um pouco interessado demais na parede de madeira mofada ao lado dele... Aliás... como ele havia ido parar ali tão rápido? Enfim... gostaria de estar no lugar dele, e não com os olhares de todos (literalmente) os homens no corredor.

Me livrei das mãos dos garotos em volta, que as estendiam em minha direção como se eu precisasse segurar a mão de alguém para ficar mais corajosa. Perguntei:

– Vocês não têm que caçar algumas almas, não?

Juro por tudo nessa vida que, enquanto Dorian passava apressadamente ao meu lado, vi um sorriso se formando em seu rosto. Não daqueles enormes, e sim daqueles discretos, que nem os dentes são mostrados, mas era um sorriso lindo.

Eu o segui rápido, antes que qualquer um dos Caçadores pudesse me alcançar. Princesa? Lindinha? Não. Meu nome era Serena, e eu não gostava que me chamassem de outro modo, muito menos com esses diminutivos que me faziam sentir como uma garotinha mimada e sem personalidade.

BURACO NEGRO

No momento em que temos certeza de que nada mais pode nos surpreender, a vida vem, te dá um chute no traseiro e mostra o quanto você estava errada.

Era a primeira vez que eu via Dorian no comando, andando na frente de todos, sem esperar ninguém.

Mantive a velocidade com que caminhava, querendo segui-lo de perto. Queria vê-lo em ação, fazendo algo que não fosse ficar em silêncio, seguir o grupo ou encarar árvores. Queria vê-lo ser o líder e não perderia nenhum detalhe. Olhei para trás a tempo de ver todos os Caçadores de Almas colocando seus capuzes ao mesmo tempo, como se algum alarme dentro de suas mentes houvesse disparado.

Senti meu coração acelerando por causa da adrenalina. Pela primeira vez em três dias veria alguma ação de verdade. Sorri, me sentindo uma idiota. A garota de cabelos ruivos cacheados, com sua mochila de alça azul-celeste, e os Caçadores de Almas. Era um contraste muito grande, e devia ser meio cômico para as pessoas que passavam ao nosso lado.

Vi Dorian enfiar sua mão dentro da capa e tirar do suporte que usava transversalmente no peito um tipo de esfera de vidro. Dentro dela parecia ter uma energia contida, cinza-escura, que lutava para sair, como um pequeno vórtice de fumaça. Ouvi Norman murmurar atrás de mim com um tom desanimado e levemente enjoado:

– Odeio quando ele faz isso.

Olhei atentamente, deixando que ele tomasse mais distância à frente, e observei enquanto chacoalhava a bola de vidro algumas vezes, sem parar de andar. O vórtice lá dentro tomou a forma do que o continha, como se fizesse pressão por todos os lados para sair. O Caçador virou de repente, entrando em um beco sem saída, e, a menos de dois metros, jogou a esfera na parede e, instantaneamente, um tipo de buraco negro se abriu, sugando toda a sujeira do chão, as latas, os sacos de lixo e uma bicicleta parada próxima a nós.

Dorian continuou caminhando na direção daquele negócio assustador sem hesitar e, no segundo seguinte, havia sumido. Norman me encorajou a continuar. Gritou, tentando falar mais alto do que o barulho do buraco negro sugando tudo ao nosso redor:

– Se não parar é mais fácil.

E foi o que eu fiz, segui em frente sem hesitar; afinal, o que mais eu poderia fazer?

Quando fui praticamente jogada para fora da escuridão, que parecia tentar arrancar meus membros e sugar todo o ar de meus pulmões, me puxando e empurrando de um lado para o outro, acertei Dorian em cheio, quase derrubando nós dois.

Foi como levar um empurrão forte para o qual os pés não estão preparados e se mantêm no lugar enquanto seu corpo cai para a frente. Foi assim que, se em um segundo pensava que nunca mais veria a luz novamente, no outro, estava com a cara colada no peito do Caçador de Almas com seus braços em torno de mim, me impedindo de cair. Subi o olhar até seu "rosto". Como sempre, não consegui ver seus olhos, e sua boca estava séria. Me puxou com mais força contra ele e deu dois passos rápidos para trás, me tirando do caminho de Norman, que havia entrado no buraco negro logo atrás de mim. Me endireitei, sentindo as bochechas corarem enquanto ele me soltava.

Arrumei as roupas, ajeitando a mochila nas costas. Falei, coçando a cabeça e baixando o olhar, sem graça:

– Obrigada.

Dessa vez ele não beijou minha mão. Apenas fez um gesto com a cabeça e olhou o buraco negro atrás de nós, que parecia estar suspenso no ar. Olhei em volta. Estávamos em um campo de grama seca, com árvores sem folhas ao fundo. O vento frio fazia meu cabelo voar nos olhos.

Alguns metros à frente havia uma casa enorme, com janelas que davam para um interior escuro, cheias de marcas de mãos com dedos excessivamente longos. Não era nenhuma especialista em vocalização de aves, mas pude ouvir o que me pareceu ser o apelo de uma ave lá de dentro. Meu coração apertou ao ouvir isso. Cassie havia emitido o mesmo som alguns segundos antes de sua morte.

— O que foi isso? – perguntei, baixando o tom mesmo sabendo que ninguém dentro da casa me ouviria àquela distância.

— Uma delas – sussurrou Tristan, como se sentisse o mesmo. – É uma alma.

Senti um arrepio subir pela minha espinha e recuei um passo. Quando senti alguém tocar meu ombro, dei um salto, mas era apenas Dorian. Ele fez um gesto lento com a mão para que eu o seguisse alguns metros de distância, e foi o que fiz.

Parou bem próximo a mim, pegou algo de dentro da capa e o colocou em minha mão, fechando meus dedos em torno do cabo de um revólver prateado, como os que ele tinha. Mostrou uma das balas para mim. Não era como aquelas que eu não podia tocar. Sua ponta era de metal, mas o resto era de vidro, e dava para ver que dentro havia algum tipo de líquido transparente. Pensei por alguns segundos antes de tentar chutar o que era:

— É... água benta?

Assentiu com a cabeça, me entregando a bala. Eu sabia que a arma estava carregada. Era para emergências. Guardei a bala extra no bolso. Eu sabia também que não devia sair correndo atrás das almas e que só deveria usar a arma em último caso.

Dorian estava prestes a se virar na direção da casa quando segurei seu braço. Não tinha muita certeza do porquê de ter feito aquilo e muito menos por que eu disse a seguinte coisa a ele:

— Seja lá quantas almas tiver lá dentro... – balancei a cabeça, tentando resumir o discurso. Fiz uma pausa de alguns segundos, encarando-o com certa hesitação, antes de continuar. – Tome cuidado, OK?

Permaneceu imóvel por algum tempo, com a cabeça virada em minha direção, me observando por baixo do capuz. Sabia que havia um brilho de dúvida em seus olhos, embora não pudesse vê-los. Inclinou levemente a cabeça para o lado. Era quieto, baixo, comparado aos outros, e mais magro também. Parecia... frágil. Foi ali que eu vi, pela primeira vez, com clareza, seu sorriso. Os cantos de seus lábios sem cor se erguendo quase imperceptivelmente para cima.

Dorian ergueu a mão na direção de meu rosto de um jeito hesitante, e não consegui tirar os olhos dela nem por um segundo, esperando que ele me desse um tapa e berrasse: "Acorda garota! Sou o líder dos Caçadores de Almas, esqueceu? Você acha que eu preciso tomar cuidado, sua idiota?!", mas ele não o fez. Apenas colocou a mão em minha bochecha, acariciando-a com o polegar.

Coloquei minha mão por cima da dele, retribuindo o sorriso, e ele logo a baixou. Aquilo era uma mistura de "Não se preocupe" com "Você também".

Acompanhei Dorian com o olhar enquanto passava por mim, indo em direção à casa. Só aí reparei que todos os Caçadores olhavam para nós, e senti as bochechas corarem. Meu coração deu um salto quando ouvi alguém falar atrás de mim:

– Só não acerte o próprio pé, está bem? – Era Norman.

Revirei os olhos, rindo e seguindo o grupo que agora seguia seu líder apressadamente. Estavam meio nervosos. Dava para ver isso. O garoto seguiu ao meu lado, acompanhando meu ritmo lento. Falou, sem olhar pra mim, com um sorriso malicioso:

– Não se preocupe. Dorian não é líder só porque é imortal. É o melhor de nós e nunca erra.

Mordi o lábio. Estava tão na cara assim que eu estava preocupada? É claro que não era só com ele. Temia por todos ali, mas a quietude de Dorian me fazia pensar, por algum motivo, que ele era mais frágil.

Um grunhido alto ecoou de dentro da casa assim que Dorian abriu a porta, e o barulho de uma rajada de tiros veio logo em seguida. Parei por um segundo, sentindo o pavor prender meus pés ao chão. Norman se virou pra mim antes de entrarmos e disse, colocando seu capuz e erguendo a besta que eu não notei que ele segurava:

– Acerte-os na cabeça. Os desgraçados são difíceis de matar.

PRESENTE DIVINO

Às vezes, tudo de que precisamos é um segundo de coragem para realizar o impossível.

A partir do primeiro passo que dei para dentro da casa, não pude enxergar mais nada. Não havia barulho algum, mas sabia exatamente quem estava ao meu lado. Estava entre Norman e Tristan, os dois caras mais altos do grupo. Não conseguia sequer ouvir alguma respiração além da minha e me senti na obrigação de prendê-la.

Coloquei o dedo no gatilho, esperando qualquer sinal de movimentação e me perguntando pela centésima vez o que eu fazia ali. Baixei a cabeça, fechando os olhos e tentando me concentrar, me apegar a algum som vindo da escuridão. Não havia nada. Fiz uma oração silenciosa, pedindo a quem quer que fosse me ouvir que não permitisse que eu acabasse acertando um dos Caçadores sem querer.

Foi quando, mais uma vez, ouvimos o apelo de uma ave, mas agora vinha de cima de nossas cabeças. No segundo seguinte, com um barulho enorme, alguém puxou as cortinas que tampavam uma enorme janela, e olhei para cima. O teto estava infestado de criaturas azuladas e nojentas como a que tinha visto em meu quarto. Apontei para cima, me preparando para acertar qualquer uma, mas antes que eu ou mais alguém começasse a atacar, elas se lançaram em cima de nós.

A primeira alma a avançar veio direto pra cima de mim e, antes que ela conseguisse me tocar, uma espada atravessou seu peito, interrompendo seu caminho. Olhei para o lado, a fim de ver quem havia sido. Tristan. Sorri nervosamente pra ele antes que se virasse e atacasse a próxima.

Não demorou dois segundos para eu estar encolhida contra uma parede no canto. Via espadas cortando o ar, flechas com pontas cheias de escritos sendo lançadas da besta de Norman, foices cortando cabeças e o barulho dos tiros de Dorian. Aquelas criaturas eram dez vezes mais assustadoras do que eu me lembrava, e o pânico havia me consumido quase por inteiro. Era uma nerd (com muito orgulho), não uma guerreira. Não havia nascido para aquilo.

E quando uma das criaturas percebeu minha presença, eu quase congelei. Apertei o cabo do revólver enquanto ela se aproximava lentamente entre os Caçadores, ocupados demais para notá-la. Tentei apertar o gatilho, mas nada saiu do cano da arma. Estava travada. Resisti ao impulso de xingar alguém. Tentei mais uma vez, nada. Foi quando a alma decidiu que não queria mais esperar até que eu conseguisse encontrar um jeito de atirar nela e se lançou em cima de mim.

Ergui a perna apenas pelo simples reflexo de mantê-la longe e acabei acertando-a com um chute na cabeça, empurrando-a para o lado, e, no segundo seguinte, havia uma flecha em sua cabeça que havia saído do arco de Boyd.

Me apertei ainda mais contra a parede enquanto tentava, de alguma forma, destravar a arma. Por sorte, todas as almas que se aproximavam eram mortas pelos Caçadores mais próximos a mim.

Foi quando outra delas se aproximou, e senti meu coração começar a se acelerar, junto com a minha respiração. Engoli em seco. Aproximava-se lentamente, como se estivesse se preparando para avançar. Os olhos negros e enormes pareciam dois buracos negros no rosto deformado, e a boca estava aberta, deixando a mostra todos os dentes afiados e a língua negra semelhante à de uma cobra.

Juntei as sobrancelhas, me endireitando. Não era uma garotinha em perigo, e iriam pensar isso se me vissem com aquele medo todo... Apontei a arma para sua cabeça, fechando um dos olhos para mirar melhor. Chegava a ser cômico o fato de Dorian ter me dado uma arma pensando que eu tinha alguma ideia de como usá-la. Bem, tinha que tentar, não é?

Apertei o gatilho (rezando para ter conseguido destravá-la em alguma das minhas tentativas) e acertei o chão ao seu lado. Sorri um pouco, feliz pela arma ter voltado a funcionar, embora tenha errado o alvo bem feio. OK. Foi minha primeira vez. Não ia acertar assim tão fácil. Para meu azar, a alma não teve tanta compreensão assim. Avançou para cima de mim, com as mãos abertas como garras e a boca nojenta aberta soltando um ganido horrível, como se quisesse engolir minha cabeça. Foi quase um reflexo levantar a arma e atirar dentro da boca da alma, e fiquei espantada quando ela caiu se contorcendo aos meus pés. Atirei mais uma vez, por precaução, e sangue negro espirrou para todos os lados, sujando um pouco minha calça jeans de tecido claro.

Quando o barulho do tiro cessou, percebi que tudo em volta estava em silêncio. Foi um silêncio bom por um momento. Sentir a adrenalina nas veias, ouvir meu próprio coração batendo... foi ótimo. Mas logo em seguida fiquei preocupada. Mas o quê?... Subi o olhar e vi que todos os Caçadores de Almas me observavam. Ouvi uma palma, depois outra, e mais outra, até todos estarem me aplaudindo e eu ficar corada. Falei:

– Gente, eu não fiz nada! Matei uma só! Vocês mataram tantas a mais... não tem por que me aplaudir.

– A primeira vez que alguém mata uma alma é sempre digna de aplausos. – disse Chad, aproximando-se e passando um braço por cima dos meus ombros. – Ainda mais com um tiro desse – continuou.

Baixei o olhar, sorrindo sem graça enquanto mais uma onda de aplausos atingia meus ouvidos. Havia várias carcaças no chão, e várias poças de sangue cresciam cada vez mais, até sujar a madeira velha sob nossos pés quase completamente, mas nada disso importava muito naquele momento.

Vi Dorian no canto do cômodo, apoiado na parede de braços cruzados, me observando com o mesmo sorriso que tinha antes de entrar na casa, mas naquele momento eu sabia que aquilo significava orgulho e nunca me senti tão sortuda por ser uma pessoa azarada.

Estava sentada no chão a alguns metros da fogueira, olhando para as estrelas do céu. Tinha tido a sorte de encontrar uma clareira com vista especial para uma das minhas constelações favoritas. Abracei os joelhos, tentando me manter aquecida. Eu sabia que me aproximar da fogueira era uma forma mais eficiente de fazer isso, mas não estava com muita vontade de ouvir piadas ou de festejar a matança do dia.

Minha ficha tinha acabado de cair. Depois daquilo tudo, eu não teria mais para onde ir. Não queria ir para a Europa morar com a minha tia, mas era minha única opção agora. Suspirei, balançando a cabeça e sorrindo com descrença. Quem imaginaria que um dia eu passaria por isso?

Não sei por que, mas pensei em minha ex-melhor amiga e em nosso último encontro. Como eu era idiota... Depois de tudo o que passei naqueles últimos dias, eu ainda me perguntava por que motivo Briana tinha feito aquilo comigo. Ela estava morta agora, e a única coisa da qual deveria me lembrar sobre aquela... garota era sobre sua traição. Quer dizer... ela podia ter...

Ouvi alguém se aproximando e abri um pouco mais o sorriso quando vi que era Dorian. Sentou-se no chão ao meu lado, abraçando os joelhos como eu e apoiando o queixo neles. Como não olhou pra mim ou fez qualquer gesto parecido, como se quisesse puxar conversa, imaginei que precisasse de um pouco de silêncio tanto quanto eu.

Não tínhamos ficado a sós desde aquele dia na casa das almas. Fazia quase duas semanas. Me aproximei um pouco mais dele, até nossos ombros se tocarem, e subi o olhar até o céu, e assim ficamos por um longo tempo, em silêncio, encarando o nada sem mal nos tocarmos. Foi quando decidi tentar puxar assunto de alguma forma.

– Você tinha amigos antes de... bem... antes de virar um Caçador de Almas? – perguntei, o que o fez voltar sua cabeça na minha direção. Deu de ombros vagarosamente. Sorri. Daria essa resposta se fosse o contrário. Fez um gesto, apontando pra mim como se devolvesse a pergunta.

– Eu tinha uma. Nos conhecemos quando éramos bebês, mas só fomos nos tornar amigas de verdade no primário da minha escola, na diretoria. Digamos que eu era o aeroporto preferido pra aviõezinhos de papel na sala, e um dia decidi reagir. Isso acabou deixando alguns garotos com olho roxo. – Mordi o lábio, balançando a cabeça. Era bem mais corajosa quando pequena. – Ela também havia se cansado de provocações, já que era tão... vamos dizer que ela era tão "diferente dos outros" quanto eu, e decidiu que tinha que reagir também. – Baixei o olhar. Briana era uma pessoa bem melhor quando estávamos na quarta série. Continuei: – Éramos praticamente inseparáveis. Até... até eu arranjar... – não, ele não merecia mais que eu o chamasse de qualquer coisa que não fosse... – um problema. Ele se chamava Alex. Eles pareciam não gostar muito um do outro, então dei meu máximo pra tentar dividir meu tempo entre os dois, mas... – Sorri com descrença, sentindo os olhos se encherem de lágrimas – descobri no dia em que te conheci que na verdade o problema deles era eu. Era eu quem estava atrapalhando a relação.

Sequei uma das lágrimas que caiu. Odiava chorar na frente das pessoas, ainda mais por assuntos idiotas. Briana tinha morrido, e eu nunca mais iria ver Alex. Já precisava ter superado isso, não? Bem... isso não importava agora que já estava chorando como uma mininhazinha sensível.

– Você disse que não achava justo o que tinha acontecido comigo, mas talvez tenha sido, sabe? Talvez fosse eu quem estava atrapalhando a vida de todo mundo. Talvez eu tenha feito as escolhas erradas pra chegar aonde estou. – Passei os dedos pelas bochechas, secando-as mais uma vez. – Acredito nessas coisas. Nessas escolhas e no poder que elas têm sobre nossas vidas, e que nem sempre escolhemos as coisas certas. É claro que a maioria das pessoas tem uma margem de erro igual à de acertos, mas existem exceções. Posso ser uma delas, não? – Olhei para ele, que já estava me observando. Dei de ombros, respondendo eu mesma. – Talvez sim, talvez não. Nunca saberemos. A única coisa que eu sei é que queria fazer uma escolha certa pelo menos uma vez. Não uma escolha que no início se provasse boa e me decepcionasse depois, como Briana e Alex fizeram.

Encarei a floresta à minha frente por mais algum tempo em silêncio, até Dorian estender a mão na direção do meu rosto, secando minhas lágrimas com os dedos. Olhei pra ele, tentando achar algum sinal do que estava sentindo, mas não havia nada, como sempre. Apontou pra mim e depois abaixou a cabeça, como fazia quando dizia "sim". Aquilo queria dizer "Você foi uma escolha certa". Isso me fez sorrir um pouco. Sussurrei, pois era o máximo que eu conseguia fazer naquele momento:

– Obrigada.

Passou a mão pelo meu cabelo, colocando atrás de minha orelha um dos cachos que caíam no meu olho. E como eu não conseguia segurar minha boca fechada, tive que fazer um comentário idiota que estragou todo o clima que talvez estivesse rolando entre nós:

– Quantos anos você tem? Quer dizer... se você tiver uns trinta, isso vai ser meio estranho.

Não. Eu não me arrependi nem um pouco daquele comentário depois de fazê-lo. Por quê? Porque eu consegui um sorriso depois disso. Não um sorriso discreto. Era um sorriso de verdade. Um sorriso lindo com dentes perfeitos e brancos. E ele ainda sorriu balançando a cabeça, como se eu quase tivesse conseguido fazê-lo rir. Naquele momento pude dizer: Dorian tinha o sorriso mais lindo que já tinha visto na vida. Brinquei, tentando conseguir um pouco mais:

– Esse sorriso é de quem foi descoberto, tenho certeza. Pode falar! Trinta e cinco? Não. Trinta e sete?

E funcionou. A cada frase que eu dizia seu sorriso se abria mais, e ele baixou a cabeça, tentando escondê-lo de mim. Ri, observando-o. Se tivesse um sorriso daqueles, sairia por aí o exibindo todos os dias pra qualquer um que passasse na rua, com certeza. Se fosse necessário me fazer de palhaça pra ver um sorriso daqueles, eu o faria. Falei, colocando a mão em seu queixo, fazendo com que se virasse pra mim, e levantando as sobrancelhas me aproximei um pouco:

– Nem adianta tentar esconder. Eu estou vendo, viu? Sei qual é a sua, garoto. Acha que é tão fácil me enganar? Não, de jeito nenhum. E não adianta sorrir desse jeito, não vou cair na sua.

Ele sorriu por mais algum tempo, me observando e balançando a cabeça, como se não acreditasse na minha idiotice, mas eu fiquei séria, hipnotizada pela perfeição dele. Era como um anjo. O meu anjo. Falei, sem nem pensar antes:

– Devia fazer isso mais vezes, sabia? Mas só pras pessoas que merecem. Coisas divinas como o seu sorriso só podem ser vistas por aqueles que fazem por merecer. – Para tudo, o que é isso, Serena? Quem é você e quem está falando com a minha boca? Não me reconheço nessa mulher atirada.

Ele mordeu o lábio inferior, diminuindo o sorriso aos poucos até estar quase imperceptível e sumir. Me aproximei, ficando a apenas alguns centímetros de distância. Sussurrei:

– Isso não é justo. Agora vou ser obrigada a dar o melhor de mim pra ser engraçada e conseguir esse sorriso de novo...

– Serena! – Ouvi alguém chamar atrás de mim. Nos afastamos apressada e desajeitadamente e olhamos para ver quem era. Chad. – Norman caçou um pássaro. Se estiver com fome...

– Ah, sim – falei, assentindo com a cabeça e me levantando. – Estou, sim. – Olhei para Dorian por cima do ombro e falei, antes de me afastar, indo na direção da fogueira. – Pense no que eu te disse, hein.

A última coisa que eu vi antes de uma árvore tampar minha visão de Dorian foi ele assentindo com a cabeça, o que me fez sorrir.

– Não podem estar falando sério! – falei, rindo, sentada em frente à fogueira. – Aquilo foi incrível! Quando Boyd matou aquelas duas almas com uma flecha só foi... UAU!

Ele agradeceu com um gesto de cabeça. Estávamos conversando sobre a casa cheia de almas a qual havíamos invadido naquela manhã. Era a terceira só naquela semana. Ficava cada vez mais familiarizada com a arma que Dorian havia me emprestado, mas não sentia que aquele negócio de caçar almas quase todo santo dia era pra mim, embora adorasse conversar depois, em frente à fogueira, sobre o que tinha acontecido.

– Aquilo ali não foi nada! – disse Chad, visivelmente empolgado. – Lembro-me de uma vez que Dorian conseguiu matar vinte almas com doze balas! Não me pergunte como ele fez isso, mas saiba de uma coisa – e então ele apontou pra mim, levantando as sobrancelhas, indicando que eu deveria prestar bastante atenção, olhando bem em meus olhos –, esse garoto não é o líder só porque conseguiu manter o corpinho jovial mesmo depois de "nãoseiquantoszilhões" de anos.

Todos riram. Chad estava completamente certo. Meu coração sempre se acelerava quando podia vê-lo em ação, mesmo que por apenas alguns segundos.

Era como ver um milagre acontecendo bem na sua frente. Dorian lutando era... inacreditável. Rápido, forte e com mira impecável.

Dorian *em si* era inacreditável. Pude vê-lo passando entre as árvores a metros e mais metros de distância. O cetim azul-marinho da capa era um ponto de cor iluminado pela Lua no meio da floresta escura.

– Você está babando – sussurrou Norman para mim.

Só aí percebi que havia entrado em certo estado de transe enquanto o observava. Balancei a cabeça, como se tentasse acordar de um sonho, e pisquei algumas vezes. Olhei para ele, sentado ao meu lado e sorrindo como se tivesse acabado de descobrir uma coisa.

– Você gosta dele – concluiu.

– Eu não... – comecei, balançando a cabeça e sentindo as bochechas corarem.

– Não foi uma pergunta. Foi uma afirmação – interrompeu-me. – Você gosta dele – repetiu.

– Isso é ridículo – falei, desviando o olhar. – Ele nem fala! Nem sequer o conheço direito!

– Você gosta dele – cantarolou, me ignorando completamente.

– Norman... – falei, colocando as mãos na frente do rosto, envergonhada. Sabia que todos estavam olhando e prestando atenção na conversa. Isso era... constrangedor.

– Fica tranquila! – disse ele. – Acontece! Não mandamos no nosso coração.

– Eu que o diga... – murmurou Boyd, sentado à minha esquerda.

– Me recuso a ouvir isso – falei, levantando. – Não gosto dele. Ponto final. Passo muito mais tempo com vocês, conheço melhor vocês, existe muito mais chance de gostar de um de vocês do que dele. – Para meu azar, continuei falando. – E se eu gostasse mesmo dele, não negaria tanto; afinal, não seria vergonha nenhuma, já que ele sabe lutar, é inteligente e tem um sorriso lindo.

Todos os Caçadores se entreolharam e começaram a rir. Cristo, como eu era burra. Simplesmente dei as costas pra eles, entrando apressadamente entre as árvores, irritada. "Sabe lutar, é inteligente e tem um sorriso lindo." Quem diz isso quando está tentando mostrar que não gosta de alguém? Quem? Bem... mas era a mais pura verdade.

Parei só depois de perdê-los de vista e prendi o cabelo em um nó, tentando desacelerar a respiração. Não estava cansada. Estava com vergonha. E muita. Apoiei as mãos nas coxas, me inclinando para a frente e encarando o chão.

Quando voltei a olhar para a frente, lá estava ele, parado, me observando. Me endireitei, prendendo a respiração. OK. Estava próximo o suficiente da fogueira para ter ouvido o que eu disse. Estava ferrada, muito ferrada. Falei, tentando dar um jeito de me explicar:

– Se você ouviu o que eu disse, quero que saiba que só estava tentando me livrar deles de alguma forma. Sei que não deu muito certo, mas... ah, você entendeu. – Ele deu alguns passos mais pra perto, e recuei um pouco. Continuei: – Não sou boa com palavras e fico ainda pior quando me pressionam. – Aproximou-se mais, e meu coração se acelerou. Recuei ainda mais, com medo de ele tentar me matar ou algo assim. – Eu não gosto de você. Quer dizer... não desse jeito, pode ficar tranquilo. Não vou ficar enchendo seu saco como faria se realmente gostasse de você "daquele jeito". Meu Deus, estou tagarelando que nem uma idiota, não é? – Continuava se aproximando. Ficava cada vez mais difícil de respirar. Bati contra uma árvore e me apertei contra ela, observando-o enquanto ficava cada vez mais próximo. Um metro, trinta centímetros... – Desculpa. Desculpa mesmo. Quando eu fico nervosa começo a tagarelar e... sei lá, você me faz sentir meio pressionada a contar até meus segredos mais...

Parei de falar quando ele ficou tão próximo que podia sentir sua respiração em meu rosto. Meu coração batia tão rápido que jurava que ele podia ouvir. Colocou a mão na base do meu pescoço, subindo-a lentamente pelo rosto até chegar ao cabelo e o soltando do nó.

Me encarou por mais alguns segundos, descendo os dedos pelos meus cachos, antes de se afastar. Aquilo significava que ele gostava mais do meu cabelo solto. Precisava realmente quase me fazer infartar apenas pra me dizer isso? Respirei fundo, tentando acalmar o coração. E depois, quando abri a boca pra dizer alguma coisa, ele colocou o dedo na frente dos lábios, pedindo silêncio. Foi quando eu ouvi. Era como uma manada de elefantes se aproximando, mas o barulho ainda estava longe demais pra saber exatamente o que era. Olhou por cima do ombro, e não havia nada lá, mas mesmo assim se colocou à minha frente.

Me aproximei, colocando as duas mãos em seus ombros e espiando por cima de um deles, sentindo o medo começando a me consumir. Mas o quê?... Colocou uma das mãos para trás, em minhas costas, me apertando contra as dele. Foi quando eu vi.

Eram... eram milhares de almas. *Milhares*. Elas corriam pelos troncos, pulavam pelos galhos das árvores, corriam pelo chão... Estavam todas amontoadas, e quase não conseguíamos ver o que havia atrás. Elas engoliam a floresta, afastavam a neblina que cobria o chão, quebravam o silêncio pacífico. Resisti ao impulso de gritar.

Quando estavam a apenas alguns metros de nós, algo se agitou dentro de mim. *Ela*. Aquela alma que tentaria assumir o controle alguma hora. O medo se dissipou na mesma hora, e me livrei do aperto de Dorian, sacando a arma que guardava presa ao cinto, girando e me colocando à sua frente com um movimento só, e, quando o fiz, todas as almas pararam de avançar. Sabiam que eu nunca conseguiria atirar em todas ao mesmo tempo, mas acho que a criatura dentro de mim as impedia de me machucar. Foi quando as seguintes palavras saíram da minha boca:

– *Volem orum, aunte nessey xessy ai tempelo.* (Vão embora, ainda não é a hora).

Pareceram hesitar, mostrando seus dentes amarelos e afiados para mim, chiando alto enquanto olhavam em minha direção. Cerrei os olhos, reforçando minha afirmação e esperando que recuassem. *Queria* dizer aquilo, mas sabia que a minha língua não era a certa. Foi como se... foi como se a alma e meu corpo tivessem trabalhado juntos involuntariamente.

Quando finalmente recuaram, sem tirar os olhos de nós, respirei aliviada, mas continuei com a arma levantada, apontando-a na direção delas. Apenas quando desapareceram nas árvores voltei a guardá-la no cinto.

Me virei para Dorian, apontei o dedo para ele e falei, tentando manter o tom tão firme quanto o que havia usado com as almas antes e tentando ignorar o jeito confuso com o qual me "olhava":

– Sei que está confuso, eu também estou, mas é melhor não contar isso a eles. Sei que é o líder, e sei que é *você* quem me mataria ou me mandaria embora se visse isso, mas saiba que... de alguma forma, eu sei que ainda não é a hora. Sei que ainda posso manter o controle, então, por favor, confie em mim e guarde esse segredo. Quer dizer... você tecnicamente não tem escolha e vai ficar de boca fechada, mas... – suspirei. – Esqueça que isso aconteceu, está bem?

Antes que pudesse tentar me responder de alguma forma, todos os Caçadores de Almas apareceram. Todos seguravam suas armas e pareciam prontos pra lutar, mas quando viram que não havia nada ali além de nós, começaram a se entreolhar. Perguntei, juntando as sobrancelhas:

– O que houve?

– Ouvimos alguma coisa – respondeu Tristan.

– Eu não ouvi nada – falei, e me virei para Dorian. Perguntei, me fingindo de inocente – Você ouviu?

Algo revirou meu estômago quando ele demorou um pouco pra responder. Com certeza estava decidindo se confiava em mim ou não. Quando finalmente balançou a cabeça, mentindo, não pude deixar de sorrir. Sussurrei um "obrigada" discreto, sabendo que ninguém olhava para mim naquele momento. Apenas deu as costas para nós, saiu andando e sumiu entre as árvores poucos segundos depois, deixando nós dois no silêncio assustador da dúvida e da culpa.

    Agora compartilhávamos um segredo, e eu esperava poder confiar nele para guardá-lo. Eu não tinha mais para onde ir, não tinha mais ninguém. Podia sentir que ainda tinha absolutamente tudo sob controle. Bem... pelo menos por enquanto.

FEITOS DE ESTRELAS

O amor é como um buraco negro nos sugando para dentro dele, e, por mais que saibamos o quanto ele é perigoso, continuamos seguindo em sua direção, incapazes de resistir.

Eu me lembrava exatamente do que minha mãe havia dito quando contei a ela sobre minha paixonite pelo Alex. Tinha conhecido ele no mesmo dia, e tudo o que precisou dizer pra que isso acontecesse foi "Seu lápis caiu no chão". Estava estudando na cafeteria e havia levado uns quinhentos lápis para o caso de a ponta de algum quebrar. Odiava apontadores. O que minha mãe disse quando contei a ela? Bem...

– Filha, esse garoto não é pra você.

Devia ter acreditado e tentei ver algo de errado nele quando me levou para o cinema no primeiro encontro, quando me beijou ao me dar boa-noite no segundo ou quando trouxe um buquê de rosas vermelhas no terceiro, mas... bem... quando comecei a perceber, duas semanas depois que ele me pediu em namoro, era tarde demais pra desistir dele. Eu o amava.

Odiava a mim mesma por sentir as coisas pelas pessoas assim tão rápido. Bastava uma gentileza e pronto, estava caidinha pelo garoto. Sempre tinha sido assim, mas quando Alex arrancou meu coração daquele jeito, quando soube, ou pior, quando vi que ele tinha um caso com a minha melhor amiga, foi como se me jogassem na escuridão. Me senti perdida, ainda mais do que me sentia normalmente. Havia perdido meus dois pilares de força e tudo o que eu tinha no mesmo dia.

Agora eu estava ali, no meio de um monte de garotos gentis, compreensivos, engraçados e (alguns) carinhosos, e o único pelo qual sentia atração era o único que não falava, o único que não ia atrás de mim, o único que não tinha como fazer piadas. Às vezes me pergunto o porquê de o amor ser assim.

Noventa e nove por cento das vezes faz a gente gostar de quem não gosta da gente, 0,5% das vezes nos faz gostar de quem não tem nada a ver com a gente e só em 0,5% acertamos em cheio.

Alex era seguro. O típico garoto que faz tudo a seu tempo, que se aproxima rapidamente, mas que avança de modo lento. Era um garoto normal, com vida normal, jeito normal, e até sua beleza era comum. Tinha amigos normais e me convidava para ir ao parque, cinema, ou simplesmente andar de mãos dadas pelas ruas, conversando por horas e horas sobre os assuntos de que ele gostava.

Dorian era imprevisível. Não se aproximava, já que eu havia feito isso por ele, e avançava tão rápido quanto um caracol morto. Era um Caçador de Almas, exposto ao perigo quase 24 horas por dia, mantinha-se distante de tudo e de todos e eu nunca havia visto seus olhos ou seu cabelo. Tudo o que tinha era um sorriso discreto, que eu pude ver claramente algumas, e raras, vezes. Nosso maior passeio foi enquanto saímos do banheiro daquela casa abandonada e chegamos àquela cheia de almas, no meu quarto dia com eles. E nem estávamos sozinhos.

Ainda assim havia algo nele. Algo de diferente que atraía a mim e a minha curiosidade como um ímã. Como a gravidade puxava a Lua para a Terra. Como um buraco negro consegue sugar até a luz que se aproxima dele, deixando tudo na escuridão. Era assim que eu me sentia com ele: numa escuridão sem fim.

Agora estava sentada de pernas cruzadas no chão, fingindo encarar o fogo, mas olhando além dele, para Dorian, numa clareira a alguns metros, com Arthur à sua frente dizendo algo sobre o que fariam no dia seguinte. Ele também não prestava muita atenção no que o Caçador à sua frente dizia. Sabia que estava olhando pra mim, e eu gostava muito disso, mas fazia o possível pra não sorrir. Estávamos nisso há quase um mês. Um encarava o outro de longe, com sorrisos ocasionais dele quando não se aguentava e várias expressões de provocação, gentileza e algumas caretas de tédio da minha parte quando alguém vinha interromper nossa paquera a distância.

Na verdade, às vezes, eu não sabia se era eu quem estava dando mole e ele apenas ficava me encarando porque achava engraçado, ou me encarava porque estava com pena. Essa opção era mais provável, e se fosse realmente verdadeira, gostava muito do modo dele de ter pena de mim.

Ainda compartilhávamos aquele segredo, e ele não dava sinais de que ligava para o que tinha acontecido. Tudo havia sido esquecido, graças ao bom Deus, e eu podia continuar olhando pra ele o quanto quisesse sem sentir nenhuma culpa. É. Talvez Norman estivesse mesmo certo e eu gostava mesmo dele.

— Serena, está ouvindo o que eu estou dizendo? – perguntou Arnold, sentado ao meu lado.

— Sim, sim – menti, sem desviar o olhar. – Sim – repeti, mais uma vez, sorrindo para os dois ao mesmo tempo.

Dorian sorriu torto, baixando a cabeça para que Arthur não percebesse. Pude vê-lo trocando a perna de apoio, e quando voltou a olhar para o Caçador de Almas à sua frente estava sério de novo. Mordi o lábio, apoiando o queixo nas mãos enquanto o observava. Agora ele havia decidido dar atenção ao amigo.

Era engraçado o fato de a cada dia ele parecer menos distante, mais agitado, mais sorridente. Mais corado. Ou talvez isso fosse apenas eu tentando encontrar novidades onde não havia, tentando encontrar respostas que não vinham.

— Disfarce pelo menos um pouco. – Ouvi alguém sussurrar, tão próximo que senti em meu pescoço o sopro de ar saindo de seus lábios enquanto falava. Dei um salto para trás, com um grito abafado que chamou a atenção de todos, menos de Dorian e Arthur, que estavam a metros de distância. Agora Dorian realmente prestava atenção no que Arthur dizia, já que ele havia tampado nossa visão um do outro. Me virei para olhar quem havia dito aquilo e encontrei Tristan agachado ao meu lado, com seu enorme sorriso de tubarão no rosto comprido, logo abaixo do nariz reto.

— Disfarçar o quê? – perguntei, tentando me fazer de desentendida. Ele sabia. E eu sabia que ele sabia.

— Você sabe do que eu estou falando – disse ele, se inclinando mais em minha direção, ficando a poucos centímetros de distância. Sussurrou: – Não se faça de idiota. Sei que não é tão burra quanto parece. – Eu não conseguia entender. Por que ele estava sendo tão... rude?

— Não sou burra, Tristan, nem estou me fazendo de burra. Não sei do que você está falando. Estou cansada, só isso. Acompanhar vocês nessas missões malucas é difícil pra quem não foi treinado pra isso. E, além disso, não acho que tenha o direito de se intrometer na minha vida.

Ele abriu a boca para dizer alguma coisa, com os olhos assumindo um brilho cruel e a expressão dura, mas uma mão surgiu em seu ombro, e ambos olhamos para quem era. Eu estava chocada demais com o jeito que ele havia dito aquelas palavras e com o modo com o qual havia olhado para mim quando vi que era Dorian. Tristan sorriu de um jeito respeitoso e levemente sem graça a ele ao se levantar, mas pude ver o brilho cruel em seus olhos novamente quando me encarou enquanto se afastava. Eu sempre soube. Sempre soube que ele tinha algo de estranho por trás daquela postura excessivamente gentil, e estava começando a se revelar para mim. Revelar sua verdadeira face.

Dorian estendeu a mão para me ajudar a levantar, e eu a aceitei. Mal podia descrever o quanto meu coração se acelerava cada vez que ele chegava perto demais ou quando me tocava. Chegava a ser loucura. Quando fiquei de pé, percebi que estávamos mais próximos que o normal, com seu nariz quase tocando o meu. Sorri sem graça ao me afastar, murmurando algo parecido com um pedido de desculpas. Mantive o olhar grudado no chão, com medo de ele perceber que minhas bochechas estavam exageradamente coradas.

Colocou a mão em meu queixo, fazendo com que eu olhasse pra ele, e fez um gesto com a cabeça na direção da floresta, como se me convidasse para um passeio. E eu aceitei. Óbvio.

Dessa vez, não fui eu quem o segui ou o contrário. Andamos lado a lado, em silêncio. Perguntei:

– O que houve?

Ele olhou por cima do ombro, vendo se a fogueira havia sumido de vista, antes de fazer qualquer coisa. Apontou naquela direção e depois levantou os ombros vagarosamente, como se perguntasse algo. Aquilo significava que ele estava perguntando o que tinha acontecido lá. Logo raciocinei que falava de Tristan.

– Eu não sei – balancei a cabeça, encarando a árvore ao meu lado –, sempre me pareceu um cara legal, mas... o jeito como falou comigo... a forma como olhou pra mim foi... – Não. Não estava a fim de me fazer de vítima. Não pra ele. Fiz um gesto com as mãos, como se deixasse o assunto de lado. – Esqueça. Nem todos são gentis e sorridentes o tempo todo. Temos nossos dias ruins e Tristan está no dele. Só isso. Mas... – emendei, antes que ele pudesse tentar obter mais respostas – foi pra isso que me chamou aqui?

Balançou a cabeça, aproximando-se. Não era uma distância na qual amigos conversariam, mas também não era uma distância de pessoas muito íntimas. Passei os dedos pelo cabelo. Era uma coisa que eu fazia quando estava nervosa e não podia tagarelar sobre o que havia aprendido ao assistir a Discovery ou algo assim. Ele esticou o braço na minha direção, tocando a ponta de um de meus cachos ruivos que terminava na altura da cintura. Não pude deixar de observar enquanto ele fazia isso, fascinada de alguma forma. Dorian era complexo e com certeza não tinha noção do quanto desafiava a minha inteligência e do quanto isso me atraía pra ele. Nunca fui uma pessoa muito paciente com relação a isso.

Quando via um cubo mágico, tinha que resolvê-lo, senão passava dias pensando em como tinha sido incapaz de realizar algo tão simples. Aquele Caçador de Almas era o meu cubo mágico, o qual tinha que ser resolvido no escuro, sem saber o que fazer, sem olhar pra onde pisava. Como uma bomba, Dorian era imprevisível, e isso me deixava cada vez mais obcecada por ele. Não sabia muito bem se esse era um sentimento bom ou ruim. Talvez eu estivesse me tornando uma psicopata. Resisti ao impulso de rir desse pensamento idiota. Ou nem tão idiota... não fazia ideia. Ficar perto dele fazia meus pensamentos se tornarem confusos. Sussurrei, baixando o olhar e pensando em voz alta:

— Como eu queria saber o que está se passando na sua cabeça...

Ele sorriu um pouco, sem levantar a cabeça. Estava entretido demais em encarar como aquele cacho ruivo reagia aos dedos dele. Depois de um longo tempo, talvez pensando em como responder, olhou pra mim (pelo menos eu acho) e apontou para o lugar onde ficava meu coração. Aquilo significava "Você. É você que está se passando na minha cabeça". Aquela resposta me fez rir. Isso era óbvio. Era eu quem estava ali com ele. Tinha que estar pensando em mim. Falei:

— Não! Isso é óbvio demais! Quero saber o que se passa na sua cabeça o dia inteiro. Quero saber como você funciona.

Ele inclinou um pouco a cabeça, tentando entender o sentido daquilo, mas agora que eu havia começado a tagarelar, não pararia mais e daria voltas e mais voltas e mais voltas ainda antes de chegar ao assunto final, porque queria prolongar o momento, queria prolongar nossas vidas assim como devia ter feito com minha irmã naquela noite fatídica. E não conseguiria olhar pra ele nem por um segundo até eu mesma entender realmente o que queria dizer.

— Sei como os bebês nascem, sei como foi a evolução da humanidade, sei como foi criado o planeta, o sistema solar, a Via Láctea, o Universo em si, mas... não sei o propósito disso. Não de eu saber toda a história, e sim o porquê de ela ser aprendida. Porque ela aconteceu. Sei sobre a teoria das Pontes de Einstein-Rosen, mas não sei como funcionam, e pra mim você é igualzinho. Sei que está aqui, que existe. Sei que todo carbono que contém matéria orgânica foi produzido nas estrelas, e que isso quer dizer que somos basicamente feitos de poeira estelar, ou seja, matéria, e sei que por isso você é palpável, que posso tocá-lo, mas não posso alcançá-lo de forma alguma porque eu não entendo como você funciona, e, Dorian... — fiz uma pausa, voltando a olhar pra ele —, você não tem ideia do quanto eu quero e preciso entender.

Ele me encarou por alguns segundos. O sorriso havia sumido completamente de seu rosto. Seus lábios estavam apertados, como se ele estivesse decidindo o que fazer comigo, e realmente pensei que fosse atirar na minha cabeça ou algo assim, mas tudo o que ele fez foi levantar a mão até o próprio capuz, e meu coração acelerou consideravelmente. Ele iria tirá-lo? Finalmente poderia ver como eram seus olhos e o que eles escondiam? Trinquei os dentes e cerrei os punhos, me segurando para eu mesma não acabar tirando aquilo.

Minha respiração começou a se acelerar e um turbilhão de pensamentos começou a preencher minha cabeça. Iria finalmente descobrir como era sua aparência? O que eu diria depois que tirasse o capuz? Ou melhor... o que eu *faria* depois que tirasse o capuz? Sairia correndo de vergonha pelo que eu disse? Já não deveria estar fazendo isso? Quer dizer... o significado das coisas ditas anteriormente era: "Eu meio que estou muito louca por você. Sério. Estou chegando ao nível de ser uma ameaça à sua segurança e integridade física. Desculpe. Mas é a verdade".

Seus dedos tocavam a borda do capuz, prestes a levantá-lo, quando ele abaixou as mãos, balançou a cabeça e deu meia-volta, desaparecendo no meio da escuridão antes que eu pudesse sequer pensar em chamar seu nome.

Desabei no chão, como se tivessem sugado todas as minhas forças. Não estava arrasada. Só um pouco, mas não o suficiente para me jogar no chão. Havia algo mais, como se minhas pernas não pertencessem mais a mim. Foi então que eu a ouvi. A voz que havia ouvido durante o ritual há semanas, a voz que me torturava em cada pesadelo. A voz que eu tanto temia ouvir. A voz que pertencia à alma presa dentro de mim.

Eu acordei, Serena. E agora mais nada pode nos separar. Nada. Nunca mais.

Minhas costas arquearam, e meu tronco sucumbiu para trás. Soltei um grito, o mais alto que podia, tentando chamar alguém que pudesse me ajudar, mas era tarde demais.

A escuridão da floresta estava me engolindo, e eu não podia fazer nada pra impedir.

EXORCISMO

Laie nessey oellie deraya. Laien fecan cellatre.
Ela não conseguiu evitar. Ele está chegando.

Norman

Quando Serena demorou demais e Chad foi atrás dela, encontrando-a desmaiada no chão da floresta, imaginamos tudo, menos que a alma dentro dela finalmente havia despertado. E é claro que a levamos imediatamente para Miguel.

Miguel era o padre que, desde que me entendo por gente, é o responsável por nos ajudar no ritual de transformação para Caçadores de Almas. O que poucos sabiam é que não éramos simplesmente humanos. Tínhamos bênção divina, que consistia em perder o medo e mais algumas coisinhas bem legais. Nenhum poder de super-herói, infelizmente.

Agora estávamos todos em torno dela. Havíamos amarrado seus braços e pés nas pernas da mesa de madeira na qual ela estava em cima. Era grande demais para caber inteira no tampo, então seu pescoço pendia para baixo, sem apoio algum. Ela permanecia desmaiada.

Dorian parecia inquieto no canto da cozinha, andando de um lado para o outro como se pensasse no que fazer, ou como se... como se estivesse desesperado.

Não. Dorian nunca sentia medo. Pelo contrário. Ele era um ímã de medo. Quando estávamos assustados, era só nos aproximar dele que era como se fôssemos anestesiados, como se não tivéssemos mais energia pra falar, se mover ou pensar em algo que não fosse abrir caminho a ele e fazer o que mandasse. Eu não sabia o que se passava, se era um dom ou algo assim, mas era algo diferente.

Ele não deixava que ninguém, além de Miguel, se aproximasse de Serena, entrando no caminho de qualquer um que tentasse. Era como um animal protegendo algo de sua posse. Não podíamos ver seus olhos, mas sabíamos por sua postura e pelo tempo que o conhecíamos que havia um brilho feroz e assassino neles. Nunca o tinha visto assim.

    Chad parecia em pânico. Era óbvio que ele gostava dela "daquele jeito". Boyd tentava acalmá-lo. Houve uma época em que pensei que ele gostasse do amigo "daquele jeito", o que depois não se comprovou. O que existia entre os dois era um amor fraternal, igual ao que eu sentia por Dorian. Ele era meu melhor amigo, mesmo não pronunciando uma palavra sequer e mesmo que não passássemos nem uma hora por dia juntos. Quando precisávamos de ajuda, era ele quem vinha nos acudir. Dorian era nosso líder, pai, irmão, amigo... tudo. Por isso tínhamos tanto respeito por ele.

    – Pode fazer algo por ela? – perguntou Tristan.

    – Preciso que ela acorde antes de qualquer coisa – respondeu Miguel. – Preciso ver até onde vai o controle dele sobre ela.

    Assentimos com a cabeça, e, como por obra do destino, ela abriu os olhos, e eu empalideci, assim como todos na sala. Num estante parecia adormecida, no outro, a pele estava branca, com as veias arroxeadas, todas à mostra no rosto. Os olhos estavam completamente negros, e os dentes afiados. Os lábios haviam se contraído, mostrando a arcada dentária quase completa, o que não era muito humanamente possível.

    Ela riu, uma risada macabra que fez o chão estremecer e as luzes piscarem. Arqueou a coluna, rindo ainda mais alto, o riso penetrando nossa mente, corrompendo pensamentos, amortecendo ligamentos, paralisando músculos.

    O riso se transformou num grito, e as prateleiras se soltaram das paredes, caindo ao chão e derrubando tudo o que havia nelas. O chão tremia violentamente, e nos segurávamos nos balcões de madeira amarelada em torno da cozinha. Dava para ver as cordas que havíamos usado para amarrá-la cortando seus pulsos e tornozelos, fazendo fios de sangue descerem pelas pernas da mesa e formarem poças no chão, seu corpo se contorcia de uma forma anormal e de sua boca saía uma voz rouca e macabra pronunciando palavras que eu nunca ouvira antes, mas que tinham o poder de fazer nosso sangue gelar e nosso corpo paralisar.

    As luzes piscavam. Seus olhos alcançavam nossas almas, envolvendo-as com dedos frios e fazendo com que nossos pensamentos fossem invadidos pelas coisas mais horríveis que podíamos imaginar. Todos os móveis estralavam, estremeciam, lutavam contra a energia pesada da sala.

    – Miguel! – berrou Boyd.

∞

Agora ele segurava um enorme livro de rituais. Sua capa era dura, de couro preto, e os escritos em letras vermelhas eram em uma língua que eu não conhecia. Latim, provavelmente.

Abri a boca para dizer algo, mas antes que o fizesse, tudo voltou ao normal, exceto Serena. As luzes pararam de piscar e o chão parou de tremer, permitindo que nos endireitássemos. Serena parou de gritar e os móveis já não soltavam ruído algum.

Agora ela parecia paralisada, com a mesma aparência assustadora de antes, mas os olhos ficaram vítreos. Eu estava bem de frente para ela, com seu corpo estendido na mesa na direção contrária. O cabelo ruivo e cacheado caía até quase tocar o chão sujo com seu sangue.

Seus lábios, agora menos contraídos, se moviam um pouco, como se ela tentasse pronunciar palavras, mas mal conseguíamos ouvir. Me aproximei um pouco, tentando ouvir o que dizia, dei passos hesitantes em sua direção e me abaixei, até meu rosto ficar na altura do dela. Me encarava de ponta-cabeça, sem sequer piscar os olhos.

Eu estava tão próximo que podia sentir sua respiração mais rápida do que o normal em meu rosto, o cheiro de carne apodrecida era quase insuportável, assim como o frio na sala. Fumaça saía de nossas bocas e narizes quando respirávamos. Pude ouvi-la sussurrando, com uma voz que não era a dela, coisas macabras que nunca repetiria nem em pensamentos.

Podia sentir um arrepio subindo lentamente pela minha coluna, chegando à nuca, e pude sentir algo que parecia uma respiração em meu pescoço. Sussurrou:

– *Carne e sangue se tornarão cinzas quando o príncipe do Inferno chegar ao mundo através das minhas palavras. A desolação engolirá o mundo aos poucos. As almas humanas apodrecerão sobre o reinado dele. Os medos mortais e imortais serão liberados e o juízo final se iniciará.*

Ela fez uma pausa, e quase pude ver um sorriso se formando na boca contorcida.

– *Laia fencante cellatre* – sussurrou ela, em seguida.

O que aquilo significava? Olhei para Miguel, com as sobrancelhas juntas. Ele havia ouvido. Disse, respondendo à minha pergunta mental, com um pouco de hesitação:

– Significa: eles estão chegando.

Assim que ele pronunciou a última letra, uma risada macabra preencheu o ambiente, uma risada que fazia as paredes estremecerem e arrepios tomarem conta do nosso corpo. Ela gostava de sentir o cheiro do nosso medo e gostava do fato de sabermos que nosso fim estava próximo.

O riso se transformou novamente em um grito. Um grito vindo dela, da garota presa em cima da mesa, e não da alma que habitava seu corpo. Ela se debateu, gritando. Havia conseguido reagir pelo menos um pouco. Todos despertaram daquilo que parecia ser um sonho, voltando a se mover em torno da mesa, inquietos e desesperados.

Chad se aproximou dela, que ainda gritava, prestes a tocar seu cabelo. Um simples gesto para tentar acalmá-la, mas dois centímetros antes que pudesse fazê-lo, uma faca cortou o ar, passando no caminho entre sua mão e a garota, e se fincou numa das portas do armário no canto oposto da sala. Olhei para o lugar de onde ela tinha vindo. Das mãos de Dorian. Aquilo significava "Não toque nela". Chad recuou, e o outro Caçador se aproximou de Serena, como se fosse seu guarda-costas, pronto a matar qualquer um que ousasse se aproximar.

Eu me mantinha ajoelhado em frente à sua cabeça, a uma distância considerada aceitável para Dorian.

Agora o silêncio voltava a esmagar nossos membros como blocos de concreto. Encarei-a por mais alguns segundos. Coração batendo. Veias pulsando. Olhos piscando. Tempo passando.

Seus olhos eram poças profundas de sombras e horror e engoliam meu ser, me envolvendo no que parecia ser a névoa mais escura, bloqueando toda a luz do mundo. Hipnótico. Essa palavra se repetia em minha mente. Hipnótico. Hipnótico. Ritmo hipnótico. O som de goteiras, de batidas de coração, de respiração tranquila, de vento nas árvores. Hipnótico. O horror era hipnótico.

Berrou. Saltei para trás, me chocando contra o balcão. Seu corpo agora havia voltado a ser tomado por espasmos, e ela gritava e ria ao mesmo tempo. Gritei:

– Você precisa fazer alguma coisa!

– Um exorcismo seria demais pra ela, Norman – respondeu Miguel, num tom calmo demais pro meu gosto. – No máximo posso tentar fazer a alma adormecer mais uma vez, mas duvido que ela vá ficar inconsciente tanto tempo quanto ficou. Vai começar a dar sinais e talvez...

– Não importa! – gritou Chad, o interrompendo. – Você precisa impedir isso. Se ela morrer, estará tudo acabado!

Serena riu alto, uma risada de loucura, antes de voltar a dizer frases em outra língua. Língua demoníaca. Dorian empalideceu ainda mais. Ele sabia o que ela dizia.

Agora só nos restava rezar para que Miguel conseguisse dar um jeito em tudo.

Eu estava amarrada em uma mesa, daquelas comuns e antigas, de madeira. Sabia que estava em uma cozinha, embora minha visão estivesse embaçada e as luzes fossem fortes. Podia ouvir vozes de pessoas em volta de mim, todas elas homens. Reconhecia a voz de alguns deles: Norman, Arthur, Chad, Boyd, Tristan...

– Aaaaaaaaah – era tudo o que eu conseguia dizer.

Queria gritar, mas tudo o que saía era isso, uma coisa que era metade grito e metade gemido. Minha coluna estava arqueada e nem tocava na mesa. Da minha boca saíam frases em uma língua desconhecida, que eu não conseguia entender nem controlar, meu corpo se contorcia de uma forma que eu nunca imaginei que pudesse. Tentava olhar em volta, mas simplesmente não conseguia mais controlar meu corpo nem meus pensamentos. Não tinha mais força para resistir àquela alma.

– Você precisa fazer alguma coisa! – Ouvi Norman berrar, preocupado.

– Um exorcismo seria demais pra ela, Norman – disse um homem cuja voz eu não conhecia. Me parecia velho. – No máximo posso tentar fazer a alma adormecer mais uma vez, mas duvido que ela vá ficar inconsciente tanto tempo quanto ficou. Vai começar a dar sinais e talvez...

– Não importa! – gritou Chad, interrompendo-o. – Você precisa impedir isso. Se ela morrer, estará tudo acabado!

Ri alto, mas minha voz estava misturada à outra, à da alma dentro de mim. Idiotas. Estavam realmente pensando que... não. Eu precisava manter os pensamentos em ordem. Uma dor aguda subiu pela minha coluna, irradiando em minha cabeça, me dando a sensação de que meu cérebro iria acabar explodindo. Gritei, me debatendo, tentando me livrar das cordas que me prendiam e queimavam meus pulsos e tornozelos.

Senti alguém passar a mão pelo meu rosto e pelo meu cabelo. Tudo o que eu conseguia enxergar era um borrão azul-marinho, mas sabia, pelos dedos longos e frios, que era Dorian. Senti uma lágrima escorrendo pela minha bochecha, e ele a secou. Não aguentava mais aquela dor, aquela sensação agonizante de não ter controle sobre mim mesma.

Tombei sobre a mesa, sentindo tremores percorrerem todo o corpo. Estava tendo uma convulsão. Abriram a minha boca à força e colocaram algo dentro dela pra que eu mordesse. Só ali percebi que cerrava os dentes. Tinha um gosto metálico na boca, e agora meus pulmões ardiam. Podia ouvir o som alto da minha respiração, como se tentasse sugar todo o ar que pudesse, mas não funcionava.

– Ela não está respirando! – gritou Boyd. – Pelo amor de Deus, faça alguma coisa!

Foi quando eu ouvi uma voz constante, de alguém parado ao meu lado. Falava latim, disso eu sabia, mas não tinha ideia do que suas palavras significavam. Quanto mais ele falava, mais eu me debatia, mais meu corpo tremia, e chegou a um ponto que as pernas da mesa não aguentaram mais, fazendo o tampo tombar no chão comigo em cima.

Eu puxava o ar, mas ele simplesmente não vinha, e agora minha visão estava escurecendo. Cuspi o que quer que tivessem me dado pra morder, sabendo que talvez conseguisse dizer alguma coisa. Falei, e minha voz era quase um sussurro:

– Me mate. Por favor... eu não aguento mais.

Dorian passou a mão pelo meu rosto mais uma vez, e acho que o vi balançando a cabeça. Sussurrei:

– Por favor.

– Não. Não, a gente vai conseguir, só aguenta mais um pouco – falou Norman, um pouco atrás. – Pense em Cassidy, pense em sua mãe, seu pai, seu irmão, pense em todas as pessoas que você pode salvar se não deixar que essa coisa tome o controle, Serena. Pense nisso.

Fechei os olhos, fazendo o máximo que podia para assentir com a cabeça. Ouvi alguém se ajoelhando ao meu lado, e agora a voz era mais alta. Sentia como se a cada segundo aquela alma tentasse tomar mais o controle, mas eu fazia o máximo possível pra resistir.

Sabia que ele estava dizendo alguma coisa, mas eu não tinha ideia do que era. Não sabia se era eu delirando ou a criatura falando com os Caçadores. Não conseguia ouvir mais nada nem enxergar. Foi quando perdi a consciência.

DECISÃO

Há momentos em que temos que ter coragem para decidir se ficamos nos lamentando pelo que se perdeu ou se nos levantamos e enfrentamos o que a vida nos reserva.

— Ruiva! — Ouvi alguém chamar. — Ruiva, está me ouvindo?

Estava deitada em alguma coisa e sabia que havia camadas e mais camadas de cobertores em cima de mim. Não estava mais presa, e não havia sinal da voz. Abri os olhos, mas a claridade do ambiente me cegou. Sabia que era Norman quem falava comigo. Disse:

— Podem fechar as cortinas, por favor?

No segundo seguinte, ouvi o barulho das argolas das cortinas raspando no suporte de metal, depois o barulho de passos e portas se fechando perto de mim. Abri os olhos. Agora estava escuro o suficiente para que eu conseguisse enxergar apenas os contornos das coisas. Perguntei, com a voz fraca, colocando a mão na cabeça, que latejava como se a estivessem martelando com força:

— O que aconteceu?

— Infelizmente não conseguimos tirar a alma de você, mas conseguimos enfraquecê-la o suficiente para que voltasse a adormecer. Tentamos um exorcismo, mas ela está ligada a você de tal forma que seu corpo nunca resistiria até o fim do ritual, então tentamos isso.

— E há quanto tempo eu estou apagada?

— Dois dias.

Me mexi, e todos os músculos do meu corpo reclamaram, mas insisti em me sentar. Não demorou nem um segundo para que eu visse todo o quarto girar e sentisse um embrulho enorme no estômago. Respirei fundo. Depois da falta de ar que havia sentido, respirar aquele ar, mesmo que estivesse fedendo a mofo, me parecia a melhor coisa do mundo. Perguntei:

– Onde estamos?

– Na casa de um padre amigo nosso. Quando nos tornamos Caçadores de Almas, precisamos ser abençoados junto com nossas armas, e ele faz isso pra gente. Foi ele quem salvou sua vida.

Sorri um pouco. Assim que tivesse a oportunidade iria agradecê-lo, mas agora tudo o que eu precisava era de um pouco de paz. Fiz uma trança em meu cabelo, me encostando à cabeceira e encarando Norman em silêncio. Só ali percebi que vestia uma roupa diferente. Uma das que tinha trazido na mochila. Era um vestido azul-bebê de alças. Perguntei, juntando as sobrancelhas:

– Quem me trocou?

– Uma freira que mora aqui. Logo, logo poderá conhecê-la. – Fez uma pausa antes de continuar. – O que vocês dois têm?

Embora ele não tivesse citado nomes, sabia de quem estava falando. Sorri antes de responder:

– Nada. Pelo menos que eu saiba, nada.

– Não é o que parece – disse, sorrindo. Quando percebeu que eu não faria mais nenhum comentário sobre aquilo, continuou: – Eu tenho uma garota, sabia? Ela vive na cidade grande.

– E como ela é?

– Incrível, engraçada, linda... – suspirou. – E ainda tem bom gosto. Além de gostar de mim, o que cá entre nós é um dos maiores exemplos disso, é superfã dos Beatles. E tem um amor enorme por morangos e zumbis. – Isso me fez rir, com minha obsessão por ciência. – Sério! Eu gosto de garotas assim. – Balançou a cabeça, baixando o olhar. – É péssima com videogame e eu sempre a deixava ganhar.

– Mas desistiu dela por essa vida, não é? – perguntei.

– A pior coisa que podia ter feito, mas eu não tive escolha – disse ele.

Não pude deixar de olhar para ele com certa pena. Devia mesmo ser difícil desistir de alguém que você ama por uma coisa que te tortura todos os dias, mas entendia que havia sido necessário e admirava sua coragem em ter deixado tudo o que amava para trás. Passei os dedos pelo cabelo cacheado castanho-escuro dele com um leve sorriso. Falei:

– Você ainda vai voltar a vê-la. Pode ter certeza disso.

Assentiu com a cabeça, levantando-se da minha cama, onde estava sentado. Só naquele momento percebi que ele não usava sua capa, e sim uma camiseta preta e calça jeans. Parecia bem mais jovem vestido assim. Perguntei:

– Norman, quantos anos você tem?

– Dezesseis. Sou um dos mais novos do grupo.

Não consegui disfarçar a surpresa. Era o mais alto, mas também um dos mais novos e o mais gentil. Disse, por cima do ombro enquanto caminhava na direção da porta:

– E se você quer saber... Dorian ficou aqui com você o tempo todo.

Abri a boca, prestes a dizer alguma coisa, mas ele já havia saído, e eu estava sozinha no quarto escuro. Olhei em volta. Havia uma janela ao lado da minha cama. Tive que fazer bastante esforço para me levantar e abri-la, iluminando cada canto do quarto. A vista para o lado de fora era um enorme campo de grama.

O teto do cômodo era de madeira, cheio de vigas para segurá-lo, e as paredes eram de um amarelo claro. A cama na qual eu estava e havia voltado a me sentar era toda feita de madeira, e os cobertores eram de pele de animais. Havia um criado-mudo de madeira avermelhada ao meu lado, com um copo de água em cima dele. Uma cruz enorme estava presa na parede que ficava aos pés da cama, virada pra mim, e por algum motivo meus olhos ardiam ao encará-la.

Ouvi alguém bater na porta e pedi que entrasse. Não pude deixar de sorrir ao ver que era Dorian. Aproximou-se da cama devagar depois de fechar a porta e se sentou na beirada do meu colchão, estendendo uma margarida branca em minha direção. Eu a peguei, abrindo um pouco mais o sorriso e agradeci com um gesto de cabeça, tentando evitar encará-lo. Ainda estava um pouco constrangida com o que havia dito naquela noite, antes de a alma acordar novamente. Falei, baixando o olhar:

– Olha... me desculpa por tudo o que eu disse. Quando começo a falar, não consigo parar depois e acabo falando coisas completamente sem sentido. Se eu o magoei ou disse algo que não devia...

Ele colocou um dedo na frente dos meus lábios, fazendo com que eu parasse de falar. Sorriu um pouco, balançando a cabeça como se dissesse "Tudo bem". Deslizou os dedos pelo meu rosto, até chegar à bochecha, e ficou com a mão ali, acariciando-a com o polegar. Coloquei a mão por cima da dele, me perguntando no que ele devia estar pensando naquele momento. Agora, minha curiosidade sobre o que havia por baixo do capuz era maior ainda. Só queria saber o que podia libertar a alma dele. Perguntei, me aproximando um pouco:

– Se eu pedisse, você faria aquele negócio de interferir no meu sonho de novo?

Como não assentiu ou balançou a cabeça, sua resposta era um "Talvez".

Esperava que sim. Ainda precisava de algumas respostas. Entrelaçou os dedos nos meus, abaixando a mão. Falei:

— Obrigada por ficar comigo naquele dia. Sei que foi o padre quem fez a maior parte e que todos deram apoio, mas mesmo assim eu queria agradecer. Acho que se não fosse por vocês, não iria conseguir resistir mais um pouco.

Aproximou-se devagar, parando a apenas alguns centímetros. Podia sentir sua respiração fria em meu rosto. Continuei, ficando cada vez mais nervosa e sentindo minhas bochechas queimarem:

— E também queria agradecer por ter me ajudado com Tristan, por ter me dado aquela arma, por ter me ouvido quando eu precisei. Por ter me salvado naquele ritual, por me dar a honra de ver seu lindo sorriso. E por... — aproximou-se um pouco mais — e por existir.

OK, eu não tenho ideia do porquê eu disse aquela última frase, mas simplesmente saiu. Bem... meu arrependimento durou apenas um segundo, já que logo depois ele voltou a se aproximar. Jesus. Ele ia me beijar. Eu tinha quase certeza disso.

Fechei os olhos enquanto ele descia a mão até a minha nuca e me puxava ainda mais. Subi a mão lentamente por seu braço até o ombro. Sua testa estava encostada na minha, e quase podia sentir seus lábios entreabertos tocando os meus. *Quase*.

Ouvimos alguém assoviar e dei um salto para trás, com o coração quase saindo pela boca. Olhei na direção da janela que havia aberto, e lá estava Chad, Boyd e os outros. Todos riram com meu olhar assustado, e não pude deixar de sorrir de um jeito sem graça. Poderia matá-los por terem nos interrompido, mas gostava demais deles para fazer isso.

— Manda ver, Dorian! — Ouvi Norman gritar, e coloquei as mãos na frente do rosto, tentando esconder a vergonha.

Pude ver, entre os dedos, Dorian se levantando e indo até a janela, fechando-a na cara dos outros Caçadores de Almas, o que me fez rir. Levantei da cama. Haviam acabado com o clima, e como eu tinha certeza disso, decidi que era hora de sair daquele quarto.

Dorian abriu a porta para mim e esperou que eu passasse para sair também. Agora todos haviam voltado para dentro da casa, e estávamos na cozinha. Tirando o fato de a mesa estar em pedaços, tudo parecia organizado e não havia sinal do que tinha acontecido.

— Não foi nossa intenção atrapalhar — brincou Boyd, enquanto passava por ele para me sentar na poltrona vermelha ao lado do sofá. — Só estávamos dando uma força.

— Não tinha o que atrapalhar — menti. — Não estávamos fazendo nada demais.

— Não. Não estavam — disse Chad, balançando a cabeça e rindo.

Olhei para Dorian, que havia se colocado do outro lado da sala. Estava encostado à parede de braços cruzados, me observando, e não pude deixar de sorrir um pouco pra ele. Foi aí que alguém entrou pela porta. Um senhor cujos poucos cabelos que haviam restado na cabeça eram brancos. Ele usava uma batina negra. E atrás dele tinha uma senhora, com roupas de freira. Os dois me cumprimentaram com um gesto de cabeça e um sorriso gentil e discreto.

— Fico feliz que esteja bem, querida — disse a senhora, aproximando-se. Me levantei para cumprimentá-la. — Meu nome é Lúcia, e o dele é Miguel — falou, gesticulando na direção do padre.

— É um prazer conhecê-los. Queria mesmo agradecê-los pelo que fizeram por mim. Foi muito gentil de sua parte salvar a minha vida considerando que nem me conheciam...

— Não se iluda, menina — disse Arthur, me interrompendo. — Fizeram isso pra salvar o mundo, não você.

— Não ouça o que ele diz, Serena — falou Miguel, o padre, aproximando-se e beijando minha mão. — Se tivesse razão, se só nos preocupássemos com o mundo, você nem estaria mais viva.

Sorri para ele, agradecendo silenciosamente. Voltei a me sentar, mas no sofá, agora que Lúcia havia tomado meu lugar. Fiquei ao lado de Tristan, mesmo contra a vontade. Fiz o máximo possível para que nenhum centímetro da lateral direita do meu corpo tocasse nele. Perguntei:

— E como vai ser agora?

— Bom... aí depende da força da alma que está dentro de você — respondeu o padre. — Vai permanecer adormecida, fraca, por algum tempo, e quando voltar não vai ser tão súbito assim, vai ser aos poucos. — Sorri. Isso devia ser bom, não é? — A parte ruim é que seu corpo não suportaria um exorcismo e que quando ela voltar da próxima vez não vamos poder enfraquecê-la de novo.

Meu sorriso sumiu e senti algo revirar dentro de mim. Então, isso queria dizer que eu iria morrer de qualquer jeito, mais cedo ou mais tarde? Baixei o olhar, sentindo os olhos se encherem de lágrimas. Não. Não iria chorar e me fazer de vítima na frente deles. Forcei um sorriso mais uma vez:

— Pensem pelo lado bom! Vou ver meus pais e meus irmãos logo, logo. — Boyd se contorceu todo para poder passar a mão em meu cabelo, como se quisesse me acalmar. Fechei os olhos, tentando segurar as lágrimas e o medo que havia começado a correr pelo meu corpo, assim como o sangue em minhas veias sendo bombeado pelo coração.

– Será que posso pedir uma coisa então? Antes de morrer? – perguntei. Todos olharam para mim, mas eu olhei por cima do ombro, para Dorian, encostado na parede a alguns metros. Agora não estava mais de braços cruzados. Falei, sorrindo um pouco:

– Eu quero ser uma de vocês. Quero ser uma Caçadora de Almas.

A CAÇADORA

Às vezes, a maior escuridão que existe é aquela que carregamos dentro de nós mesmos.

– Hã? – exclamou Arthur. – De jeito nenhum! Nenhuma mulher nunca foi parte de nós. Não vai ser a primeira vez. Ao contrário do que você pensa, isso aqui não é uma brincadeira...

– Creio, Arthur, que a escolha não seja sua – disse Norman. – Dorian é nosso líder. É ele quem decide isso.

Todos olharam pra ele, que parecia um pouco chocado. Não me pergunte como notei isso, já que não conseguia ver metade de seu rosto. Intensifiquei meu olhar, como se o desafiasse a recusar meu pedido. Talvez devesse fazer uma leve pressão psicológica.

– Antes de eu morrer – pedi, com o tom mais doce possível. – Por favor – continuei.

Dorian me encarou por alguns segundos, visivelmente pensativo, antes de suspirar e assentir com a cabeça. Contornei o sofá, indo até ele apressadamente e o abraçando por puro impulso, passando os braços em torno de seu pescoço e enterrando a cabeça em seu ombro. Senti seus músculos enrijecendo e ele congelou no lugar, mas mesmo assim não o soltei. Sussurrei:

– Obrigada. Obrigada mesmo, não vai se arrepender.

Ouvi alguém se aproximar por trás. Norman. Ele pegou um dos braços de Dorian e o colocou em minha cintura, pegou o outro e o colocou em torno das minhas costas, o que me fez rir. Disse:

– É assim que se retribui um abraço.

Mesmo sem ver, sabia que Dorian estava sorrindo. Ele apertou mais o abraço, relaxando alguns segundos depois. Repeti, antes de me afastar, com a testa apoiada em seu ombro:

– Obrigada.

Olhei para os outros, com um sorriso enorme no rosto, e metade deles veio para cima de mim de uma vez, como se fosse um abraço coletivo. Ouvia alguns dizendo "Bem-vinda à família" e outros agradecendo aos céus por uma garota finalmente entrar para o grupo. E depois, quando todos se acalmaram, perguntei:

– E o que preciso fazer agora?

– Precisamos... – começou Miguel. Ele ia dizer que precisavam me abençoar, mas não achava que fosse uma boa ideia. – Fazer uma capa pra você.

Abri ainda mais o sorriso que estava em meu rosto enquanto Lúcia me puxava para uma sala de costura dentro da casa e começava a tirar as minhas medidas. Teria uma capa para mim, com tamanho certo, e eu seria um deles. Mal conseguia acreditar.

Pelo que percebi, ela havia feito a capa de cada um deles, e antes dela, sua mãe havia sido a responsável por isso, e antes dela, sua avó, e assim tinha sido desde o início dos Caçadores. E também era ela que iria fazer roupas melhores para mim. Não podia caçar almas de vestido nem só de capa.

Em algumas horas, e com alguns cortes de tecido e muito talento da parte dela, eu estava com minha capa de camurça azul-marinho que tocava o chão. A única diferença entre a minha capa e a dos outros era que, como não havia restado tecido suficiente para que ficasse completamente fechada na frente, ela acabava mostrando a roupa que eu usava por baixo. Isso porque a Lúcia não tinha tido tempo para ir à cidade comprar mais tecido nas últimas semanas. Mas as mangas eram enormes, como as dos outros, e eu adorava isso.

Me olhei no espelho, calçava botas pretas sem salto que ela havia me dado, vestia uma calça de couro da mesma cor e uma camiseta roxa que estava um pouco curta, pois era um número menor do que eu usava.

Meu cabelo cacheado ruivo que ia até a cintura era praticamente indomável, mas de um jeito bonito, e com aquela capa e roupas escuras me deixava ainda mais pálida. Os olhos verde-claros pareciam maiores e ferinos, como olhos de gato, chamando mais atenção do que o nariz pequeno empinado e a boca, cujo lábio inferior era ligeiramente maior do que o superior. Eu parecia...

– Uma Caçadora de Almas muito bonita, se me permite dizer – falou Lúcia, como se tivesse lido meus pensamentos.

Sorri meio sem graça, me virando para ela e agradecendo com um gesto de cabeça, e falei:

– Obrigada por tudo. A capa serviu direitinho e as roupas também.

– Não foi nada. É uma honra poder fazer as roupas da primeira Caçadora de Almas.

— A senhora sabe por que nunca houve uma antes? – perguntei curiosa, juntando um pouco as sobrancelhas e me sentando em uma cadeira de madeira encostada à parede.

Ela apenas deu de ombros, ajeitando os óculos de lentes finas e aros prateados antes de responder:

— Não tenho muita certeza. Talvez porque nenhuma teve coragem suficiente até hoje.

— É. Talvez seja por isso – murmurei, não muito convencida.

Levantei e percorri todo o caminho até a sala encarando o chão de madeira escura, pensativa. Talvez devesse perguntar isso a Dorian também se ele interferisse em meu sonho naquela noite. *Precisava* que ele fizesse isso.

Foi quando ouvi alguém assoviar. Subi o olhar, vendo todos os Caçadores me observando com o queixo caído e senti as bochechas corarem. Só nesse momento percebi que minha capa não ficava tão fechada quanto a deles, mostrando o outro pequeno problema de falta de tecido que Lúcia teve com a camiseta, por consequência, deixando minha barriga à mostra. Fechei mais a capa com as mãos e perguntei:

— O que estão olhando?

— Nada – respondeu Boyd, desviando o olhar.

— Nadinha – falou Chad, balançando a cabeça.

Dorian levantou as mãos, como se dissesse que era inocente, o que me fez rir. Até ele?! Os únicos que pareciam indiferentes eram Tristan e Arthur. Todos se levantaram quando me aproximei, e Norman parou à minha frente. Disse:

— Você precisa escolher uma arma.

— Mas assim? Sem mais nem menos? Não tem um mostruário, um catálogo ou algo assim? – perguntei, fazendo com que todos começassem a rir.

— Tem. Tem sim – disse ele, me fazendo levantar as sobrancelhas, surpresa. – Mas é algo um pouco mais realista.

Fez um gesto com a cabeça, pedindo que eu o seguisse, e foi o que eu fiz, acompanhada pelo restante do grupo. Isso me lembrou do que ele havia dito sobre Dorian ser o líder, mas não dar as ordens porque não falava. Cada um agia por conta própria, desde que ele concordasse.

Fomos até o lado de fora e contornamos a casa, entrando em campo aberto. Alguns metros mais à frente havia um tipo de celeiro enorme, daqueles típicos, de madeira pintada com tinta vermelha e branca. Entramos, encontrando um lugar cheio de cavalos, estábulos e... UAU! Uma parede coberta por uma grade quadriculada de ferro escuro onde estavam penduravas várias armas de tipos diferentes.

Havia bestas como a de Norman, espadas como a de Tristan, arcos como o de Boyd, tridentes como o de Chad e muito mais coisas, mas não havia nenhuma arma parecida com os revólveres prateados de Dorian. Assoviei, me aproximando. Não pude deixar de imaginar o que aconteceria se aquela parede cheia de lâminas afiadas caísse em cima de nós. Iríamos virar belas fatias de Caçadores de Almas.

Andei de um lado para o outro, observando cada arma consciente do olhar de todos sobre mim. Não sabia usar nada daquilo. Já tinha atirado numa alma uma vez, mas... armas de fogo não eram pra mim, tinha uma péssima mira, e até acertar uma alma já teria perdido, literalmente, a cabeça, por isso não podia usar dardos, arcos ou bestas. Acho que preferia algo que aproximasse o combate, algo que estivesse no controle das minhas mãos.

Foi quando eu o vi. Um lindo, maravilhoso e glorioso machado. Não. Não era daqueles estilo lenhador, com cabo de madeira e lâmina de ferro escuro, era um machado de guerra. Era maior do que o meu braço e o cabo era metade de prata e metade de couro negro. Tinha duas enormes lâminas que só de olhar já nos fazia imaginar o quanto eram afiadas. Cada centímetro da prata era coberto por escritos religiosos em uma língua que eu não conhecia. Era uma das armas mais lindas que já tinha visto na vida.

Peguei-o, e, ao contrário do que parecia, era surpreendentemente leve. Olhei para os Caçadores de Almas ao meu lado e falei, abrindo o maior sorriso que conseguia dar:

– É esse aqui.

– Ótima escolha, lindinha – disse Chad. – Agora precisa dar um nome a ele.

– Como assim? – perguntei.

– O nome da minha espada é Vingadora – falou Tristan.

– O nome da minha besta é Porta do Inferno – disse Norman, sorrindo um pouco.

– O do meu é Arco da Morte – contou Boyd.

– E o nome do meu tridente é Sarah – brincou Chad, o que fez todos nós rirmos.

OK... um nome. Olhei para o machado em minhas mãos. Não sabia nem como usá-lo e ainda precisava escolher um nome? Tá, talvez isso fosse mais fácil do que aprender a usar, mas não tinha muita criatividade para essas coisas. Suspirei, apertando as mãos no cabo e tentando me imaginar usando aquilo.

Pensei em tudo o que havia me levado ali, recapitulando acontecimentos e me lembrando do que sentira em cada momento em que passei com aqueles Caçadores. Senti alegria, tristeza, um pouco de raiva, mas principalmente...

confusão. Eu me sentia perdida dentro daquele mundo desconhecido e, às vezes, perdida de mim mesma. Como se estivesse... era como se eu estivesse... falei:

— No escuro — sussurrei. Assenti com a cabeça. Havia escolhido um nome. Continuei — O nome vai ser... — mordi o lábio, subindo o olhar até eles — o nome dele vai ser Escuridão.

— Misterioso — disse um dos garotos que eu não sabia o nome.

— Assustador — falou Norman.

— Pra mim, esse nome é bem sexy — comentou Boyd, o que fez as minhas bochechas corarem. Ótimo. Combinava muito comigo. Só que não. Todos sorriram e vi Miguel se aproximar, segurando um tipo de faixa de couro negro. Havia algum tipo de encaixe prateado preso à faixa, e fiquei imaginando pra que aquilo servia. Disse, colocando em meu tronco como se estivesse me elegendo Miss Universo:

— Isto aqui é um suporte pra não precisar levá-lo de um lado a outro nas mãos.

Olhei em volta. Todos usavam um, tanto de couro negro quanto marrom. Só precisei levar o machado até as costas e, automaticamente, ouvi um *clic*, como se tivesse se encaixado no suporte. Prático. Cruzei os braços, perguntando:

— E agora? O que eu preciso fazer?

— O juramento — respondeu Arnold, pronunciando-se pela primeira vez no dia.

Todos assentiram com a cabeça, concordando. OK. Agora era pra valer. Se fizesse isso, não teria mais volta. Haveria uma responsabilidade sobre os meus ombros. Naquele dia, quando entramos em uma casa cheia de almas, tudo o que eu precisava fazer era me defender se alguma delas decidisse me atacar. Agora era eu quem precisaria ir atrás. Não podia mais ficar só olhando. Falei:

— OK. O que eu tenho que dizer?

Ninguém respondeu de primeira. Todos colocaram seus capuzes, e Miguel disse que eu deveria segui-lo, pois o juramento devia ser feito na floresta, meu lar agora.

Fomos todos em silêncio até lá. Eu atrás do padre, ao lado de Dorian, e o restante atrás de nós. Quando comecei a me perguntar se atravessaríamos o país a pé, paramos. Todos se colocaram à nossa volta, e eu senti um arrepio subir pela minha espinha. Era agora. Desistiria da... não. Eu não tinha mais do que desistir. Não tinha mais família e sabe-se lá quanto tempo de vida eu ainda tinha. Estava tentando fazer do resto da minha vida algo útil, e se tivesse que me tornar um deles pra poder fazer isso, então que fosse.

Dorian parou à minha frente, colocando as duas mãos em meu rosto e se aproximando de um jeito hesitante. Me perguntei o que ele iria fazer, já que estávamos na frente de todo mundo, e entrei em choque quando ele beijou a minha testa demoradamente. Cristo. Por que esse garoto fazia isso comigo?! Por quê?!

Quando se afastou, colocou o capuz sobre a minha cabeça cuidadosamente e pegou uma das minhas mãos, levando-a até onde ficava seu coração e, em seguida, a colocou em cima do meu. Aquilo queria dizer "Estou com você". Eu não fazia ideia de como sabia disso. Eu simplesmente... sabia. Sorri um pouco, sussurrando um "obrigada" no tom mais doce que consegui usar antes de ele se afastar, dando alguns passos para trás, abrindo espaço para que Miguel se colocasse à minha frente. Senti meu estômago revirar. Estava ficando meio nervosa.

– Pegue seu machado e o coloque de pé no chão à sua frente, apoiando suas mãos na parte extrema do cabo – pediu ele. Seu tom de voz havia se tornado formal.

Obedeci, peguei-o e o coloquei com as lâminas viradas para baixo, apoiando uma mão sobre a outra na ponta extrema do cabo, que chegava até um pouco abaixo da minha cintura. Mantive o olhar ereto, porque algo me dizia que eu devia fazer isso.

– E agora, repita comigo – pediu ele.

"Até que as estrelas caiam. Até que o último raio de sol brilhe. Até que a escuridão tome o mundo e até que todos aqueles que amamos tenham perecido, eu prometo que caçarei aqueles que não merecem o perdão. Não permitirei que vidas inocentes sejam sacrificadas. Darei minha vida por aqueles que dão as suas por mim. Meus irmãos, a partir de agora, serão parte de mim, e eu serei parte deles. Seremos um e assim viveremos eternamente e, até que o fim da eternidade chegue, eu serei um Caçador de Almas."

Repeti cada palavra de modo automático, até perceber que, no meio do juramento, ele parou de falar, e eu continuei, como se já soubesse o que devia dizer. Depois da última palavra, foi como se eu voltasse a mim. Abri os olhos, não me lembrando em que momento eu os havia fechado, e subi o olhar até Miguel, parado à minha frente. Não parecia muito surpreso por eu ter feito o que fiz.

Já estava de noite, o que fez com que eu me perguntasse quanto tempo aquilo tudo havia durado. Ouvi alguém dizer animadamente atrás de mim:

– Bem-vinda ao grupo!

Sorri, me virando para Boyd, que havia dito isso, e abaixei o capuz, mas meu sorriso logo sumiu.

Havia algo de diferente. Algo de *muito* diferente. Olhei em volta, chocada. Minha visão havia melhorado uns 200%, e eu me sentia... sei lá... mais leve, talvez? Perguntei:

– Eu fumei alguma coisa?

Todos se entreolharam rindo. Peguei meu machado e o coloquei no suporte das costas como se já tivesse feito isso umas mil vezes. Juntei as sobrancelhas. Isso foi estranho.

– Todos se sentem assim – disse Norman. – A sensação fica mais estranha quando você luta pela primeira vez, mas logo se acostuma.

Assenti com a cabeça, e até isso me pareceu meio estranho. O vento em meu cabelo parecia diferente também. Os fios ruivos não pareciam mais entrar na frente dos meus olhos ou dentro da boca. Era como se tudo ao redor tivesse ficado mais gracioso, ou talvez fosse eu mesma. Sentia como se tivesse mais controle do meu corpo do que antes e como se pudesse ouvir bem mais coisas agora. O ar parecia mais puro, mais fresco, e eu podia ouvi-lo balançando as folhas das árvores ao redor. Era como se eu pudesse ouvi-lo sussurrando coisas pra mim, coisas inaudíveis a um humano comum.

As diversas estrelas espalhadas pelo céu eram ainda mais brilhantes do que antes, e ele já não me parecia mais tão distante. Podia enxergar as crateras da lua cheia acima da nossa cabeça sem nem mesmo precisar cerrar os olhos para vê-las melhor.

Olhei para cada um deles. Conseguia ver cada detalhe em seus rostos, cada pontinho dourado nos olhos castanhos de Norman, cada fio de cabelo loiro brilhante da cabeça de Boyd, cada detalhe do fio prateado que fechava nossas capas. E quando olhei para Dorian... ah, Dorian. Ele parecia... um deus. Usava a mesma capa sem mostrar os olhos, tinha a mesma postura de antes e o mesmo sorriso discreto que sempre lançava a mim, mas agora me parecia mais... irresistível.

Sorri e perguntei, me virando para Chad:

– Quer dizer que eu enxergo tudo em *full HD* agora?

– Basicamente – respondeu, retribuindo o sorriso.

Me virei para Miguel, agradecendo a ele com um gesto de cabeça. Sabia exatamente pelo que eu estava agradecendo. Pegou minhas mãos, e isso também foi estranho. Era como se eu estivesse mais consciente do toque agora, como se sentisse mais, estivesse mais sensível. Disse:

– Lembre-se: sua arma, apesar de ser abençoada como as outras, não pode te machucar, pois agora pertence a você, e sabe quem você é. – Isso era meio maluco, mas deixei que continuasse. – E quando a alma voltar a dar sinais... sabe o que deve fazer, não sabe?

Assenti com a cabeça. Deveria começar a me preparar pra minha morte e resolver todas as questões pendentes. Estava prestes a responder algo a ele quando alguém tocou meu ombro. Arthur. Disse, com seu tom seco e frio, sem olhar pra mim:

– Devemos seguir viagem.

Baixei o olhar, suspirando. Agora era pra valer. Era uma Caçadora de Almas como eles. Me despedi de Miguel com um abraço e pedi que ele dissesse a Lúcia que eu era grata por tudo o que ela havia feito por mim. Depois começamos a andar pela escuridão da floresta em silêncio.

A MALDIÇÃO

Li em um livro uma vez a personagem dizer que o amor era o maior de todos os milagres. Nunca concordei tanto com ela como agora.

Pela primeira vez em dias eu não sentia necessidade de tagarelar, de quebrar o silêncio ou de fazer algo que não fosse apenas seguir em frente e me concentrar no que havia em volta.

Apesar de estarmos numa floresta à noite e sem iluminação alguma, conseguia enxergar tudo, tanto quanto enxergava quando era de dia. Cada detalhe do tronco das árvores, cada gota de orvalho nas folhas dos arbustos ou nas pequenas flores do chão. Podia ouvir os pássaros cantando em seus galhos, os insetos passando em volta, tudo. Sabia até se havia algum bicho passando por baixo dos meus pés na terra.

Conseguia pensar mais rápido também. Minha mente passava de um assunto para o outro em questão de segundos, e agora, cada uma das fórmulas de física que me esforçava tanto pra lembrar parecia coisa de criança. Olhava para cada coisa e conseguia me lembrar de tudo o que tinha aprendido sobre ela na mesma hora.

Haviam se passado algumas horas quando decidiram parar, e eu não me sentia nem um pouco cansada, ao contrário de antes do juramento, quando andávamos e sempre tínhamos que dar uma parada por minha causa. Fizeram uma fogueira e se sentaram no chão, mas eu me mantive de pé, olhando para a floresta em volta. Sentia como se houvesse algo de estranho naquilo tudo, no cheiro do ar e até mesmo na neblina que havia começado a cobrir o chão.

– O que houve, Serena? – perguntou Philip. Era um jovem de mais ou menos quinze anos. Tinha os cabelos ondulados castanho-claros e olhos azuis. Era o mais novo do grupo.

— Tem algo errado — falei, cerrando os olhos.

— É só uma sensação, lindinha. É estranho mesmo, mas logo se acostuma. — disse Chad.

— Não — falei, num tom mais firme. — Tem algo de errado. Tenho certeza disso. Eu posso sentir.

Norman se levantou também, colocando-se ao meu lado e olhando em volta, como eu. Peguei meu machado do suporte e apertei o cabo, me virando de costas para a fogueira e encarando a floresta escura que se estendia à minha frente.

— Apaguem o fogo — pediu Norman. Ele sentia o mesmo que eu.

Obedeceram em meio a alguns protestos. Olhei por cima do ombro, vendo Dorian se aproximar do grupo. Isso era um sinal de que eu estava certa. Colocou-se ao meu lado, olhando para a frente. Segurava seus dois enormes revólveres prateados cheios de escritos em uma língua que eu não conhecia. Sabia que não era latim. Vi Boyd colocando uma flecha no arco e o levantando.

Foi quando ouvimos algo se deslocando pelos galhos das árvores. Por alguma razão, não senti medo algum. Me senti até animada, rezando para ser alguma alma maldita que eu pudesse matar.

A criatura caiu dos galhos, pousando agachada no chão a uns três metros de mim e rosnando na nossa direção. Fiz menção de avançar, mas Dorian colocou um braço na frente, impedindo que eu o fizesse.

Só aí percebi que centenas de outras criaturas se aproximavam. Pelo chão, caindo dos galhos, pulando pelas árvores... Resisti ao impulso de avançar e arrancar suas cabeças. Já queriam pegar pesado assim comigo? Agradeci ao Caçador com um gesto de cabeça. Se eu tivesse dado cinco passos para a frente, uma daquelas almas nojentas iria cair bem na minha cabeça.

— Pronta pra sua iniciação, novata? — perguntou Norman, com um sorriso, sem tirar os olhos da floresta à frente.

Retribuí o sorriso antes de levantar o machado acima da cabeça e atirá-lo com toda força na direção da alma mais próxima, rachando seu crânio ao meio. Aquela era a resposta da qual ele precisava.

A satisfação me acertou em cheio junto com o desejo insano pela morte das outras. Fui a primeira a correr na direção delas, arranquei meu machado da carcaça que eu havia matado, avancei para a próxima, girando Escuridão em um arco, e arranquei a cabeça dela.

Norman tinha razão com relação à sensação da primeira luta. Era como se visse tudo em câmera lenta, embora soubesse que eu e tudo à volta nos movíamos incrivelmente rápido. A arma era uma extensão de mim, como se fosse uma parte do meu corpo, me dando controle total sobre tudo o que fazia.

Nunca agia por impulso, eu sabia de alguma forma o que tinha que fazer, onde deveria atacar e quando seria atacada, me deixando em vantagem contra meu inimigo. Sempre sabia se algo se aproximava pelas minhas costas ou pelas árvores, mesmo sem ver. E a melhor parte era ter, com apenas um juramento, aprendido a lutar.

Usei o machado para cortar o pescoço de uma alma, prendendo uma de suas lâminas em uma árvore e usando o cabo de apoio para saltar e chutar uma delas pra longe. Com um movimento só, desprendi o Escuridão do tronco, girei e arranquei mais uma cabeça.

Abaixei bem a tempo de não ser acertada na cabeça por uma das flechas de Boyd, que foi parar no olho de uma das almas que se aproximavam de mim. Agradeci rapidamente antes de voltar a avançar em cima das criaturas.

Não tinha mais medo da forma como se contorciam pra se locomover ou de seus dentes afiados e amarelados. *Gostava* do som de seus gritos, como se fossem uma bela e assustadora música. Também ouvia os tiros das armas de Dorian ecoando pelas árvores, como se dessem ritmo a tudo. Por um breve momento, quase tão rápido quanto um piscar de olhos, todas as almas e Caçadores que nos separavam abriram caminho, e eu pude vê-lo esmagando o crânio de uma das criaturas contra uma árvore com um dos pés. Suas botas de couro negro estavam sujas com o sangue escuro de todas as almas que havia matado, assim como a barra da capa, e não pude deixar de achar algo de atraente nisso... Controle-se, Serena! Foco!

Atirei meu machado na direção de uma alma que estava prestes a atacar Philip pelas costas, e ele me agradeceu, jogando o machado de volta. Sorri, pegando-o no ar e esmagando uma cabeça contra uma árvore usando a parte não cortante dele. Vi uma delas se aproximando rapidamente. Parecia se contorcer um pouco mais do que as outras, e era mais nojenta e mais rápida. Levantei meu machado e o abaixei bem a tempo de cortar seu corpo ao meio. Cada metade caiu imóvel pra um lado.

E então veio o silêncio. Olhei em volta. Só havíamos nós agora. Só Caçadores de Almas. Nos entreolhamos (na verdade, todos olharam pra mim, com certeza, verificando se não faltava algum pedaço). Falei, sorrindo e colocando o Escuridão de volta ao suporte:

– Isso foi *bem* legal.

Eles retribuíram o sorriso e depois começaram a pegar as carcaças para enterrar. Não iria ajudar. Não queria contribuir para aquilo. Queria que as deixassem ali, aprisionadas, apodrecendo no chão da floresta. Me juntei a Dorian e a Arnold, a alguns metros, e cruzei os braços enquanto observava todos trabalhando.

— Vi você lutando – comentou Arnold, o que me fez sorrir um pouco. – Saiu-se muito bem. Alguns sequer sobrevivem à primeira luta e, quando o fazem, não chegam nem a matar duas almas.

Agradeci, passando o olhar para Dorian. Perguntei, me aproximando dele e mordendo o lábio inferior:

— E você? O que achou?

— Vou deixar vocês a sós, tá bom? – disse Arnold, saindo antes que eu pudesse protestar, o que me fez rir.

Estendi a mão para Dorian e ele a aceitou de um jeito hesitante, entrelaçando os dedos nos meus. Puxei-o alguns metros adiante, para uma clareira minúscula, e depois soltei sua mão. Queria aproveitar a adrenalina da luta pra fazer uma coisa que estava esperando há muito tempo. Sorri, quase não me aguentando de nervosismo. Falei:

— Eu preciso contar uma coisa, porque não aguento mais nenhum segundo sequer sem que você saiba.

Apenas ficou me encarando a uns seis passos de distância. Eu precisava de espaço pra poder pensar claramente no que iria dizer. Por que eu tinha escolhido aquele momento? Porque eu não aguentava mais aquilo no meu peito. Não aguentava mais ficar observando-o de longe, fingindo que encarava a fogueira. Porque não aguentava saber que podia morrer em poucos dias sem fazer tudo o que tinha vontade.

Prometi a mim mesma que faria tudo o que me desse na telha nesses últimos dias, e era o que eu iria fazer, mesmo que isso comprometesse minha dignidade.

— Antes de contar o que eu quero – comecei –, preciso admitir uma coisa pra você. – Ele apenas continuou lá, me observando pacientemente. – Eu sou uma covarde. – Balançou a cabeça, prestes a discordar de alguma forma quando levantei a mão, pedindo que esperasse. – Só... Só me ouça, por favor – suspirei. – Eu passei minha vida inteira tendo medo de enfrentar meus medos. OK, preciso explicar melhor... Eu tinha medo das crianças que zombavam de mim no primário e nunca fiz nada. Só uma vez, e me dei mal por isso. Eu tinha medo do que os meus pais pensariam de mim, tinha medo de não corresponder às expectativas deles, por isso jurei que seria a melhor em tudo, e tinha medo de não ser um bom exemplo pra minha irmã. Eu sempre desconfiei que havia algo entre Briana e Alex, mas tive medo de dizer algo e perder os dois. Tenho medo das almas e só decidi me tornar uma Caçadora porque queria tentar não ser covarde uma vez na vida, mas não deu certo, porque alguns minutos atrás, quando lutamos contra elas, eu morri de medo, embora ele estivesse misturado com a satisfação de matá-las – balancei a cabeça, sorrindo com descrença de mim mesma. – Enfim... eu sempre me escondi atrás da imagem de filha, irmã, namorada, amiga e aluna perfeita para não precisar enfrentar as coisas que me apavoravam e isso me torna uma covarde.

Fiz uma pausa, dando tempo a ele pra absorver tudo e tentando juntar mais um pouco de coragem. A adrenalina da luta estava indo embora, e nem Escuridão, preso às minhas costas, impedia que eu me sentisse indefesa naquele momento. Não. Tinha começado, agora precisava terminar, e com o mesmo ânimo de antes.

– O que eu estou fazendo agora é a primeira coisa que faço na vida que não é a ação de uma covarde – sussurrei, porque era o máximo que eu conseguia fazer. Agora não conseguia nem mais olhar pra ele, e meus olhos haviam se enchido de lágrimas de vergonha. – Agora você se pergunta: "Que raios ela diz que está fazendo? Porque tudo o que eu vi foi ela tagarelando". E eu te respondo: Estou prestes a contar pra você do que eu realmente tive e ainda tenho medo. Eu tenho medo das coisas que não têm explicação, porque eu não as entendo – respirei fundo. OK, agora era a parte mais difícil. – Tenho medo do que sinto por você, tenho medo do tamanho e do poder que tem isso que está acontecendo no meu coração. Tenho medo do modo como ele se acelera quando olho pra você. Tenho medo até das palavras que eu mesma pronuncio que são dirigidas a você. – Voltei a olhar pra ele e o encontrei bem mais próximo de mim, e continuava vindo em minha direção, devagar, mas sem hesitar. Suspirei, balançando a cabeça e querendo resumir tudo. – Eu tenho medo do que eu sinto por você, porque é algo que não dá pra explicar ou quantificar. Eu... eu tenho medo da intensidade com a qual eu te amo. – Agora ele estava a apenas meio passo de distância, e podia jurar que ele conseguia ouvir meu coração de tão rápido que batia. Repeti, agora mais uma vez como um sussurro. – Eu te amo.

Estava prestes a dizer mais um monte de coisa sem sentido que parecia nunca ter fim quando ele pegou minhas duas mãos, me fazendo fechar a boca que já estava aberta pra começar. Entrelaçou os dedos nos meus, levando nossas mãos até seu rosto, mais especificamente até o capuz. E quando fechou nossos dedos em torno dele, meu coração descompassou. Minha respiração havia se acelerado tanto que parecia ter acabado de correr uma maratona. Cada músculo do meu corpo começou a tremer quando ele começou a levantá-lo devagar.

E só depois, quando Dorian estava completamente sem ele, me permiti olhar. A primeira coisa que eu vi foram seus olhos. Eram azuis, como o céu limpo do meio-dia, e pareciam brilhar sob a escuridão da floresta. O cabelo, quase comprido o suficiente pra cobrir os olhos, era liso e tão negro quanto os olhos das almas que ele tanto caçava.

Aproximou-se ainda mais, encostando a testa na minha. Eu encarava seus olhos azuis fixamente. A íris tinha um fino contorno azul bem escuro, e em torno da pupila o tom de azul também escurecia até chegar ao tom da capa dos Caçadores de Almas.

Subiu as mãos pelas minhas costas, me apertando contra ele, e entrelaçou os dedos em meu cabelo, me puxando pra perto antes que eu pudesse sequer pensar em fazer alguma coisa.

Bem... ele realmente não sabia como abraçar as pessoas, e era muito grata a Norman por tê-lo ajudado, mas com certeza Dorian sabia como beijar alguém. Ah, se sabia.

Passei os braços em torno de seu pescoço enquanto ele dava passos para a frente até que eu estivesse encostada contra uma árvore. Podia sentir seus dedos em meu cabelo, e a mão livre subindo pelas minhas costas por baixo da capa. Seus dedos eram frios, mas eu não me importava com isso.

Já tinha beijado Alex (óbvio), mas não foi nada comparado àquele beijo. Sentia cada toque dele como se os meus nervos estivessem expostos. Dorian era o meu tudo naquele momento. O chão que eu pisava eram seus pés. O ar que eu respirava tinha o cheiro dele, de floresta e chuva. Seus braços me envolviam como se fosse ele quem me prendesse ao mundo.

Agora aquele Caçador de Almas era meu, e eu era dele. Cortaria ao meio o crânio de qualquer um que tentasse tirá-lo de mim e iria até o fim do mundo pra quebrar qualquer maldição imposta contra ele. Pude senti-lo sorrir quando eu o empurrei para trás até que estivesse ele também encostado em uma árvore, impedindo-o até mesmo de pensar em se afastar um centímetro sequer. Não me importava se não tínhamos mais ar, não me importava que estivessem nos procurando. Prolongaria aquilo pelo tempo suficiente, até que minha necessidade por ele estivesse saciada.

Fui eu que me afastei, sorrindo tanto que minhas bochechas protestaram. Seu sorriso era quase tão grande quanto o meu. Coloquei as mãos na frente da boca, apoiando a testa em seu ombro e rindo como uma idiota. Passou os braços em torno de mim, rindo também. A risada mais linda do mundo. Balancei a cabeça, ainda não acreditando que tínhamos acabado de nos beijar. Falei, com a voz abafada pelas mãos:

– Eu não acredito que acabei de me declarar pra você.

– E eu não acredito que você não disse isso antes – revelou ele.

Eu o olhei incrédula. Ele estava falando, e aquilo não era um sonho, ou era? Aliás... ele não acreditava que eu não havia dito aquilo antes? Se aquilo não era extremamente irônico, eu não sabia o que era. Ele segurou meu rosto com as duas mãos, dizendo:

– Agora é a minha vez de falar.

Mordi o lábio inferior, encarando-o. Era a pessoa mais linda que já tinha visto em toda minha vida. Mais lindo do que qualquer ator de cinema ou cantor da moda. Chegava a ser inumano. Se pudesse, diria: "Não. Você não vai dizer nada. Você vai me beijar", mas achava justo deixá-lo tagarelar, já que eu o havia feito por tantos dias seguidos sem que ele pudesse me responder. E era quase tão bom ouvir sua voz quanto beijá-lo. Aproximando-se um pouco mais, ele falou:

– Você me agradeceu tantas e tantas vezes por coisas que nem valiam que... – balançou a cabeça, suspirando. – Vou resumir... obrigado por ter sido tão gentil comigo todos esses dias, por não ter se irritado comigo a cada pergunta que você fazia e que eu não podia responder. Obrigado por me amar, porque isso libertou a minha alma. Obrigado por me mostrar o que é ter coragem de verdade. Você não é covarde. Nunca teria a metade de sua coragem e nunca seria tão forte quanto foi ao lidar com tudo o que aconteceu. Devo a minha vida e o meu coração a você. – Sorriu um pouco, aproximando-se ainda mais e apertando os lábios contra os meus por alguns segundos e sussurrando: – Eu te amo, Serena Devens Stamel, e vou amar pelo resto da minha vida.

Meu queixo caiu, metade por causa da surpresa e metade porque eu queria responder alguma coisa, mas tudo o que saiu da minha boca foi ar. Balancei a cabeça, ainda não acreditando que... OK, vamos recapitular. Eu me tornei uma Caçadora de Almas, lutei contra um exército de almas, me declarei para Dorian, ele tirou o capuz, nos beijamos, rimos que nem idiotas, ele falou alguma coisa e disse que me amava. Era muita coisa, e como não queria ficar lá de boca aberta como uma imbecil, beijei-o mais uma vez, o que o fez sorrir.

Me afastei pouco tempo depois, me lembrando dos Caçadores que deviam estar nos esperando. Perguntei, ajeitando a capa e o cabelo, olhando na direção onde eles deveriam estar:

– Precisamos avisar a eles, não? – Ele assentiu com a cabeça, pegando minha mão e entrelaçando os dedos nos meus. Continuei: – Vão ficar um pouco chocados.

– Provavelmente.

Mordi o lábio, respirando fundo antes de permitir que ele me puxasse na direção da fogueira que haviam feito. A ideia de nunca colaborar nem um pouquinho com a realização das fogueiras me fez rir. Sempre sumia nessas horas e só estava esperando a hora na qual me cobrariam.

Quando chegamos, foi silenciosamente, e ninguém nos notou. Paramos de pé atrás de Norman, de mãos dadas. Bem... quase ninguém nos notou. Boyd olhou em nossa direção e perguntou, olhando pra mim:

– Desde quando contratamos modelos pra serem Caçadores de Almas? Sabe que temos de falar com Dorian antes de chamar alguém pro grupo, Serena. – Passou o olhar para o garoto ao meu lado, que segurava o riso. Apresentou-se:

– Meu nome é Boyd.

– Eu sei – respondeu Dorian. – Conheço você desde que tinha três anos de idade.

O queixo do garoto caiu, assim como o de todos em torno de nós na roda. Norman se virou para trás, encontrando-nos mais próximos do que ele esperava, e acabou caindo do tronco onde estava sentado.

– Jesus! – exclamou ele.

– Não, Dorian – corrigiu, o que me fez rir.

– Mas... mas como isso é possível?! – perguntou Philip.

Nos entreolhamos, sorrindo um para o outro e demos de ombros. Acho que nem eu sabia como aquilo foi possível. Dorian tinha dito algo sobre eu tê-lo amado e libertado sua alma, mas... ainda não tinha entendido isso muito bem. Talvez depois pedisse que ele me explicasse.

– É uma longa história – respondeu Dorian, sem desviar o olhar de mim. – Mas saibam que a grande responsável é Serena.

– É isso aí – confirmei, olhando para os Caçadores que ainda pareciam meio chocados. – Qualquer agradecimento ou reclamação deve ser dirigida a mim.

– Reclamação? – questionou Dorian, juntando as sobrancelhas.

– Sei lá. – Dei de ombros. – Talvez fosse melhor ter mantido você com a boca permanentemente fechada. Ainda não tive tempo de decidir se o que eu fiz foi bom ou ruim.

Dorian me olhou com uma falsa cara de ofensa, o que fez todos rirem. À luz da fogueira seus olhos pareciam ainda mais claros, e ele parecia ainda mais lindo. Ouvi Chad falar, levemente desanimado:

– Quer dizer que vocês estão juntos agora?

– Finalmente, é o que você quer dizer – corrigiu Tristan, sorrindo pra mim com seu sorriso de tubarão. Não retribuí o sorriso.

E assim ficamos nos encarando, eu e Tristan, e os outros em silêncio. Havia algo de errado nele, tinha certeza disso. Tristan podia até parecer engraçado e gentil à primeira vista, mas se prestássemos um pouco de atenção dava para ver que era só um disfarce. Eu não confiava nele.

Ouvi alguém pigarrear, o que nos tirou de nossa conversa silenciosa, me dando um sobressalto. Era Norman. Eles tinham me feito uma pergunta, mas eu estava tão imersa em meus pensamentos que sequer a ouvi.

– Hã? O quê?

– O que há com você? – perguntou ele.

– Nada. Só estou meio... – balancei a cabeça. – Foram coisas demais pra um dia só.

Tirei meu machado do suporte, ainda olhando para Tristan, e o cravei no chão, como um aviso. Se ele estivesse tramando alguma coisa, arrancaria sua cabeça. Me apoiei em Dorian, que havia se encostado a uma árvore ao meu lado. Ele passou os braços em torno da minha cintura. Sussurrou, com os lábios em meu ouvido:

– Não confia nele, não é?

– Não, mas pode ser bobeira minha.

– Nada que venha de você é bobeira – disse Dorian, o que me fez sorrir.

– Vou prestar mais atenção nele a partir de agora, OK?

Assenti, voltando a olhar para os Caçadores, que agora conversavam em voz baixa. Arnold estava falando algo sobre quando escolheu sua arma – uma espada de duas lâminas – aos quinze anos. Norman se levantou, parou ao nosso lado, tampando nossa visão da fogueira, e disparou:

– Tem algo de muito errado acontecendo. – Mas o que ele?... Me perguntei – As almas nunca vieram atrás da gente, e Tristan não está me parecendo muito bem.

– Não acho que tenham vindo atrás de nós, especificamente – explicou Dorian. – Acho que vieram atrás da Serena. Ela é a última alma. É da qual precisam pra abrir o portal que vai permitir que tenham liberdade total pra entrar neste mundo e possuir qualquer pessoa que quiserem. Vão vir atrás de nós cada vez mais porque estão ficando desesperadas. Assim como os Angeli. Não me surpreenderia nada se fôssemos atacados a qualquer hora dessas.

– Que horror, Dorian! – exclamei. – Não diga uma coisa dessas. Eles sabem que não têm chance contra nós.

– O pior é que têm sim – disse Norman, parecendo pensativo. – São tão bons quanto nós. Fomos abençoados e eles também, só que por entidades diferentes.

– Então acham que há alguma possibilidade de conseguirem me pegar?

O que veio a seguir foi pior do que se tivessem me respondido: o silêncio, carregado de medo e incerteza. Em Norman só havia quietude, e ele encarava o chão de braços cruzados. Olhei para Dorian, esperando ver algum tipo de segurança em seus olhos azuis, mas não havia nada, apenas um olhar sombrio para a fogueira e uma mandíbula rígida. Falei, com um sorriso desanimado tentando melhorar um pouco a situação:

— Por sorte, sei muito bem como me defender sozinha.

— É, você sabe – disse Dorian, retribuindo o sorriso. Não havia muita confiança em seu tom de voz.

— E por sorte você tem tanto talento quanto tem de confiança, ruiva – acrescentou Norman. Seu sorriso me pareceu bem mais animado do que o do garoto ao qual estava encostada. – Bem... eu preciso de um descanso. Lutar contra um exército de almas desesperadas me desgastou muito.

Ele nos cumprimentou com a cabeça antes de dar alguns passos pra dentro da floresta e sumir na escuridão. Dorian passou os dedos pelo meu cabelo e olhei pra ele.

— Então quer dizer que você só faz escolhas erradas?

— Não acredito que se lembra disso – falei, balançando a cabeça.

— Isso é um sim? Porque se for, eu posso...

— Não. Você não foi uma escolha errada, se é o que quer saber – respondi, revirando os olhos e sorrindo. – Bem... pelo menos por enquanto você não fez nada de errado.

Dorian riu, balançando a cabeça. Será que eu já tinha dito que o sorriso dele era a coisa mais linda do mundo? Queria mesmo que ele fosse uma escolha certa. Precisava fazer pelo menos uma antes de morrer. Só uma.

— Se você não der uma de doido e sair aprontando por aí, então acho que não tem muitas chances de dar errado – falei

— Só se eu fosse um cego idiota pra fazer isso – disse ele, apertando os braços em torno da minha cintura.

— Cego eu sei que não é, quanto a ser idiota...

Dorian me interrompeu com um beijo, nem se importando com os Caçadores de Almas sentados em torno da fogueira ao nosso lado. Não que eu me importasse muito também. Passei os dedos por seu cabelo, puxando-o para mais perto enquanto ele me beijava cada vez mais intensamente.

Foi quando ouvimos os Caçadores ao nosso lado gritando um monte de frases de incentivo a mim e a Dorian. Nos afastamos, sorrindo. Enterrei a cabeça em seu ombro, tentando esconder as bochechas coradas enquanto ouvia Boyd gritar:

— Não vamos dar privacidade a ninguém! Chegamos primeiro!

— Por Deus, Dorian! – brincou Philip. – Seja gentil e leve a garota pra outro lugar. Arrume um quarto! Não somos obrigados!

Ri, com os lábios pressionados contra o ombro dele. Dorian beijou meu pescoço antes de se afastar e pegar a minha mão.

— Eu realmente odeio vocês – falou enquanto me puxava para perto da fogueira.

— Não é justo ficar com a única Caçadora de Almas que nós temos, Dorian – reclamou Chad, cruzando os braços.

Dorian sorriu pra ele enquanto se sentava num pequeno espaço livre na ponta do tronco e me puxava para o seu colo. Passei um braço em torno de seu pescoço e ele passou um braço em torno da minha cintura. Brinquei:

— Não é culpa minha se não foram rápidos o suficiente – acrescentei, após uma breve pausa. – E também tenho certeza de que nenhum de vocês sabe beijar tão bem quanto ele. – Todos riram, inclusive Dorian, que me puxou para um beijo rápido.

— Quer experimentar? – perguntou Chad, se levantando e se aproximando, fazendo todos rirem ainda mais.

Só naquele momento notei que metade deles estava sem sua capa, e decidi tirar a minha também. Embora parecesse não pesar nada enquanto a vestíamos, depois de tirá-la era como se todo o peso do mundo fosse tirado de nossos ombros. Massageei meus próprios ombros. Perguntei, olhando para Boyd, que havia se levantado comigo pra tirar sua capa:

— Por que estou sentindo como se tivesse segurado um elefante por tempo demais?

— É o peso das almas. Fica pior conforme o tempo passa, mas você vai se acostumando. Quanto mais almas você caça, mais você sente o peso – respondeu ele.

— Então imagine... – olhei para Dorian, que olhava na direção de minha capa caída com certa hesitação.

Gesticulei com a cabeça para que ele se aproximasse, e foi o que fez, parando ao meu lado.

— Quer tirar isso?

— Seria bom – revelou ele.

Desfiz o laço discreto e prateado que prendia a capa devagar, meio preocupada. Éramos Caçadores de Almas. Deus havia nos mandado pra caçar aqueles que deviam estar presos no Inferno. Não tínhamos de sofrer por isso, não é? Quer dizer... se fazíamos algo bom, por que deveríamos sofrer com o peso disso depois? Perguntaria isso a Dorian quando tivesse a chance.

Quando jogou a capa no chão, ele cambaleou para o lado, se apoiando numa árvore. Era óbvio que não tirava a capa há décadas, porque aquelas roupas com certeza não eram de hoje em dia. Usava uma calça de algum tecido qualquer preta, botas de couro da mesma cor que iam até os joelhos, uma camisa enorme preta, daquelas medievais, cuja gola era ajustável e tinha uma cordinha preta pra amarrar.

Havia um cinto de couro negro amarrado em sua cintura com seus dois enormes revólveres prateados. Uma faixa que cruzava seu peito, iniciando do lado esquerdo do pescoço e terminando no lado direito da cintura; era um tipo de suporte cheio daquelas esferas que ele tinha usado pra abrir o portal. Perguntei:

– Há quanto tempo você não troca de roupa?

– Uns mil anos.

Assoviei, analisando-o dos pés à cabeça pela milésima vez. Falei, mordendo o lábio inferior:

– Você precisa urgentemente de roupas novas.

Boyd riu ao meu lado, balançando a cabeça. Perguntei, curiosa, juntando as sobrancelhas:

– O que foi? Vocês não trocam de roupa, não? Nunca tomam banho? – Tudo o que ele fez foi rir mais ainda, e fiz uma careta. – Vocês são nojentos.

– Não é culpa minha se eu não podia tirar essa porcaria, acho que era coisa da maldição, e também nunca comi nem dormi – falou Dorian, cutucando a capa com a ponta da bota.

Revirei os olhos, rindo. Ele tinha razão. Observei-o enquanto ele encarava a própria capa no chão com um olhar levemente sombrio, como se estivesse se lembrando de todos os anos que passou preso em sua maldição.

Encarei o suporte cheio de pequenas esferas de vidro que continham grandes portais lá dentro, pegando uma delas e analisando com atenção. Arregalou os olhos, como se eu tivesse prestes a apertar um botão que explodiria toda a crosta terrestre. Disse, aproximando sua mão da minha devagar e envolvendo os dedos na esfera com cuidado:

– Muito cuidado.

– Como isso funciona?

– Depois eu ensino, mas agora me devolva, por favor – pediu, em tom baixo e calmo, como se qualquer alteração no tom de voz fosse explodir tudo ao nosso redor.

Dei de ombros e devolvi a ele, que suspirou aliviado ao guardar a esfera de vidro no suporte. Depois, perguntou, estendendo a mão na minha direção com um sorriso gentil:

— Quer dar uma volta comigo?

Apenas peguei sua mão e deixei que ele me puxasse para dentro da escuridão da floresta, deixando Boyd para trás. Só desaceleramos o passo depois que a fogueira sumiu de vista.

Não tinha ideia de que horas eram, mas também não me importava. Não me sentia cansada o suficiente para recusar passar algum tempo com Dorian e tirar minhas dúvidas. Falei, encarando o chão da floresta que se estendia à nossa frente:

— Você ainda não me disse exatamente o que eu fiz pra quebrar sua maldição.

— Ela só seria quebrada quando alguém me amasse de verdade e o amor fosse correspondido.

— Isso não me parece algo difícil – falei. Estava sendo sincera. – Quer dizer... amar alguém leva certo tempo e coisa e tal, mas você... como eu posso dizer? É apaixonante.

Ele apenas sorriu um pouco, dando de ombros e baixando o olhar. Garoto de poucas palavras. Ficamos algum tempo em silêncio, algo já familiar pra nós dois. Era, de certa forma, reconfortante.

— Me lembro de você ter pensado em tirar o capuz uma vez – comentei, finalmente. – Mas saiu andando do nada e me deixou pra trás.

— Você ainda não me amava. Tinha apenas curiosidade sobre mim – falou ele, dando de ombros.

— E ainda tenho – admiti.

Ele sorriu, olhando pra mim pelo canto do olho. Olhei em volta, para as árvores que pareciam se contorcer conforme cresciam, assumindo formas estranhas e impedindo que a luz da Lua passasse entre as copas. Parando de andar e me observando, enquanto eu avançava sem ele, Dorian disparou:

— Pois, então, pergunte o que quer saber.

— Quantos anos você tem? – decidi começar com uma pergunta fácil.

— Um pouco mais do que o comum e aceitável.

— E quanto seria isso? – questionei, desacelerando o passo para que ele me alcançasse.

— Uns mil anos. Um a mais, um a menos... parei de contar há muito tempo.

Sério? Mil anos? Balancei a cabeça, olhando pra ele com certa descrença.

No caso dele, até as perguntas mais fáceis tinham respostas difíceis. Brinquei:

— Você está me parecendo um pouco jovial demais para ter mil anos.

— Maldições têm esse lado bom.

Sorri, seguindo em frente. Gostava da forma como a neblina se movia em torno dos nossos pés conforme andávamos. Pensei por alguns segundos antes de perguntar a próxima coisa.

— E... por que nunca tentou encontrar uma garota antes pra tentar quebrar logo a maldição?

— Porque eu estava bem do jeito que estava. Mereci a maldição, queria pagar o preço pelo que eu fiz.

— Por isso nunca houve Caçadoras — concluí, e ele assentiu com a cabeça.

— Não consegui fugir de você — disse ele, sorrindo com descrença pra si mesmo. — Fiquei mil anos fugindo de qualquer garota que se aproximasse e me saí muito bem com isso, mas só foi preciso um ritual e dois meses pra me apaixonar por uma.

Mordi o lábio, sorri e parei à sua frente, interrompendo seu caminho. Passei os braços em torno de seu pescoço e os dedos por seu cabelo negro e liso:

— Admita: você ficava louquinho pra me mandar calar a boca toda vez que começava a tagarelar.

— Eu gosto de te ver tagarelando.

— Só estava tentando chamar a sua atenção — admiti, dando de ombros. — Não é fácil fazer isso quando o garoto que você gosta não fala e quase nunca sorri, então só vi duas saídas. A primeira era sair dançando por aí sem roupa e a segunda era começar a encher sua cabeça, até ficar completamente confuso e só conseguir raciocinar que eu estava ali, na sua frente, e era isso que importava.

— E conseguiu. Apesar de pensar que era louca, só conseguia pensar em você. Todo dia, todo tempo. Contava os segundos até você sorrir pra mim, olhar na minha direção, falar comigo. Sei que no início era só atração, daquelas que sente quando vê uma pessoa bonita na rua olhando pra você, mas depois pensei melhor. Nunca tinha visto ninguém resistir a uma alma daquele jeito. Nunca vi alguém sem nenhuma prática matar uma. Fazia mil anos que não convivia com uma garota, e eu acabei me apaixonando.

— Hum... estou começando a achar que você é tão tagarela quanto eu — falei, sorrindo.

— Não — disse ele, juntando as sobrancelhas e balançando a cabeça enquanto apertava ainda mais os braços que já estavam em torno da minha cintura. — Sou mais de ações do que de palavras.

— E eu gosto muito disso — acrescentei, sorrindo e apertando os lábios contra os dele, mas só por um segundo. Dei um passo para trás e continuei: — Mas agora precisamos voltar, ou vão ficar preocupados, e amanhã vamos achar roupas decentes pra você.

Ele revirou os olhos enquanto eu o puxava na direção de onde tínhamos vindo. Não demorou muito até chegarmos e encontrarmos todos dormindo, jogados no chão, como se tivessem festejado por uma noite inteira. Ri ao ver aquela cena e me sentei encostada a uma árvore, com Dorian de um lado e minha capa e Escuridão do outro.

Peguei o cabo de meu machado e o coloquei em meu colo. Não pude deixar de apertá-lo ao ver Tristan deitado em cima do tronco a alguns metros. Seus olhos estavam bem abertos e focados em mim.

– Está sem sono, Tristan? – perguntei, cerrando um pouco os olhos e inclinando a cabeça para o lado.

– Sempre tenho insônia depois de uma luta.

– Deixa ele – comentou Dorian, me puxando pra mais perto dele sem tirar os olhos do amigo. – É um mimado. Não consegue dormir nem com o barulho de uma abelha a centenas de quilômetros dele.

Sorri, apoiando a cabeça em seu ombro, mas mantendo meu olhar em Tristan. Só me permiti fechar os olhos quando ele fechou os dele e ainda assim mantive Escuridão em minhas mãos, com os dedos bem apertados no cabo.

POSSESSÕES

Eu seria capaz de aguentar o peso do mundo em minhas costas só para aliviar o peso que ele carregava no olhar.

Estávamos andando há horas. Tinha convencido a todos de que precisávamos de uma refeição decente, banhos decentes e roupas decentes. Já fazia uns dois dias que não colocávamos nada além de frutas silvestres na boca. Tentávamos chegar a alguma cidade, mais especificamente à minha, assim eu pegaria dinheiro no cofre da minha casa, onde meus pais guardavam suas economias, e poderia, finalmente, ter pelo menos um dia de conforto depois de tudo.

Parei de repente, extremamente irritada, e me virei para Dorian. Falei, apontando para a capa dele, na direção de onde eu sabia que ficava seu suporte cheio das pequenas esferas de vidro que continham portais, ou como eu decidi chamar naquela ocasião nossas salvações:

— É melhor você usar um dos seus portais pra nos levar logo à minha casa, porque eu não aguento mais dar nenhum passo.

— E o que você vai fazer? — perguntou ele, sorrindo e se aproximando. Passou os braços em torno da minha cintura.

— Eu vou sair escalando árvores e mordendo pescoços. Vou virar uma alma ruiva selvagem e vou atacar todos vocês.

Todos riram, dizendo coisas como "Deus me livre!" ou "Cruz, credo!". Ele revirou os olhos, sorrindo e murmurando algo como "E eu consigo dizer não pra você?". Tirou uma daquelas esferas do suporte e a mostrou para mim. Pegou minha mão e a colocou nela, fechando meus dedos em torno do vidro. Podia sentir o vórtice se movimentando agitadamente lá dentro. Disse, em tom baixo:

— Você precisa chacoalhar para causar desordem nas partículas. Depois tem que quebrar o vidro. Pode jogar no chão ou em algum tronco. Precisa pensar em onde quer estar, mas tem de ter certeza. Não pode mudar de ideia sobre onde deseja ir. Se por acaso se distrair, o buraco pode abrir, te sugar e te deixar flutuando no nada. É difícil... – continuou, colocando as duas mãos por cima da minha –, por isso sou o único que tem permissão pra fazer esse transporte. É preciso muita concentração. – Aproximou-se mais. O suficiente para que eu sentisse sua respiração. – Quero deixar isso com você, caso aconteça alguma coisa, mas só pode usar em caso de emergência. Mesmo quando parecer não haver mais saída além de usar isso, pense em alguma alternativa. É perigoso demais.

Assenti, mostrando que havia entendido. Ele deu um jeito de prendê-la no suporte de Escuridão. Beijei-o rapidamente, consciente dos olhares dos outros, e me afastei. Dorian deu alguns passos, tirou outra esfera do suporte e a chacoalhou algumas vezes antes de jogá-la num tronco à sua frente. Depois, sem dizer nada, entrou no buraco negro que havia se formado. Segui-o sem hesitar, como na primeira vez, e quando cheguei ao outro lado não caí. Foi como se o chão se aproximasse lentamente dos meus pés, e não como se eu tivesse sido empurrada.

Olhei em volta. Estava no jardim da minha casa, e como eram quatro da manhã, não havia uma alma viva na rua para se assustar com nossa presença. Sorri, impressionada com ele. Depois de ter me explicado como funcionava e quanta pressão havia em cima dele toda vez que usava aqueles portais, passei a admirá-lo ainda mais por conseguir fazer aquilo. Sabia o quanto era difícil se concentrar em apenas uma coisa com tantas possibilidades pra onde ir. Depois de todos passarem pelo portal, ele se fechou, sumindo no ar. Todos me seguiram para dentro de casa e fizemos uma revista para ver se não havia uma alma ou um Angeli esperando por nós, mas não havia nada. Emprestei o banheiro da suíte de hóspedes, o dos meus pais e o da minha irmã para os trinta Caçadores de Almas enquanto eu usava o meu. Vesti calças jeans, uma camiseta azul e um moletom branco por baixo da capa. E por baixo de tudo coloquei um biquíni pro caso de não poder voltar e encontrar um lago num momento de desespero.

Eles demoraram bastante, já que fazia anos que não tomavam um banho de verdade, com sabonete e tudo. Depois, vestiram suas roupas sujas enquanto eu pegava o dinheiro do cofre. Era muito mais do que eu esperava. Todas as economias da família estavam ali. Era a minha herança.

Depois andamos até o único shopping da cidade e começamos a entrar nas lojas. Eram, mais ou menos, 11 horas da manhã. Não nos mantivemos em apenas um grupo. Trinta Caçadores entrando num shopping juntos com certeza pareceria um arrastão. Por isso, Dorian nos orientou a nos dividirmos em grupos. Separei uma quantidade de dinheiro para cada, e deixei que vagassem pelo shopping por conta própria, combinando um horário para encontrá-los depois, na praça de alimentação. Ainda assim, de forma discreta.

Fiz cada um deles experimentar pelo menos umas vinte peças de roupa e, no final, acabei comprando para cada um apenas três conjuntos completos e coloquei em mochilas pretas que também comprei para eles. Diferenciava-as pelos chaveiros, escolhidos de acordo com a personalidade ou de acordo com algo que me lembrasse deles. Durante todo o tempo, fiz o que pude pra manter o capuz do moletom que peguei em minha cabeça, não querendo ser reconhecida por ninguém. Fiz até questão de colocar o cabelo em um coque para que não chamasse a atenção de ninguém, já que não era como se a cidade estivesse repleta de pessoas ruivas.

Para Norman escolhi um chaveiro dos Beatles, que me lembrava a namorada que ele disse que tinha, e para Dorian escolhi um pequeno revólver de prata. Tive de explicar a ele que era apenas para decoração.

Havíamos deixado as armas e capas na minha casa, por isso as pessoas que passavam por nos pensavam que éramos um bando de adolescentes comuns acompanhados de nossos pais. Esse era o lado bom de termos pessoas mais velhas no grupo. Ninguém ficava nos encarando pensando que iríamos começar a zonear em locais públicos.

E quando chegou a hora de nos encontrarmos, depois de tudo, paguei um hambúrguer, batatas fritas e um milk-shake grande para cada um deles.

Estávamos sentados na praça de alimentação ocupando uma grande quantidade de mesas. Estava sentada em uma cadeira com Dorian ao meu lado direito, Norman à minha frente e Chad ao lado dele. Eles estavam terminando seus lanches, com exceção de Dorian, já que mesmo depois de a maldição ser desfeita, ele permanecia com a vantagem de não ter apetite algum.

– Nunca pensei que fosse voltar a fazer uma refeição dessas algum dia – disparou Chad, enfiando um monte de batatas fritas goela abaixo. – Isso é um manjar dos deuses! – gritou, com a comida quase saltando pra fora da boca. Fiz uma careta.

– De nada – falei, levantando as sobrancelhas e desviando o olhar, sentindo o estômago revirar com aquela cena nojenta.

Olhei para Dorian, ao meu lado. Vestia um sobretudo preto que ia até os joelhos, uma camiseta e coturnos da mesma cor. A calça jeans era escura. Seus olhos azuis pareciam bem mais claros com aquelas roupas. Estava lindo, como sempre, mas havia algo estranho ali. Não me parecia muito feliz com alguma coisa. Encarava o mármore acinzentado da mesa pensativamente, com os lábios apertados e olhos levemente cerrados. Perguntei, baixo o suficiente para que apenas ele ouvisse:

– O que você tem?

– Estou com um pressentimento ruim – respondeu, no mesmo tom sussurrado que eu havia usado.

– Como assim?

– Tem algo de errado, Serena. – Passou o olhar para mim antes de continuar. – Algo muito errado.

Cerrei os dentes, olhando em volta. Todos os Caçadores estavam sentados em torno de nós, rindo e conversando sem nem mesmo prestar atenção ao redor. Passei os dedos por seu cabelo, tirando-o da frente dos olhos. Suas grossas sobrancelhas negras estavam juntas. Dorian nunca descansava. Sempre foi e sempre seria o líder, permanentemente atento a tudo à sua volta, preocupado com o grupo e sempre pensando pelo lado racional das coisas, com ou sem maldição.

Foi quando as luzes começaram a piscar. Ele se levantou da cadeira, e todos nós fizemos o mesmo. Me puxou para mais perto, entrelaçando os dedos nos meus. Norman também se aproximou de mim, assumindo uma posição levemente protetora, como se tivesse se esquecido do fato de eu também ser uma Caçadora agora. Nossos ombros se tocavam.

Pude ouvir o grito de apelo de uma alma como se estivesse na praça de alimentação junto com a gente. Outro se juntou àquele, e mais outro, e foi quando percebi que o apelo saía da boca de pessoas sentadas em mesas próximas às nossas. As cabeças pendiam para trás, as bocas mais abertas do que o possível anatomicamente, e os olhos completamente negros. Foi questão de segundos até que todos na praça de alimentação estivessem agindo da mesma forma.

– Estão possuídas – sussurrou Dorian.

– E por que não se parecem com as almas?

– Ainda não houve tempo para seus corpos se modificarem. Provavelmente aconteceu agora – respondeu ele.

– Estamos sem armas, encurralados. O que vamos fazer agora? – perguntou Norman.

Soltei a mão de Dorian, abrindo espaço entre eles, vendo as pessoas se levantando de suas cadeiras, se contorcendo, se voltando para nós e nos encarando com seus olhos completamente pretos. Ou melhor, me encarando. Olhei para os Caçadores atrás de mim por cima dos ombros e sussurrei:

– Corram.

Vi Boyd balançando a cabeça, arregalando os olhos. Assenti com a cabeça, reforçando minha ordem. Sabia que não era a líder, mas naquelas circunstâncias, quando eu era o alvo, acho que podia ordenar alguma coisa. Eles me obedeceram, e a única pessoa que continuou ali foi Dorian. Sussurrou:

– Não vou abandonar você.

– Dorian.

– Não.

– *Dorian* – repeti, num tom mais firme, mas ele balançou a cabeça, se aproximando e parando ao meu lado mais uma vez.

As almas continuavam nos encarando, esperando por algum movimento meu. Tinham vindo me pegar, disso eu sabia, por esse motivo estavam apenas esperando que eu tentasse fugir a algum lugar para poderem avançar. Suspirei, olhando em volta, procurando pela saída mais rápida. Precisava correr rápido o suficiente para que não me alcançassem.

Dorian parou ao meu lado, passando um braço pela minha cintura lentamente e enfiando a mão no bolso do moletom, onde eu escondia a esfera com o portal que ele havia me dado. Fechou os dedos em torno dela e a colocou em minha mão. Sussurrou:

– Tem de ser você. Se eu me mover, elas me matam.

Engoli em seco. OK. Como eu iria fazer aquilo? Pra onde eu tinha que ir? Pra minha casa. Era lá que estavam nossas capas e armas. Respirei fundo, tentando me concentrar. Dorian ter me dado aquilo mais cedo foi nossa salvação. Quer dizer... isso se eu não acabasse com tudo agora e não matasse nós dois.

Pegou a minha mão, entrelaçando os dedos nos meus e levantando o olhar até as almas à nossa frente. Assentiu levemente com a cabeça, me encorajando a fazer o que tinha de ser feito.

Chacoalhei a esfera, sentindo o vórtice de sombras negras entrar em colapso em minhas mãos. Sentia o vidro começando a ceder. Não tinha muito tempo, a joguei no chão, me concentrando em apenas uma palavra enquanto as almas começavam a avançar. *Casa*.

Caímos dentro do portal, e ele nos jogou na grama do jardim da minha casa, onde todos os Caçadores acabavam de chegar. Não houve tempo para congratulações ou uma expressão de alívio sequer da parte de Dorian ou da minha. Ele apenas se levantou, me ajudando, olhou na direção do shopping, a algumas quadras de distância, e ordenou, com um tom firme que eu nunca tinha ouvido antes:

– Quero que entrem e peguem suas capas e armas. Não esperem pelos outros. Vão direto para a floresta e não olhem para trás.

Todos concordaram, correndo para dentro da casa, e nós os seguimos. Corri até o segundo andar, entrei em meu quarto, vesti minha capa e coloquei o suporte com Escuridão. Dorian me acompanhou, já que havíamos deixado nossas coisas em cima da cama.

Depois, ele pegou minha mão e me puxou para fora, descendo as escadas em alta velocidade e saindo da casa deixando a porta aberta mesmo. Todos já haviam ido.

Corremos pela rua, ouvindo os apelos das almas. Os gritos, ficando cada vez mais altos. Olhei por cima do ombro. Uma onda delas havia virado a esquina, e estava vindo rapidamente em nossa direção. Dorian gritava para que eu corresse mais rápido. Reuni todas as minhas forças para aumentar a minha velocidade, sentia meu coração disparado e meus pulmões arderem dificultando minha respiração, mas precisava continuar correndo, nossa vida dependia disso, pois sabia que, mesmo se eu não fosse rápida o suficiente, ele não me abandonaria de jeito nenhum.

Sacou sua arma, atirando para trás toda vez que tinha tempo para se virar para olhar, e, alguns tiros depois e algumas almas mortas, entramos na floresta, onde todos nos esperavam. Não houve tempo para nada, só para Dorian berrar para que continuassem correndo até que ele desse um sinal para fazermos o contrário.

Precisávamos apenas de uma chance para nos recuperarmos, uma certa distância de vantagem para podermos enfrentá-las.

Não tínhamos corrido muito quando Dorian mandou que nos escondêssemos atrás das árvores e nós obedecemos. Parei na árvore ao lado da dele, segurando Escuridão com as duas mãos. Ele segurava seus dois revólveres, apontando-os para o chão. Do meu outro lado estava Boyd, com uma flecha pronta no arco.

Prendemos a respiração.

Podíamos ouvi-las se aproximando, quebrando galhos sob suas mãos e pés, e podíamos ouvir seus gemidos enquanto se locomoviam. Respirei fundo, me apertei contra o tronco e fechei os olhos, fazendo contagem regressiva mentalmente. Girei o machado pelo cabo, como se fosse uma hélice à minha frente, e Dorian mandou que avançássemos.

– Você precisa se acalmar, Serena! – disse Norman.

Ele passava algo feito com calêndula em um corte no meu supercílio causado por uma flecha que Boyd calculou mal. Dorian, a pessoa que era a responsável por cuidar dos ferimentos, estava mais ocupado dando um sermão nele a alguns metros, embora eu tenha dito que estava tudo bem; entretanto, por mais que não quisesse que ele desse uma bronca no garoto, algo me dizia que um Caçador nunca poderia errar. Éramos poucos demais para matar uns aos outros.

– Isso é bobagem – disse Arthur, arrastando uma carcaça ao nosso lado para uma cova que havia acabado de ser aberta.

– A garota foi perseguida por centenas de almas e atiraram uma flecha nela que quase a deixou cega, Arthur. Você também estaria em choque – avaliou Chad.

– Mesmo assim, não tem por que estar tão perturbada.

– Claro! – desdenhou Norman. – Porque isso é supernormal. Acontece!

Sorri, conseguindo respirar pelo menos um pouco. Cada membro do meu corpo havia congelado e minhas mãos não paravam de tremer. Ele retribuiu, aplicando mais uma camada da pasta com calêndula em meu machucado. Seus olhos dourados queimavam como fogo na escuridão, e os cabelos cacheados castanho-escuros estavam desgrenhados.

– Obrigada – sussurrei.

– É pra isso que servem os amigos – sussurrou de volta, o que fez meu sorriso se abrir ainda mais.

– Oi, Sery – disse Tristan, surgindo do nada e se agachando ao meu lado.

– Não me chame de Sery. A minha irmã me chamava assim – rosnei, sem olhar pra ele.

– Nossa. Só vim ver se estava tudo bem – disse ele, levantando as mãos ao lado do rosto como se dissesse algo inocente.

– Está – falei, ríspida e rapidamente.

– OK – disse, levantando-se e se afastando ao ver que não conseguiria nenhuma resposta melhor do que aquela.

Vi pelo canto do olho Boyd se aproximando. Ele se abaixou ao meu lado, ficando no mesmo lugar onde o amigo estava antes. Sorriu discretamente pra mim, e Norman se afastou, dizendo que já havia feito tudo o que podia por mim. O garoto loiro de olhos azuis tomou seu lugar, ficando à minha frente.

– Eu queria pedir desculpas – disse ele.

– Tudo bem, Boyd – falei.

– Não – aproximou-se mais um pouco. – Não está tudo bem. A única coisa que sei fazer nessa vida é caçar almas. É usar o meu arco pra acertá-las bem no olho, não acertar meus colegas. Não podia errar.

Seus olhos eram azuis-celestes, alguns tons mais escuros do que os de Dorian, e os cabelos eram dourados, mais curtos dos lados do que em cima. Sorri um pouco, com certo pesar, e o abracei, apoiando o queixo em seu ombro.
– Me perdoa?
Demorei alguns segundos para responder, me perdendo em um pensamento repentino, numa pergunta que surgiu do nada em minha mente. Por que ele precisa do meu perdão? Não era eu a pessoa responsável por abrir as portas do céu pra a alma dele. Não seria eu quem o impediria de continuar vivendo se não me pedisse desculpas. Não tinha morrido por culpa dele, ou melhor, não tinha morrido. Bem... não era o momento certo pra viajar pelas perguntas sem sentido que surgiam em meu cérebro e deixar o garoto esperando por uma resposta, então simplesmente disse, antes de me afastar:
– Sim. Eu perdoo você.

PAREDES DE SANGUE

Nessey oie lire omarion. Nigorian xyes aprielys.
Laien fencan cellatre.
Não se deixe dominar. Enfrente seus medos.
Ele está chegando.

— Tem algo ali – falei, indicando o outro lado do lago. Todos olharam em direção à casa para a qual eu apontava. A madeira estava velha e apodrecida, e o lado de dentro, escuro. Havia um deck que dava acesso ao lago de águas paradas e escuras que se estendia aos meus pés, completamente submersos.

— Me parece um bom lugar para almas se esconderem – comentou Boyd.

— Ou os Angeli, se a sorte estiver do nosso lado – falei, colocando Escuridão em seu suporte com um movimento rápido e único.

— E como pretende atravessar? – perguntou Chad.

— Nós vamos nadando – respondi, dando de ombros como se a resposta fosse a mais óbvia do mundo.

Todos se entreolharam, sorrindo uns para os outros como se eu fosse a pessoa mais louca do mundo. Revirei os olhos, começando a entrar no lago. Não era culpa minha se não eram corajosos o suficiente. Dorian se pôs ao meu lado na mesma hora.

— Não vou deixar você ir sozinha – avisou ele, pegando a minha mão.

— E eu é que não vou perder a chance de matar algumas almas – disse Norman, se colocando ao lado.

Sorri para os dois e avancei na água, até ouvir os outros nos seguindo e reclamando por estar gelada. Puxei Dorian pela mão e Norman pelo braço para que entrassem logo.

A água congelante já estava na altura do peito quando mergulhei e comecei a nadar na direção da outra margem do lago. A capa e o machado atrapalhavam bastante o processo, já que pesavam um pouco e limitavam os movimentos, mas fazia de tudo para continuar avançando sem hesitar. Algo me dizia que eu *precisava* chegar ao outro lado.

Quando vi que estávamos próximos o suficiente do outro lado, me coloquei de pé e olhei para trás para ver onde estavam os outros Caçadores. Sorri ao constatar que se aquilo fosse uma disputa de natação eu teria ganhado de lavada. Quem diria que eu, a Caçadora novata e franzina, atravessaria um lago enorme daqueles antes dos outros garotos experientes e fortões do grupo?

Tirei a capa de cima dos ombros e comecei a torcê-la enquanto não chegavam, e fiz o máximo possível para torcer a camiseta sem tirá-la do corpo. Por sorte o tempo não estava frio, pelo contrário. O Sol castigava nossos olhos e cada pedaço de pele exposto à luz. O lago era profundo, tão negro que chegava a parecer completamente feito de sombras e escuridão, por isso a água era tão fria.

– Vamos, meninos! – gritei, quando os outros saíram da água exaustos, praticamente rastejando. – Nem foi tão difícil assim!

– Só... só me dê um minuto pra voltar a sentir os meus membros – pediu Boyd, ofegante, o que me fez rir.

Dorian tirou a capa, jogando-a no chão, e depois tirou a camiseta, como se fosse a coisa mais normal do mundo fazer isso na frente de uma garota que sempre está com os olhos no lugar errado, na hora errada e que tem uma tendência enorme de ficar corada com qualquer coisa.

Assoviei involuntariamente, e ele olhou pra mim. Sorriu de um jeito sem graça, com as bochechas corando, como se tivéssemos trocado momentaneamente de personalidade. Falando sério, a barriga dele era uma obra de arte digna de aplausos, e as pessoas estariam de pé. Antes de eu desviar o olhar, ele acrescentou visivelmente envergonhado:

– Ainda bem que olhar não tira pedaço.

Mordi o lábio, segurando o riso enquanto sentia meu rosto queimar.

– Arnold, Philip, Boyd e Chad – chamou ele, antes que eu pudesse responder alguma coisa.

Os quatro se colocaram à sua frente na mesma hora. Fez um gesto com a cabeça rumo à casa velha da qual eu havia falado antes, que se erguia a alguns metros de nós com sua estrutura sombria e assustadora. Continuou, com o tom firme de líder que usava com qualquer um que não fosse eu, enquanto se abaixava e pegava alguma coisa que não consegui identificar:

– Quero que verifiquem a casa.

Assentiram com a cabeça, dirigindo-se naquela direção no segundo seguinte, sem questionar. Depois, o garoto se voltou mais uma vez para mim, aproximou-se, pegou minha mão e me puxou alguns metros adiante. Disse, parando tão próximo a mim que pude sentir sua respiração em meu rosto:

– Bom... como não teve muita escolha naquele dia, acho que posso te dar mais uma dessas pro caso de correr perigo mais uma vez.

Juntei as sobrancelhas enquanto ele colocava uma esfera de vidro em minhas mãos e fechava meus dedos em torno dela. Mais um portal. Sussurrei, sorrindo um pouco pra ele:

– Obrigada.

– Só estou tentando proteger quem eu amo. Só isso – disse, dando de ombros enquanto se afastava de mim, dirigindo-se mais uma vez ao grupo antes que eu pudesse continuar agradecendo.

Observei-o por alguns segundos sem conseguir desfazer o sorriso nos lábios. Gostava do jeito protetor dele e gostava mais ainda do fato de ele diminuir a importância de suas ações quando as verbalizava. Não queria ser tratado como herói ou líder. Simplesmente preferia nos proteger e se preocupar conosco sem ser congratulado por isso.

Depois de voltar, coloquei a capa encharcada por cima dos ombros e o capuz sobre a cabeça. Coloquei o suporte mais uma vez. O peso de Escuridão em minhas costas era reconfortante.

– Dorian! – Ouvi alguém chamar atrás de mim, e todos nos viramos para olhar. Era Chad, acompanhado de Boyd, Arnold e Philip. Continuou, depois de obter a atenção de seu líder: – Está limpa.

– Ouviu, garotinha? – falou Arthur, e me virei em sua direção. – A casa está limpa. Atravessamos o lago por nada.

– Não – falei, juntando as sobrancelhas. – Ainda há algo de estranho por aqui.

Todos se entreolharam, como se eu estivesse ficando maluca. Observei enquanto eles voltavam a vestir suas camisetas e se deitavam no chão, tentando se aquecer, e perguntei, gesticulando com a cabeça na direção da floresta de pinheiros que se estendia à nossa frente:

– Dorian, posso ir na frente verificar o território?

Ele me olhou hesitante por alguns segundos antes de assentir com a cabeça. Eu o amava, e vice-versa, mas isso não podia interferir no nosso trabalho. Se tinha de me colocar em risco para salvar os outros de um possível ataque, então deveria fazê-lo.

Sorri um pouco pra ele antes de entrar na floresta escura e densa e tirei Escuridão do suporte. Apertava o cabo a cada barulho que ouvia, mesmo que fosse provocado pelos meus próprios pés quebrando gravetos. Olhei por cima do ombro, não havia mais sinal dos Caçadores.

Foi quando eu ouvi. Um grito de apelo ecoando pelas árvores, e não estava sozinho. Olhei em volta, tentando procurar pelas almas entre as folhagens das árvores, mas não havia nada. Avancei ainda mais, ignorando o medo de ser atacada sozinha. Precisava ver de onde aquilo vinha. Corri o mais rápido atrás do som, ouvindo os galhos acima de mim se moverem. Só queria que as árvores se abrissem um pouco para matar logo aquela coisa. Não queria perder mais tempo por causa de uma alma.

Quando vi uma clareira alguns metros à frente, comecei a sorrir, pensando que conseguiria atirar meu machado quando a alma estivesse exposta nela, mas foi rápida demais, saltando por uma janela e caindo direto dentro de uma casa que não havia notado antes. Outra casa. A madeira estava velha e apodrecida e as janelas eram escuras.

Parei de correr na mesma hora, sentindo o coração se acelerar mais ainda quando ouvi algo como uma multidão de apelos vindos lá de dentro. Parecia haver umas cem delas. Recuei, sentindo os pelos dos braços se arrepiarem. Precisava voltar o mais rápido possível, e foi o que eu fiz, encontrando todos sentados no chão, expostos ao Sol, tentando secar as roupas de alguma forma. Quando cheguei, todos se levantaram.

– Tem uma casa cheia delas a alguns metros daqui. Encontrei uma alma entre as árvores e fui atrás dela. Correu direto pra lá, como se fosse... – falei, ofegante.

– Um ninho – completou Norman, levemente chocado.

Juntei as sobrancelhas enquanto via alguns empalidecerem. Não havia por que ter medo, né? Caçávamos almas e estávamos acostumados. Uma simples casa cheia delas não devia nos assustar tanto.

– Um ninho, Serena, abriga centenas de almas – explicou Dorian. – E todo ninho de almas abriga um demônio.

– Demônio? – perguntei. – Mas... demônios deviam ficar no Inferno. Não deviam?

– Almas também deveriam, mas não ficam – disse Arthur. – Os demônios só podem ser trazidos com sacrifícios de grande escala e só no Dia dos Mortos, às três horas da manhã, e nem sempre dá certo. É raro encontrá-los, e devemos matá-los sempre que os vimos, mas geralmente perdemos muitos Caçadores em uma luta com um só.

Senti algo revirar em meu estômago e guardei Escuridão no suporte, sem força para segurá-lo. Dorian se aproximou, passou os braços em torno de mim e me impediu de cair. Só de pensar em perder mais pessoas já me sentia mal. Perguntei, olhando pra ele:

– Não podemos simplesmente ir embora?

– Seria como se um policial visse um crime e simplesmente ignorasse – comparou.

– Mas eu não quero perder mais ninguém – falei.

– Não sabemos se vamos perder. Seja otimista! – disse Chad, aproximando-se e passando os dedos pelo meu cabelo ainda molhado.

Suspirei, assentindo, e passei um braço em torno da cintura de Dorian, vendo todos colocarem suas capas e se levantarem. Perguntei, sem olhar pra ele:

– Quantos demônios já enfrentou?

– Uns quinze – respondeu, dando de ombros.

– E quantos Caçadores perdeu?

Ele baixou o olhar. Não precisava dizer nada para responder. Depois de algum tempo, passei a conseguir lê-lo como um livro sem que dissesse uma palavra. A resposta era "Mais do que posso contar". Respirei fundo e tentei me acalmar.

– Vamos ficar bem – falou ele, colocando a mão em meu queixo, fazendo com que eu olhasse pra ele. – Vai ficar tudo bem, eu prometo.

– Eu amo você. Sabia disso? – perguntei, sorrindo.

Ele apenas me puxou mais para perto e beijou o topo da minha cabeça demoradamente. Fechei os olhos, apertando o abraço. Não tinha ideia do que encontraríamos no ninho e morria de medo de acabarmos perdendo mais Caçadores ainda. Depois de certo tempo, perguntou:

– Lembra-se de onde fica o ninho?

Sinalizei que sim, entrelaçando os dedos nos dele e o puxando para dentro da floresta. Os Caçadores nos seguiram em silêncio. Quase podia sentir a tensão no ar, que parecia estar ganhando certa consistência, e ficava cada vez mais difícil respirar.

Meu cabelo já havia voltado a cachear e a assumir a cor de fogo de sempre, e alguns cachos caíam nos meus olhos, mas eu estava tensa demais para afastá-los. Parei depois de alguns metros e me virei para Dorian. Perguntei, falando em tom baixo:

– Qual é o plano exatamente?

– Eu, você, Norman e Arthur vamos atrás do demônio, que geralmente se esconde nos andares superiores. As almas o protegem. Saberemos onde ele está conforme elas aumentam em quantidade e ficam mais agressivas. Os outros devem se ocupar delas e impedir que qualquer uma vá nos atrapalhar.

– Por que só vocês quatro? – perguntou Philip, não parecendo concordar muito com o plano.

— Porque pessoas demais num cômodo acabam atrapalhando.

— Mas por que *ela*? – questionou Tristan.

— Porque demônios não machucam almas, e se considerarmos que ela tem uma dentro dela, pode ser que talvez seja a única que consiga se aproximar sem ser atacada.

Um brilho de compreensão apareceu nos olhos de todos. Talvez tivessem se esquecido da minha situação curiosa. Até eu havia me esquecido! Respirei fundo. OK, tudo bem. Talvez desse certo, talvez não, mas eu morreria de qualquer jeito, então qual era o problema em me sacrificar pelos outros que podiam viver muitos anos a mais?

Colocamos os capuzes. Era incrível o fato de continuarmos enxergando mesmo que ele cobrisse nossos olhos. Ficava até mais fácil prestar atenção nos detalhes, como se ele fosse um tipo de óculos. Pegamos nossas armas e seguimos em silêncio. Fiquei alguns metros à frente de todos, tentando não me preocupar com o fato de estar anoitecendo.

Quando avistei a casa, parei de andar para esperar os outros. Norman e Dorian se colocaram ao meu lado. Os dois pareciam um pouco chocados. A casa era realmente enorme.

— Já entrei em quatro desses e nunca vi um tão grande – disse Norman, com a voz rouca.

— Philip – chamou Dorian. O garoto se aproximou rapidamente. – Você vem com a gente.

Sorriu com satisfação. Não parecia estar com medo como os outros. Esse devia ser o primeiro ninho dele. Respirei fundo, tentando diminuir a velocidade das batidas do coração e da minha respiração. Peguei meu machado, observando Dorian se aproximar da porta. Me coloquei atrás dele.

— Não saia de perto de mim – avisou.

Concordei um segundo antes de ele arrombá-la com um chute, fazendo com que se soltasse das dobradiças e caísse inteira no chão. Ouvimos vários passos pelas paredes e teto, como se as criaturas do lado de dentro se afastassem da porta. Avancei para dentro. Meu ombro tocava o de Dorian. Minhas mãos tremiam. Ouvi os Caçadores se aproximando de nós.

Olhei em volta. Havia mais almas do que eu podia contar nas paredes e no teto. Todas olhavam em nossa direção com suas bocas abertas. Vi Norman apontando sua besta para cima, esperando apenas pelo primeiro sinal de que deveria atirar.

Era um cômodo enorme, com várias portas e uma escada. Provavelmente era pra lá que deveríamos ir... um tiro quebrou o silêncio, fazendo meu coração quase pular pela boca. Uma das almas caiu morta na frente de Dorian pouco antes de todas as outras saltarem em cima de nós.

Antes que eu pudesse pensar em matar alguma, alguém agarrou meu braço e me puxou na direção da escada. Philip. Ele parecia saber exatamente o que precisava fazer. Pude ver Norman, Dorian e Arthur nos seguirem enquanto os outros distraíam as outras almas.

Subimos em disparada, dando de cara com um corredor escuro. Era a primeira da fila agora, não sabia como. Tudo o que eu conseguia ver era uma porta aberta no final, e a escuridão engolindo o quarto. Me parecia a mesma cena que havia visto no filme de terror na noite antes de tudo começar.

Dei um passo naquela direção, mas algo me fez escorregar. Caí e, quando estava prestes a levantar, algo me puxou na direção do quarto. Norman e Dorian avançaram, tentando me segurar, mas foi tudo rápido demais. No segundo seguinte eu já estava dentro do quarto e a porta estava fechada.

Não conseguia ver nada, nem uma fresta de luz, mesmo que tecnicamente devesse enxergar no escuro. Ouvi alguém bater contra a porta, gritando meu nome. Era Dorian. Tentei gritar de volta, mas minha voz pareceu se perder no caminho.

Serena. Você finalmente veio até mim.

Balancei a cabeça. Aquela voz era como a de um trovão, retumbando pelas paredes e entrando em minha mente, impedindo que eu ouvisse meus próprios pensamentos. Uma luz se acendeu. Tingia as paredes, o teto e o chão de madeira com a cor de sangue.

Posso senti-lo dentro de você. Posso senti-lo despertando.

Tapei os ouvidos, como se isso fosse resolver alguma coisa. Foi quando vi algo saindo de um canto escuro. Uma garota. Me apertei contra a parede, sentindo a respiração acelerar. Era Cassie, minha irmã. Seus olhos estavam tão negros quanto os das almas, e não azuis como costumavam ser, mas o restante estava exatamente igual. O cabelo loiro estava preso num rabo de cavalo e ela usava a calça jeans clara e a camiseta azul-celeste de sempre. Sua roupa favorita. Chegando perto, ela afirmou:

— É mais fácil se deixá-lo assumir o controle, Sery.

— Não me chame de Sery – rosnei. – Sei que não é a minha irmã.

— Sou sim, olhe – disse, ajoelhando-se à minha frente e pegando uma das minhas mãos. Seus dedos eram frios. – Estou aqui. Sou sua irmã. Sou a Cassidy.

Cassie nunca chamaria a si mesma de Cassidy. Ela odiava que eu a chamasse assim, porque era nome de cachorrinho, como me disse em nossa última conversa. Empurrei-a para longe, gritando para que me deixasse em paz, e levei minha mão ao suporte para pegar Escuridão, foi só aí que eu notei: meu machado não estava mais comigo. Nem no suporte, nem nas minhas mãos e em nenhum lugar do chão. Ela rastejou de volta para a escuridão, com um sorriso cruel no rosto e um brilho sombrio nos olhos.

Berrei quando vi uma criatura saindo de outro canto escuro, avançando. Rastejava usando as mãos e os pés. Seu pescoço estava virado em um ângulo estranho e ela gemia ao se locomover. Sua coluna estava contorcida como se ela tivesse sido torcida como um pano molhado. Seus olhos negros olhavam diretamente para minha alma e eu senti o pânico tomar conta de mim. Aproximava-se devagar, subindo pela parede e pelo teto, e por algum motivo eu estava congelada no lugar. Berrei mais alto ainda, me encolhendo contra a parede e fechando os olhos. Sentia todos os membros tremerem. Estava sem a minha arma, e estava sozinha com um demônio.

– Serena! – Ouvi Dorian gritar.

– Dorian! – berrei, me arrastando na direção da porta e batendo contra ela, tentando puxar e empurrar a maçaneta, mas estava trancada e era forte demais para arrombar. – Dorian!

Olhei em volta, sentindo a respiração acelerar. Procurava Escuridão. Foi quando eu o achei. Estava em frente ao canto escuro de onde havia saído o demônio poucos segundos antes. Respirei fundo. OK, OK. A criatura estava se aproximando e eu tinha que pegar meu machado do outro lado da sala. Me levantei do chão, tentando acalmar a respiração. Eu consigo.

Toquei na parede atrás de mim, sentindo algo úmido e quente em minha mão, quando olhei e vi que ela estava cheia de sangue. Olhei para minha capa, ela estava totalmente encharcada, e sangue caiu no meu rosto quando olhei para o teto. Sentia o corte em meu supercílio latejando, como se ele também estivesse sangrando. Não. Eu não ia conseguir. Gritei, me apertando novamente contra a porta, o pânico me consumindo. Coloquei a mão limpa na frente da boca, prendendo a respiração, e um gosto metálico fez com que eu a afastasse. Voltou cheia de sangue. Não levou nem dois segundos até eu perceber que meu nariz sangrava, e lágrimas de sangue caíam dos meus olhos. Estava sangrando, pelos olhos, nariz, boca e ouvidos.

– Serena, não acredite no que vê, OK? É uma ilusão, é tudo mentira para te amedrontar e te deixar vulnerável, procure manter o controle – disse Dorian. Quase podia vê-lo se apertando contra a porta.

Ouvi uma risada de loucura tomando todo o espaço em minha mente, minando o resto de coragem que ainda existia dentro de mim, e gritei mais uma vez. Era o grito mais cheio de pânico que havia dado na vida, e isso refletiu do lado de fora. Agora a porta tremia como se fosse explodir a qualquer momento. Com certeza os outros haviam conseguido derrotar as almas e estavam tentando arrombar a porta.

Não. Eu não podia ter medo. Era uma Caçadora de Almas e prometi que caçaria aqueles que não merecem o perdão até que a escuridão tomasse o mundo e até que todos aqueles que eu amava partissem. Tentei respirar fundo para controlar o medo que me consumia. Pensei em Dorian, em seu desespero do outro lado da porta e uma fúria começou a crescer dentro de mim.

Serena... cantarolou a voz. *Serena, vai doer mais se você não facilitar as coisas.*

— Não tanto quanto vai doer quando eu te mandar de volta pro Inferno! — gritei, correndo na direção do meu machado e o pegando do chão.

Algo agarrou minha mão direita antes que eu me afastasse do escuro, impedindo que eu pegasse o machado do chão. Era uma mão fria, tão negra quanto o lugar de onde havia saído. Peguei o machado com a outra mão e a cortei logo em seguida. Ouvi a criatura gritar enquanto eu dava um salto para trás. Foi quando o escuro começou a tomar forma, uma forma humana que começou a engolir as paredes, tomando quase todo o quarto e deixando apenas um canto iluminado pela luz avermelhada.

Acabou seu tempo, criança, disse a voz. *Anoiteceu, e à noite os demônios reinam.*

DEMÔNIOS

Todos carregamos luz e sombra dentro de nós. Qual delas nos dominará é a gente que decide, mas temos que lidar com as consequências dessa escolha.

O quarto estava completamente escuro agora. Tudo o que eu conseguia ouvir era o som da minha própria respiração e de uma além da minha. Não havia mais Caçadores de Almas tentando arrombar a porta ou Dorian gritando meu nome e me dizendo que era apenas uma alucinação. Só havia o silêncio.

Apertei os dedos no cabo do meu machado, me levantando do chão. Fechei os olhos, sabendo que não enxergaria mesmo se tentasse, e tentei me concentrar em algum som. Comecei a ouvir algo caindo no chão a certa distância. Um tipo de goteira, e pelo cheiro era sangue. Tinha cortado a mão do demônio, e devia estar sangrando.

– Vai me matar? – perguntei.

– Não. Isso estragaria tudo. Eu vou acordá-lo dentro de você – respondeu. Agora a voz não vinha mais da minha mente, e sim de algum lugar à frente. Dei alguns passos naquela direção. Agora um cheiro pútrido invadia meu nariz e o frio no cômodo fez cada um dos meus pelos se arrepiarem. *Tum. Tum. Tum.* Podia ouvir meu próprio coração batendo devagar. A calma havia tomado conta de mim, como se estivesse anestesiada. Era meu lado Caçadora de Almas assumindo o controle.

– E como pretende fazer isso?

– Ele pode me sentir. Ele virá até mim – respondeu, agora bem perto. Abri um pouco os olhos, me sentindo surpresa ao enxergar tudo em preto e branco. Agora conseguia enxergar no escuro. O demônio estava perdendo a força. Olhei para a frente. Lá estava ele. Era uma forma humana magra, pele e osso. Não tinha olhos ou boca. Era apenas uma figura negra, como uma sombra. Era assim em sua forma natural, mas algo que me dizia que ele podia se tornar qualquer coisa que quisesse.

— E como ela pode fazer isso se você estiver morto? — perguntei, sorrindo e erguendo meu machado.

Atirei-o na direção de sua cabeça, mas, em um piscar de olhos, Escuridão estava preso à parede, como se eu simplesmente o tivesse atirado no ar, e o demônio não estava mais lá. Ouvi uma risada fraca atrás de mim e avancei na direção de minha arma rapidamente, tirando-a da parede.

— Acha que é tão fácil matar um demônio, criança? Quanto mais medo você sente, mais fortes ficamos. Você fede a medo. Posso senti-lo emanando de seu corpo, vê-lo impregnado no chão que você pisa. Posso vê-lo no ar ao seu redor.

Ela não tinha medo. Como eu sabia? Havia uma parte de mim que me atraía para aquele demônio, que me fazia permanecer sob controle. Era a alma. Senti a compreensão me atingir como uma bala. Não enxergava no escuro e meu coração não estava batendo devagar porque eu era uma Caçadora, e sim porque a alma estava começando a acordar.

— Você é previsível. Respira muito alto. Fala muito alto. Não sabe como lidar com *ele*. Não sabe como lidar com o que há dentro de você.

Só naquele momento eu me dei conta. O demônio dizia "ele", e não "ela". Juntei as sobrancelhas. Estava prestes a abrir a boca pra perguntar, mas ele respondeu como se estivesse lendo meus pensamentos.

— É tão tola a ponto de pensar que é uma simples alma que está dentro de você? Não, Serena. Você não é a portadora da seiscentésima sexagésima sexta alma. Você é a portadora do primeiro demônio e o único que pode abrir o portal deste mundo para o outro. Só ele sabe as palavras e deve levá-la até o lugar certo para fazer isso.

Dei alguns passos para trás, com os olhos arregalados. *Não*. Quase pude vê-lo sorrindo com a minha reação. Disse:

— Agora vá com seus amigos, conte tudo a eles e comecem suas tentativas tolas de salvar o mundo.

Tudo escureceu mais uma vez, mas só durou um segundo, pois a porta no canto do quarto se abriu e detrás dela saiu uma rajada de luz e de pessoas, mais especificamente Caçadores de Almas. Fui abraçada por alguém, que passou a mão pelo meu cabelo e me perguntou se eu estava bem, mas não me dei ao trabalho de ver quem era ou responder. Tudo o que havíamos acreditado até agora era mentira. Nossa situação era um milhão de vezes pior do que antes.

Logo me conduziram para fora, e pude ouvir alguém dizendo que eu parecia um fantasma e que estava em choque. Não houve menção alguma a sangue, e isso significava que ele tinha sido uma ilusão, assim como Dorian disse que era. Ninguém conseguiu tirar Escuridão de minhas mãos, pois meus dedos estavam muito apertados em torno dele. Passamos por cima das carcaças na sala e fomos até o lado de fora. Já era noite, e a floresta estava escura.

Andamos por algum tempo em silêncio. Alguém estava abraçado a mim, com um braço por cima dos meus ombros, e sussurrava algo em meu ouvido com um tom baixo e constante, quase como se quisesse me acalmar, mas eu não conseguia entender nenhuma palavra que era dita.

Paramos.

Fizeram uma fogueira, me colocaram sentada em frente a ela e ficaram me observando com certa expectativa. Senti os olhos se encherem de lágrimas, e minha visão começou a embaçar, mas fiz o máximo possível para segurá-las. Falei:

– Estamos errados. – Minha voz saiu tão baixa que ninguém além de mim mesma ouviu.

– O quê? – perguntou Dorian.

Foi como se eu voltasse à superfície da água, voltando a ver e ouvir tudo de uma vez. Me levantei, sentindo o coração começar a acelerar junto com a respiração. Falei, com a voz rouca por causa do choro que eu tentava segurar:

– Estávamos errados.

– Como assim? – perguntou Norman.

– Não é uma alma que está dentro de mim. Não sou a última da qual precisavam para abrir o portal. Eles não precisam do meu sangue – expliquei. – O que está aqui dentro é um demônio, e são as palavras dele que podem abrir o portal – continuei, passando o olhar que estava grudado no chão para Dorian. – Posso evitar ser morta, mas não posso evitar dizer o que preciso. Se eles me pegarem, não há volta. E eu *sei* que eles estão vindo atrás da gente e *sei* que estão chegando.

O primeiro a reagir foi Norman, sussurrando a seguinte frase:

– *Laia fencante cellatre.*

Sabia que aquilo tinha o mesmo significado da minha última frase. Eles estão chegando. Levantou-se, juntando as sobrancelhas enquanto encarava o chão, e perguntou:

– Então você não vai morrer, não é?

– Acho que não – respondi. – O demônio vai tomar o controle, mas vou ficar presa em alguma parte da minha mente ou algo assim – continuei, sorrindo um pouco. – Não que isso não seja pior do que a morte.

– Então isso já é lucro – disse ele, abrindo um lindo sorriso. – Ficar presa em sua mente pode ser até pior do que a morte, mas podemos tentar achar alguma saída para libertá-la. Para fazer com que fique no controle do seu corpo.

Retribuí o sorriso antes de abraçá-lo. Gostava de seu otimismo. Acho que Norman era o melhor amigo que já tinha tido e esperava que não me traísse de alguma forma, como Briana fez. Passou os braços em torno de mim, me apertando contra ele em um abraço de urso, me tirando do chão. Ri ao sentir meus pés vários centímetros acima das folhas secas e galhos do chão. Sussurrei em seu ouvido:

– Obrigada.

Ele ter demonstrado que estava do meu lado influenciava os outros a terem a mesma ideia. Não queria ser morta. Não agora que ainda havia uma chance de viver, por menor que fosse.

– Dorian, se eu fosse você, colocava ordem nesse negócio – disse Chad, sorrindo de um jeito brincalhão, embora pudesse ver em seus olhos um certo brilho de tristeza. – Não queremos nenhum bebê inesperado aqui.

– Estou quase fazendo isso mesmo – disse ele, e pude vê-lo se levantando do tronco enquanto Norman me colocava no chão.

E quando Dorian se aproximou de nós, senti um calafrio percorrer a minha espinha. Mesmo sem o capuz, e sabendo quem ele era, como era, senti medo do que havia em seu olhar. Os olhos azuis pareciam ferozes, furiosos, a expressão séria, dura. Parou ao meu lado, olhando assim para Norman. *Aquele* era o Dorian amaldiçoado. Pude ver o garoto à minha frente estremecendo quando ele colocou a mão em seu ombro, e quando ele sorriu, aliviando a severidade nas expressões, quase tive certeza de que Norman estava prestes a desmaiar.

– Idiota! – falei, batendo no ombro do garoto ao meu lado. – Pensei que fosse arrancar a cabeça dele fora!

Dorian riu, balançando a cabeça. Aquilo me lembrou o quanto poderíamos ter medo dele se quisesse; afinal, ainda era o líder dos Caçadores de Almas, e tenho certeza de que não ganhou esse título só porque era imortal.

– Preciso falar com você – disse, depois de algum tempo, agora sério. Mais do que o normal.

Juntei as sobrancelhas enquanto ele pegava minha mão, entrelaçando os dedos nos meus. Olhei em volta. Ninguém me olhava diretamente, e estavam quase todos cabisbaixos. Podiam até estar do meu lado, mas sabia quanto medo o fato de eu ter um demônio no corpo causava. Eu ainda podia perder o controle, podia atacá-los e matar alguns deles antes que pudessem me deter, e em algum momento isso iria acontecer, era inevitável. Só de pensar nisso senti como se houvesse um buraco em meu estômago. Engoli em seco e deixei que Dorian me puxasse alguns metros adentro na floresta.

∞

Estávamos sentados em um tronco caído no meio da floresta. Havia um espaço entre as árvores que permitia que a luz da Lua iluminasse o ambiente. Estava sentada virada pra ele, e minhas pernas estavam em seu colo. Perguntei, analisando as unhas:

– E por que me trouxe aqui?

Ele baixou o olhar. Sua expressão se tornou sombria. Seu cabelo negro e liso brilhava sob a luz da Lua. Me aproximei um pouco, juntando as sobrancelhas, e coloquei a mão em seu queixo, fazendo com que olhasse pra mim. Sussurrei:

– Ei. O que foi? Está preocupado? – Ele não disse nada, então presumi que fosse um sim. – Vou ficar bem. Vai ficar tudo bem, meu amor.

Apertei os lábios contra os dele, e Dorian colocou a mão em meu rosto, me puxando para mais perto. Passei os dedos por seu cabelo, intensificando o beijo. Não queria que ele ficasse preocupado comigo. Não havia mais volta. Tínhamos que pensar em uma solução, não nos erros do passado. Tínhamos que viver o presente, nada mais.

Afastou-se, encostando a testa na minha. Seus olhos azuis pareciam mais escuros do que o normal. Sussurrou:

– Eu te amo. Não importa o que aconteça ou o que me trouxe até aqui, OK? Promete que vai se lembrar disso?

– Prometo, mas... você está estranho. O que houve?

– Preciso contar uma coisa – disse, se afastando.

Senti meu estômago revirar. Mau pressentimento. Tirou minhas pernas de cima das dele gentilmente e se levantou. Começou a andar de um lado para o outro, encarando o chão como se estivesse pensando na melhor forma de me dar uma notícia ruim.

Me levantei, parando à sua frente e o segurando pelos ombros. Sorri um pouco, encarando-o e tentando fazer aquela expressão de "Ei! Está tudo bem!". Me encarou por alguns segundos. Podia ver a mandíbula rígida. Havia uma mistura de amor, raiva e tristeza em seu olhar que nunca tinha visto antes em ninguém. Disse:

– Preciso contar uma coisa. Preciso contar o porquê de eu ter sido amaldiçoado...

– Não, Dorian – falei, interrompendo-o. – Não quis saber até hoje. Não preciso saber agora – continuei, colocando a mão em seu rosto e acariciando sua bochecha.

– Eu *preciso* contar – disse ele, colocando a mão por cima da minha. Suspirou, dando um passo para trás. Fiquei em silêncio. Se ele queria me contar, se isso o faria feliz ou um tanto aliviado, então que o fizesse. Passei os dedos pelo cabelo, sentindo os cachos ruivos se enroscando neles. Estava ficando nervosa e não podia tagarelar. Não agora.

– Há muito, muito tempo, quando eu ainda tinha dezenove anos, costumava... – Ele fez uma pausa, balançando a cabeça. Não estava saindo do jeito que esperava. – Eu era ambicioso. Muito. Faria qualquer coisa pra conseguir o que queria... – Mais uma pausa. – Eu queria vida eterna. Sabia que não era algo naturalmente possível e gostava de pensar que, se tirasse algo jovem de alguém e o consumisse, me tornaria mais jovem também.

Assenti com a cabeça, entendendo e raciocinando. Certo. Ele tirava coisas das pessoas e consumia essas coisas para ficar mais jovem. Ou continuar jovem, já que tinha apenas dezenove anos. Tá. Até aí tudo bem. Mais ou menos, mas não havia nada de imperdoável.

– Eu matava crianças, Serena – confessou ele, me olhando pela primeira vez desde que havia começado a falar. – Matava pra beber o sangue delas, e é óbvio que não funcionava, já que fazia isso desde os quinze anos, mas a partir dos dezessete isso já não me importava porque eu *gostava* do sangue. Eu *gostava* de ouvir os gritos enquanto eu as matava.

Recuei até bater contra uma árvore, com os olhos arregalados. Ele tirava coisas das pessoas e consumia essas coisas para ficar mais jovem. Ou continuar jovem, já que tinha apenas dezenove anos. Tirava sangue de crianças e bebia, e mesmo depois de ver que não funcionava continuou fazendo porque gostava. Isso era... monstruoso. Senti algo revirar em meu estômago. Para meu azar, ou azar dele, continuou:

– Até que um dia, uma semana antes do meu vigésimo aniversário, decidi que não era mais o suficiente. Eu queria que funcionasse e por isso me tornei um dos Angeli. São mais antigos que nós, e sua aliança com Lúcifer é ainda mais antiga. Fiz um pacto com ele. Daria a minha alma, e ele me daria as crianças certas, o sangue certo para funcionar. Assim vivi por anos e anos, sem envelhecer, até me oferecerem minha irmã. Ela tinha a idade da Cassie na época.

Prendi a respiração. Não. Ele não podia ter... balancei a cabeça. Não mataria a própria irmã. Recapitulando: ele tirava coisas das pessoas e consumia essas coisas para ficar mais jovem. Ou continuar jovem, já que tinha apenas dezenove anos. Tirava sangue de crianças e bebia e, mesmo depois de ver que não funcionava, continuou fazendo porque gostava. Quando se cansou de não ganhar nada, virou Angeli, fez um pacto com o Diabo e trocou sua alma por vida eterna, mas precisaria beber o sangue apenas das crianças oferecidas a ele, até que um dia, lhe ofereceram sua irmã.

– Você não... – comecei.

– Sim. Eu a matei e gostei disso. Estava cego demais, estava tão focado em conseguir o que queria que não tinha mais sentimentos, nada me importava. Mas era uma armadilha. Ela não havia sido oferecida a mim pelo Diabo, Serena. Tinha sido oferecida por Deus, como uma última tentativa de me trazer de volta, de me resgatar das trevas, mas não funcionou, e Ele me amaldiçoou. Eu deveria caçar aqueles iguais a mim que vagavam pela Terra, aqueles com a alma sombria como a minha. Os Angeli e todas as criaturas trazidas por eles ao nosso mundo. Deveria fazer isso até me tornar a pessoa que deveria ter sido. Até voltar a ter sentimentos. Até ser capaz de amar alguém e fazer alguém me amar, e a alma da minha irmã deveria me acompanhar, deveria aparecer no meu reflexo em cada espelho que eu olhasse pra poder me lembrar do que eu havia feito pra chegar até ali. E mesmo depois de tudo, eu ainda me sinto o mesmo de antes. Eu ainda sinto que não merecia ser libertado – suspirou, baixando o olhar. – Tudo o que eu preciso é do seu perdão.

Balancei a cabeça, não entendendo o porquê de ele precisar do *meu* perdão. Ou pior, não entendendo o porquê de eu querer perdoá-lo. O que havia feito era monstruoso, e mesmo que houvessem se passado séculos, o sangue daquelas crianças ainda sujava sua história e nunca poderia ser limpo. Perguntei, fazendo o máximo possível para tentar esconder pelo menos parte da raiva que estava sentindo naquele momento:

– Qual a importância de um perdão?

– Mesmo livre, mesmo podendo mostrar meu rosto, falar e amar, eu não sinto paz. Não consigo sentir nada por mim mesmo além de culpa e raiva. Sei que um perdão não libertaria minha alma – contou. – A única coisa que poderia fazer isso é o amor puro de alguém como você, que me libertou, mesmo que eu ainda pensasse que não estava pronto. Um perdão poderia salvar minha vida, poderia devolver minha paz, e era só ele que eu esperava conseguir de você desde o início. Não esperava nada mais. Mas quando você me deu o presente que é o seu amor e quebrou a minha maldição, me dando ainda mais do que eu esperava, essa culpa e essa raiva aumentaram, porque eu havia permitido que você se apaixonasse por uma pessoa diferente da que realmente sou. – Ele deu um passo na minha direção, balançando a cabeça. – Não mereço seu coração,

Serena. Sei disso. Não mereço nada que venha de você e por isso peço desculpas. Por todo mal que te fiz. Todo mal disfarçado de bem. Cada segundo seu que roubei pra tentar conseguir o que queria. Você não merece isso.

Trinquei os dentes, juntando as sobrancelhas. Baixei o olhar, tentando controlar a respiração rápida por causa da raiva. Era uma raiva estranha que nunca tinha sentido antes. Falei, ou melhor, cuspi, desta vez não tentando esconder nenhum dos sentimentos ruins que estava sentindo por ele naquele momento:

– Não sou Deus. Não sou uma santa. Eu sou uma pessoa comum, seu monstro desprezível, e uma pessoa comum, uma pessoa com o mínimo de sanidade mental *nunca* perdoaria você. Espero mesmo que tenha libertado sua alma pra que agora possa morrer e ir pro Inferno conviver e apodrecer lá com cada um daqueles que você teme. É igualzinho a eles e merece queimar eternamente como castigo.

Ele recuou, e eu também, surpresa com o que havia dito. Não havia sequer pensado antes. Aquelas palavras simplesmente saltaram pra fora da minha boca, e eu as disse com tamanha crueldade que senti a parte boa da minha alma se corroer um pouco. Não tinha sido eu a dizer aquilo. Havia sido *ele*. O demônio dentro de mim. Queria muito me desculpar, dizer que sabia o quanto havia sido cruel com ele, mas algo me impedia de fazer isso. *Ele* me impedia, me segurava no lugar, como se as raízes das árvores tivessem crescido em torno das minhas pernas e me segurassem ali.

– Vai embora – sibilei.

Ele assentiu com a cabeça, baixando um pouco o olhar, depois colocou o capuz, escondendo o rosto e passou por mim, sumindo por entre as árvores sem dizer mais nada. Indo embora antes que eu pudesse tentar pedir desculpas e explicar a ele que aquela não era eu, e sim a criatura dentro de mim que tomava o controle sobre mim a cada segundo.

ATIVIDADE DEMONÍACA

A MAIOR LUTA DO SER HUMANO É AQUELA QUE ACONTECE ENTRE SEU CÉREBRO E SEU CORAÇÃO.

Norman

Estávamos sentados em torno da fogueira em silêncio. Já fazia mais de uma hora que Dorian e Serena haviam entrado na floresta, e eu estava começando a ficar preocupado. Quer dizer... eles podiam avisar que fariam um pouco mais do que conversar, né? Não. Eu sei. Não era dono de nenhum deles, mas havíamos começado a ouvir corvos rodeando as árvores acima de nós, e isso era meio macabro. Só não era pior que o fato de Chad estar se lamentando por ela ter escolhido nosso líder em vez dele.

– Cara... eu realmente pensei que tivesse uma chance – disse ele, para ninguém especial. – Tinha mesmo esperanças...

– Mas ela não escolheu você – disse Arthur, visivelmente irritado. – Conforme-se.

Revirei os olhos. Não merecia ficar ouvindo aquelas coisas. Não queria mesmo... a fogueira se apagou de repente. Juntei as sobrancelhas, pegando minha besta das costas e colocando uma flecha. Me levantei do chão, e os outros fizeram o mesmo. Podia ouvir passos se aproximando.

– O que houve meninos? – Ouvi alguém perguntar atrás de mim.

Dei um salto para a frente por causa do susto apenas para encontrar Serena nos observando com as mãos na cintura. Uma sobrancelha ruiva estava levantada. Havia algo estranho ali, e muito. Recuei. Seus olhos não eram mais verdes. Eram completamente negros.

– Por que estão me olhando desse jeito? – perguntou, aproximando-se devagar. – Tem algo de errado?

– Onde está Dorian? – perguntou Arnold.

– Ele decidiu continuar sozinho.

– Serena, eu acho melhor você... – começou Philip.

Aproximou-se, mas ela o empurrou com uma das mãos, e o garoto voou longe, chocando-se contra uma árvore e caindo desacordado no chão. Senti meu coração se acelerar e quando voltei a olhar para ela, já não estava mais lá. Engoli em seco. OK. Não podia atirar nela, mas precisava atirar no demônio, e se atirasse no demônio, atiraria nela. O que faríamos?

Olhamos em volta. Ela não estava em lugar algum. Ouvi o grito parecido com o de uma alma bem próximo, como se estivesse logo acima de nós, em algum galho. A diferença é que era mais alto e entrava em nossa mente não permitindo que ouvíssemos nem nossos próprios pensamentos. Ouvi Chad gritar e olhei em sua direção. Sangue escorria no tronco da árvore à sua frente, e o corpo de Philip não estava mais onde havia caído.

Dois segundos depois, o corpo dele caiu no chão e a cabeça logo em seguida. Arregalei os olhos, ouvindo os outros abafando os gritos. Olhei em volta mais uma vez, tentando encontrá-la, e, quando a vi a menos de três centímetros de distância de mim, dei um salto para trás. Sua boca, queixo e pescoço estavam sujos de sangue. Ela sorriu, mostrando os dentes manchados de vermelho. Sussurrou:

– Buh!

Levantei a besta, apontando-a para sua cabeça. Não moveu um músculo, não deu um passo para trás ou expressou alguma reação. Disse, levantando uma sobrancelha:

– Não tem coragem de atirar em mim.

Sorri um pouco, tentando não demonstrar todo o medo que estava sentindo. Admiti:

– Não. Não tenho coragem de atirar na minha amiga, mas adoraria mandar você de volta ao Inferno.

Antes que pudesse responder, puxei o gatilho, e a flecha saiu da besta, atravessando sua cabeça bem no meio da testa. Ouvi os outros gritarem. Dorian iria me matar. Ela recuou dois passos, jogando a cabeça para trás com o impacto da flecha em sua testa.

Voltou a olhar para mim, voltando a cabeça devagar. Um fio de sangue escorria do ponto em que a flecha havia penetrado seu crânio. Ela levou a mão até lá e a arrancou, jogando a flecha no chão, aos meus pés. O buraco foi se fechando aos poucos, e um sorriso maligno se formou em seu rosto. Ela balançou a cabeça, olhando para mim.

– Tsc, tsc, tsc. Não, Norman. Não é assim que se brinca. Sou eu quem mata você, e não o contrário.

Ela havia dado um passo em minha direção quando ouvi alguém chamar seu nome. Ela olhou por cima do ombro. Dorian apontava a arma na direção dela e tinha o dedo no gatilho. Mesmo sabendo que isso não a mataria, ela ainda parecia hesitante em atacar sob a mira de um revólver. Cruzou os braços, dando alguns passos na direção dele.

Olhei para os outros Caçadores. Todos eles estavam encolhidos contra árvores, pálidos, e alguns deles ainda encaravam o corpo de Philip degolado no chão. O garoto tinha só quinze anos e ainda tinha muito a aprender. Não podia ter morrido daquela forma tão brutal.

– O que foi? – perguntou ela. – Vai tentar me matar também, *Dorianzinho*?

Ela disse o nome dele com tamanha intensidade e desgosto que senti como se fosse comigo. Ele virou um pouco a cabeça, como se não quisesse ouvir o que ela tinha a dizer.

– Não é com você que eu quero falar. Quero falar com a Serena – disse ele.

– Sou eu quem está aqui. É comigo que você vai...

– *Não* – disse ele, num tom bem mais firme, me fazendo estremecer. – Eu quero falar com ela, imbecil. Comigo você não tem autoridade alguma. Eu existo há bem mais tempo, e você sabe disso. Também fiz mais por ele do que você vai fazer um dia. Então se eu digo que quero falar com *ela*, é porque eu *vou* falar com ela – sorriu um pouco. – Sei exatamente como matar você, e ambos sabemos que não quer correr esse risco.

Ela rosnou, murmurando um monte de palavras em uma língua que eu não conhecia. Dorian respondeu no mesmo tom, na mesma língua, tão baixo que nós mal conseguíamos ouvir.

Depois o silêncio reinou sobre nós por alguns segundos, até ela começar a tossir e cambalear para a frente. Dorian largou a arma no chão e correu para segurá-la para que não caísse. Disse, subindo o olhar até nós:

– Preciso que tirem o corpo dele daqui. Norman, você vem comigo e... leve a sua besta por precaução.

Assenti com a cabeça, colocando Porta do Inferno de volta no suporte e me aproximando, ajudando a segurá-la. Não havia se passado muito tempo quando chegamos a um rio com uma formação de pedras que formavam várias piscinas, e à nossa frente tinha uma cachoeira. Provavelmente Dorian o havia encontrado antes de acontecer tudo aquilo.

Tirei o suporte com Escuridão das costas de Serena e a capa de seus ombros, deixando tudo no chão, enquanto Dorian a conduzia até a água. Me estendeu sua própria capa e o sobretudo, e deixei no chão ao lado das minhas coisas e das dela. Ajoelharam na beira da "piscina" e ele limpou seu queixo e boca, que estavam sujos de sangue. Serena parecia pálida e em choque.

Depois que ela estava limpa, Dorian fez com que ela olhasse para ele. Perguntou, com um tom firme:

– Pode me ouvir?

– Posso – sussurrou ela, com a voz rouca.

– Pode me ver?

– Sim.

– Consegue mexer as mãos e os pés?

Ela assentiu com a cabeça, e ele sorriu. Estava confirmando se o demônio havia mesmo a deixado em paz e se estava sob pleno controle de si mesma. Perguntou:

– Está se sentindo bem?

– Não. Eu estou... enjoada e com um gosto horrível de ferrugem na boca – disse, colocando a mão na frente da boca. Podia jurar que sua pele havia atingido um leve tom esverdeado.

– Engoliu muito sangue. Não estava pronta pra isso – balançou a cabeça e murmurou: – Não sei o que deu na cabeça *dele*. – Dorian falava do demônio. Suspirou, segurando o cabelo dela enquanto a garota se inclinava para a frente.

Ele tirava o cabelo dela da frente do rosto com uma mão e passava a outra por suas costas enquanto ela botava para fora todo o sangue que tinha engolido. Precisei resistir ao impulso de desviar o olhar. Não gostava de pensar na ideia daquele sangue ser de Philip.

– Norman – chamou ele. – Pode ajudá-la aqui? Eu vou voltar lá, ver como está tudo e trazer alguma coisa para ela comer.

Assenti com a cabeça, tomando seu lugar enquanto ele se levantava e corria floresta adentro. Estava quase pensando que ela começaria a vomitar os próprios órgãos internos quando ela parou, com o corpo inteiro tremendo, e pude ver suas bochechas úmidas, com lágrimas. Falei, fazendo com que olhasse para mim:

– Ei! Não chore, está bem? Não foi culpa sua... não foi culpa sua – repeti, desta vez mais baixo.

– Eu matei aquele garoto, Norman. Bebi o sangue dele. Como a culpa pode não ser minha?

– Não foi você. Foi aquele... negócio.

Ela sorriu um pouco, limpando a boca com as costas da mão logo em seguida. Estava pálida, e sua testa brilhava por causa do suor. Prendeu o longo e cacheado cabelo ruivo em um nó e pousou as mãos nas coxas, encarando a água à sua frente. Disse:

– É como estar anestesiado, sabe? Você tenta se mover, mas seus membros não obedecem. Tenta gritar, mas sua voz não sai. Não tem controle sobre o próprio corpo.

Observei-a com certo pesar. Aquilo parecia ser horrível mesmo, eu mal conseguia imaginar como era. E era pior ainda pensar que ela sequer havia podido impedir a morte do amigo. Mordeu o lábio, subindo o olhar até a cachoeira e a encarando pensativamente.

– Antes de tudo acontecer, ele me contou coisas imperdoáveis, e minhas respostas a ele foram piores ainda – falava de Dorian. – Não sei como vou poder encará-lo agora – disse, sem olhar para mim.

– Dorian é um bom garoto – falei. – Pode até não ter sido antes, mas agora ele é. Não sei o que o trouxe até aqui, mas posso ver nos olhos dele que a ama de verdade, que se preocupa com você. Não importa mais o que ele fez. Já pagou por isso por mil anos, e se sua alma foi libertada, quer dizer que estava pronto pra isso, que já pagou por seus pecados e se arrependeu.

Ela ficou em silêncio por algum tempo, imóvel, pensando no que eu havia dito. Eu não podia nem imaginar o que Dorian havia feito para merecer uma maldição que durou tanto tempo, mas imaginava que não fosse tão terrível a ponto de passar mil anos pagando por isso e, quando finalmente encontra alguém que o ama de verdade e vice-versa, perdê-la para sempre.

Pude vê-lo se aproximando entre as árvores. Segurava uma maçã com uma das mãos e uma garrafa de suco de laranja com a outra. Ajoelhou-se ao lado dela, sorrindo um pouco de um jeito sem graça. Disse:

– Desculpe, isso foi tudo o que sobrou dos nossos mantimentos. – A garota apenas deu de ombros. Ele perguntou, estendendo a maçã para ela: – Está melhor agora?

Ela assentiu com a cabeça sem olhar para ele, deu uma mordida na maçã e a mastigou sem muito ânimo. Estava cansada, esgotada. Eu precisava dar a eles um tempo para fazerem as pazes e descansarem, então me levantei, peguei minha capa do chão e a vesti, colocando o suporte com minha besta logo depois. Falei:

– Vou voltar pra lá, ajudar a arrumar a bagunça e refazer a fogueira... – Sorri maliciosamente antes de continuar. – E não quero que voltem antes de fazer as pazes.

Eles retribuíram o sorriso sem muito ânimo e me virei para a floresta, me apressando dentro dela até onde lembrava que estava o acampamento.

Já haviam enterrado o corpo e refeito a fogueira, mas não foi isso que me deixou surpreso, e sim o fato de estarem pensando em matar Serena durante a noite, enquanto ela dormia.

– Ficaram loucos?! – exclamei, me aproximando. – Não vão matar *ninguém*. Serena não é a culpada por isso, e sim a criatura dentro dela. Nós vamos tirar aquilo dela ou vamos aprender a conviver. "Meus irmãos, a partir de agora, serão parte de mim, e eu serei parte deles." É isso que diz o juramento. Não podemos simplesmente descartá-la, ela agora é uma de nós, é uma Caçadora de Almas.

– Ela matou um de nós... – começou Arthur.

– Não foi ela – interrompeu Arnold. – Foi o demônio.

– OK, se querem protegê-la, tudo bem – disse Arthur, levantando as mãos como se estivesse se dizendo inocente. – Mas, se acabar matando todos nós enquanto dormimos, não digam que não avisei.

Revirei os olhos. Apesar de saber que o que queriam fazer era de certa forma o certo a fazer, não permitiria que matassem minha amiga. Agora Serena era como se fosse minha irmã caçula, e eu tomaria conta dela, assim como Dorian. Ele cuidaria dela e eu cuidaria daqueles que ousassem tentar machucá-la.

INFERNO NA TERRA

O poder é algo que pode nos libertar ou nos sufocar completamente.

Serena

Eu estava ajoelhada em frente a uma árvore, fazendo um monte de terra em cima dos restos da maçã que havia comido. Não tinha muito o que fazer quanto à garrafa de suco, então a guardaríamos para jogar fora quando voltássemos à cidade.

– Aquilo que eu disse... – comecei, encarando o chão.

– O Sol já vai nascer – avisou Dorian, me interrompendo.

Ele estava agachado no chão, olhando para o céu, que já começava a mudar do azul-escuro para o alaranjado. Me levantei do chão, me aproximando dele de um jeito hesitante. Parei de pé ao seu lado, também olhando pra cima.

– Eu queria... – tentei mais uma vez.

– Talvez devamos voltar – falou, me interrompendo mais uma vez.

– Por que não me deixa falar? – perguntei.

– Porque já sei o que quer me dizer e não quero que diga, porque você tinha razão. Você tinha toda razão.

– Não era eu, Dorian – falei, observando-o enquanto se levantava, ainda encarando o rio.

– Era o que estava sentindo. Ele apenas liberou isso por você.

Me virei para ele, cruzando os braços e suspirando, encarando-o com descrença. Tinha quase certeza de que nem ele mesmo acreditava naquilo. Podia ver que sua linda mandíbula estava rígida. As sobrancelhas estavam juntas, e o cabelo estava um pouco desgrenhado. Falei:

– Obrigada por ter me ajudado àquela hora.

– Ajudá-la é a minha obrigação, Serena.

Agora era eu quem estava ficando irritada. Coloquei a mão em seu rosto, fazendo com que olhasse pra mim. Dei um passo pra mais perto dele e falei, usando o tom mais firme que consegui:

— Foi ele quem disse aquilo, e não eu. O que você fez pra merecer isso foi e é sim imperdoável, mas já teve seu castigo e pagou mais tempo por ele do que deveria. Deveria pagar até que voltasse a sentir uma coisa tão pura quanto o amor, porque é o sentimento mais forte e nobre de todos, e foi isso o que aconteceu — suavizei o tom, tornando-o mais doce. — Eu não perdoo o garoto que matou aquelas crianças e que recebeu aquela maldição, mas eu perdoo você, o líder dos Caçadores de Almas, o garoto que eu amo e que cuida de todos aqueles meninos como se fossem seus irmãos.

Seu olhar se tornou mais suave, gentil, e pude senti-lo relaxando um pouco. Desci as mãos por seus braços, pegando suas duas mãos. Fiz com que se virasse completamente pra mim e continuei:

— O arrependimento sincero é o libertador da alma atormentada, e eu sei que você se arrepende, posso ver isso em seus olhos, e pra mim isso basta. Se sua alma foi liberta e se posso ver que se arrepende, isso significa que você já não é o mesmo de antes. Não sei por que meu perdão tem tanta importância pra você, mas se tê-lo o fará feliz, então saiba que eu te perdoo.

Agora havia uma mistura de tristeza, alívio e felicidade em seus olhos. Era engraçado como eu conseguia lê-lo tão bem, ler suas emoções como se fossem parte de um livro. Colocou a mão em meu rosto, e um leve sorriso se formou em seus lábios. O mesmo que ele costumava dar quando ainda estava amaldiçoado.

— Eu perdoo você, meu amor — sussurrei.

Pude ver seus olhos azuis se enchendo de lágrimas, e ele apertou mais os lábios no sorriso, como se tentasse mantê-lo e segurar o choro ao mesmo tempo. Sabia como se sentia. Depois de tanto tempo se culpando, ele finalmente tinha o perdão de alguém. O perdão de alguém que o amava do fundo do coração.

Ele acariciou minha bochecha com o polegar. A ponta de seus dedos longos e finos roçavam meus cachos ruivos. Passei os dedos por seu cabelo, colocando-o pra trás a fim de ver melhor seus olhos. A fina linha azul-marinho que contornava sua íris azul-bebê parecia ainda mais visível agora.

— Está se sentindo melhor? — perguntei, retribuindo o sorriso.

— Não tem ideia do quanto — respondeu, aproximando-se.

Fechei os olhos enquanto ele pressionava os lábios contra a minha testa, respirando fundo. Tinha cheiro de floresta e chuva. Gostava daquele cheiro. Me trazia paz de alguma forma. Me sentia completa com ele ali. Não ocupava o mesmo espaço que minha família costumava ocupar, mas a presença dele me fazia ter a sensação de que o buraco em meu coração tinha sido preenchido quase que por completo.

— Eu amo você — sussurrou ele, encostando sua testa na minha. — Vou amar pra sempre. Você salvou minha vida duas vezes, Serena. E nem que vivesse por uma eternidade poderia pagar a dívida que tenho com você.

— Você não precisa me pagar nada, Dorian. Não me deve nada. Conquistou meu amor e meu perdão. Você os mereceu. Agora... — continuei, me afastando — pode me explicar aquilo que você disse pro negócio dentro de mim?

— Ah, isso — disse, desviando o olhar. — Muitos demônios foram criados depois de mim, e por causa da maldição acabei adquirindo certo talento para identificá-los. Como minha alma pertencia ao Diabo, havia uma ligação entre nós. Era como se eu soubesse com qual demônio estava lidando, quando foi criado, o que fazia e como eliminá-lo. E quanto ao ter feito mais por ele do que o demônio dentro de você... bem... todas as almas das crianças das quais eu me alimentava iam pra ele. O demônio dentro de você é apenas o responsável por guardar o portal entre a Terra e o Inferno. Eu levava almas para o Diabo, algo muito mais significativo e que dava muito mais poder pra ele.

— Então, se você sabe o que está dentro de mim, por que não me conta? — perguntei.

— É um demônio *Beilloxih* — disse. — A única criatura existente que sabe as palavras para abrir o portal que os Angeli tanto querem abrir.

— *Beilloxih* — repeti em voz baixa. — Acha que ele gostaria de algo em troca de sua cooperação?

Ele levantou as sobrancelhas, como se não tivesse pensado nisso antes. Era uma boa sugestão, não? Quer dizer... podíamos oferecer algo em troca da cooperação dele. Enquanto era ele quem estava no controle, fiquei duas vezes mais forte e rápida. Isso ajudaria se eu aprendesse a controlá-lo de alguma forma, e ajudaria mais ainda se ele decidisse ficar do nosso lado. Ele disse, encarando o céu que clareava rapidamente:

— Uma chance de permanecer vivo. Sei como matá-lo, e se ele decidir se rebelar ou tentar fugir e ir atrás dos Angeli, posso ameaçá-lo. E você pode aprender a controlá-lo com o tempo.

— Mas e se ele decidir tomar o controle enquanto todos dormem? — perguntei.

— É um risco que temos que correr — disse, dando de ombros. — Vou atrás de você, vou recuperá-la, só não posso garantir que isso aconteça antes de conseguirem abrir o portal.

— Mas se abrirem o portal, o que acontece?

– O mundo acaba. Não literalmente, mas... bem, as almas chegam ao mundo, possuem as pessoas, e, no máximo em um mês, todos ficam possuídos e só nós permanecemos mentalmente sãos.

– Um Inferno na Terra – concluí, e ele assentiu com a cabeça.

– Então o futuro da humanidade está nas minhas mãos. Tudo depende se eu vou conseguir manter o controle sobre mim mesma ou não – assenti com a cabeça, mostrando que havia entendido. Respirei fundo. Era muita pressão, e de repente sentia como se tivessem colocado o peso do mundo sobre meus ombros. O ar parecia ter ficado mais abafado, e minha garganta havia secado. Continuei – É. Acho que preciso de um banho.

Me aproximei do rio, ignorando o sorriso de Dorian por eu ter mudado tão rápido de assunto e tirando a camiseta e a calça jeans. Precisava urgentemente esfriar a cabeça, literalmente. Por sorte eu quase nunca tirava o biquíni debaixo das roupas, e por sorte ele era de um tamanho bem aceitável. Infelizmente, eu estava acompanhada de alguém que nunca havia visto uma garota com poucas roupas.

Corri para dentro da água o mais rápido possível, querendo me esconder dentro dela. Me sentia definitivamente melhor com a cabeça submersa, sem nenhum barulho além do da própria água. Fechei os olhos, me apoiando em uma pedra pra me manter completamente dentro dela.

Quando meus pulmões começaram a arder, voltei à superfície e encontrei Dorian sentado numa formação de pedras que parecia a borda da "piscina". Fui em sua direção, ficando o mais próximo possível dele, mas me mantendo dentro da água, na parte mais rasa do rio. O Sol já havia nascido completamente, e o céu começava a atingir o mesmo tom dos olhos dele. Foi olhando assim pra ele que uma imagem invadiu minha mente. A imagem dele bebendo o sangue de uma criança. Os dentes humanos no pescoço pequeno de alguma garotinha morta como se fosse um vampiro. Os olhos azuis e doces assumindo um olhar cruel. Sorriu de um jeito sem graça, me observando. Perguntou:

– O que foi?

– Só estava pensando – respondi.

– Em quê?

– Estava pensando que você deveria entrar aqui comigo – menti. Quer dizer... em parte. Ah, tanto faz.

Ele abriu um pouco mais o sorriso e tirou a camiseta, jogando-a longe, ao lado das roupas que eu havia largado no chão, e depois entrou de uma vez no rio. Nadamos um pouco, depois de alguns minutos resolvemos voltar para mais perto da margem e ficamos parados onde a água batia um pouco acima do peito. Estávamos a poucos centímetros de distância um do outro, tão próximos que eu podia ver cada pontinho de tom variado de azul em sua íris. Ele disse, num tom bem baixo, me puxando pra mais perto:

– Agora pode me dizer o que realmente estava pensando.

Sorri, balançando a cabeça. Como ele sabia que eu estava mentindo? Quando comecei a pensar numa forma de formular a resposta a ele, voltei a ficar séria. Acho que ele não ia gostar de saber no que eu estava pensando. Falei:

– Estava pensando no que me disse mais cedo. Estava... – suspirei, tentando pensar numa resposta melhor, como "estava pensando em como você sugava o sangue das criancinhas". Não. – Estava tentando imaginar esse seu lado. Só conheço o garoto doce e gentil que você se tornou.

– O meu outro lado não existe mais – disse. Também havia voltado a ficar sério.

– Eu sei, mas... não consigo imaginar como você...

Simplesmente não consegui continuar. Dizer aquelas palavras em voz alta era demais pra mim. Felizmente, ele entendeu. Pegou a minha mão e a ergueu para fora da água, entre nossos rostos. Disse, num tom sério e um olhar intenso que quase me fez querer pular nele:

– Você não precisa saber. Não sou mais daquele jeito. Essas imagens não precisam ficar claras na sua mente, porque eu preferia que elas nunca tivessem existido. – Começou, guiando minha mão para seu peito, logo no lugar em que ficava o coração, apertando minha palma contra sua pele enquanto me olhava nos olhos. – Eu estou aqui com você agora. É só isso que importa.

Depois daquelas palavras, que fizeram com que uma corrente elétrica corresse por todo o meu corpo, só consegui pensar em beijá-lo. E foi isso o que eu fiz, pressionando meus lábios contra os dele de repente de forma intensa e repleta de paixão.

Foi como se, pela primeira vez, as vantagens de ser uma Caçadora de Almas fizessem alguma diferença. Eu podia sentir cada toque como se todos os meus nervos estivessem expostos, eu tinha mais controle sobre meus movimentos, e tudo parecia acontecer em câmera lenta.

Eu *gostava* da sensação do cabelo molhado dele entre meus dedos e *gostava* da forma como o corpo dele era quente junto ao meu, me fazendo esquecer completamente da temperatura baixa da água. Eu *amava* a forma como passava os braços em torno de mim e me apertava contra ele. Me sentia segura, completa, mais forte, como se estivesse pronta pra enfrentar qualquer coisa.

Dorian se afastou por apenas um segundo, tempo suficiente apenas para me puxar para baixo da água e atravessar a cachoeira que estava um pouco à nossa frente, mas logo me puxou de volta, me apertando contra a enorme parede de pedra negra úmida. Ninguém nos veria ali nem em mil anos, já que a grande quantidade de água caía pesadamente apenas alguns centímetros atrás de suas costas.

Passei as pernas em torno de seu quadril. Era estranha a sensação de sua calça jeans em minha pele por baixo da água, mas não me importava muito com isso. Não naquele momento e não com ele conseguindo (não sei como) intensificar mais o beijo a cada segundo, me apertando cada vez mais contra a parede. Suas mãos estavam em minhas coxas em um aperto que causava uma onda de calor que percorria por todo meu corpo e me fazia estremecer.

— Serena! Dorian! — Ouvi alguém gritando, fazendo com que nos afastássemos, ainda ofegantes e com o coração acelerado.

Não movemos um músculo, apenas viramos a cabeça na direção da voz. Era de Tristan.

— Serena? Dorian? — Não respondemos. — Olha... Arthur está querendo arrumar as coisas e mudar o acampamento de lugar. Está reclamando como uma mula teimosa, então se estiverem aí, podem responder?

Dorian abriu a boca, prestes a responder, mas tapei sua boca antes que o fizesse. Algo me dizia para esperar um pouco mais. Juntou as sobrancelhas, me observando com curiosidade, mas assenti com a cabeça, encorajando-o a continuar em silêncio.

Dois segundos depois, ouvimos Tristan dizer algo como:

— Eu não aguento mais esses dois idiotas. Por sorte tenho que aturar isso só por mais três dias.

Juntei as sobrancelhas, confusa. Esperamos alguns instantes e depois de ter certeza de que ele havia sumido por entre as árvores, Dorian voltou a olhar pra mim. Falei, em voz baixa:

— Ele está tramando alguma coisa.

— E seu plano vai ser posto em prática daqui a três dias, mas... O que ele quer? O que vai fazer?

Balancei a cabeça, indicando que não sabia. Me afastei dele, mergulhando e passando por baixo da cachoeira, e ele fez o mesmo. Saí da água, torcendo o cabelo e voltando a vestir as roupas. Dorian fez o mesmo.

Voltamos para o acampamento e chegamos antes de Tristan. Aproveitei pra pegar uma nova troca de roupa e vesti-la, agora que o Sol havia nos secado completamente. Coloquei minha capa e o suporte, sem conseguir parar de me perguntar o que aconteceria dali a três dias. Uma grande, enorme parte de mim dizia para eu esquecer, mas... suspirei. Ele havia feito um juramento. Era um de nós. Não faria algo de mal, não é? Bem... só nos restava esperar e rezar para não ter nada a ver com o demônio dentro de mim.

A TRAIÇÃO

O PIOR TRAIDOR É AQUELE QUE FINGE SER TEU AMIGO, QUE SE ESGUEIRA PELA TUA VIDA, À ESPREITA, ESPERANDO O MELHOR MOMENTO PARA TE FERRAR.

Tinha sido uma manhã sombria, seguida de uma tarde escura. O céu estava nublado, cheio de nuvens cinza-escuras e a floresta tinha adquirido um tom acinzentado. O verde não era mais tão vivo quanto antes, e os animais que viviam sob as árvores já não faziam um barulho sequer.

Não falávamos num tom mais alto do que o de um sussurro há três dias, como se a cada segundo nossas energias se esgotassem mais. Nossos suprimentos haviam acabado, e não havia animais para caçar. Não havíamos encontrado uma alma sequer naquelas 72 horas. Havia algo de muito errado. Era como se só existíssemos nós no mundo.

Olhei para o céu noturno através das folhas das copas das árvores a tempo de sentir uma gota de chuva cair bem no meio da minha testa. Usei as costas da mão para secá-la. Era tudo o que eu precisava, como se nossa situação não pudesse piorar.

Em segundos uma chuva torrencial começou, apagando qualquer sinal da existência de uma fogueira à nossa frente, mas não movemos um músculo. Apenas encaramos a chuva levando as cinzas da lenha para algum lugar no chão da floresta, sentados como se fôssemos estátuas, respirando tão fracamente que nossos ombros sequer se mexiam.

Havia um formigamento estranho nas pontas dos meus dedos desde o dia anterior e ele parecia ficar mais forte e ocupar uma área maior a cada hora que se passava. Agora já estava em toda a área dos braços e pernas, mas isso era a menor de nossas preocupações.

– Vou procurar algum abrigo – disse Tristan, quebrando o silêncio.

Eu levantei logo em seguida, dizendo que ia tentar encontrar algum animal pra caçar. Era óbvio que não acharia nada. Não naquela chuva. Mas precisava esvaziar um pouco a cabeça.

Por algum motivo, eu e Dorian quase não havíamos nos falado mais, e quando nos falávamos, acabava em discussão. Era a fome, o cansaço e a frustração agindo sobre nós, nos transformando lentamente em pessoas infelizes e fazendo qualquer tipo de esperança que pudéssemos ter se decompor a cada minuto que passávamos naquela situação.

Só tínhamos sorte com uma coisa: o demônio não havia mais dado sinais de sua existência. Talvez só estivesse esperando uma chance pra atacar a todos quando estivessem distraídos, mas duvido que alguém fosse vencer uma luta contra ele. Estávamos fracos demais pra isso.

Girei Escuridão nas mãos, caminhando devagar sob a chuva, atenta a qualquer movimento estranho próximo a nós, mas não havia nada. O brilho da Lua nas folhas molhadas e refletido nas gotas de chuva dava um ar dramático a tudo.

Podia ouvir meu próprio coração batendo e podia ver que ele se desacelerava lentamente conforme eu parava de andar. Fechei os olhos, baixando a cabeça e me concentrando mais. Sentia que estávamos perdendo nossos "poderes" aos poucos. Já fazia muito tempo que não os usávamos, e era como se estivessem se deteriorando. Já não conseguia mais ver tão nitidamente ou ouvir tão bem as coisas.

– É culpa sua, não é? – perguntei. – Você quer que estejamos fracos pra poder agir. Sei disso. – Sorri com descrença. – E eu sei que vai conseguir o que quer, porque não há nada que possamos fazer pra impedir isso. Não há nada que possamos fazer pra tentar diminuir a velocidade com a qual perdemos o que o juramento nos trouxe. Não há nada que possamos fazer pra trazer os animais de volta ou pra encontrar o caminho a uma cidade qualquer. Sabe que eles vão morrer se continuar assim, e que só vamos sobrar nós dois.

Ele sabia. Aquele demônio sabia o que estava acontecendo muito mais do que eu, e era *ele* quem controlava aquilo. Só precisava de uma resposta. Uma confirmação. Só precisava ter certeza de que pelo menos isso eu ainda sabia.

Não. Isso não vai continuar assim porque chegou a hora. Disse, de repente, em minha mente. *Você realmente acha que uma humana como você poderia ter o controle assim por tanto tempo?* Pude ouvi-lo rir. *Você nunca esteve no controle, Serena Devens Stamel.* Disse, e sua voz de trovão fez um arrepio subir pelo meu corpo. Senti todos os músculos congelarem.

No segundo seguinte, senti algo me empurrando para a árvore à frente, e bati contra ela, quase caindo no chão, e, antes que pudesse me virar para ver o que era ou pegar meu machado do suporte, prenderam minhas mãos e me jogaram sentada no chão.

Agora eu estava com os pés e mãos amarrados e com uma mordaça, e Tristan estava parado de pé à minha frente. Agachou-se, sorrindo enquanto eu o encarava com ódio. Disse:

– Acabou o tempo, Serena. Anoiteceu, e à noite os demônios reinam.

Mordi o pano em minha boca com mais força. Apertava tanto as unhas nas palmas das mãos que chegavam a sangrar. Ele voltou a se levantar, ainda sorrindo, e me pegou pelo capuz, me arrastando pelo chão e me sufocando ao mesmo tempo.

A cada passo dado por ele, sentia minha raiva por Tristan crescer. Ele havia feito um juramento. Era um Caçador de Almas. Não devia, não podia nos trair de tal forma. Se pudesse, racharia seu crânio ao meio com meu machado com o maior prazer.

Queria gritar, perguntar pra onde ele estava me levando, mas além da mordaça, algo mais impedia que qualquer palavra saísse da minha boca. Podia sentir. *Ele* estava tomando o controle de novo. *Beilloxih*.

Não havia mais sinal dos Caçadores. Esperava que notassem minha demora logo e fossem me procurar. Por enquanto, tudo o que eu podia fazer era observar, imóvel, enquanto Tristan me arrastava pra não sei onde.

Quando comecei a ouvir o barulho de pessoas conversando e as árvores começaram a atingir um tom alaranjado, o pânico começou a me consumir. Mais um sinal de nossa deterioração. Caçadores não sentiam medo. Ou pelo menos não deveriam sentir. Eu sabia que não estávamos perto dos Caçadores, então quem podiam ser? Minha pergunta foi respondida quando um homem de capa e capuz pretos parou à minha frente.

– Bom trabalho, Aaron – disse ele. – A trouxe inteirinha pra nós.

Aaron? Nem sequer o nome "Tristan" era real? Realmente estava muito a fim de matá-lo. Finalmente consegui me debater quando arrancaram Escuridão do suporte e o levaram pra longe. Agora sim eu estava ferrada. Sem armas, sem aliados e amarrada no meio de um monte de Angeli. Que ótimo. Não gostava nada de ter que admitir que minha única salvação naquele momento era Beilloxih. Eles não me machucariam sabendo que o demônio estava dentro de mim. Pelo menos isso!

– Tirem a mordaça dela – ordenou o homem. – Não importa o quanto ela grite, os Caçadores não poderão mais ouvi-la.

Obedeceram, e eu não gritei, apenas proferi uma sequência de palavrões contra o traidor do Tristan... ou Aaron, seja lá o que fosse. Quando me senti satisfeita, fechei a boca e juntei as sobrancelhas. Me arrastaram para mais perto de uma fogueira. Eram a versão mais malvada dos Caçadores de Almas.

– Prontos para o início do ritual? – perguntou o homem.

Todos assentiram com a cabeça e me jogaram num círculo de pedras negras no chão ao lado da fogueira. Havia uma cruz invertida aos meus pés. Sabia que aquilo não daria em boa coisa. Já tinha passado por aquilo uma vez.

Não se deram nem ao trabalho de tirar a minha capa antes de começarem o tal ritual. Meus dedos agarraram as folhas e galhos secos no chão. Estava começando, ele estava começando a tomar o controle. Apagaram a fogueira. Olhei em volta, para o escuro sob as árvores. Desta vez não havia Dorian no qual me concentrar. Estava sozinha. Era tudo por minha conta agora.

Começaram a sussurrar palavras em uma língua antiga, que minha parte Serena não conhecia, mas a parte Beilloxih sim, e as palavras eram tão horríveis, seu significado era tão sombrio, que decidi deletá-las da minha mente na mesma hora.

Fechei os olhos, berrando o mais alto que podia quando tive a sensação de uma faca perfurando a minha coluna e atravessando as vértebras. Estava me contorcendo de uma forma anormal, e aquilo doía como se estivessem quebrando todos os meus ossos e os recolocando no lugar sem anestesia alguma. E é óbvio que, pra piorar minha situação, ouvi a voz *dele*.

Deixe. Desista. Não há mais nada nem ninguém que possa ajudar. Somos só nós dois agora. E em breve será apenas eu.

– NÃO! – berrei. – DORIAN!

Comecei a berrar o nome dele sem parar. Tanto por querer que ele me ouvisse se estivesse por perto quanto por querer me concentrar em alguma coisa, algum motivo pra continuar firme e ali, mas a voz era quase tão alta, e ocupava quase tanto espaço, que eu mal conseguia ouvir meus próprios pensamentos.

Minha coluna se arqueou, e o barulho dos meus berros se misturou ao apelo de almas. Arregalei os olhos, vendo que a fogueira estava acesa novamente e que agora as chamas eram vermelho-sangue. Subiam quase tão alto quanto as árvores e pareciam ter profundidade, como se houvesse outra fogueira lá dentro. Sei que parece estranho, mas... era como se houvesse um portal para o próprio Inferno ali. Foi quando eu percebi que meus lábios se moviam, e eu já não gritava mais, e sim sussurrava palavras em outra língua:

– *Aia tore eia swei, lo er collente malleto possem er mondo, fessing aia mentelli serilla aer patre daia solumbre lo frendin lokaia teten exporecetum ai devente peia Gaiante.* (As portas se abrem, e o fogo maldito invade o mundo, engolindo as almas pertencentes ao pai das trevas e libertando aquelas que espalharão a devastação pela Terra.)

Outra onda de dor, e percebi que quase todos os meus membros não estavam em um ângulo humanamente aceitável. Berrei mais uma vez, sentindo tremores percorrendo meu corpo inteiro. Estava feito. Era tarde demais pra tentar impedir alguma coisa. Tinha dito as palavras e o portal estava aberto, mas havia algo de mais errado ainda.

Vi alguém parando ao meu lado no círculo. O mesmo homem de capa preta de antes. Ele segurava meu machado e parecia pronto pra lançar um golpe e arrancar a minha cabeça. Disse:

– Não precisamos mais de você. Agora devemos matá-lo.

Eu e Beilloxih berramos ao mesmo tempo. Ele queria permanecer vivo tanto quanto eu. "Você precisa fazer alguma coisa!", pensei, sabendo que ele poderia me ouvir. Era loucura total tentar conversar com um demônio, mas acho que preferia permanecer viva tendo controle algumas vezes e ter a chance de matar todos eles a morrer depois de ajudar o inimigo.

O homem baixou o machado com um golpe em direção ao meu pescoço, mas o segurei no caminho, rezando para que Beilloxih me ajudasse ou fizesse alguma coisa. Não tinha força pra aguentar muito tempo.

– Ela quer continuar viva – disse Aaron, como se isso fosse a melhor piada do mundo. – Mate-a logo, James.

O homem assentiu com a cabeça chutando meu rosto, fazendo com que eu soltasse o machado, depois se preparou para outro golpe. Seu nome era James. E, dessa vez, quando o machado começou a se abaixar, levantei a mão, e ele voou para trás. Uau! Aquilo era novo. Lembrei de quando alguém me disse que a arma de um Caçador nunca o machucaria, e me perguntei se aquilo havia sido Escuridão me protegendo. Quase consegui sorrir com a ideia.

Me levantei, e só naquele momento percebi que éramos nós dois que controlávamos meu corpo. Se ele queria levantar, e eu também, então nós o fazíamos. Se ele quisesse lançar um chute e eu não, então quem tinha vontade maior ganhava. Deixei que ele tomasse o controle; afinal, era bem mais forte do que eu, por mais experiência em luta que eu tivesse.

Em alguns segundos eu já não era a única que lutava contra os Angeli. Tentei sorrir, feliz por ver que os Caçadores haviam me achado, mas Beilloxih não queria isso, então não o fiz.

Saltei contra um dos Angeli, fincando meus dentes agora afiados em seu pescoço e usando minhas mãos e pernas para imobilizá-lo enquanto sugava cada gota de sangue em seu corpo, e ele caiu morto no chão alguns segundos depois. Olhei em volta, vendo Aaron a alguns metros, prestes a avançar em Norman e atacá-lo pelas costas.

Corri até ele, não me surpreendendo muito ao ver que me locomovia usando os quatro membros, assim como as almas. Desviava de qualquer um que tentasse me atacar. Eles ficariam pra depois. Agora, quem eu queria matar era aquele traidor desgraçado.

Já estava saltando em cima dele quando alguém me segurou pela cintura. Berrei, e o grito saiu como o apelo de uma alma, ecoando pelas árvores e cobrindo todo o barulho da luta que acontecia ao meu redor, e tanto ele quanto Norman olharam em minha direção, distraindo-se de seus alvos. Boyd atacou Aaron pelas costas, pegando-o pelo pescoço e batendo sua cabeça contra uma árvore, fazendo com que caísse desacordado no chão.

Me debati, tentando me livrar do aperto de quem me segurava, e ouvi a pessoa sussurrar algo em meu ouvido. O meu nome, e de alguma forma isso me acalmou um pouco. Olhei em volta, vi que todos os Angeli agora estavam mortos e senti meus membros amolecerem. Era o demônio dentro de mim deixando que eu assumisse o controle.

Minha visão embaçou e senti meu corpo desfalecer por um segundo, mas a pessoa que me segurava impediu que eu caísse de joelhos no chão, apertando ainda mais os braços ao redor da minha cintura. Me colocou no chão cuidadosamente antes de colocar as duas mãos em meu rosto e fazer com que eu olhasse pra ela. Disse:

– Fique comigo, OK? – Essa voz era de Dorian. – Não feche os olhos, não desista. Sei que está fraca, mas precisa resistir. – Fez uma pausa. – Quanto tempo nós ainda temos? – perguntou, movendo a cabeça para o outro lado.

– Mais alguns segundos. – A voz era de Boyd.

– Precisamos levá-la daqui. Quero que levem Tristan também. Precisamos tirar algumas satisfações. Deixem os corpos. Não temos tempo pra enterrar ninguém. – Voltou a cabeça pra mim e continuou, com um tom mais gentil e suave – Vou tirá-la daqui.

Senti Dorian passando um braço por trás das minhas pernas e depois me pegou no colo com toda a delicadeza do mundo. Apoiei a cabeça em seu ombro, como se a gravidade estivesse tendo efeito sobre minha alma também, puxando-a para baixo, para fora do meu corpo. Sentia que ele estava andando rápido e podia ver os vultos das árvores passando por nós rapidamente. Sussurrou, pressionando os lábios contra a minha testa:

– Está tudo bem agora. Você está segura. Foi quando eu desmaiei.

Quando abri os olhos, a primeira coisa que vi foi a luz do Sol passando por entre as folhas das copas das árvores. Sorri um pouco, abrindo e fechando os dedos. Ainda tinha o controle e ainda estava viva. Havia braços em torno de mim, e estava encostada em alguém. Era Dorian.

Me aconcheguei mais nos braços dele e olhei em volta. Todos ainda dormiam, encostados em troncos ou deitados no chão com o capuz sobre a cabeça. Alguns metros à frente, Aaron estava amarrado a uma árvore. Ele também dormia.

Me afastei de Dorian com cuidado para não acordá-lo e fiquei de pé. Meu machado estava pendurado com minha capa num galho de árvore que ficava ao alcance da mão. Peguei-os antes de correr floresta adentro.

Precisava resolver aquele assunto com Beilloxih antes de qualquer coisa. Precisávamos saber como iríamos viver aquela situação toda. Sussurrei, sabendo que ele me ouviria, não importava que tom eu usasse:

– OK. Eles querem nos matar, e não podemos permitir isso. Também não quero que você fique no controle, assim como você não quer que eu fique no controle, mas não há jeito de tirá-lo daí, assim como sei que você também não iria querer isso. Precisamos fazer um acordo.

Silêncio. Óbvio. Fazer um acordo com um demônio? Eu só podia estar ficando louca. Foi quando eu ouvi alguém gritando. Corri de volta para onde estavam os Caçadores e encontrei Boyd encolhido num canto, com as mãos no rosto, e Norman ajoelhado ao seu lado, dizendo algo em voz baixa. Dorian se aproximou. Seu olhar não parecia bom.

Engoli em seco, observando-o enquanto parava ao meu lado. Parecia ter sido o único a me ver ali. Disse, quase tão baixo que tive que me aproximar mais pra ouvir melhor:

– Boyd teve um pesadelo. Perdemos Chad, Arnold, Arthur e mais sete ontem à noite, e o portal foi aberto – suspirou, baixando o olhar. – É pressão demais pra ele. Pra todos nós, mas... ele e Chad eram amigos de infância.

Trinquei os dentes, e lágrimas encheram meus olhos. Chad era um garoto legal. Simplesmente não podia morrer por minha causa. Era tudo culpa minha. *Tudo*. Não. Não iria chorar de jeito nenhum. Tanto pelo motivo de não querer parecer fraca quanto por haver algo me impedindo de fazer isso. Me virei para Dorian e perguntei:

– Será que a gente podia conversar? – gesticulei com a cabeça na direção das árvores ao meu lado direito e acrescentei: – A sós?

Ele assentiu com a cabeça, virou-se e se afastou dos Caçadores. Todos pareciam abalados, com medo, em choque. Teríamos muito trabalho pra trazê-los de volta, fazer com que voltassem a ser os garotos e homens corajosos de antes.

Não me lembro muito bem o momento em que Dorian pegou minha mão, entrelaçando os dedos nos meus. Só sei que quando finalmente paramos de andar, ele não a soltou. Passei os dedos em seu rosto, vendo a tristeza por trás de seus olhos azuis. Perguntei:

– Está frustrado, não está?

– Desde quando você usa a palavra "frustrado"? – perguntou de volta, sorrindo um pouco.

– Não importa quando eu comecei a usar – respondi, retribuindo o sorriso. – Importa se você está ou não.

Suspirou mais uma vez. Isso não era um bom sinal. Naquele caso significava desânimo, frustração e tristeza. Tudo ao mesmo tempo. Pior ainda. Respondeu, voltando a baixar o tom e o olhar:

– Talvez. Um pouco. Eu criei aqueles Caçadores desde que eram crianças. Mesmo depois de mil anos não aprendi a lidar com as perdas.

– Vamos dar um jeito em tudo isso, tá bom? – falei, passando os dedos por seu cabelo negro. – Em pouco tempo o portal vai estar fechado, vamos ter novos Caçadores de Almas e tudo vai se resolver. Tenho certeza disso.

– Obrigado – disse, colocando a mão por cima da minha. – Se não fosse você, acho que nem estaria mais aqui. Acabo assumindo a responsabilidade por tudo, e a culpa às vezes é tão grande que... – balançou a cabeça, parando de falar.

Dei um passo pra mais perto dele, desci a mão por seu pescoço e ombro, parando no braço. Ele apertou os dedos nos meus, me observando em silêncio. Falou:

– O que eu disse ontem, lá no rio... quero que esqueça aquilo, está bem?

– Esquecer o quê? – perguntei, abrindo ainda mais o sorriso já presente em meu rosto.

Ele retribuiu o sorriso antes de me puxar para um beijo breve, mas intenso. Falei, depois de me afastar:

– Com certeza você não é uma escolha errada, Caçador de Almas. É o melhor namorado que uma garota que insiste em se meter em perigo pode ter.

– Namorado – disse, como se a palavra tivesse um gosto estranho em sua boca. – Nunca ouvi essa palavra antes. – Ele juntou as sobrancelhas. – Sou seu namorado?

Assenti com a cabeça, rindo da ingenuidade dele. Ri mais ainda quando ele perguntou o que um namorado fazia. Depois de responder que não fazia nada de diferente do que ele, obriguei-o a voltar para o acampamento. Tínhamos perdido onze pessoas (contando Aaron), sendo que estávamos em vinte antes.

Só havia restado eu, Dorian, Norman, Boyd, um homem de uns trinta anos chamado Fred, um garoto de dezessete anos chamado Ethan, um homem de sessenta anos chamado Rowland, Jones, que tinha a mesma idade que eu e Gabriel, de dezessete anos.

Eu me aproximei de Boyd, que continuava inconsolável, e me ajoelhei ao seu lado, colocando a mão em seu ombro. Olhou para mim. Os olhos azuis estavam vermelhos e inchados. Fungou, esperando que eu dissesse alguma coisa. Falei:

– Eu sei que é difícil. Sei que parece que essa dor nunca vai passar, e é verdade, ela não passa, mas se torna suportável. Ela diminui um pouquinho a cada dia, apesar de saber que não vai passar completamente. Nunca. – Eu me aproximei mais dele, olhando bem fundo em seus olhos. – Boyd, se eu posso suportar, você também pode. Somos Caçadores e somos um só. Sua dor é a minha e é a deles também – falei, gesticulando na direção dos Caçadores parados de pé à nossa volta, que concordaram, assentindo com a cabeça. – Podemos suportar isso juntos e nós vamos – continuei.

Boyd me observou por alguns segundos, pensativo, até assentir com a cabeça e me abraçar. Retribuí o abraço, sorrindo um pouco. Tudo o que havia dito era a verdade na qual eu tinha me apoiado e acreditado. Fechei os olhos quando a imagem da foto que eu guardava no porta-retratos na cabeceira da minha cama voltou à minha mente. Nela, eu, minha mãe, meu pai e minha irmã estávamos abraçados, rindo de uma gracinha que meu irmão tinha falado antes de tirar a foto, em frente à nossa casa. Havíamos acabado de nos mudar na época.

Depois de me afastar, me levantei do chão e olhei para Aaron. Eu me aproximei, fazendo o máximo possível pra mostrar a ele quanto ódio estava sentindo dele naquele momento. Rosnei:

– Vou arrancar seus olhos, seu...

– Serena. Precisamos de mais informações antes de qualquer coisa – disse Dorian, segurando meu braço antes que pudesse avançar em cima dele. – Tristan ainda nos deve muitas satisfações.

– Aaron – corrigi, e ele juntou as sobrancelhas. – É o nome verdadeiro dele. É. O desgraçado mentiu até nisso.

Abriu a boca pra dizer alguma coisa, mas nada saiu dela além de ar. Tive que resistir ao impulso de beijá-lo. Sua cara de surpresa era quase irresistível. Mordeu o lábio inferior, sorrindo como se tivesse lido meus pensamentos, e se virou para os Caçadores, pedindo que se aproximassem, e todos obedeceram sem questionar.

Senti um arrepio percorrer minha espinha quando assumiu um olhar sério. Aquele que dava medo até mesmo em mim, que o conhecia melhor do que qualquer um ali e sabia que ele não era (mais) capaz de machucar alguém. Agachou-se em frente a Aaron, preso à árvore por correntes que prendiam até mesmo seus braços junto ao corpo. Perguntou, num tom baixo e grave:

– Como fechamos o portal?

– Mesmo se soubesse, não te... – começou Aaron, com certa hesitação. Havia obedecido Dorian por tanto tempo que precisava se lembrar de que tudo havia sido uma farsa antes de enfrentá-lo.

– Você não está entendendo, traidor – interrompeu Dorian. – Eu fiz uma pergunta, e você *vai* responder. Não existe outra opção.

Ficaram se encarando por tanto tempo em silêncio que cheguei a ficar tensa, mas Aaron logo decidiu abrir sua boca, contando que não havia plano pra depois, que estavam cegos demais com a ambição. Contou que tinham feito um pacto e, se abrissem o portal, ganhariam imortalidade. Disse que tinham um esconderijo em outro país, que era onde estavam todos os Angeli e agora o portal, mas disse que não sabia o endereço exato. Também contou que eu mesma havia dito as palavras para abrir o portal e mudá-lo de lugar.

Locuentro xyes hiruece fencante, esueno delene vilear. Essas palavras voltaram à minha mente na mesma hora. Significavam: "para onde seus seguidores vão, este deve ir". No caso, "este" era o portal. Eu as sussurrei, sentindo o gosto delas em minha boca. Qual era? Bem... era o gosto da culpa.

Quando Aaron finalmente parou de tagarelar, ficamos algum tempo em silêncio, tentando digerir aquilo tudo. Dorian pediu que eu me aproximasse, e me ajoelhei ao lado dele, fuzilando o traidor desgraçado com o olhar. Perguntei:

– O que foi?

– Pode ficar com ele – disse Dorian, levantando-se. – Divirta-se. – Sorri cruelmente, antes de olhar por cima do ombro para os Caçadores e avisar:

– É melhor correrem. Não vão querer ver o que eu vou fazer.

Pude vê-los recuando alguns passos antes de voltar a olhar para Aaron, que me encarava de olhos arregalados e em pânico. Me inclinei sobre ele, colocando as duas mãos no tronco dos dois lados de seu rosto e sussurrando, a apenas alguns centímetros dele:

– Eu podia cortar seu pescoço, usar meu machado para rachar seu crânio ao meio... Mas acho que isso seria honroso demais. Você merece ser morto pela criatura que ajudou a trazer ao mundo.

Para minha surpresa, Aaron começou a rir. Ria tanto que mal conseguia respirar. Juntei as sobrancelhas, sentindo minha raiva crescer ainda mais misturada com a confusão de não entender onde estava a graça no que eu tinha acabado de dizer. Quer dizer... ele deveria ter medo de mim e não começar a rir da minha cara. Perguntei, tentando manter o tom mais psicopata possível:

– Do que está rindo?

– Não pode me condenar assim, como se fosse inocente, Serena. É tão culpada quanto eu.

– Não sei do que está falando – afirmei, cerrando os dentes.

– Todos os dias, de todas as semanas que passou conosco, às três horas da manhã você se levantava e ia se encontrar comigo. Todos os dias de todas as semanas você me dizia o quanto odiava esses idiotas, e todos os dias de todas as semanas você me ajudou a arquitetar o plano todo. Aqueles Angeli mortos ontem à noite estavam apenas seguindo ordens, Serena. As nossas ordens.

Soquei a sua cara com toda força que eu tinha, o fazendo cuspir um dente. Berrei:

– Você está mentindo, seu desgraçado!

– Realmente acha que uma humana como você poderia ter o controle assim por tanto tempo? – riu, balançando a cabeça. Depois, cuspiu sangue em minhas roupas. – Você nunca esteve no controle, Serena Devens Stamel.

Recuei um pouco, tanto por causa do sangue quanto por causa de suas palavras, que me acertaram como um tapa. Me lembrava que Beilloxih havia dito a mesma coisa um minuto antes de eu ser capturada, e naquele momento eu soube que ele estava falando a verdade.

Senti algo revirar em meu estômago. Ódio, nojo de mim mesma e do demônio dentro de mim. Resisti ao impulso de vomitar na cara daquele cretino. Não havia mais volta. Não havia mais o que fazer além de culpar a mim mesma, tentar consertar aquilo tudo e aprender a conviver com Beilloxih enquanto não houvesse um jeito de tirá-lo do meu corpo.

Faça o que quiser com ele. Pensei, sabendo que Beilloxih podia me ouvir de qualquer jeito. *Fessiré xyes viré antetut* (Engolirei seus olhos primeiro), respondeu ele, fazendo um sorriso se abrir em meu rosto. Por mim, tudo bem, desde que eu pudesse colocar tudo pra fora depois.

O ACORDO

Existe uma linha tênue que separa a sanidade da loucura, a tragédia da comédia, e o "eu" do "ele".

Estava lavando a boca no mesmo rio de quatro dias atrás. Havia colocado pra fora todo o sangue e toda a carne humana que Beilloxih decidira comer. Por sorte, ela pertencia apenas a Aaron. É claro que tivemos problemas pra que ele me deixasse voltar, mas nada que algumas ameaças de Dorian não pudessem resolver. Agora já era de madrugada. É. Sua tortura tinha demorado um pouquinho demais.

Eu sabia que estava lidando com um demônio, e não com... bem, não havia com o que comparar. Só sabia que não estava lidando com algo com o qual poderia viver em paz. O problema era que eu nunca resistiria a um exorcismo, pois ambos morreríamos. Se ele saísse do meu corpo por vontade própria, morreria, e isso, definitivamente, não era uma possibilidade. O único jeito de os dois ficarem vivos era fazendo algum tipo de acordo.

– Está se sentindo melhor agora, ruiva? – perguntou Norman, aproximando-se acompanhado de Dorian.

Assenti com a cabeça, lavando o rosto logo depois. Respirei fundo, vendo-os se ajoelharem ao meu lado, me deixando entre os dois. Um deles passou a mão em meu cabelo, e não me dei ao trabalho de olhar. Perguntei, juntando as sobrancelhas:

– O que faremos agora?

– Descobriremos a localização do portal e o fecharemos – respondeu Dorian.

– E vamos aproveitar pra matar umas almas no caminho – comentou Norman, com um sorriso brincalhão no rosto.

– Mas precisamos considerar que, agora que não há barreiras entre o Inferno e a Terra, muitos demônios passarão para esse plano – acrescentou meu namorado. – Teremos que matar todos que encontrarmos no caminho e...

– Vamos precisar de ajuda – concluí, sorrindo um pouco.

Ele assentiu com a cabeça, indicando que eu estava certa. Continuei, passando a olhar para o céu estrelado da madrugada:

– Vamos precisar de mais Caçadores de Almas, e creio que não temos tempo de esperar pra encontrar algum na floresta. Vamos ter que nos revelar para o mundo, Dorian, e teremos que pedir a ajuda de todos aqueles que possam lutar de alguma forma.

Eu me levantei do chão e tirei Escuridão do suporte, porque algo me disse que isso me traria pelo menos um pouco de paz. Apertei o cabo com toda a força que tinha e vi os nós dos meus próprios dedos ficarem brancos. Balancei a cabeça, sentindo que eles começavam a formigar. Isso era um sinal de que *ele* estava começando a querer voltar a ter o controle. Pedi, sem olhar para nenhum dos dois garotos que me acompanhavam:

– Vocês devem voltar ao acampamento. Tenho algo a fazer.

Assentiram com a cabeça, obedecendo, e se afastaram me deixando sozinha. Não, eu nunca estaria sozinha novamente, *ele* sempre estaria comigo, até a nossa morte. Falei, tentando endurecer o tom o máximo possível:

– Precisamos resolver isso. Agora. Não há mais volta, o portal está aberto, cumpriu sua missão com os Angeli e agora querem matá-lo. E matar você significa matar a mim. E acho que nenhum de nós dois quer isso, não é? – Não houve resposta. – Bem... então apenas ouça tudo o que eu tenho a dizer, Beilloxih, e quando eu acabar vou querer que me dê uma resposta.

E então comecei a falar. Falei sobre o que queria dele e sobre o que estava disposta a oferecer. Contei os riscos e as vantagens. Pedi algumas coisas, dei outras e coloquei minhas condições sobre outras ainda. Oferecei minha ajuda pra conseguir o que eu pensava que ele iria querer, e também a dos Caçadores. Eu precisava muito fazer aquele acordo, porque não podia viver daquele jeito, sem saber ao certo quando poderia permanecer no controle ou não.

Falei sobre o Fim do Mundo também, o que aconteceria, e contei que todos morreríamos, sem exceção. Falei por muito tempo, usando todo o meu conhecimento em ciências nomotéticas e até o que eu tinha aprendido na língua demoníaca que ele usava. Depois veio o silêncio.

Ficou em silêncio por tanto tempo que pensei que nunca fosse responder, mas quando vi um tipo de clone meu saindo de trás de uma árvore à minha frente e vindo em minha direção, recuei. Seus olhos eram completamente negros, como dois lagos profundos. A pele era pálida como o brilho da lua cheia no céu e dava para ver todas as veias arroxeadas por baixo dela. Parou a alguns passos de distância, me encarou com a expressão séria e permaneceu em silêncio por alguns segundos antes de dizer:

– Aceito o acordo. Agora sua alma é minha, Serena Devens Stamel.

E avançou.

PARTE DOIS
PORTAL PARA O INFERNO

ÁRVORES SOMBRIAS

**O quanto de nós nos pertence?
O quanto podemos afirmar conhecer sobre nós
e sobre a escuridão que existe em nossa alma?
Impossível dizer.**

Os raios cortavam o céu tempestuoso da noite como aberturas em um quarto escuro. Os trovões faziam o chão coberto de folhas e galhos debaixo de nossos pés estremecer, e a chuva que molhava nossas capas era melancolicamente fria.

Todos colocaram seu capuz ao mesmo tempo, como se pensássemos como um. Aqueles que tinham espadas fincaram suas lâminas no chão lamacento. Os que usavam arcos deixaram suas flechas prontas e cordas tencionadas, e os outros apenas abaixaram a cabeça, em silêncio.

Formávamos um círculo numa clareira, e Dorian estava no centro, segurando seus dois revólveres apontados para o chão, em sinal de concentração. Fechei os olhos, fazendo o máximo possível para escutar algo além das gotas de chuva colidindo contra a superfície. Eu ouvia corvos no céu, seu canto sombrio e o barulho de asas batendo, rondando o ar sobre nossa cabeça. Também ouvia uivos pertencentes a uma alcateia a alguns quilômetros, mas nada disso importava. O que queríamos ouvir eram elas.

Percebi as folhas atrás de mim se movimentando. Era um barulho tão inaudível que quase pensei que fosse coisa da minha imaginação. Saquei meu machado, me movimentando tão lenta e silenciosamente que ninguém percebeu. Olhei por cima do ombro discretamente e a vi. Uma alma, parada a três metros, nos observando com os dentes à mostra.

Foram necessários dois segundos para girar o corpo em cento e oitenta graus, estiquei o braço com o machado e o soltei no meio do movimento, vendo suas lâminas brilharem sob a luz de um raio enquanto percorriam o caminho até o pescoço dela.

Sua cabeça caiu ao chão, rolando até a árvore mais próxima.

Todos me observaram, chocados, enquanto eu me aproximava de Escuridão e o desprendia do tronco da árvore que estava atrás do corpo da alma. Coloquei-o de volta no suporte e me voltei aos outros Caçadores. Abri a boca para dizer alguma coisa, mas, quando percebi que as palavras que estava prestes a proferir não sairiam numa língua compreensível para eles, precisei fazer uma pequena pausa e repensar tudo, como se reiniciasse o sistema.

– Ela estava sozinha. – De alguma forma, eu sabia disso. Por causa dele.

– Certo – começou Dorian. – Quero que fiquem em formação. Todos atrás de mim. Vamos tentar achar um abrigo.

Assentimos com a cabeça e nos posicionamos na mesma hora. Dorian sempre ficava na frente, Norman e eu ficávamos lado a lado atrás dele e ao meu lado esquerdo, alguns passos atrás, ficava Boyd. Um garoto de dezessete anos, cabelos castanho-escuros e olhos verdes chamado Ethan, ficava ao lado direito de Norman, alguns passos depois dele, e assim íamos, desviando das árvores, acelerando ou diminuindo o passo, mas nunca, jamais, saindo da formação. Se fizéssemos isso, Dorian atiraria em nossa cabeça sem hesitar.

O portal havia sido aberto há quase um mês. O mundo estava em alerta. Não sabiam exatamente o que tinha acontecido, mas perceberam que tinha algo errado, principalmente quando o inverno chegou antes da hora e todas as plantas começaram a morrer. Pessoas e animais adoeciam sem nenhuma explicação aparente. Todas as noites, a Terra era devorada por uma nuvem de escuridão, e, mesmo de dia, já não víamos o Sol há duas semanas, pois os dias eram repletos de nuvens acinzentadas e eram quase insuportavelmente frios. Era difícil encontrar uma alma, e presumimos que elas haviam ido para perto do portal.

Dorian e eu já não nos falávamos há uma semana, desde que descobriu sobre o acordo que eu havia feito com Beilloxih. Disse que nunca ficaria com alguém que fizesse pacto com um ser demoníaco. Segundo ele, demônios eram feitos para matar, e não para fazer amizade. Sentia tanta falta dele que cada membro do meu corpo doía quando o olhava. Minha mente berrava para que eu corresse para seus braços, mas ele não me queria, e por enquanto não havia nada que eu pudesse fazer em relação a isso. Eu continuava o amando, não importava o que ele dissesse ou quem controlava minha mente. E eu achava que ele precisava de um tempo para entender que tudo o que fiz foi para me manter viva.

Estávamos planejando ir atrás de novos Caçadores, já que agora tínhamos menos de quinze, e, antes de brigarmos, havia convencido Dorian a permitir que houvesse Caçadoras como eu.

Encontramos uma caverna em pouco tempo e usamos alguns galhos, que haviam sido jogados lá dentro pela força do vento antes de a tempestade começar, para fazer uma fogueira. Decidimos dividir os turnos de vigilância. Iríamos dois por vez, mas não Dorian. Ele iria sozinho, e era o primeiro.

Sentei-me encolhida em frente à fogueira, não dando a mínima para a capa encharcada sobre meus ombros. Abracei os joelhos, apoiando a testa neles e fechando os olhos, ouvindo o crepitar do fogo, misturado ao barulho da chuva e dos trovões do lado de fora, e as vozes dos Caçadores enquanto se organizavam para passar a noite antes de os turnos começarem.

Dava para senti-lo se agitando dentro de mim. Estava quase na hora. Talvez ainda tivesse alguns minutos antes de tomar o controle assim como havíamos combinado.

Todos os dias, das três às seis da manhã, Beilloxih ficava no comando do meu corpo, podendo fazer o que quisesse, desde que não machucasse nenhum dos Caçadores de Almas. Ele também podia me assombrar o dia inteiro, bagunçando meus pensamentos. Qual era a parte boa pra mim? Bem... eu podia usar todas as suas habilidades sobrenaturais durante uma luta ou uma caçada, e ele não ficava no controle vinte e quatro horas por dia. Pelo menos para mim isso era um lucro enorme.

Levantei-me do chão, e todos olharam para mim, já sabendo o que eu faria. Eles já sabiam sobre tudo, mas a reação deles não foi tão agressiva quanto à de Dorian. Haviam entendido que eu não tinha escolha.

Joguei Escuridão e minha capa no chão ao lado da fogueira, pois me recusava a usar aquilo enquanto Beilloxih estivesse no controle. Ele não tinha esse direito, e eu começava a pensar que eu também não. Falei, olhando para cada um deles e me demorando um pouco mais em Dorian, que encarava a parede da caverna como se ela fosse a coisa mais interessante do mundo, ou como se eu não existisse, e muito menos estivesse falando com eles:

– Sabem o que fazer.

Todos assentiram com a cabeça, inclusive Dorian, que se levantou e me seguiu até o lado de fora. Estava indo assumir seu primeiro turno. Nenhum Caçador deveria, exceto em emergências, sair do abrigo durante a noite enquanto o demônio estivesse no controle. Podia mantê-lo longe deles, desde que não fossem atrás de mim. Falei, sem me virar para encará-lo:

– Sabe o que fazer se algo der errado.

Não houve resposta, mas também nem precisava. Ele sabia que deveria me matar a qualquer sinal de que Beilloxih quebraria o Acordo, sem pena nem hesitação. Parou de andar quando chegamos à abertura da caverna, e eu segui em frente, ficando debaixo da chuva. Permaneci parada por alguns segundos, respirando fundo, me preparando psicologicamente para as três horas de tortura e desespero que se seguiriam. Havíamos feito um acordo, e eu tinha que cumprir a minha parte.

Disparei entre as árvores, correndo o mais rápido que conseguia, tentando ganhar o máximo de distância possível dali. Quanto mais longe estivesse, mais seguros eles estariam. Quanto mais longe estivesse, menos culpada eu me sentiria.

DEUSES E DEMÔNIOS

Quando o instinto de sobrevivência falha, só nos resta torcer para que a sorte esteja ao nosso lado.

Lisa

– Será que dá pra parar de chorar? – perguntei. – Mas que droga!

Miley, a criança de quatro anos da qual eu tinha sido encarregada de cuidar naquele dia, se debatia em meu colo. Odiava choro. Odiava ser babá. Odiava crianças... Enfim, odiava minha vida. Tão sem graça quanto um pedaço de... Um pedaço de alguma coisa bem sem graça.

Nas últimas semanas as coisas haviam começado a esquentar. Alguma coisa muito estranha estava acontecendo, e não era só na minha vida, mas na de todos do planeta. Epidemias de doenças não identificadas, mortes, desaparecimentos, toques de recolher, falta de informação da imprensa, anúncios dos líderes mundiais... Resumindo: O mundo estava um caos, e as pessoas ainda insistiam em contratar babás. Quer dizer... Eu podia estar por aí, fazendo as loucuras que gostaria de fazer antes de morrer ou sei lá, mas não. Eu estava limpando a baba do queixo de uma criança catarrenta. Revirei os olhos. Que emocionante.

Mandei que todos os quatro filhos da minha vizinha fossem para a cama. Não aguentava mais ouvir suas vozinhas irritantes. OK, talvez eu até gostasse de crianças, mas não especificamente daqueles diabinhos.

Para o bem deles, me obedeceram na hora. Sabia que deveria botá-los na cama às nove, mas qual era o problema em um atraso de seis horas? Levantei-me da cadeira na qual estava sentada e ajeitei as roupas. Calça jeans e moletom, ou seja, o de sempre.

Olhei pela janela. A chuva do lado de fora era tão forte que eu já tinha a sensação de ser desmembrada só de olhar. Quer dizer... Ela parecia tão forte que eu tinha certeza de que poderia arrancar minha pele depois de alguns segundos de exposição. Dei de ombros. Que falta fazem os braços ou as pernas?

Esperei alguns minutos antes de sair pra ter certeza de que as crianças haviam realmente ido dormir e, quando o fiz, percebi que a chuva tinha diminuído um pouco.

A rua estava completamente vazia e assustadora, mas eu realmente precisava voltar pra casa, e o mais rápido possível. Ou me apressava, ou me tornava uma fora da lei. Ai, que emocionante! Lisa Hayworth, a garota que quebra as regras do toque de recolher.

Ultimamente vinham acontecendo alguns casos de assassinato na cidade, com pessoas que apareciam jogadas na rua de manhã sem uma gota de sangue no corpo e com algumas marcas de mordidas. Alguns corpos estavam até desmembrados! Só me restava rezar pra que o assassino simplesmente me ignorasse, assim como todos geralmente faziam.

Olhei para o fim da rua. Ela se estendia até não poder mais enxergá-la, e tinha vários postes de luz branca enfileirados na calçada do lado esquerdo. Alguns deles piscavam. Não havia um barulho sequer na rua, e as luzes de todas as casas estavam apagadas. O toque de recolher. Ele dizia que deveríamos fazer isso para nossa segurança.

Comecei a andar o mais silenciosa e apressadamente possível, tentando ignorar a floresta escura que se estendia ao meu lado direito. Infelizmente, para mim, a rua mais próxima que cruzava aquela estava há uns cinco quilômetros, e era nela que eu morava.

Foi quando eu o vi. Estava pendurado em uma árvore que crescia na calçada, e logo atrás havia um terreno baldio escuro. Era um balanço velho de madeira. Em cima dele estava sentada uma garotinha, de costas para a rua, encarando o escuro. Ela nem parecia notar a chuva. Engoli em seco. Seu cabelo era liso e comprido, tão vermelho quanto o sangue que pingava dele, formando uma enorme poça de líquido vermelho diluído em água no chão à sua volta. Usava um vestido azul-claro florido.

Não sabia se deveria começar a correr, já que isso seria barulhento demais. Quanto mais me aproximava dela, mais ouvia um barulho baixo e agudo, pausado e ritmado. Era típico de uma caixinha de música. Ah, não... Fala sério. Uma garota, um balanço e uma caixinha de música? Isso não me parecia ser um bom final.

Tudo o que eu podia fazer era passar por ela o mais rápido possível e depois começar a correr sem olhar para trás. Não iria pela floresta nem a pau. Fiz uma rápida oração antes de me aproximar, saindo da calçada e indo para a rua a fim de ficar o mais distante possível. Não. Era só uma criança. Poderia estar perdida, machucada... Sei lá! Tinha que ajudar, não? Algo em minha mente dizia que eu deveria me aproximar. Era como um canto de sereia.

Fui até ela devagar, um passo de cada vez. Seus ombros não se moviam conforme a respiração. A música macabra da caixinha penetrava minha mente, me encorajando a continuar apenas para mandá-la parar e voltar pra casa.

Respirei fundo, sentindo meu coração começar a bater devagar e pesadamente conforme tudo parecia acontecer em câmera lenta. Estendi a mão em sua direção mesmo antes de alcançá-la, querendo acabar com aquilo o mais rápido possível.

Um segundo antes de tocá-la, ela virou a cabeça em cento e oitenta graus na minha direção. Berrei. Seu rosto pálido era cheio de hematomas e veias arroxeadas, os olhos completamente brancos, e o queixo e o pescoço estavam sujos de sangue. Só notei naquele momento que ela segurava um bebê morto no colo, e que não havia caixinha alguma. Sorriu malignamente pra mim, e os dentes estavam manchados de sangue. Berrei mais uma vez, recuando o mais rápido que conseguia, mas num piscar de olhos ela havia sumido.

Olhei em volta. Ela não estava mais em lugar nenhum, e agora as luzes dos postes piscavam mais frequentemente. Comecei a correr, tentando obrigar minhas pernas a se moverem mais rápido do que podiam, e meus joelhos começaram a falhar. Foi quando notei que as luzes da rua na direção que eu ia começavam a se apagar, uma de cada vez. Parei com tudo e fiquei ali por apenas um segundo, o suficiente para raciocinar que deveria correr para o outro lado, foi o que eu fiz, até notar que as luzes daquele lado também começavam a se apagar. Xinguei. Era seguir para o escuro ou entrar na floresta.

Floresta. Lá poderia despistar o que quer que fosse. Corri até lá, desviando da primeira árvore com a maior agilidade do mundo. Por algum motivo, ela me parecia mais iluminada do que a rua.

Sabia que não adiantaria nada gritar por ajuda. Eu estava sozinha. As árvores pareciam todas iguais, os arbustos sempre se repetiam, e já não havia mais sinal da rua em que estava antes.

Minhas pernas pesavam, os pulmões ardiam, a cabeça doía. O pânico consumia meu cérebro, evitando que eu pensasse em algo além de correr, de me perder na floresta até que parassem de me perseguir. Eu podia ouvir os passos atrás de mim e não ousava olhar para trás. E então eu ouvi uma coisa ainda mais apavorante. Um grito tão alto que tirou meu cérebro do modo "sobrevivência" e fez com que entrasse no "pare e espere ser morta".

Congelei, conseguindo apenas mover o pescoço e os olhos. Não era um grito humano. Era como o grito de um pássaro feito o de um... Feito o de um demônio daqueles filmes de terror.

Ouvi algo arranhando o tronco da árvore à minha frente e subi o olhar para ver o que era. Uma garota de cabelos cacheados ruivos e enormes me encarava com dois olhos tão negros quanto lagos profundos. Olhos que não tinham sequer uma parte branca. Suas unhas enormes e pés estavam fincados na árvore, permitindo que me observasse de ponta-cabeça com um olhar demoníaco. Ela abriu a boca, mais do que o humanamente possível. Seus dentes eram tão afiados quanto facas, e a língua era como a de uma cobra. Ela gritou, aquele grito de demônio que havia ouvido antes, e ele se misturou ao barulho das folhas voando ao vento.

Minha visão começou a ficar turva. Agora o luar não era mais branco, e sim vermelho como o sangue que eu via escorrendo dos troncos das árvores ao meu redor. Elas pareciam se inclinar em minha direção, formando uma grande prisão.

E então a menina saltou em cima de mim, estendendo as mãos com unhas afiadas na minha direção e abrindo tanto a boca que tive certeza de que a minha cabeça caberia lá dentro. Puxei todo o ar que consegui, prestes a gritar, mas um barulho incrivelmente alto quebrou o silêncio que havia se imposto ali. O barulho de um tiro.

A garota caiu agachada no chão, olhando na direção de onde tinha vindo o barulho. Um garoto de cabelos escuros, olhos azuis e capa azul-marinho se aproximava seguido de outros dois. Ao contrário dos outros, ele não parou para me socorrer, apenas continuou avançando na direção da garota, que começou a recuar, chiando para ele, em dúvida se avançava ou se fugia. Era como se quisesse atacá-lo, mas algo a impedisse.

– Droga, Serena! – disse um dos garotos que vieram me socorrer.

Ele tinha os cabelos cacheados castanho-escuros e olhos que pareciam dourados sob a escuridão da floresta. Olhou para mim, colocando uma mão em minhas costas, e perguntou:

– Você está bem?

– Não! Quem é você?! Quem é ela?! O que está acontecendo?! Pelo amor de Deus!

Ele olhou para o garoto que havia se posto ao meu lado esquerdo. Ele tinha os cabelos castanho-escuros e olhos verdes. Era praticamente um deus grego.

Senti como se todo o ar do mundo não fosse suficiente. Só não sabia se minha "asma momentânea" era por causa dele ou do que havia acontecido.

– Explique a ela, ajude-a e a leve para os outros, vou ajudar Dorian.

O deus grego acenou com a cabeça enquanto o primeiro garoto corria na direção em que o tal Dorian e a garota tinham ido. Sorriu levemente para mim, estendendo a mão, esperando que eu o cumprimentasse:

– Sou Ethan. É um prazer conhecê-la... – fez uma pausa, pigarreando.

– Sou Lisa – disse, cumprimentando-o antes que pudesse continuar a frase. – Agora... Será que dá pra me explicar o que está acontecendo? Por que eu acabei de ser atacada por... por essa psicopata bipolar agressiva?

Ele riu, balançando a cabeça, concordando com a minha definição da garota-demônio ruiva, ou melhor... Serena. Era esse o nome que tinha ouvido do garoto alto, né? Acho que sim.

– Bem... – começou ele. – Aquilo que você viu foi real, antes que pergunte ou ache que está ficando louca. – Sorri, seguindo-o entre as árvores. Os garotos tinham me salvado, então podia confiar neles, certo? Quer dizer... Que maníaco salva alguém de... um negócio de natureza indeterminada? – E tudo o que vem acontecendo no mundo tem a ver com o que você viu. É como se... É como se tudo o que você vê em filmes de terror tivesse se tornado realidade.

– E por que isso aconteceu?

– Foi aberto um portal do Inferno para a Terra, e todas as coisas ruins que existem lá vieram pra cá. Almas malignas possuem pessoas, demônios tomam novas formas, doenças novas foram liberadas... Tudo o que você possa imaginar.

– E... O que você fumou pra acreditar nisso? – perguntei, tentando segurar o riso.

– Nada... – respondeu ele. – Pelo menos eu acho que nada. Você fumou alguma coisa antes de sair de casa durante o toque de recolher?

Era uma pergunta retórica que mostrava o quão idiota havia sido o que eu tinha dito. Cruzei os braços enquanto andava e juntei as sobrancelhas antes de fazer a próxima pergunta:

– E o que vocês fazem fora de casa durante o toque de recolher?

– Nós... – ele começou, mas logo fez uma pausa. – Vou explicar direito: Existe o toque de recolher por um motivo, que é mantê-los seguros das criaturas que assolam a Terra durante a noite. As coisas que assombram as ruas desde que o portal foi aberto. Nós caçamos essas coisas. Nos autodenominamos Caçadores de Almas.

Assoviei. Aquilo sim era irado. Aquilo sim era único e não entediante. Caçadores de Almas. Não me parecia um pedaço de coisa bem sem graça. Perguntei, tentando não mostrar quanto entusiasmo estava sentindo:

– E ela era uma dessas coisas?

– Ela é uma Caçadora, como nós, mas... Nós a salvamos durante um ritual dos chamados Angeli, adoradores do Diabo. Esse ritual estava sendo feito exatamente para abrir o portal, e ela foi possuída por um demônio. Conseguiu manter tudo no controle por algum tempo. Pensávamos que ela estivesse simplesmente possuída por uma das almas que caçávamos e que ia acabar morrendo, por isso permitimos que ela fizesse um pedido, e escolheu se tornar uma Caçadora – respirou pela primeira vez desde que havia começado a falar, o que eu achei impressionante. – Foi aí que ela e Dorian se apaixonaram. Ele era amaldiçoado, nunca tirava a capa ou o capuz e nunca falava, mas mesmo assim ela se apaixonou e vice-versa, e isso quebrou a maldição. Não durou muito, ela acabou perdendo o controle, um de nós nos traiu, a levou até os Angeli, que abriram o portal e perdemos muitos Caçadores. No fim, ela recuperou o controle, mas era tarde demais, então Serena e seu demônio fizeram um acordo. Tudo o que sabemos é que ele toma o controle do corpo dela das três às seis da manhã e que não pode nos machucar porque ela pediu isso a ele. O demônio mata e devora um monte de gente, ela vomita tudo de manhã, e é assim que funciona. Dorian descobriu, ficou furioso, terminou com ela, e agora eles mal se olham. Fim.

Fim. Ele disse essa palavra como se tivesse acabado de contar a história dos três porquinhos. Fim. Só isso. Simples assim.

Fiquei em silêncio por algum tempo, digerindo aquilo tudo. Definitivamente aquilo não era um pedaço de coisa sem graça.

A MENTIRA

O AMOR PODE SER UMA BÊNÇÃO QUE NOS LIBERTA
OU UMA MALDIÇÃO QUE NOS APRISIONA.

Dorian

Serena estava encolhida contra uma árvore, chiando para mim como se não me conhecesse. Meu único consolo era o fato de ela não avançar. Ouvi passos atrás de mim, mas, como já sabia que era Norman, nem me dei ao trabalho de olhar. Falei:

— Está tudo sob controle. Vá ajudar a garota, eu cuido dela.

— Dorian, não faça nenhuma besteira — pediu ele, colocando a mão em meu ombro. — Ela ainda é a garota que você ama.

Fiz que sim com a cabeça, tentando me convencer disso também. Pude ouvi-lo se afastando mais uma vez. Falei, tentando usar o tom mais firme possível e tentando ignorar a dor que sentia no peito toda vez que apontava uma arma pra ela:

— Você não pode sair matando as pessoas. Estamos caçando aqueles que tentam matá-las, e não aqueles que podem nos ajudar.

— *Nessey eraia merte gevante oratche* (Não ouse me dar ordens) — disse, com sua voz misturada à de Serena.

— *Er teten vole hadiato?* (O que vai fazer?) — perguntei, rindo com descrença. — *Er Acuediate dessete teten nessey pollede merte ladielay* (O Acordo diz que não pode me machucar) — continuei.

Ele não respondeu, apenas permaneceu encolhido contra a árvore sem tirar os olhos de mim. Suspirei, não acreditando no que eu estava prestes a fazer. Quer dizer... Amor era uma droga. Amor estragava as pessoas. Amor era o fim da vida para qualquer um que quisesse sobreviver a um apocalipse demoníaco, mas era inevitável senti-lo. Falei, agora no meu idioma (já que eu sabia que ele poderia entender), no tom mais suave possível, tentando parecer gentil:

– Por favor, deixe-a livre. Só por esta noite. Precisamos consertar as coisas. Precisamos ficar em paz para resolver tudo. Vou pagar, em juros, mas deixe-a.

– Terá que pagar em dobro – respondeu ele, na minha língua.

Concordei em silêncio. Certo. Não me importava o preço, desde que ele a deixasse em paz pelo menos por aquela noite, por algumas horas a mais. Não me importava o preço, desde que eu acabasse logo com aquela tensão terrível entre nós dois. Queria ter de volta a garota que eu amava e que tinha quebrado minha maldição.

Ele fechou os olhos e, no segundo seguinte, seu corpo tombou no chão, desacordado. Cheguei mais perto, me ajoelhei no chão e a puxei para o meu colo. Coloquei a mão em seu rosto, virei-o na direção do meu e chamei seu nome no tom mais doce que consegui.

Ela abriu os olhos e juntou as sobrancelhas, me olhando metade assustada e metade confusa. Afastou-se com um pulo e olhou em volta. Perguntou, tirando os galhos e pequenas folhas das roupas depois de se levantar:

– O que aconteceu?

– Salvamos uma garota que você estava prestes a atacar e pedi a Beilloxih que devolvesse o controle a você. Ele disse que teria um preço, que teria que pagar em dobro, e eu concordei.

– Por que fez isso?! – quase gritou. – Bastava ter me deixado ir!

– Não podia deixá-la ir naquele estado – respondi, com a maior calma do mundo. Era a primeira vez que a via daquele jeito, com Beilloxih tomando o controle do seu corpo, e tive que admitir que foi um pouco chocante. Quer dizer... Era Serena, a garota que eu amava, possuída por um demônio! – Não posso e ponto.

– Por quê? – insistiu.

Os olhos grandes e verdes brilhavam como estrelas sob a luz da Lua e o cabelo ruivo parecia uma cortina de fogo em torno do rosto pálido. Quase não era possível ver as sardas claras em suas bochechas e nariz. Sempre que ficava irritada, franzia o cenho e fazia um leve biquinho. Será que tinha noção do quão linda era?

– Não é óbvio? – perguntei, sorrindo um pouco. Ela balançou a cabeça. – Não me importa se tem um demônio aí dentro. Você continua sendo a garota mais inteligente e tagarela que conheci e continua sendo a pessoa que eu mais amo neste mundo.

— Eu odeio quando você faz isso — disse ela, cruzando os braços e desviando o olhar.

— Odeia quando eu faço o quê? — eu quis saber, mordendo o lábio.

— Odeio quando diz essas coisas e torna impossível ficar brava com você. Não é justo.

Aproximei-me, abrindo ainda mais o sorriso que já estava em meu rosto. Entrelacei os dedos em seu cabelo, fazendo com que olhasse pra mim, e fiquei a poucos centímetros de distância. Sussurrei:

— Me desculpe por tudo o que eu disse. Você não tinha escolha e fez o que era melhor pra todos — fiz uma pausa, me aproximando um pouco mais antes de continuar. — Será que pode me perdoar mais uma vez?

— Felizmente pra você, Dorian... Bem... Não sei seu sobrenome, então...

— Ryan Quilian Delore — falei, interrompendo-a.

— Então, felizmente pra você, Dorian Ryan Quilian Delore, que só pra deixar claro é um nome bem grande, estou me sentindo uma pessoa caridosa hoje, mas, se acha que tenho um estoque de perdões infinito, pode tirar seu filhote de equino da perturbação pluviométrica.

— Isso quer dizer que me perdoa? — perguntei, me afastando um pouco para poder analisar seu rosto.

Serena sorriu um pouco, me analisando por alguns segundos em silêncio, como se pensasse na melhor resposta possível. Respirou fundo antes de começar a falar, o que indicava que: 1) Ela iria começar a tagarelar. 2) Tinha algo inteligente a dizer. A segunda opção era mais provável.

— Tem muita sorte pelo meu corpo produzir noradrenalina, dopamina, oxitocina, feniletilamina, adrenalina, serotonina e endorfina quando está junto de você.

Juntei as sobrancelhas, tentando entender o significado daquilo.

E ela explicou:

— Tem sorte por eu te amar e não conseguir dizer não pra você, seu Caçador estúpido.

Sorri antes de beijá-la, passando os dedos da mão livre por suas costas, apertando-a contra mim. Gostava da sensação de tê-la tão perto, pois me fazia pensar que podia protegê-la de qualquer coisa, desde que estivesse em meus braços. Eu me sentia invencível. Amava-a mais do que qualquer coisa no mundo e sabia que minha alma não estava totalmente livre. Ela agora pertencia a Serena, assim como sempre havia pertencido.

Pude senti-la suspirando e me afastei, mordendo o lábio inferior. Ela tinha gosto de sangue, mas não me importava muito com isso. Estava acostumado. Perguntei:

– O que houve?

– Senti sua falta – confessou ela, passando a mão pelo meu rosto. – Não tem noção do quanto é ruim a sensação de não ter você, uma vez que já tive. É como... como se eu dependesse de você. E isso não é nada bom. Nada. – Seu olhar grave me fez rir, como se tivesse admitindo que havia devorado filhotes de cachorro. – É sério! Isso é praticamente inaceitável, Dorian. Sou uma garota responsável. Não posso...

Com outro beijo, interrompi seu discurso. Sempre que ela começava a tagarelar sentia uma vontade súbita de beijá-la. Era quase inevitável. Pude senti-la sorrir um pouco, como se tivesse lido meus pensamentos, o que eu não duvidava muito que fosse possível. Ela sempre sabia o que eu sentia, por mais que tentasse esconder.

– Com licença. – Ouvimos alguém falar e nos afastamos.

Havia sido Ethan. Suas bochechas pareciam levemente ruborizadas. Com certeza estava envergonhado por ter nos interrompido. Ele começou a falar, encarando o chão assim como todos faziam quando se dirigiam a mim:

– A garota está fazendo perguntas. Precisamos de você.

Assenti com a cabeça, entrelaçando os dedos nos de Serena e a puxando na direção do abrigo que havíamos montado numa caverna há alguns metros. Chegando lá, encontramos todos ao redor da fogueira sentados, com exceção da garota. Ela me parecia meio impaciente, com os braços cruzados e um dos pés batendo no chão. Seu cabelo era um pouco mais comprido do que o de Serena, mas era liso e negro como o meu. Seus olhos eram mel-esverdeados. Ela perguntou, apontando para a minha... Como é que se dizia mesmo? Namorada? Enfim... Perguntou:

– Está se sentindo melhor agora?

– Muito – respondeu Serena, sorrindo de um jeito gentil. – Sinto muito pelo que aconteceu, mas... – hesitou por um segundo, juntando um pouco as sobrancelhas – eu não tenho controle sobre isso.

– Tudo bem – disse ela, abrindo um enorme sorriso. – Meu nome é Lisa.

– E o meu é Serena.

Ela não precisaria dizer nada a mim. Eu já sabia pelo seu olhar que queria se tornar uma de nós. A típica garota com uma vida normal que de repente descobre que o mundo não é como pensa e quer viver uma aventura a qualquer custo.

Lisa se virou na minha direção e me analisou com certa hesitação. Uma hesitação que eu via em cada um que se dirigia a mim, não importando se eu estava ou não amaldiçoado, não importando se sabiam ou não quem eu era. Essa hesitação sempre esteve presente em cada olhar, com exceção no de Serena, que, desde o início, nunca mostrou nenhum sinal que não fosse curiosidade extrema e admiração.

– Sou Dorian – me apresentei, cumprimentando-a com um gesto de cabeça.

– Líder dos Caçadores – acrescentou Norman, quando viu que eu não iria continuar a frase.

Não gostava de contar essa parte. Era como se eu tivesse alguma importância a mais, como se valesse mais do que eles, mas não valia. Pelo contrário. O que me levou até ali não era digno de honra.

Ela fez uma cara de espanto impagável. Chegou até a recuar alguns passos, como se, de repente, estivesse quebrando alguma norma de proximidade de uma obra de arte. Talvez Ethan não tivesse contado a ela aquele pequeno e dispensável detalhe.

– E meu namorado – continuou Serena, abrindo ainda mais o sorriso e passando o olhar para mim.

– O líder gatão e responsável, e a Caçadora possuída? – perguntou Lisa, juntando as sobrancelhas antes de abrir o maior sorriso do mundo e falar: – Gostei! É tipo... tipo Romeu e Julieta, sabe? Só que em uma versão meio assustadora.

Balancei a cabeça, não entendendo muito bem o que queria dizer. Não tinha contato com nenhuma dessas atualidades. Só tive uma vez, quando Serena nos levou a um tal de shopping, mas não me dei ao trabalho de perguntar os nomes das coisas que nunca tinha visto antes.

– Tipo isso – disse Serena, rindo um pouco. – Agora... Que tal a gente dar uma volta pra eu te explicar tudo? – sugeriu. – Prometo que não vou saltar em cima de você outra vez.

Lisa riu, concordando, e se dirigiu à saída da caverna. Serena se despediu de mim com um beijo e saiu pela floresta escura com a "novata", como Ethan a estava chamando agora.

Me aproximei dos Caçadores, e, no momento em que parei em frente à fogueira, a altura das vozes deles diminuiu consideravelmente. Odiava aquilo mais do que tudo na vida, mas sabia que era inevitável.

– Todos já sabemos que ela vai querer ser uma de nós – disse Boyd. – Só nos resta saber se vai aceitar, Dorian.

Suspirei, pensando numa resposta, mas, quando estava prestes a proferi-la, Norman o fez por mim:

– Se for o que ela quiser.

– Norman... – comecei, prestes a contrariá-lo, até notar que o que ele estava falando era a verdade.

Não agia mais como um líder. Agia conforme as vontades de Serena. Se ela pedisse que eu aceitasse Lisa ou qualquer outra pessoa no grupo, eu aceitaria. Confiava nela e na opinião dela, embora soubesse que não deveria. Beilloxih estava lá dentro também, e não podia me esquecer disso. Falei, levantando as mãos:

– Tudo bem! Eu sei que preciso me concentrar mais na minha missão, mas... sinto que há algo errado.

– É claro que tem algo errado – confirmou Gabriel, um garoto de dezessete anos de cabelos castanho-escuros e olhos azuis um pouco mais escuros que os meus. – Um portal entre a Terra e o Inferno está aberto e milhões de almas foram libertadas, e todos os nossos medos andam livremente pela rua dia e noite sem qualquer apreensão.

Concordei balançando a cabeça. Precisávamos seguir o conselho de Serena o quanto antes e começar a procurar novos Caçadores. Falei, aumentando o tom de voz, deixando-o mais firme, como o tom que sempre usava para dar ordens:

– Amanhã sairemos em busca de novos Caçadores. Vamos nos dividir em grupos. Cada grupo irá para uma cidade diferente. Quando falarem com as pessoas, devem citar os riscos e deixar bem claro que não é uma brincadeira. Quero que Norman e Boyd vão para o leste. Fred e Gabriel, para oeste; Jones e Rowland, para o sul; e eu e Serena iremos para o Norte. – Olhei para Ethan. – Preciso que tome conta da garota nova. Transporte-a em segurança para a casa de Miguel, que será nosso ponto de encontro daqui a uma Lua.

Todos assentiram com a cabeça. Ótimo. Sentia-me um pouco mais aliviado agora que havia dado missões a cada um deles e mostrado que estava começando a reagir. Pelo menos não teriam do que reclamar por alguns dias... Foi quando um grito cortou o silêncio.

Levantei-me em um piscar de olhos e disparei pela caverna, correndo para o lado de fora e adentrando na floresta escura. Corri o mais rápido possível na direção do grito que já havia escutado milhares de vezes antes. Eu sabia exatamente a quem ele pertencia: Serena.

Cheguei a uma clareira vazia exatamente ao mesmo tempo em que Serena, Lisa e todos os outros. Todos ali gritavam nomes diferentes de pessoas que amavam. Serena gritava meu nome, Norman chamava por uma tal de Bárbara, Rowland berrava o nome da esposa que tinha tido...

Juntei as sobrancelhas enquanto nos entreolhávamos. Mas o quê?... Serena correu até mim, praticamente me derrubando no chão enquanto passava os braços em torno do meu pescoço. Sua respiração estava acelerada. Sussurrou:

– Eu ouvi você. Eu ouvi você gritando meu nome.

Passei os braços em torno dela, apertando-a ainda mais contra mim enquanto olhava em volta. Todos pareciam bem. Ela parecia bem, e era o que me importava.

Ela pegou minha mão depois de se afastar e a apertou ainda mais enquanto o som do apelo de uma alma cortou o ar, destacando-se até mesmo do barulho da chuva que havia começado a cair. Peguei um dos meus revólveres com a mão livre, e Serena sacou seu machado. Era uma armadilha.

– *Locuentro fencan, malette?* (Onde está, maldita?) – perguntou ela, ao meu lado. Havia adquirido a mania de pronunciar algumas frases em língua demoníaca, principalmente quando estava se preparando para lutar.

Enfiei a mão dentro da capa e peguei um dos quatro revólveres que guardava num suporte parecido com um cinto. Coloquei o dedo no gatilho e apontei para o chão, apenas esperando por algum movimento estranho na floresta. Chamei:

– Lisa, venha até aqui.

Ela assentiu com a cabeça, aproximou-se hesitante e parou à minha frente. Pedi, no tom mais urgente possível, estendendo a arma para ela:

– Ethan vai cuidar de você. Fique perto dele e só use isso em caso de emergência.

Lisa correu até ele, escondeu-se e espiou, por cima do ombro dele, o centro da roda que havia se formado. Um trovão cortou o silêncio, fazendo o chão estremecer. Serena se aproximou um pouco mais de mim, apertando minha mão. E perguntou, baixo o suficiente para que apenas eu ouvisse:

– Por que você não protege Lisa?

– Porque já tenho a quem proteger – respondi.

Ela apenas sorriu um pouco antes de outro grito de apelo irromper por entre as árvores. Girou Escuridão na mão livre quando uma forma começou a se constituir no centro da clareira. Era uma mistura de piche com fumaça negra que aos poucos tomava uma forma humanoide. Um demônio.

Senti cada pelo do meu corpo se arrepiar e meus músculos enrijecer. Olhei para Serena pelo canto do olho. Ela havia ficado de costas para a cena, mas olhava tudo por cima do ombro. Dava para ver seu rosto contorcido em uma careta de ódio e dor ao mesmo tempo. Seu ombro tocava o meu.

– *Beilloxih* – chamou o demônio que ainda não havia assumido forma definida.

Ela silvou como um gato. Um dos olhos havia começado a escurecer. Passei um braço em torno de sua cintura, apertando-a contra mim. Ela não iria sair dali. Continuou, de costas para o demônio.

– *Delene vilear* (Deve ir) – começou o demônio à nossa frente, dirigindo-se a Serena, ou melhor, a Beilloxih. – *Xessy ai tempelo. Er patre daia solumbre...* (É a hora. O pai das trevas...)

– *Baiaretse!* (Basta!) – interrompeu ela... ele... – *Nessey vollam bouera. Felle naiare Acuediate quera ai dellira* (Não vou embora. Fiz um Acordo com a garota).

– *Xessy naiara gaia, nessey pollede...* (É uma humana, não pode...) – continuou.

– *Nessey merte geve oratche, malleto* (Não me dê ordens, maldito) – interrompeu Beilloxih. – *Perme alle, lo pelle* (Permanecerei aqui, e ponto). – Seu tom era extremamente firme, deixando claro que o que tinha dito era inquestionável.

O demônio assentiu com a cabeça e olhou para cada um dos Caçadores antes de se dissolver no ar sem dizer mais nenhuma palavra. Todos nos entreolhamos. Serena piscou, relaxando na mesma hora. Passou os dedos pelo cabelo ruivo cacheado antes de falar:

– Pensei que ele nunca fosse embora. Estava ficando difícil manter a ligação com meu dicionário mental de língua demoníaca.

– Era você? – perguntei chocado.

– Em parte – respondeu, sorrindo e dando de ombros. – A presença daquele demônio despertou Beilloxih, mas consegui manter o controle de alguma forma, tirando dele só o que precisava.

Retribuí o sorriso, sem deixar de sentir orgulho dela. Estava aprendendo a ficar no controle sutilmente, sem que o demônio dentro de si percebesse. Em um piscar de olhos, ela já estaria com o controle total e Beilloxih estaria preso em sua mente.

Todos se aproximaram, levemente chocados com o que haviam visto. Lisa, completamente boquiaberta, disse:

– Não entendi nada, mas isso foi demais.

Ethan sorriu para ela com uma mistura de doçura e pena. Com certeza estava pensando o quanto era ingênua a ponto de não perceber a gravidade daquela visita.

Agora sabíamos que os demônios não precisavam de ninhos para sobreviver e que eles sabiam onde estávamos. A garota me devolveu a arma e a guardei no suporte. Falei, suspirando e baixando o olhar enquanto pensava no significado de tudo aquilo:

– Vamos voltar para a caverna. Temos muito o que fazer amanhã.

SANGUE NOVO

Nossos medos são reais, e em algum momento teremos que nos deparar com eles e enfrentá-los. Ou fazemos isso ou a vida não terá valido a pena.

Serena

Não tinha ideia da hora em que havíamos acordado, só sabia que o Sol estava nascendo. Nos despedimos uns dos outros, e Dorian deu suas ordens e conselhos para cada um antes de começarmos a vagar pela floresta. Sabíamos o quão perigoso era nos separar, ainda mais estando em tão poucos, mas era necessário. Se tudo desse certo, seríamos muitos até o fim da semana e nos encontraríamos na casa do padre Miguel.

Olhei em volta, para as árvores de tronco acinzentado ao redor. Já não havia mais nenhuma folha nos galhos. Depois da abertura do portal, o mundo estava doente. Do dia para a noite as coisas mudavam. Agora todas as árvores pareciam ter morrido, e do céu não caía mais a chuva de sempre, e sim cinzas.

Olhei para Dorian, que andava cabisbaixo ao meu lado. As cinzas claras se prendiam aos fios negros de seu cabelo e à sua capa azul-marinho. Os cantos de sua boca estavam curvados para baixo, e os olhos azul-claros pareciam tristes. Sua feição era pensativa. Falei:

— Eles vão ficar bem.

— Como pode ter tanta certeza? — perguntou, sem desviar o olhar do chão.

— Eu confio em você e confio neles. Sei que os treinou muito bem e que podem sobreviver alguns dias distante de seu líder. Têm muito talento e coragem. Vão saber se virar.

Ele concordou, não acreditando muito no que eu havia dito. Acho que nem eu mesma acreditava. Estava tão preocupada quanto ele, mas tinha que parecer forte. Se Dorian precisava de alguém para se apoiar, esse alguém seria eu. Seria o porto seguro dele e aguentaria até o último segundo se necessário.

– *Ele pode ver seu medo* – afirmou Beilloxih.

Revirei os olhos. Desde que havíamos feito o acordo, via minha versão demoníaca em todos os lugares, mas essa não era a pior parte. A pior parte era ela falar comigo a toda hora.

– *Ele pode ouvir a mentira em suas palavras. É até inacreditável o fato de estar com um demônio aprisionado no corpo e não deixar isso transparecer.*

– O que quer dizer? – murmurei, para que Dorian não ouvisse.

– *É uma Caçadora de Almas, Serena Devens Stamel* – disse minha versão demoníaca, aparecendo encostada na árvore pela qual passávamos. – *Mas não parece uma. Precisa exalar o mistério que eles exalam. Precisa da graciosidade, da habilidade, da coragem. Dobre os joelhos quando anda, garota. Parece um pato!*

Arregalei os olhos, não acreditando. Aquele "ser" estava me criticando? Mesmo não tendo gostado nada do que ele havia dito, obedeci. O mais engraçado naquilo tudo era o fato de agora ele falar como eu, como uma garota, e não como um demônio.

– Erga o queixo – ordenou. – *Tire esse sorriso idiota da cara. Solte a mão do garoto. Respire profunda e lentamente, e não desse jeito ofegante, e... não olhe assim pra mim.*

Havia cerrado os olhos, encarando-o. Decidi naquele momento que queria apelidar minha versão demoníaca de Malévola, como a vilã daquele conto de fadas em que a princesa decide tirar uma soneca eterna. Obedeci a tudo mais uma vez. De certa forma ele tinha razão. Dorian juntou as sobrancelhas ao olhar para mim quando soltei sua mão. E perguntou:

– O que houve?

– Nada – menti.

Ele estava prestes a abrir a boca para dizer alguma coisa quando ouvimos uma buzina de carro. Recuei alguns passos. Não era para estarmos tão próximos da cidade ainda. Olhei para o céu. Deviam ser umas três horas da tarde. Nos entreolhamos antes de sair correndo na direção do barulho e o que encontramos nos deixou completamente chocados.

Havia uma rodovia repleta de carros. Alguns pegavam fogo e outros estavam totalmente cobertos por cinzas. Pessoas corriam de um lado para o outro, gritando. Ao fundo podíamos ver uma cidade completamente destruída, com prédios em chamas. Era o apocalipse demoníaco, com certeza.

Dorian subiu em um carro antes que eu pudesse comentar algo e gritou a plenos pulmões, não uma palavra específica, mas algo para chamar a atenção de todos. E funcionou. Todos pararam de correr e gritar para encará-lo. A maioria pareceu levemente assustada com o fato de ele usar uma capa e estar segurando um revólver enorme e prateado. Guardou-o quando percebeu que não era aconselhável falar qualquer coisa àquela multidão armado. Continuou:

– Vocês precisam me ouvir.

Engoli em seco. Era eu quem tagarelava. Era eu que não tinha ficado um milênio sem ter contato com a humanidade, e não ele. Dorian falar para uma multidão? Não gostava muito dessa ideia.

– Eu sei que não fazem a mínima ideia do que está acontecendo. Sei que estão assustados e que querem uma explicação, mas não conseguirão agindo com desespero – explicou ele. – Não sei se posso responder a todas as perguntas ou se as respostas vão ser as que gostariam, mas são a verdade – suspirou antes de continuar. – Antes de qualquer coisa, vocês precisam saber que todos os seus medos são reais, e são eles os culpados por tudo isso. Demônios, possessões, o Inferno. Tudo é real.

Dorian fez uma pausa, dando algum tempo para a multidão absorver o que havia dito. Me aproximei, parando de pé ao lado do carro no qual ele havia subido. O único barulho que podíamos ouvir era o crepitar das chamas que consumiam alguns dos carros. Houve uma explosão ao fundo antes de ele continuar:

– Há um mês, um portal entre o Inferno e a Terra foi aberto. – Houve algumas exclamações entre a multidão. – E pretendemos fechá-lo – disse, estendendo a mão na minha direção e me ajudando a subir ao seu lado.

– Somos Caçadores de Almas – contei. – Caçamos almas há milênios, protegendo nosso mundo delas. Nós tentamos impedir a abertura do portal e perdemos muitos caçadores tentando, mas, como podem ver, não deu certo. Essas doenças, esses ataques e o caos que se instalou na humanidade... são por causa dos demônios que foram libertados e que agora vagam pelo mundo. Todas as coisas que vocês viram nos filmes de terror, por toda a vida, agora são reais. E acredito que muitos de vocês já tiveram provas disso – continuei, olhando os rostos das pessoas sujas, assustadas, sozinhas e confusas que nos observavam como se fôssemos dar algum tipo de esperança. O governo não falava com eles. Ninguém queria explicar o que estava acontecendo. Mas isso era porque simplesmente ninguém além de nós sabia a verdadeira história. E agora a estávamos contando. E eu vi nos rostos daquelas pessoas que elas sabiam do que eu estava falando. Tinha certeza de que a maioria delas já havia perdido alguém desde que toda aquela merda com o portal acontecera. – Por isso precisamos de ajuda – concluí.

– Isso não é brincadeira – completou Dorian. – Agora parecíamos uma pessoa só falando. Um sabia o que o outro diria a seguir. – Nós não estamos brincando e não somos personagens de uma história maluca. Isto é real. Aquilo é real – continuou, apontando em direção à cidade em chamas a quilômetros de distância. Parecia mesmo que o Inferno havia se instalado ali. – Queremos ajuda, mas quem se candidatar precisa saber que não há volta. É um caminho perigoso e mortal, e a única recompensa é salvar o mundo. Não vamos julgar quem não quiser se juntar a nós, mas nunca vamos conseguir impedir o que está acontecendo se não se arriscarem a lutar.

Ficamos em silêncio mais uma vez, dando um tempo para que pensassem. Uma garota que tinha cabelos cacheados como os meus, mas um pouco mais curtos e negros, levantou a mão. Fiz um gesto com a cabeça, encorajando-a a dizer o que queria.

– Mas acredito que a maioria de nós não saiba lutar ou usar alguma arma. Como poderíamos ajudar? – perguntou, com as sobrancelhas levantadas e um olhar perdido no rosto.

– Daremos nosso jeito – garanti, com um sorriso confiante. – Não somos só dois jovens com roupas estranhas falando sobre uma tragédia e coisas fantasiosas. Não acreditariam se eu dissesse o que acontece depois de se tornar um Caçador, mas posso prometer que não saber lutar, agora, não é problema.

– Então eu topo – ela aceitou, sorrindo para nós dois e se aproximando do carro.

Retribuí o sorriso antes de voltar a encarar a multidão, esperando que mais alguém se juntasse a nós. Só conseguimos mais dois garotos. Um chamado Sebastian, de cabelo castanho-claro, olhos mel-esverdeados e uma postura bem... mal-humorada, e um chamado Nathaniel, um garoto negro, olhos escuros, alto e de cabelo raspado que não havia aberto a boca pra falar qualquer coisa desde que havia se aproximado do grupo. Estava ótimo para o primeiro dia. Havíamos nos saído bem. Eu achava.

Agora estávamos todos parados de pé em roda numa clareira. Uns encaravam os outros com curiosidade. Decidi tentar puxar assunto, pois sabia que tinham muitas perguntas, mas não tinham ideia de como começar. Perguntei:

– Por que não se apresentam uns para os outros e para nós? – Todos deram de ombros, não demonstrando muito interesse em fazer isso, mas era bom pra quebrar o gelo. – OK, eu começo. Meu nome é Serena, tenho dezoito anos, atualmente tenho o demônio causador de tudo isso preso dentro do meu corpo. Faz pouco mais de um mês que me tornei uma Caçadora. Sou órfã e minha irmã foi morta em um ritual satânico – pronunciei cada uma dessas palavras como se estivesse lendo minha lista de supermercado em voz alta. Com a maior indiferença do mundo. – Próximo.

Ninguém se pronunciou. Sebastian parecia um pouco chocado, com os olhos levemente arregalados encarando o chão e as sobrancelhas levantadas. Assentiu levemente com a cabeça, absorvendo aquilo tudo. Falou, após algum tempo:

– Legal.

– É, legal – repeti, abrindo um sorriso debochado para ele. Não era legal, e nós todos sabíamos disso, mas estava tentando encorajá-los de alguma forma.

– Meu nome é Dorian, tenho mil anos e fui o primeiro Caçador de Almas – fez uma pausa, dando tempo para todos o olharem com descrença. Continuou: – Virei um Caçador porque bebia o sangue de crianças e minha alma foi amaldiçoada. Não disse uma palavra ou sequer mostrei meu rosto a alguém por um milênio, e apenas quando Serena se apaixonou por mim, mesmo não podendo me comunicar com ela, minha alma foi libertada. Sou o líder do grupo e... É basicamente isso.

Todos balançaram a cabeça, mostrando que haviam entendido. Dorian e eu nos entreolhamos, com medo do silêncio ser eterno e ninguém decidir se pronunciar. Mas houve alguém.

– Am... – começou a garota. Suas bochechas haviam começado a corar. – Oi – cumprimentou, acenando. – Meu nome é Anna. Tenho quinze anos. Minha mãe morreu no meio desse apocalipse louco, e me perdi do meu pai há uma semana. Só.

Seu rosto estava vermelho como um tomate. Tinha sardas bem claras nas bochechas, e os olhos grandes e bonitos eram cor de mel. O cabelo cacheado preto ia até um pouco acima da cintura. Tinha, no máximo, 1,70 de altura, e era um pouco gordinha. Seu nariz era pequeno e empinado acima dos lábios carnudos.

Enrubesceu mais ainda quando Nathaniel sorriu levemente para ela, e então baixou o olhar, tentando segurar o riso. O próximo da roda era ele. Tinha um olhar tímido como Anna embaixo de sobrancelhas grossas. E era um garoto muito alto, no mínimo 1,90. Anna parecia uma criança ao lado dele.

– Meu nome é Nathaniel. Tenho dezesseis anos. Só.

Juntamos as sobrancelhas, encarando-o. "Só"? Como assim "só"? Isso não era justo. Precisávamos de mais do que duas frases. Bem, por sua expressão, era tudo o que ele iria dizer. Passei o olhar para Sebastian e em seus olhos mel-esverdeados. Só naquele momento percebi que ele tinha a frase "Game

Over" tatuada nos dedos. Então, ele declarou, como se estivesse completamente entediado:

– Meu nome é Sebastian Storne e tenho dezessete anos. Meu pai e minha mãe me jogaram num beco, fui criado num internato até começar a quebrar coisas e ser mandado para um reformatório. Fugi de lá quando começou essa loucura toda – suspirou antes de continuar. – Não sou muito conhecido pela minha paciência, então se alguém tiver alguma reclamação pode enfiar ela no... Ai.

Nathaniel o interrompeu com uma cotovelada no braço.

OK. A tímida, o quieto e o agressivo. Bom para o primeiro dia. Pedi, pegando a mão de Dorian e entrelaçando os dedos nos dele:

– Será que podem esperar um minutinho?

Todos concordaram enquanto eu o puxava para longe. Nos escondemos atrás de uma árvore. Perguntei, me encostando a ela e cruzando os braços:

– Vão fazer o juramento agora ou...

– Quero esperar – disse ele. – Vou ver se podem ou não se tornar Caçadores.

– Existe alguém que não possa? – perguntei, juntando as sobrancelhas.

– Pessoas pelas quais posso me apaixonar – prosseguiu, com um sorriso torto, colocando uma mecha de cabelo minha atrás da orelha.

– Engraçadinho – brinquei, retribuindo o sorriso.

– Estou falando sério – disse, levantando as sobrancelhas.

Entrelacei os dedos em sua capa, dos dois lados de sua cintura, puxando-o mais para perto. Seu sorriso se abriu ainda mais, e ele olhou na direção dos garotos, que nos esperavam a alguns metros de distância. Disse, enquanto eu pressionava os lábios contra sua mandíbula:

– Eles estão nos esperando, Sery.

Fechei os olhos, apoiando a testa em seu ombro. Sery. Aquele apelido me fazia sentir como se meu coração tivesse sido arrancado. Era como Cassie me chamava. Me afastei dele, contornei a árvore e saquei meu machado, golpeando o tronco mais próximo com toda a força que eu tinha. A raiva me consumia sempre que eu pensava em minha irmã.

Dorian colocou as mãos em meus ombros, me fazendo parar de golpear a árvore. Cerrei os dentes, encarando o chão. Depois de me tornar Caçadora, todos os meus sentimentos haviam ficado duas vezes mais intensos. Talvez fosse por isso que nem todos poderiam ser um de nós. Se guardassem a raiva dentro de si, ela se tornaria duas vezes maior, assim como todos os sentimentos ruins.

– Desculpe – começou ele. – Eu não...

– Não teve a intenção. Eu sei – interrompi. – Tudo bem.

Agachei-me no chão, colocando as mãos na frente do rosto, sentindo a respiração se acelerar e os olhos se encherem de lágrimas. Eu devia tê-la protegido.

Coloquei uma das mãos em cima do peito. O colar de minha mãe ainda estava lá. Era tudo o que me restava. A única lembrança que havia sobrado da minha família. Ainda podia me lembrar do sorriso deles, das cores dos olhos e dos cabelos, mas não conseguia me lembrar da sua voz ou das palavras que costumavam usar para me acalmar quando eu estava com medo de alguma coisa.

– Eles estão bem – sussurrou Dorian, passando os braços em torno de mim depois de se ajoelhar ao meu lado no chão. – Estão em um lugar melhor agora.

– Sabe... – Ouvimos alguém falar e levantamos nosso olhar para ver quem era. Anna. – Eu também me sinto assim às vezes. Eu sinto esse medo que você sente, mas acho que temos que aprender a lidar com ele. Quer dizer... Você tem um demônio aí dentro. Se pode suportar viver com ele, pode suportar a dor.

Encarei a garota por alguns segundos. Tinha razão. Tinha toda a razão. Eu podia suportar aquilo sem minha família. Tinha Dorian e os Caçadores ao meu lado para me ajudar a conviver com a dor. Sorri para ela e falei, com a voz mais rouca do que eu esperava:

– Obrigada, Anna.

Ela retribuiu o sorriso, baixando o olhar. Me virei para Dorian, colocando uma mão em seu rosto, e o beijei breve e intensamente antes de sussurrar:

– Obrigada por não ter me chamado de sádica descontrolada.

– Eu ia fazer isso um instante antes de você me beijar, mas já que...

O interrompi com outro beijo antes que pudesse dizer alguma besteira maior ainda, o que o fez sorrir, e, quando me afastei, ele continuava com um sorriso idiota no rosto. Revirei os olhos, me levantei e fui até Anna, que encarava o chão com o rosto tão vermelho quanto um tomate. Ri, colocando a mão em seu ombro, e a guiei no caminho de volta para os garotos. Só esperava que todos que encontrássemos fossem como aqueles.

CRIANÇA INOCENTE

Nomarie xessy turmioriene fomente. Intieries mervoro eres moriene demonderes denotris
Ninguém é inteiramente inocente. Todos temos os nossos demônios internos.

Fazia dois dias que estávamos em busca de novos Caçadores para se juntarem a nós, quando encontramos uma pequena cidade do interior. Nossa intenção era fazer uma varredura nos lugares onde pudessem ter grupos de pessoas, como escolas ou bares, mas a cidade parecia completamente abandonada.

Nas ruas, carros estavam destruídos, sujeira se espalhava por todos os lados e um cheiro pútrido estava impregnado no ar. Senti Beilloxih se revirar dentro de mim. Havia algo de muito errado naquela cidade. Algo que eu nunca sentira antes. Era forte. Terrível. Assustador.

Dorian parecia sentir o mesmo que eu. Sem aviso, encaminhou-se para uma rua a leste de onde estávamos. No final dela havia uma grande clareira de grama seca. Por toda a sua extensão podíamos ver o gado morto no chão, como se tivessem sido incinerados ou algo assim, e montes de moscas comiam o que restava de suas carnes. O cheiro era quase insuportável.

Não havíamos percorrido uma longa distância quando avistamos uma fazenda. A cada passo que dávamos em direção a ela, sentia como se Beilloxih quisesse sair do meu corpo e fugir dali. Ele estava com medo, mas eu não sabia o porquê. Não podia condená-lo por isso, eu também não gostaria de estar ali, mas... Ele era um demônio! Deveria realmente ficar com medo? Quando chegamos à varanda da casa principal, segurei o braço de Dorian.

– Não acho que é boa ideia entrar aí – alertei.

No mesmo instante, ouvimos um grito assustador vindo de dentro da casa. O grito de uma criança, como se estivesse desesperada, lutando pela própria vida. Em seguida, ouvimos uma risada demoníaca, que fez todos os pelos do meu corpo se arrepiarem, e mais um grito desesperado de criança.

Sem parar para pensar, Dorian correu na direção de onde vinha o grito, e fomos todos atrás dele. Ele arrombou a porta de entrada e nos deparamos com uma sala completamente destruída, os móveis todos revirados e coisas quebradas por toda parte.

Mais um grito.

Subimos a escada que levava ao andar superior e, a cada degrau, sentia mais do que nunca que nós não devíamos estar ali. Vi minha versão demoníaca no topo da escada. Seu olhar aterrorizado indicava que meus sentidos não estavam errados:

– Vá embora agora, antes que seja tarde – orientou Malévola.

Mesmo querendo desesperadamente atender ao pedido dela, eu não poderia deixar Dorian, que já estava na frente de uma porta, pronto para abri-la. Pude ver, pela primeira vez, hesitação em seus olhos. Ficou por alguns segundos com a mão na maçaneta antes de abri-la. Parecia pensar se aquela seria realmente uma decisão certa, mas outro grito vindo do interior do quarto acabou com toda a hesitação. Dorian jamais deixaria uma pessoa em perigo, principalmente uma criança. Antes de ir atrás dele, falei para Anna, Nathaniel e Sebastian:

– Esperem do lado de fora da casa. Seja o que for que ouvirem, não entrem.

Não parei para escutar a resposta deles. Apenas fui atrás de Dorian o mais apressadamente possível, entrando no quarto atrás dele.

O quarto era decorado com um papel de parede florido em tons de rosa, e a porta dava de frente para uma grande janela com cortinas de renda branca. No meio dele, entre a porta e a janela, uma cama com uma menina deitada nela. Seus braços e pernas estavam amarrados, seu rosto virado para a janela e seus cabelos ruivos espalhados pelo travesseiro. O cheiro de urina indicava que ela estava ali há algum tempo.

Dorian se dirigiu até ela pronto para soltá-la, quando de repente ela virou o rosto em nossa direção. A pele do seu rosto tinha um tom acinzentado e marcas de arranhões e hematomas espalhados por ele. Seu olhar veio direto para mim, e seus olhos de um negro profundo me envolveram como se devorassem minha alma.

– *Ianallyen gretto cella, Beilloxih. Keme grieme morian taxoni prae thaga sophyen* (Finalmente você chegou, Beilloxih. Há muito tempo espero por esse dia).

Senti imediatamente minha mente sendo sugada para outro lugar e eu perder o controle do corpo. Desde o acordo, Beilloxih não me controlava sem minha permissão, mas daquela vez era diferente. Foi como se tivesse sido forçado a estar ali. Mais uma vez, eu observava tudo em terceira pessoa.

– O que faz aqui? – perguntou Beilloxih, tentando entender a situação.

– Vim te dar uma última chance de se unir a nós. O tempo está acabando – respondeu a garotinha, com voz de demônio. – Ele já está pronto para agir e nós temos pouco tempo para nos juntar a ele.

– *Eu não vou a lugar nenhum. Não sigo ninguém. Nem mesmo você, Belial.* – Beilloxih cuspiu as palavras em um tom firme, mas senti o medo, quase imperceptível, na voz.

Em menos de um segundo, a criança se livrou das cordas que a prendiam à cama, como se rasgasse pedaços de papel, e se colocou à minha frente. Antes mesmo que Dorian pudesse sacar suas armas, uma força invisível o prendeu contra a parede, impedindo que movesse qualquer um dos membros ou dissesse qualquer coisa.

– Como ousa me desafiar dessa forma? Você sabe quem eu sou, sabe que não pode me enfrentar nem impedir o que está para acontecer – esbravejou Belial encarando Beilloxih como se olhasse para uma criança indefesa.

A criança demoníaca à minha frente era alguns centímetros mais baixa do que eu, mas flutuava no ar como se a gravidade não existisse, o que a deixava da minha altura. Eu nunca tinha visto um demônio falar daquela forma com Beilloxih.

– *Qual parte do "eu não sigo ninguém" você não entendeu?* – repetiu Beilloxih, agora em um tom mais firme e disposto a encarar o demônio à nossa frente. – *Não tenho medo de você, Belial. Não como temo os outros. Pra mim, você não é nada.*

Belial riu. Uma risada tão alta e tão macabra que as paredes e o chão da casa estremeceram. Engoli em seco, dando alguns passos para trás, mas algo me puxou de volta, e senti uma força invisível dentro da minha mente me forçando tentando tirar Beilloxih do controle.

O corpo da menina caiu ao chão, com a boca mais aberta do que o humanamente possível, e um tipo de fumaça escura saiu de dentro dela, tomando uma forma humanoide enorme logo acima de seu corpo. Conhecia aquilo. Era como o demônio que tinha encontrado na noite em que soube da existência de Beilloxih.

Um demônio materializado em sua forma natural.

– *Não* – rosnou minha versão demoníaca. – *Não vai trazer a humana de volta. É comigo que tem assuntos a resolver, e não com ela. Não é justo...*

– Não é justo? – perguntou Belial, aproximando-se tanto de minha forma pequenina que quase pensei que iria para cima de mim. Agora falava na língua demoníaca. – O que sabe sobre justiça, seu verme maldito? Está comovido? Gosta da humana? – Ele riu mais uma vez. – Acha que pode realmente viver dessa forma, fazendo de tudo pra poupar a vida dela?

Beilloxih silvou, e seus olhos ficaram negros. A pele se tornou pálida e as veias arroxeadas ficaram à mostra. Olhou de relance para Dorian, preso à parede, imóvel, e rosnou:

– *Deixe-o ir. Não tem nada a ver com isso.*

– Não? Não tem?

Moveu-se apressadamente para trás, envolvendo-se numa nuvem de sombras. Beilloxih recuou um passo, levantando uma sobrancelha quando uma cópia exata de mim saía do meio da nuvem. Disse Belial, andando ao redor da sala com o olhar vago, pensativo:

– Podemos viver em paz, sabia disso? Eu e você. Cada um com seu tempo e sua forma de controlar este corpo, mas sempre preservando a vida um do outro, porque não podemos viver separados, e sabe disso – repetia as palavras que eu havia dito na noite em que nosso Acordo foi feito, como se... Como se realmente estivesse lá. Aproximou-se da minha forma demoníaca, com um olhar cruel que nem eu mesma sabia que podia lançar a alguém. – Agora divide a alma com a humana, tem sentimentos como um mortal e pensa que pode viver assim. Mas tem algo que precisa lembrar. – Ele pegou Beilloxih pelo pescoço, voltando à sua forma normal, antes de continuar. – Com o Acordo, vem a vulnerabilidade. Ainda é feito de carne e osso, e você... – Olhou na minha direção, como se de repente pudesse me ver observando a tudo – você ainda pode sentir dor.

De repente, foi como se eu tivesse sido jogada de volta para meu corpo com toda a força, e pela primeira vez pude sentir o aperto frio do demônio ao redor do meu pescoço, mas não podia me debater. Ainda não era eu quem estava no controle.

Belial me jogou contra a parede, e caí no chão sentindo como se metade dos meus ossos tivessem se partido ao meio, mas não podia gritar. Estava presa dentro do meu próprio corpo.

Dorian parecia berrar, preso à parede, e a última coisa que vi foi Belial vindo em minha direção uma segunda vez.

A PRISÃO

Quando tudo parece estar perdido, temos que ter fé, nos levantarmos e acreditar que podemos realizar o impossível.

Dorian

Eu queria gritar, queria me mover, mas tudo o que podia fazer era olhar enquanto Beilloxih levava uma surra no corpo de Serena. Sabia exatamente o que estava acontecendo. Belial tinha fundido a alma dos dois de alguma forma naquele momento, tornando o corpo fraco como o dela, mas resistente como era quando era Beilloxih quem estava no controle, e prendendo as duas mentes em uma só para que ambos sentissem dor. Era algo que eu nunca tinha visto antes e nem sabia como chamar. Talvez fosse melhor apenas se referir aos dois como se fossem apenas Serena em sua forma demoníaca.

Ela tentou se levantar, com dificuldade, mas, antes que pudesse fazer qualquer coisa, Belial a chutou no rosto, e ela tombou no chão mais uma vez. E quando voltou a olhar na minha direção, o rosto estava ensanguentado. O demônio a pegou pelo cabelo, flutuou em cima de seu corpo e, puxando sua cabeça para trás, perguntou:

– Pode sentir isso? Pode sentir como é estar no corpo de uma mortal? É isso o que quer?! Acha que vale a pena?!

– Vai se foder, maldito – resmungou ela, sorrindo com certa satisfação, e, dessa vez, eu sabia que quem havia dito aquilo era a minha Serena. Estava provocando, eu sabia bem disso. Mas eu não achava que aquela era a melhor hora pra não se deixar dar por vencida.

Belial rosnou, e o chão da casa começou a tremer tanto que a poeira subiu da madeira envelhecida. Levou as mãos ao pescoço dela, ergueu-a do chão mais uma vez e gritou mais alto do que qualquer alma ou demônio que eu havia ouvido na vida. Tentei gritar mais uma vez e me soltar da força invisível que me segurava, mas não consegui. Eu sabia que ela não iria morrer, mas a dor que ele iria impor a Serena seria quase insuportável e eu não podia assistir àquilo sem fazer nada.

Belial a bateu com força contra a parede, várias e várias vezes, repetidamente, até que sua coluna se quebrasse, e só naquele momento ela conseguiu gritar. Meus olhos se encheram de lágrimas quando ele a jogou no chão aos meus pés e veio em nossa direção. Ele parou à minha frente. Quase podia ver um sorriso em seu rosto de fumaça escura. Então, ele perguntou:

– O que você tem? Não gosta do que está vendo? Não gosta de ver o sangue dela? – Aproximou-se, e pude sentir o cheiro pútrido de seu hálito em meu rosto. – E o daquelas crianças? Gostava de ver o sangue delas, Dorian?

Riu, e tudo o que pude fazer foi cerrar os dentes com o máximo de força que conseguia. Abaixou-se, voltando a atenção para Serena, que até aquele momento estava imóvel no chão. Ele ergueu o rosto dela na direção do dele, e os olhos de Serena agora eram negros, diferentes dos de antes. Belial havia se esquecido de manter Beilloxih contido dentro do corpo dela, e agora era sua vez de mostrar o que sabia fazer. Só precisava de uma chance para se levantar.

Tentei falar alguma coisa, fazendo tudo o que conseguia para mostrar que queria me pronunciar, e Belial subiu seu olhar até mim. Não sabia se estava confuso ou curioso, mas naquele momento percebi que poderia falar se quisesse. E decidi falar as poucas palavras que eu sabia na língua dos anjos para enfraquecer demônios:

– *Nore lirian konien sortra. Detreray gueridi vertrante.*

Como se tivesse levado um soco, o demônio foi jogado para trás, caindo no centro do quarto. Vi Beilloxih se apoiar nos cotovelos aos meus pés, fazendo o que podia para levantar. Ouvia os ossos voltarem pouco a pouco ao seu lugar.

Quando Belial finalmente recuperou os sentidos, Beilloxih já estava de joelhos, com uma mão no chão impedindo que caísse de cara. Riu, balançando a cabeça, o que me deixou um pouco confuso. Como aquele demônio no corpo da minha namorada podia rir mesmo depois da surra que havia levado? O que tinha na cabeça? Queria sofrer ainda mais?

– *Lucian nunca te ensinou a não mexer no brinquedo dos outros, Belial?* – indagou Beilloxih, erguendo o olhar para o demônio à sua frente. – *Nunca mais toque na minha humana.*

No segundo seguinte, saltou do chão para cima de Belial, com as mãos em forma de garra. Beilloxih o pegou pelo pescoço, jogando os dois contra a parede, gritando algo numa língua que nem eu mesmo conhecia, com uma voz que parecia ser realmente a dele, e não de Serena, e meus ouvidos chiaram. Aquilo não poderia ser ouvido por um humano, nem mesmo por mim.

Arranhou o rosto do demônio com as unhas afiadas agora crescidas, e um tipo de gosma preta que eu sabia ser o sangue do demônio sujou o rosto e as roupas de Serena. Beilloxih o bateu contra a parede, assim como tinha feito com Serena alguns minutos antes, e depois o jogou para o outro lado do quarto. Nunca tinha visto dois demônios brigando daquela forma, muito menos um demônio maior perdendo para um inferior.

Aquilo não continuaria por muito tempo, e, num movimento errado de Beilloxih, Belial o jogou longe, e desta vez ele não se levantou, embora soubesse que ainda estava consciente.

– Isso não vai acabar assim, Beilloxih – ameaçou Belial, na língua demoníaca. – Ainda vamos nos encontrar de novo, e, da próxima vez, você e a sua mortal serão mandados para o Inferno, onde eu mesmo vou me encarregar de cuidar dos dois.

E, no minuto seguinte, dissolveu-se no ar. A força que me segurava sumiu, e eu caí de joelhos no chão. Os olhos de Serena voltaram a ser verdes, e as unhas voltaram ao tamanho normal. Agora ela havia voltado.

Seu olhar era vítreo, e estava caída numa poça do próprio sangue, com uma das mãos estendidas em minha direção.

Praticamente me arrastei até ela, pegando-a nos braços e tirando o cabelo ensanguentado da frente do seu rosto. Falei, com as lágrimas voltando aos olhos enquanto esperava uma reação:

– Serena... Está tudo bem agora. Ele já foi. Está segura.

Apertei-a contra mim, num abraço vazio, esperando que retribuísse de alguma forma, mas não houve nada. Não moveu um músculo. Apoiei sua cabeça em meu ombro, ficando de pé com ela em meus braços. Sabia que seu coração ainda batia, e que ainda estava lá, mas todos os ferimentos e o estado de choque a impediam de voltar a si. Precisava tirá-la daquele lugar o mais rápido possível.

O OUTRO LADO

ÀS VEZES É PRECISO CORAGEM PARA ENCARAR A REALIDADE
E ACEITAR QUE NEM TUDO TEM UMA SOLUÇÃO FÁCIL.

Dorian

Demorou dois dias até que ela voltasse a si, saindo do estado de choque permanente no qual havia entrado, e cinco para que falasse mais uma vez. Quando ouvi sua voz, foi quase como se um milagre acontecesse na minha frente. Ela não tinha noção do quão grato eu era naquele momento a Beilloxih, por ter salvado a vida dela, e preferia manter isso em segredo, tanto dela como dele.

Serena não se lembrava muito bem do que havia acontecido, o que provavelmente era obra do demônio dentro dela, que não queria que ela soubesse tudo o que ele havia dito. Não queria que ela soubesse que realmente gostava dela, então prometi guardar aquele segredo comigo. E agora tínhamos que continuar fazendo o que precisávamos fazer. Estávamos indo para outra cidade, a fim de procurar outros caçadores.

Eu sabia que não seria fácil, mas nada nunca foi, então tudo o que podíamos fazer era tentar até que desse certo.

Serena

– Queremos mostrar a vocês o outro lado – expliquei.

– Queremos mostrar o que está por trás de todos esses toques de recolher e anúncios dos líderes de estado – continuou Dorian. – Estamos dando a vocês a oportunidade de tentar mudar tudo isso.

Estávamos no meio de um galpão usado pelo governo para abrigar as vítimas dos desastres que vinham acontecendo. Demônios não eram apenas aqueles que possuíam pessoas e que eram personagens de filmes de terror. Demônios também eram aqueles que traziam doenças incuráveis, sentimentos ruins, desastres naturais... Tudo de mal que podíamos imaginar (eu que o diga).

Depois de encontrarmos Sebastian, Nathaniel e Anna, não passamos por mais nenhuma cidade. Não tínhamos nenhum GPS para saber onde estávamos, e Dorian se recusava a usar portais, já que não eram um bem renovável e ele tinha poucos agora. Aquele era o último dia que tínhamos para conseguir Caçadores e voltar à casa de Miguel.

– Tô dentro – garantiu uma garota de cabelos negros com uma mecha branca, aproximando-se.

– Eu também – afirmou um garoto alto e loiro, parando ao lado dela.

– Então somos três – comentou uma menina franzina de cabelos e olhos escuros, sorrindo timidamente. Usava uma camiseta dos Beatles.

Sorri, olhando para os três. Ótimo. Tínhamos conseguido seis Caçadores novos. Olhei para o restante da multidão, esperando que mais alguém se pronunciasse, mas ninguém o fez. Suspirei. Tudo bem. Já estávamos em um bom número.

– Então acho que é isso – encerrou Dorian, descendo da mesa na qual havia subido. Falou, antes de se dirigir ao lado de fora: – Lembrem-se desses rostos. Eles pertencem às pessoas que estão se sacrificando para salvar suas vidas.

Não ficamos para ver a reação da multidão, apenas saímos do galpão e disparamos pela rua na direção da floresta. Acredite ou não, a floresta era mais segura do que a rua. Ficávamos menos expostos nela e sabíamos como agir lá. A floresta era nosso lar, e nenhum demônio mudaria isso.

Dorian andava apressadamente à frente de todos, seguido por mim e por Sebastian, Anna e Nathaniel. Os outros três praticamente corriam atrás de nós, quase não aguentando o ritmo. Dorian disse por cima do ombro:

– Assim que eu abrir o portal, quero que entrem sem hesitar. Fechem os olhos se quiserem, mas, quanto mais rápido forem, mais rápido termina.

– Como assim "portal"? – quis saber a garota da mecha branca.

Ele sorriu um pouco, tirou uma das esferas de vidro do suporte e a chacoalhou antes de tacá-la com toda a força em uma árvore. Não parou por um segundo sequer antes de praticamente saltar dentro do buraco negro que havia se formado. Decidi ir por último para ter certeza de que nenhum deles ficaria para trás. Falei, encorajando-os:

– Se correr fica mais fácil.

Assentiram com a cabeça, e pude ver o garoto alto e loiro engolindo em seco antes de sair correndo na direção do portal e saltar através dele. Todos o seguiram, hesitando um pouco. Fui a última a passar e parei de pé num campo de grama, em frente a uma casa. A casa de Miguel. Sorri, olhando para os outros, que estavam praticamente estirados no chão. Não tiveram a mesma sorte que eu em minha primeira vez.

– DORIAN! SERENA! – Ouvimos alguém gritar a distância.

Olhamos na direção de quem havia nos chamado e encontramos Boyd na entrada da floresta, acenando ao longe. Ele abriu o maior sorriso do mundo antes de começar a correr em nossa direção. Norman vinha logo atrás dele, seguido por umas vinte pessoas de todas as idades, sexos e etnias.

Coloquei as mãos na frente da boca. Haviam conseguido muita ajuda. Muito mais do que nós. Praticamente saltei em cima de Norman, passando os braços em torno de seu pescoço, me sentindo completamente aliviada por ver que ele e Boyd estavam de volta e bem.

Algo fez com que ele me soltasse e eu quase caísse no chão. Eu me afastei prestes a xingá-lo quando vi que estava paralisado. Ele olhava para a garota da camiseta dos Beatles completamente boquiaberto e imóvel, e vice-versa. Perguntou:

– Bárbara?

– Norman! – exclamou ela, abrindo um enorme sorriso antes de pular em cima dele.

OK. Deixe-me raciocinar. Aquela garota fã dos Beatles era a mesma garota que Norman um dia me disse que amava. Pelo jeito que ela o abraçava, acho que o sentimento era recíproco. Podia ver até as lágrimas escorrendo por suas bochechas enquanto ela dizia quanta saudade havia sentido dele.

Foi aí que ouvimos mais gritos de pessoas chamando nossos nomes. Eram Ethan e Lisa. Estavam acompanhados de mais umas dez pessoas. Eles também haviam achado mais Caçadores do que nós. Correram em nossa direção, rindo e gritando outros nomes a esmo, fazendo outras pessoas do grupo que nem os conheciam olharem em sua direção. Balancei a cabeça, sorrindo. Aqueles dois eram completamente malucos.

Não haviam se passado dois segundos quando todos os outros chegaram, tirando o grupo de Jones e Rowland, o que não era bom sinal, mas decidimos não pensar no pior até a noite. Olhei para Norman e Bárbara, eles ainda estavam abraçados. Não pude deixar de ficar feliz pelo meu melhor amigo. Bem... Mas minha felicidade durou pouco.

– Então você é o tal líder dos Caçadores? – perguntou uma garota, aproximando-se e parando à frente de Dorian.

Entrei em estado de alerta. Quer dizer... A garota era loira, tinha os olhos quase tão azuis quanto os dele, um corpo escultural, eu não estava de mãos dadas com ele e estávamos a dois metros de distância. Não havia nenhum sinal de que ele era comprometido, e ela era uma deusa grega. Não. Você não sabe se ela vai tentar algo, então fique na sua, Serena.

– Acho que sim – brincou ele, sorrindo timidamente.

– Se eu soubesse que havia tantos Caçadores lindos como você, teria entrado nessa antes – comentou ela, rindo.

Cerrei os olhos quando ele riu também, de um jeito sem graça. Eu demorei semanas para conseguir um sorriso de verdade. Ela não podia arrancar uma risada dele assim tão fácil.

– É sério! – assegurou, tocando o ombro dele.

Saquei Escuridão, apertando o cabo até os nós de meus dedos estarem brancos. Arrancaria a cabeça dela se ousasse tocar nele mais uma vez. Estralei as juntas dos dedos da mão livre, trincando os dentes.

– Se eu fosse você – disse a garota que tinha uma mecha branca no cabelo, parando ao meu lado –, iria até lá e dava um "se toca, garota" nela. – Sorri, olhando pra ela, que estendeu a mão para mim antes de continuar. – Sou Stacey. Stacey Stewart.

– Serena. Só Serena – falei, cumprimentando-a. – E obrigada pelo conselho.

Ela abriu ainda mais o sorriso quando comecei a me afastar, indo na direção deles. Estava sentindo uma coisa estranha revirar meu estômago, uma coisa que me dava um leve aperto no coração e que me fazia ter vontade de sacar o machado e arrancar a cabeça dos dois. Ciúmes. Então perguntei, parando ao lado do meu namorado:

– Será que podemos ter uma conversinha?

– Claro! – afirmou ele. – Pode falar.

– A sós – acrescentei, fazendo um gesto com a cabeça na direção da garota ao nosso lado, que eu nem tinha me dado o trabalho de cumprimentar.

– OK... Mas primeiro quero te apresentar a Bonnie, ela...

– Tá, legal, interessante – disse, apressadamente. – Agora será que a gente pode ir?

Assentiu com a cabeça, com uma expressão confusa no rosto. Estava estranhando meu comportamento. Como se ele não soubesse o que tinha feito de errado... Quando demorou mais de um milésimo de segundo para se mover, agarrei seu braço e praticamente o arrastei para longe, só o largando a alguns metros de distância da multidão de pessoas que havia se formado ali. Rosnei, colocando o dedo na cara dele:

– Se pensar em me trair com alguma dessas novatas, eu juro por Deus que vou usar meu machado para transformar você em uma delas. E ainda faço a garota engolir a própria língua.

– O que foi, hein? – perguntou. Era visível que estava achando minha raiva engraçada.

– Você é meu, seu idiota, e nenhuma mulher, seja loira, de cabelo colorido, ruiva ou morena, vai tirá-lo de mim.

Usei o cabo do machado para puxá-lo para mais perto, segurando-o com as duas mãos e apertando-o contra sua nuca. Estávamos praticamente colados. Perguntei, no tom mais ameaçador possível:

– Está me ouvindo?

– Sim.

– Tem certeza?

Ele fez que sim com a cabeça. Fuzilei-o com o olhar por mais algum tempo antes de sussurrar:

– Ótimo. E... se você demorar tanto tempo pra dizer que tem uma namorada pra uma garota que está dando em cima de você...

Ele me interrompeu com um beijo. Idiota imbecil. Não devia fazer isso na frente de todo mundo... Se bem que Bonnie estava olhando também, então tinha ficado bem claro que nós estávamos juntos. Finquei a lâmina do machado no chão sem me afastar, passando os braços em torno dele. Ouvimos alguém falar ao fundo:

– O que acham de ouvir algumas histórias sobre ninhos e almas? – Era a voz de Norman.

Ouvi grande parte da multidão concordar e ir em direção a Norman. Me soltei um pouco, e Dorian começou a beijar a linha da minha mandíbula e o pescoço. Vi Bonnie se distanciar com o grupo, me fuzilando com o olhar, e sorri falsamente para ela, mostrando um certo dedo enquanto meu namorado me apertava ainda mais contra ele.

Entrelaçou os dedos em meu cabelo, me beijando com mais intensidade do que antes. Eu sabia o quanto ele gostava quando eu dava meus ataques de raiva ou começava a tagarelar, mas não sabia que era tanto.

Só nos afastamos algum tempo depois, quando Sebastian foi nos chamar, já que era ele quem tinha que fazer as honras com os novos Caçadores, explicando tudo o que deveriam fazer. Era nessas horas que odiava o fato de ele ser o líder.

Entramos na sala da casa de Miguel e encontramos todos amontoados nos sofás e no chão. Dorian se pôs à frente de todos, e fiquei mais ao fundo, me sentando com os outros Caçadores veteranos. Dorian começou a explicar:

– Infelizmente é muito arriscado levar todos vocês para caçar algumas almas antes de se tornarem Caçadores oficialmente, já que não podemos proteger todos caso algo aconteça. Então, sim, eu estou pedindo que entrem nessa cegamente. Ainda há volta. Posso mandar alguém levá-los à cidade mais próxima se não for isso o que realmente querem. Precisam saber que, depois que conhecerem o Outro Lado, não há como esquecer, e serão Caçadores até o fim da vida.

– E qual é a probabilidade de morrermos? – indagou Bárbara.

– Setenta e cinco por cento – respondeu Dorian, dando de ombros, como se estivesse respondendo quantos anos tinha... Ah, não, essa também não era uma resposta muito fácil. Pude ouvir Stacey murmurar um "uau". – Não conseguimos comida todos os dias, não temos remédios para doenças ou formas de curar infecções. Estamos sob a mira dos Angeli e das almas vinte e quatro horas por dia. Não dormimos em camas. Passamos frio, ficamos debaixo da chuva. Não é nenhum conto de fadas.

Um silêncio mortal invadiu o ambiente, e pude sentir o cheiro da dúvida invadindo o ar. Dorian olhou para mim por cima do ombro, com uma pergunta em seus olhos. Estava sendo convincente? Balancei a cabeça. Nem um pouco. Sussurrei:

– Confiança.

Ele assentiu com a cabeça e voltou o olhar aos outros novamente. Apesar de não poder ver seu rosto, eu sabia que agora tinha uma expressão séria e corajosa, a expressão de um líder. Falou, erguendo um pouco o queixo, num tom bem mais firme do que antes:

– Sei que é perigoso, sei que quase não há chance de sobrevivermos, mas faço isso há mais de mil anos, já matei mais de quinze demônios e cacei milhares de almas, mas nunca deixei um Caçador na mão. É claro que perdi alguns por causa da idade, de doenças ou em combate. Todo mundo perde, mas, se pudesse, daria minha vida por cada um de vocês, assim como sei que eles também dariam – declarou, apontando para nós, os Caçadores antigos. – Então tudo o que posso dizer é que vamos apoiá-los em qualquer escolha que façam e que, se decidirem ficar e conseguirmos fechar aquele portal, vão sentir a melhor sensação do mundo. Não há como explicá-la, mas tudo o que posso dizer é que não vão se arrepender.

O JURAMENTO

Com o tempo, descobrimos que há uma certa liberdade na decisão de encarar nosso futuro de frente, sem medo do que ele nos reserva.

Silêncio mais uma vez. Um silêncio esmagador e terrível havia tomado a sala. Quase podia sentir a tensão deixando o ar mais denso, palpável. Olhei para cada um deles. A dúvida estampava aqueles rostos, dividindo lugar com a apreensão. Norman estava encostado na parede a alguns metros, com os braços em torno de Bárbara, que também observava a todos com indiferença. Quase podia ler seus pensamentos. Ela estava ao lado dele agora, e nada mais importava. Tínhamos uma nova Caçadora. Sorri, e ela retribuiu o sorriso.

Tinha os cabelos castanhos, quase negros, lisos e tão compridos quanto os meus. Seus olhos eram da mesma cor, e usava óculos de aros negros e grossos, mas que combinavam com ela. Tinha o nariz pequeno e empinado, e o rosto comprido. Era um pouco mais alta que eu, mais magra e franzina.

– Já topei uma vez, topo de novo – reafirmou Stacey, levantando-se.

Seu cabelo era comprido como o meu e o de Bárbara, mas era completamente negro, exceto por uma grossa mecha branca que saía do topo da cabeça. Usava o cabelo atrás da orelha direita, que tinha um piercing transversal prateado. Seus olhos eram verdes chamativos como os meus, e o nariz pequeno. Tinha no máximo 1,60 de altura.

– Concordo com a garota – disse Sebastian, colocando-se ao lado dela. – Não vou cair fora agora.

Agora que não usava seu moletom preto e surrado, podia ver tatuagens tribais cobrindo os dois braços. Era uns vinte centímetros mais alto que Stacey. Podia dizer que não gostava muito dos dois piercings de metal negro que ele tinha no lábio inferior, mas cada um tinha seu gosto. Seu cabelo castanho-claro estava levemente desgrenhado, e os olhos mel-esverdeados brilhavam de excitação.

— Eu... Eu vou ficar também — assegurou Anna, timidamente, colocando-se de pé ao mesmo tempo em que Nathaniel. Os dois se entreolharam.

— Vai ser divertido. Eu topo. Ah, meu nome é Luke. Luke Jones — falou um garoto alto e loiro de olhos azuis.

Tinha apenas um piercing no lábio inferior, diferentemente de Sebastian. Os olhos azuis eram quase tão claros quanto os de Dorian, e o cabelo ainda mais claro que o de Boyd. Era um pouco mais baixo do que Nathaniel e parecia ter no máximo uns dezenove anos.

— Eu aceito, mas só pra ver o rosto lindo do nosso líder todos os dias — gracejou Bonnie, piscando na direção do meu namorado como se não tivesse visto nada do que havíamos feito há uns dez minutos.

— Vocês estão brincando, pessoal? — exclamou Lisa, levantando-se de onde estava e interrompendo Bonnie antes que pudesse dizer algo que me fizesse saltar em cima dela e arrancar aqueles cabelos loiros da cabeça um por um. — Por que ainda não aceitaram? Vai ser irado!

Uma garota de cabelos castanho-claros na altura do peito se levantou, rindo. Só não sabia se era do que Lisa havia dito ou por pura timidez mesmo. Ela tinha os olhos verde-esmeralda, e mais ou menos a minha altura, e parecia ter a minha idade. Disse, levantando um pouco a mão:

— Eu também topo. Vai ser legal. E meu nome é Lucy Hayes.

Depois dela, mais uma série de pessoas começou a se levantar. Os mais velhos demoraram mais tempo, já que pesavam mais as consequências, mas no final todos acabaram aceitando. A garota mais nova do grupo era Anna, com quinze anos, e o garoto mais novo era Nathaniel, com dezesseis. Os mais velhos tinham por volta de cinquenta anos. Não que idade importasse muito depois que o Juramento era feito.

Miguel só chegou algumas horas mais tarde, assustando-se com a quantidade de pessoas em sua casa. Havíamos passado todo aquele tempo contando nossas histórias e todos os detalhes sobre os Angeli e sobre como o portal havia sido aberto.

Lúcia teve muito trabalho ao fazer capas para todos, e como tinha tecido suficiente desta vez, fez algumas alterações na minha, colocando mangas, tirando o excesso de tecido em torno da cintura, já que eu havia emagrecido consideravelmente, e o usado para aumentar a barra da capa. Agora ela se arrastava atrás de mim conforme eu andava, assim como a dos outros.

Ao final, todos estavam com suas capas perfeitamente ajustadas. Todas iguais, de cetim azul-marinho. Foi quando Miguel chamou todos para escolherem suas armas no celeiro.

Luke escolheu uma foice e decidiu chamá-la de Mão da Morte. Lucy escolheu duas adagas Sai e as nomeou de Skys. Stacey quis um mangual, que chamou de Game Over. É claro que a pessoa que mais gostou do nome foi Sebastian, já que ele tinha isso tatuado nos dedos. Ele quis um arco, que nomeou de Maldição. Anna escolheu um chicote e deu o nome a ele de Stellae, ou algo assim. Disse que significava "estrelas" em latim e que o havia nomeado assim porque gostava de olhar o céu. Nathaniel quis um bastão que era quase de sua altura e o nomeou de... Bem... Ele não deu nome nenhum. Bárbara escolheu duas espadas e nomeou uma de John e a outra de Lennon. Lisa escolheu nomear sua lança de... Alfred. É.

— O que foi? Alfred era o nome do mordomo do Batman! Muitos pensam que ele foi inútil na história, mas estão errados, porque... Cara, ele cuidou do Batman! Ele foi muito útil por cuidar dele enquanto era uma criança chorona. Crianças choram muito e irritam demais às vezes, mas só às vezes, porque quando elas não irritam estão dormindo, e a maioria dorme muito.

E essa foi a explicação que ela deu quando perguntamos o porquê de ela querer aquele nome. Isso nos rendeu alguns minutos de risada, e um olhar encantado de Ethan, que adorava super-heróis.

Depois nos dirigimos à floresta, os colocamos em roda e nos posicionamos no centro. Norman ficou ao meu lado direito e Dorian ao lado esquerdo. Ele seria o responsável pelo Juramento, já que Miguel havia se sentido cansado demais para nos acompanhar. Enfim, Dorian disse:

— Vistam os capuzes. — Obedecemos. — Quero que coloquem suas espadas, lanças, bastões, machados, manguais e martelos de guerra apoiados de pé no chão e coloquem suas mãos por cima do cabo. Aqueles com outro tipo de arma guardem-nas nos suportes e mantenham as mãos imóveis ao lado do corpo. Fechem os olhos. — Todos obedeceram. — Agora quero que repitam comigo: *Até que as estrelas caiam. Até que o último raio de sol brilhe. Até que a escuridão tome o mundo e até que todos aqueles que amamos tenham perecido, eu prometo que caçarei aqueles que não merecem o perdão. Não permitirei que vidas inocentes sejam sacrificadas.*

— *Darei minha vida por aqueles que dão a sua por mim* — continuaram todos, mesmo depois de Dorian parar, como se já soubessem o que deveriam dizer, mas isso não se aplicava apenas para os Caçadores novos. Para os antigos também. Todos falavam em uníssono, como um só. — *Meus irmãos, a partir de agora, serão parte de mim, e eu serei parte deles. Seremos um e assim viveremos eternamente, e, até que o fim da eternidade chegue, eu serei um Caçador de Almas.*

Era a coisa mais linda que eu já havia presenciado na vida. A partir do momento em que continuavam o Juramento sozinhos, eles começavam sua transformação. Dali em diante, veriam o mundo de outra forma, conheceriam o lado negro das coisas, seus sentimentos se tornariam mais intensos, ganhariam a habilidade de luta que precisavam, abençoariam suas armas e a eles mesmos. A partir daquele momento, seriam Caçadores de Almas. Abri os olhos, notando que já havia anoitecido, assim como na primeira vez em que havia feito o Juramento.

Quando pensei que não haveria nenhuma diferença, devia estar louca. Via tudo três vezes mais detalhado do que antes, se é que isso fosse possível, e me sentia mais leve do que nunca. Tinha consciência sobre partes do meu corpo que nem me lembrava que existiam. Era como se tivesse atualizado o sistema, me tornando uma Caçadora melhor e mais forte.

Todos colocaram suas armas no suporte ao mesmo tempo, como se fossem um exército treinado, e até mesmo eles se surpreenderam ao fazer isso. Tiraram os capuzes, olhando em volta encantados.

Dorian e eu nos entreolhamos, e perdi o ar. Seria possível que cada vez que eu fizesse o Juramento ele parecesse ainda mais bonito? Quanto mais detalhes podia ver, mais tinha consciência do quão angelical era sua aparência e do quão divino era seu sorriso.

– Bem-vindos ao grupo, Caçadores – saudou ele, voltando a olhar para a frente. – Espero que gostem do Outro Lado e do que vão encontrar nele – continuou.

– Por enquanto, tá ótimo – comentou Luke, abrindo o maior sorriso do mundo.

– Por enquanto – frisei, dando alguns passos para a frente e sacando meu machado. – Para a iniciação, novatos. Vamos caçar algumas almas. – Olhei para Dorian por cima do ombro e falei: – Leve-nos para *ela*.

Assentiu com a cabeça, sorrindo torto, e pegou uma esfera do suporte que escondia dentro da capa. Disse, antes de jogá-la no chão embaixo de seus pés:

– Não precisamos dela agora. Sei exatamente por onde podemos começar.

No segundo seguinte, todos estávamos saltando para o completo desconhecido.

∞

Estávamos em frente a um cais de madeira abandonado. Mais à frente havia vários galpões velhos e aparentemente vazios. Sorri. Era o lugar perfeito para uma caça, ainda mais quando nos sentíamos mais fortes a cada segundo, melhores por causa do Juramento.

Dorian sacou suas armas, abrindo ainda mais o sorriso que já estava em seu rosto e disse, avançando na direção do galpão mais próximo animadamente:

– Mirem sempre na cabeça. E sempre golpeiem duas vezes, só por precaução.

– *Quera intiere goraia* (Com todo prazer) – murmurei, avançando com ele para a escuridão.

Agachei, desviando da bola de ferro cheia de espinhos do mangual de Stacey. Ela atingiu uma alma que estava prestes a me atacar pelas costas. Decepei a cabeça de uma delas com meu machado, e uma flecha passou raspando pelo meu ombro, vinda do arco de Sebastian. Ela atingiu uma das almas entre os olhos.

Algo me acertou na perna. Um tipo de chicote, e ele pertencia a Bonnie. Óbvio. Fuzilei-a com o olhar, e ela sorriu daquele jeito que deixa óbvio que fez de propósito no meio da luta. Sério? Queria mesmo ficar de birrinha no meio de uma batalha daquelas? Gritou, em meio a todo barulho:

– Opa! Acho que eu errei o inimigo... Ou não?

Decidi apenas ignorá-la naquele momento, pois tinha mais a fazer. Muito mais. Eu ainda podia tirar satisfações em outro momento se ela não terminasse a noite morta.

Podia ouvir os tiros das armas de Dorian ao fundo, ecoando pelas paredes velhas do galpão junto do barulho do apelo das almas, dos gritos dos Caçadores e do som de suas lâminas decepando partes de corpos. Estava tudo indo bem, até... Bem... Até todas elas virarem pó em menos de um segundo.

Havia algo de errado. Ouvimos uma risada ecoando pelas paredes, penetrando em nossas mentes e fazendo com que todos se juntassem em um canto, exceto Dorian e eu. Nos entreolhamos, ficando um ao lado do outro. Ele tinha um corte no supercílio que sangrava, mas mal parecia notá-lo.

Apertei mais o cabo de Escuridão, observando as duas lâminas que saíam de lados opostos no cabo brilharem sob a luz da Lua que invadia o galpão pela porta enorme. Estava manchada do sangue negro das almas. Olhei em volta, ouvindo a risada cada vez mais alta.

– *Biera xessy?* (Quem é?) – perguntei, olhando fixamente para um canto escuro do galpão.

— *Er demondo dai oblivy. Myrho* (O demônio da ilusão. Myrho) – respondeu.

Ri, balançando a cabeça. Teríamos que matar um demônio na estreia dos novatos? Beleza. Finquei uma das lâminas do meu machado no chão para poder cruzar os braços.

— *Er teten waiera alle?* (O que quer aqui?) – perguntou Dorian para o demônio. Adorava quando ele falava na língua demoníaca.

— *Beilloxih* – respondeu Myrho.

Um formigamento subiu dos pés à cabeça e um rosnado gutural invadiu o ambiente, como o de um cão, e ele pertencia a mim. Fechei os olhos, virando um pouco a cabeça para o lado, como se não quisesse mais ouvir aquilo. Pude senti-lo se agitando dentro de mim. Mais um para a lista de demônios que estava nos caçando.

— *Hemoen paiare er Maloerto* (Vai para o Inferno) – sibilei.

— Não sem você – disse ele em minha língua.

— Ou você volta para o Inferno de boa vontade ou eu te mando de volta pra lá à força – ameacei, desvincando a lâmina do meu machado do chão.

— Ainda não tem capacidade pra isso, Serena Devens Stamel. Não sabe como usá-lo direito – referiu-se a Beilloxih.

— Posso muito bem fazer o que eu quiser, idiota – murmurei, sabendo que podia me ouvir.

— É o que vamos ver – ele me desafiou.

O chão começou a tremer e todos exclamaram, apertando-se contra o canto do galpão. Pude ver uma parede de sombras bloqueando a porta e toda a luz do ambiente. Olhei em volta. Por sorte, Caçadores enxergavam no escuro. "Você vai ter que me ajudar", pensei, me dirigindo a Beilloxih. Ele queria permanecer na Terra tanto quanto eu. É nossa única chance agora, garota burra. Não sabe no que se meteu. Vai acabar matando nós dois, respondeu, o que me fez sorrir torto. Bom... Tinha dado certo da última vez, então não custava nada tentar.

Tirei a minha capa, jogando-a em Dorian e o empurrando na direção dos Caçadores. Ele me olhava de um jeito levemente chocado, provavelmente surpreso com a minha idiotice de tentar lutar contra um demônio mais uma vez. Entreguei meu machado a Boyd, que estava ao seu lado, ignorando os protestos dos dois, e pedi:

— Me desejem boa sorte.

Antes que pudessem dizer algo, me agachei no chão, virada para o único ponto do galpão que estava escuro e que eu não conseguia enxergar. Era lá que ele estava, e era para lá que eu tinha que ir. Pensei, antes de avançar naquela direção: "Bem... Então nossa única saída é trabalhar juntos".

DEMÔNIO DA ILUSÃO

Nem sempre podemos proteger àqueles que amamos.
Às vezes devemos deixar que eles lutem suas próprias batalhas
e torcer para estarem prontos para vencê-las.

Dorian

O que vimos a seguir foi... inacreditável. Serena avançou correndo na direção das sombras, que não tinham uma forma específica. Conforme elas se moviam, você podia ver algo parecido com uma pessoa, como se, quanto mais tempo ficasse parada, mais fumaça negra se acumulasse em torno do demônio.

Pude ver algo que parecia ser um braço tentando acertá-la, mas ela se jogou de joelhos no chão enquanto corria, escorregando alguns metros, e ele passou apenas alguns centímetros acima da sua cabeça. Ela se levantou com um salto, pulando direto para cima das sombras. Seus olhos eram completamente negros agora, e os dentes, afiados como os de uma alma, mas brancos, ao contrário dos delas. A boca estava arreganhada de uma forma que só os demônios conseguiam.

Um segundo antes de atingi-lo, as sombras se dissiparam. Ela urrou olhando em volta quando atingiu o chão. Algo a atingiu pelas costas, jogando-a na parede alguns metros à frente.

Fincou suas unhas nela para poder se segurar e deu certo. Gritou mais uma vez, um grito de ódio misturado com um rosnado, e saltou em cima da montanha de sombras que havia se formado alguns metros à sua frente. Algo parecido com o ganido de um cachorro saiu do meio das sombras quando ela fincou os dentes no que parecia ser um pescoço.

Myrho a bateu contra a parede com força, fazendo com que o soltasse, e suas sombras se dissiparam mais uma vez. Uma luz vermelha iluminou o ambiente.

Merda. Ele era o demônio da ilusão, e como viu que não seria tão fácil derrotá-la, iria usar seus malditos truques.

Um homem apareceu no centro do galpão. Senti meu estômago revirar. Era o pai dela. Ou a imagem dele. Aproximou-se de Serena, e ela se encolheu contra a parede como se ele fosse o próprio Diabo. Rosnou um pedido sem palavras para que recuasse, mas ele não o fez.

– Filha, você sabe que a presença desse demônio não faz bem a você. Deixe-o ir. Ele...

– Meu pai está morto, seu merda! – esbravejou ela, interrompendo-o, antes de saltar em cima da figura do pai, fincando os dentes em seu ombro.

Myrho gritou. Um grito que quase estourou meus tímpanos. Ele cravou os dedos em seus ombros e a jogou longe. Ela rolou por alguns metros no chão e, quando parou, já estava em posição de ataque mais uma vez. Aquela era a minha garota.

Avançou para cima do demônio, que havia voltado a assumir a mesma forma envolta de fumaça negra de antes, sumindo no meio das sombras, o que fez meu coração apertar. Não gostava de perdê-la de vista. Um segundo depois, foi atirada a metros de distância, batendo com força contra a parede de ferro do balcão e caindo de cara no chão.

Estava começando a se levantar quando algo parecido com uma perna de fumaça acertou seu rosto com um chute. Ela ganiu como se fosse um cachorro ferido. Outro chute, dessa vez na barriga. Sabia que, se tentasse intervir, nós dois acabaríamos morrendo. Myrho não perdoaria uma intervenção de jeito nenhum, mas eu não podia ficar ali sem fazer nada.

Joguei seu machado no chão, fazendo com que se arrastasse alguns metros até estar ao seu alcance. Não sabia se ela saberia como usá-lo estando possuída, mas tinha esperança que sim.

Agarrou o cabo, fazendo um movimento com o machado e acertando o que parecia ser a perna de Myrho com uma das lâminas. Ele gritou mais uma vez, acertando Serena com algum golpe que não consegui identificar. Quando ela voltou a olhar para o demônio, vi que metade do seu rosto estava coberta de sangue. Um corte havia sido aberto na raiz do cabelo ruivo, e estava sangrando muito.

Ela saltou e girou, atingindo-o com mais um golpe de machado. No segundo seguinte o demônio sumiu, e ela caiu no chão completamente exausta. Eu sabia que ela não o havia matado e que ele havia apenas fugido para não acabar se machucando mais ainda.

Corri até Serena, vendo que ela murmurava algo e seus olhos voltavam a ficar verdes. Me ajoelhei à sua frente e, sorrindo de um jeito orgulhoso, perguntei:

– Você está bem?

— Defina bem — pediu, retribuindo o sorriso e se sentando no chão devagar, colocando a mão por cima do corte que ainda sangrava na testa.

Ri, passando os dedos por seu cabelo. Ficava feliz por ela estar bem. Luke trouxe uma mochila com medicamentos para mim, para que eu pudesse cuidar do corte na testa dela. Peguei tudo de que precisava e devolvi a mochila a ele. Passei um algodão com álcool, limpando o sangue de seu rosto, e falei:

— Estou muito orgulhoso de você.

— Por quê? Por levar uma surra mais uma vez?

— Por levar uma surra em grande estilo — brinquei, o que a fez rir. — E por ter dado uma surra nele também, mesmo sem uma arma e sem ajuda nenhuma.

— Esse vai ser meu novo nome: A Boxeadora de Demônios.

Ri alto, colocando linha numa agulha esterilizada para costurar o corte. Ela se manteve imóvel, me encarando como se eu fosse a coisa mais incrível do mundo. Passando a mão pelo meu rosto enquanto eu começava a costurar, ela agradeceu:

— Obrigada por ter jogado o machado pra mim. Aquilo salvou minha vida.

— Não fiz mais do que minha obrigação, Sery. — Ela fechou os olhos quando ouviu a última palavra. — Desculpe — murmurei. — Não devia ter deixado você...

— Tudo bem — disse, me interrompendo. — Não é culpa sua. Eu é que adoro me meter numa briga.

— *Maiene dellira* (Minha garota) — sussurrei.

Cortei a linha depois de costurar o machucado e coloquei tudo de volta na mochila. Quando voltei a olhar para ela, Serena mordia o lábio inferior, me observando. Perguntei, com um sorriso sem graça:

— O que foi?

— Gosto quando usa a língua demoníaca.

— Gosta? — perguntei, levantando uma sobrancelha. — Por quê?

Ela deu de ombros, olhando em volta. Agora todos prestavam atenção em nós. Lucy se aproximou, acompanhada de Stacey e Bárbara, e as três se ajoelharam ao nosso lado.

— Aquilo que você fez foi... — As palavras se perderam no meio do caminho da garganta de Lucy.

— Uau! — continuou Stacey.

— Foi muito uau — completou Bárbara.

Sorriu, agradecendo o elogio com um aceno de cabeça. Serena não gostava muito de nada que fizesse as pessoas pensarem que ela era melhor do que alguém, e isso era uma das coisas de que eu mais gostava nela, com certeza.

— Precisamos de uma ajudinha aqui! — pediu Norman, ajoelhado em frente a alguém a alguns metros.

Me levantei, indo até lá. Nathaniel estava no chão, pressionando o ombro com uma das mãos, que estava cheia de sangue. Anna chorava ajoelhada ao lado dele, e não parava de repetir algo como "A culpa é toda minha". Serena se aproximou apressadamente e começou a consolar a garota enquanto eu analisava o ferimento. Era o que tinha mais conhecimento sobre medicina ali, então era eu quem cuidava da maioria dos machucados. Apesar de não ter contato algum com a tecnologia atual, eu fazia o máximo possível para me manter atualizado com relação à medicina pelo bem dos meus Caçadores.

Analisei o ferimento. Era a mordida de uma alma. Perguntei, enquanto pressionava a grande quantidade de gaze que Boyd havia me passado no ferimento com força:

– Tomou a vacina antitetânica há mais de cinco anos?

– Não, menos tempo que isso – respondeu Nathaniel, juntando as sobrancelhas.

– Ótimo – comentei. Não teria que correr atrás de uma vacina. – A mordida foi profunda, mas não o suficiente para afetar articulações ou tendões. Só preciso esperar até que a hemorragia passe para dar pontos. Temos anti-inflamatórios?

Ethan correu para a mochila, praticamente revirando tudo que havia lá dentro até mostrá-los para mim. Assenti com a cabeça, coloquei mais uma camada de gaze em cima do ferimento e perguntei:

– O que aconteceu aqui?

– Ela ia ser atacada pelas costas. Tentei impedir. Deu certo, mas nem tanto.

OK. Três frases. Era o máximo que já tinha ouvido sair da boca dele. Por isso Anna havia dito que era culpa dela. Suspirei, vendo que o sangramento havia parado, e tirei toda a gaze com cuidado para a hemorragia não começar de novo. Peguei agulhas e linhas e comecei a dar pontos na ferida. Depois, cobri com mais gaze e esparadrapo e dei os antibióticos para ele, que me agradeceu com um aceno de cabeça. Falei, tocando seu braço antes que pudesse se levantar e sair andando sem dizer nada:

– Fale com ela.

Ele fez que sim com a cabeça, dizendo que tudo bem, e se aproximou de Serena, Stacey, Bárbara, Lisa e Lucy, que estavam em roda ao redor de Anna, tentando convencê-la de que não era culpa dela. Afastaram-se na mesma hora, e minha... namorada? Minha namorada veio em minha direção. Sorri, me levantando e estendendo a mão para ela. Iríamos deixá-los a sós para que se entendessem melhor enquanto nós dois nos entendíamos.

IMPREVISÍVEL

A beleza da vida está no fato de ela ser total e completamente imprevisível.

Anna

O que eu podia dizer? Sempre fui uma pessoa muito sensível a qualquer tipo de coisa. Se alguém contava seus problemas para mim, eu me sentia mal. Se ia ao enterro de um parente de um amigo, ainda que eu não conhecesse o morto, chorava por causa da energia triste do lugar. Também podia sentir e ver as coisas que a maioria das pessoas não via, e foi por isso que a abertura do portal não causou um choque tão grande na minha vida.

Também era boa com vidência, ou raciocínio, como preferem os céticos. Por exemplo: Sabia que havia algo de errado no galpão assim que entramos lá. Sabia que alguém iria acabar se machucando. Mais uma onda de lágrimas, e coloquei as mãos na frente do rosto.

Senti alguém cutucar meu ombro. Nathaniel. Sequei os olhos, tentando me recompor. Era uma Caçadora de Almas agora. Não podia deixar que pensassem que eu era uma criancinha idiota. Não era. Tinha superado coisas mais difíceis do que a maioria ali e continuava viva e bem. Perguntei:

– O que você quer?

Fez um gesto com a cabeça, pedindo que eu o acompanhasse, foi o que eu fiz enquanto ele dava alguns passos para dentro da floresta. Encarei o chão enquanto andávamos, sentindo o silêncio constrangedor quase nos esmagar. Então, ele disse após algum tempo:

– A culpa não foi sua.

– Se eu não fosse tão distraída... – comecei.

– Eram muitos, Anna. A culpa não foi sua.

Parei, cruzando os braços e olhando para ele com uma sobrancelha levantada, e perguntei:

– E por que fez aquilo?

– Não sei. Você parece...

– Um bebê? Desastrada? Mesmo depois de uma bênção divina? – perguntei.

– Pequena – concluiu finalmente.

Qualquer um ficava pequeno perto dele, mas eu sabia que não era isso o que ele queria dizer. Era mais algo como "Uma pessoa que precisa ser protegida". Indefesa. Inútil. Foi isso o que ele quis dizer. Foi o que disse uma voz em minha cabeça, uma das que eu tanto ouvia e que tanto me infernizavam.

– E isso é bom? – perguntei.

– É questão de ponto de vista – respondeu, dando de ombros.

– Vou precisar pedir alguns exemplos? – Ele apenas se manteve em silêncio. – Por que você não fala?

– Porque não tenho o que falar.

Sorri um pouco. Ele retribuiu o sorriso, mordendo o lábio inferior, e senti as bochechas corarem. De repente, Nathaniel perguntou, o que me deixou extremamente surpresa:

– Por que decidiu aceitar se tornar uma Caçadora? Tem quinze anos e uma vida inteira pela frente...

– Não – interrompi-o. – Não tenho. Perdi meus pais, não tenho amigos, família, uma casa pra onde ir. Vejo gente morta...

– Com que frequência? – ele quis saber, me interrompendo no meio da frase.

Sorri de um jeito sem graça. Aquilo era uma fala de um filme, não é? *Sexto Sentido*? Com um tom misterioso, cerrando um pouco os olhos, o que o fez rir, respondi:

– O tempo todo.

– Desculpe. Precisei fazer isso.

Ri, balançando a cabeça e me preparando para voltar ao galpão, quando ele segurou meu braço. Nem precisei perguntar o que queria:

– Você não devia estar aqui.

– Não? – perguntei irritada, cruzando os braços.

– Não. Não tem idade o suficiente. Veja só: Tem apenas quinze anos.

– E você, dezesseis – retruquei, levantando uma sobrancelha.

– Estou aqui por uma boa causa – ele disse, dando de ombros.

– E qual seria ela?

– Sei lá... Acho que... Quando eu vi você, tão pequena, candidatando-se para o cargo, pensei que alguém deveria te proteger.

Juntei as sobrancelhas, dando um passo para trás. C... Como assim? Não. Não podia demonstrar tanta surpresa. Mantive os braços cruzados e a sobrancelha levantada, observando-o. Com as bochechas um pouco coradas, olhos sérios, ele ficou me encarando de um jeito levemente desafiador. Perguntei, tentando manter o tom firme:

– E você se candidatou ao cargo de guarda-costas?

– Pode-se dizer que sim.

– Então você é minha babá agora – concluí, e ele assentiu com a cabeça. Continuei: – Ótimo.

– Ótimo – ele disse, imitando a minha voz, o que me fez sorrir.

– Ótimo – murmurei, dando as costas para ele.

Fui apressadamente na direção de onde estávamos antes, tentando segurar o riso, mas parei no meio do caminho, com uma dúvida me corroendo a cada passo que eu dava. Nathaniel fez o mesmo. Me virei para ele, suspirando antes de perguntar:

– Me diz, Nathaniel... Você vai continuar sendo esse cara misterioso e todo quieto o tempo todo?

– Talvez eu possa abrir uma exceção pra você, já que tenho certo dever a cumprir. – Ele me encarou em silêncio por alguns segundos e estendeu a mão. Continuou: – Pode me chamar de Nate.

Concordei com a cabeça, sorrindo um pouco e o cumprimentando. Nate, o Guarda-Costas. Certo, podia me acostumar com aquela ideia. Ele não me parecia má companhia. Era legal, forte, bonito e queria me proteger. Parecia ser inteligente e não conseguia ver nada de mal nele, então qual era o problema? Tudo.

Agarrei Nathaniel pela gola e o puxei para perto, ficando apenas alguns centímetros de distância dele. É claro que ele tinha que ficar curvado para ficar na minha altura, mas não me importava muito. Cerrei os olhos, encarando os dele com toda a intensidade do mundo. Falei:

– Ninguém entraria numa dessa por um desconhecido, e sei que não é diferente dos outros.

– Como pode ter tanta certeza?

– Seres humanos são previsíveis.

Nathaniel fez um movimento rápido para a frente, apertando os lábios contra os meus por alguns segundos, me deixando completamente surpresa. Levantei as sobrancelhas enquanto ele se afastava com um sorriso torto. Perguntei:

– Por que fez isso?

– Queria ver se você valia a pena tanto quanto pensei que valeria – respondeu, dando de ombros.

– E qual foi a conclusão?

– Vale. Você vale muito a pena.

Sorri enquanto Nate se aproximava de novo, me beijando mais uma vez, mas agora pra valer, e, quando se afastou, sorri constrangida. Perguntei novamente:

– E por que fez isso agora?

– Me pareceu adequado – respondeu.

Me deu as costas, indo na direção que os outros deveriam estar e me deixando parada ali, sorrindo como uma idiota. É. Talvez ele não fosse tão previsível. Ou talvez simplesmente não fosse humano.

PROMESSAS

A ESPERANÇA É O ALICERCE DA ALMA, SEM ELA NÃO SOMOS NADA.
QUANDO ELA MORRE, PARTE DE NÓS MORRE TAMBÉM.

SERENA

Fazia uma semana desde a luta com Myrho, e mesmo assim eu ainda me sentia tão mal quanto antes. Sim, eu tinha dito a Dorian que estava bem, mas isso era verdade apenas em parte. Fisicamente eu estava ótima, mentalmente era outra história.

Era como se uma rachadura houvesse se criado durante aquela luta, e parte das sombras daquele demônio tivessem entrado por ela. Serena Devens Stamel não suportaria outro demônio dentro do corpo. *Hemoen biere naiare Maloerto*, pensei. *Nessey hemoen razier*, respondeu ele. Suspirei. Bem... Esperava que Beilloxih estivesse certo. Não queria morrer logo agora que havia conseguido fazer um bom acordo com ele.

– *Gretto fencan borya?* (Você está bem?) – perguntou Dorian, se aproximando.

Dei de ombros, abraçando os joelhos. Estava sentada no chão, encostada a uma árvore. Encarava o nada pensativamente. Ele tirou a capa e desabou ao meu lado, fazendo tanto barulho quanto poderia fazer, o que me fez sorrir. Tão gracioso quanto uma bazuca.

– *Nessey grieme* (Não muito) – respondi, usando a língua demoníaca também.

Era mais fácil agora, tanto falar quanto compreender, e, já que ninguém além de nós a compreendia, usávamos quando não estávamos sozinhos e não queríamos que ninguém se intrometesse na conversa. Os outros estavam sentados no chão a alguns metros, mas eu sabia que poderiam nos ouvir se falássemos um pouco mais alto.

– *Prae teten?* (Por quê?) – questionou.

– *Fencaer worien. Quera gretto, quera laia... Nessey hemoe polledery razak eve upotli der intiere demondo teten orlegra, lo xessy conien teten mazine afergaz der promikly aunte nessey fencante reallio* (Estou preocupada. Com você, com eles... Não vou poder avançar em cima de todo demônio que aparecer, e é óbvio que mesmo depois do juramento ainda não estão prontos) – respondi, dando de ombros.

Dorian assentiu com a cabeça, concordando com o que eu havia dito. Não era exatamente naquilo que eu estava pensando, mas também não deixava de ser verdade. Olhei para o céu. Não via estrela nenhuma desde que o portal havia sido aberto.

– Vamos morrer – falei, de repente, em nossa língua-mãe.

Ele olhou para mim com as sobrancelhas juntas. Aquilo havia saído do nada, como se... Como se eu devesse contar a ele mesmo sem saber se estava realmente certa. Mesmo sem ter certeza. E Dorian disse:

– Não. Ninguém vai morrer. Vamos ficar bem.

– Não. Não vamos. Queremos fechar o portal, mas não temos ideia de como fazer isso.

– É pra isso que existe esperança, não é? – perguntou. – Pra acreditarmos que algo pode acontecer mesmo que quase não haja chances.

– Qualquer esperança que eu pudesse ter se foi a partir do momento em que aprendi o que era morte – murmurei. – "No suor do teu rosto comerás o teu pão, até que te tornes à terra; porque dela foste tomado; porquanto és pó e em pó te tornarás."

– *In sudore vultus tui vesceris pane donec revertaris in terram de qua sumptus es quia pulvis es et in pulverem reverteris* – repetiu ele, em latim.

– Todos morrem no fim, Dorian. Não importa o que aconteça.

Ele se manteve em silêncio, baixando o olhar. Me virei para Dorian, observando-o enrijecer a mandíbula. Seus olhos azuis pareciam ter escurecido, e o cabelo negro e liso fazia sombra no rosto.

Dorian se manteve em silêncio, o que me deixou meio incomodada, então decidi deixar pra lá. Abri a boca, prestes a tentar mudar de assunto, quando Bonnie irrompeu entre as árvores, olhando diretamente para meu namorado com um sorriso enorme. Ela começou, aproximando-se dele:

– Oi.

– O que você quer? – perguntei, antes que ele sequer pudesse pensar em responder.

— Dar oi — falou.

— Pois então dê seu oi pra outra pessoa em outra hora, porque, se você não percebeu, estamos resolvendo algumas coisas aqui.

Ela recuou um pouco, colocando as mãos dos lados do rosto como se fazendo de inocente e voltou para onde nunca deveria ter saído. Aquela garota... Ainda me vingaria dela da forma mais cruel e satisfatória possível. Mas, por enquanto, tinha que me contentar com "espere até o momento perfeito para mandá-la para o Inferno".

Me ajoelhei de frente para ele e fiz com que olhasse para mim. Colocando as mãos em suas bochechas, pedi:

— Não me olhe desse jeito. Sabe que às vezes posso ser meio dramática.

Dorian permaneceu em silêncio, me encarando com seus lindos olhos azuis. Apertei meus lábios contra os dele, mas não houve reação. Me afastei apenas o suficiente para olhá-lo. Sussurrei:

— Sabe que eu amo você, não sabe? — Silêncio. Beijei-o mais uma vez. Nada. — Não sabe? — Mais uma vez. Nada.

Fiquei encarando-o por mais algum tempo, esperando que ele dissesse algo. Demorou bastante, mas finalmente o fez:

— Nunca mais diga uma coisa dessas.

— Que às vezes eu sou meio dramática?

Balançou a cabeça, ainda sério.

— Que eu te amo?

— Não, boboca — ele disse, não conseguindo segurar o sorriso.

— Que... — comecei.

— Ah, deixa pra lá — desdenhou, me interrompendo e me puxando para perto mais uma vez.

Sorri enquanto ele me beijava. Eu e minhas táticas de nunca deixar que ele ficasse bravo comigo por muito tempo. Só não funcionaram uma vez, mas não queria pensar nisso naquele momento. Foi ele quem se afastou, mordendo o lábio inferior enquanto me encarava com seus olhos azuis.

Me aproximei um pouco mais, me sentando em seu colo com uma perna de cada lado de seu quadril e passei os dedos por seu cabelo, sorrindo um pouco. Me inclinei para a frente devagar, apoiando a cabeça em seu ombro, com a testa contra seu pescoço. Gostava do cheiro dele. Floresta, chuva e um leve toque amadeirado. Passou um dos braços ao meu redor e com a mão livre tocou meu cabelo ruivo e cacheado.

Não conseguia mais sequer imaginar viver sem ouvir aquela voz rouca e angelical ou ver aquele rosto impossivelmente perfeito. E mais inimaginável ainda seria viver sem seu amor. Aquele amor protetor, preocupado, gentil e cuidadoso. Aquele amor presente em cada olhar que ele me lançava, independentemente do que sentia no momento.

– Você confia em mim? – questionou Dorian, de repente.

– Mais do que em qualquer outra pessoa – respondi, no mesmo tom de sussurro.

– Então sabe que eu faria qualquer coisa pra te manter segura, não sabe? – perguntou, o que me fez olhar pra ele.

– Por que está perguntando isso?

Silêncio. Já sabia a resposta, e ele sabia que eu sabia. O que eu disse o deixou com medo de que eu não confiasse o suficiente nele e não tivesse esperanças de que poderia me proteger de qualquer coisa. Tudo o que sempre havia feito, além de caçar almas, havia sido proteger seus Caçadores. Proteger era instinto para ele, e o que eu disse o deixou duvidando de si mesmo.

Ótimo, Serena! Você é a pessoa cuja opinião mais importa e nem pensou nisso antes de acabar com a autoestima dele. Perfeito! Nota dez pra você e sua idiotice!

– Ei, ei, ei! – falei, colocando a mão em seu queixo e erguendo seu rosto na direção do meu. Continuei: – Você sabe que é o melhor Caçador de Almas de todos, que é o líder e que pode fazer o que quiser, meu amor. Pode fazer qualquer coisa.

– Não pude impedir que abrissem o portal.

– Mas pode fechá-lo – afirmei, tentando passar o máximo de confiança possível. – Não ligue para a minha falta de confiança. Ela se aplica a mim, e não a você.

Me encarou por alguns segundos, tentando achar dúvida em algum lugar entre as minhas palavras. Não iria encontrar. Não tinha dúvida nenhuma com relação a ele. Confiava minha vida a Dorian.

Beijei sua testa demoradamente antes de sussurrar que o amava. Ele encostou a cabeça na minha. Podia sentir seus cílios batendo em minha bochecha direita quando ele piscava, e sua respiração em meu pescoço e ombro. Nunca teria coragem de fazer qualquer coisa que o ferisse, tanto com palavras quanto fisicamente e, por isso, naquela noite em que encontramos Lisa, Beilloxih não avançou nele. Porque a única parte de mim que ainda restava, que estava no controle, o impedia de sequer pensar em machucá-lo.

Os Caçadores agora haviam ido dormir. Tinham apagado a fogueira e nos deixando apenas sob o luar. Fechei os olhos, ouvindo o vento bater nas copas das árvores, balançando os galhos e folhas. Passei os dedos por seu cabelo, ouvindo meu coração e o dele batendo ritmadamente.

Ficamos um longo tempo na mesma posição, aproveitando nossa proximidade, o silêncio, a paz. Era a primeira vez que eu a sentia desde que o portal havia sido aberto. Nesse momento, sussurrei:

– Sabe como nascem as estrelas, Dorian? – Silêncio. Aquilo significava que não. – Elas nascem a partir de nebulosas. As partículas de matéria que compõem nebulosas se atraem entre si, criando uma massa compacta e formando os astros. – Eu mantinha meu tom baixo e o mais doce possível. – Alguns deles se tornam gigantescos, e sua temperatura interior é extremamente alta, a pressão dentro deles é tão elevada que a energia é liberada em forma de luz e calor. Outros não. Outros se tornam apenas planetas, satélites naturais, cometas, que brilham no Universo apenas porque refletem a luz das estrelas. – Agora minha voz quase não era audível. – O amor de alguns pode ser comparado a um planeta. Constante. Quase sempre seguindo a mesma rota, com alguns problemas pelo caminho, dependendo de fatores externos pra sobreviver. Outros são satélites naturais, que dependem daqueles que dependem dos fatores externos, que giram em torno de algo que nem sempre é estável. Muitos são cometas, repentinos, queimam, consomem. Alguns demoram mais que os outros pra sumir, mas sempre somem no fim. – Pressionei os lábios contra sua têmpora enquanto eu sussurrava. – O nosso é uma estrela. O nosso amor mantém a si próprio. Alimenta-se da energia dele mesmo, consome a si mesmo, mas dura quase uma eternidade. Anos, décadas, milênios, eras. Ele sobrevive como antes, e, no fim de seus dias, ele cresce, aquece, até que tenha consumido a si mesmo quase completamente, e então sobra uma centelha, e ela é eterna. Pode ser fraca, mas continua lá, e ainda assim é maior do que muitos cometas, satélites naturais e planetas. E mesmo que ela resfrie completamente, que perca sua luz, ela continua sempre presente, como uma lembrança do que já foi um dia.

Abri os olhos e fiz com que olhasse para mim. Havia um sorriso quase imperceptível em seus lábios, e os olhos brilhavam quase tanto quanto as estrelas das quais eu havia falado.

– Isso tudo quer dizer que eu vou amar você pra sempre – resumi, dando de ombros, o que o fez rir. – Simplesmente isso – continuei.

– Simplesmente isso – repetiu, dando de ombros também. – Só tudo isso.

– É. Só tudo isso – falei.

Ele riu mais uma vez, colocando uma mão em meu rosto e me puxando para perto, encostando a testa na minha. Ficou mais alguns segundos em silêncio antes de dizer:

– E se eu disser que está errada? – juntei as sobrancelhas. – Nosso amor não é uma estrela porque ele não vai diminuir. Nunca. Ele é como o Universo. Sempre se expandindo pro infinito, pra algo inimaginável de tamanho imensurável.

Ri, balançando a cabeça. Dorian havia acabado comigo. Em cinco frases ele acabou com um discurso inteiro de "criação de estrelas e tipos de amor". O que eu podia fazer se ele tinha razão? Decidi apenas beijá-lo para não acabar passando vergonha.

Entrelaçou os dedos em meu cabelo, intensificando o beijo enquanto me apertava mais contra ele com o braço livre. Passei as mãos por seu rosto, seu pescoço, braços e costas o mais suavemente possível, tentando passar confiança a ele, a sensação de controle. Eu sabia que ele ainda não acreditava completamente no que eu havia dito sobre ele poder fazer qualquer coisa que quisesse.

Infelizmente, eu não tinha tanto controle sobre meu corpo quanto gostaria. Havia um demônio lá dentro também. Um demônio meio... Digamos que eu duvidava que ele fosse santo. Ou simplesmente não era homem como pensava que fosse.

Por sorte, Dorian estava sem a capa. Não gostaria de tê-la rasgado em pedaços como fiz sem querer com a camisa preta que usava por baixo. Minhas unhas haviam crescido anormalmente, ficado afiadas como as de Beilloxih, e não duvidaria se dissessem que naquele momento meus olhos haviam ficado negros. Dorian não ajudava muito, me beijando de uma forma tão intensa como se minha boca e meu corpo fossem sua única fonte de vida. Depois de alguns instantes se inclinou para trás, como se fosse se afastar, mas eu fui para a frente, me erguendo sobre ele e quase o obrigando a se deitar no chão. Podia sentir meu coração bater cada vez mais rápido e meu corpo ser invadido por ondas de calor que quase me consumiam. Agarrei seus cabelos e o puxei cada vez mais para perto de mim. Nossos corpos agora estavam tão colados que parecíamos um só. A cada toque de Dorian explorando as curvas do meu corpo, eu sentia algo dentro de mim gritar por ele, querendo mais e mais. Soltei um gemido que mais parecia um grito abafado, de um jeito demoníaco.

O pressionei contra as folhas úmidas do chão da floresta, impedindo-o de se afastar um milímetro sequer. Eu já não tinha mais tanto controle quanto antes. Felizmente, ele sacou a tempo.

– Serena... – disse, colocando as mãos em meu rosto e o empurrando com gentileza para cima. – Vai com calma.

Assenti com a cabeça, tentando acalmar a respiração e recuperar o controle. Me apoiei no chão pelos antebraços, ainda em cima dele, mas agora com a testa pressionada contra seu peito, ouvindo ambos os corações desacelerarem lentamente. Repetiu, dessa vez mais baixo:

– Com calma.

– Desculpe – sussurrei, pois era o máximo que eu conseguia fazer.

– Tudo bem – disse, passando os braços em torno de mim e me apertando contra ele.

Respirei fundo, fechando os olhos e permitindo que meus músculos relaxassem. Eu estava em cima dele, com a cabeça em seu peito e seus braços me envolvendo. Ficamos algum tempo em silêncio antes de eu finalmente me levantar, ajeitando a capa e as roupas, sentindo o rosto corar.

Dorian se levantou também e, depois de analisar os restos da camisa com atenção, decidindo se ainda era possível utilizá-la, ele a tirou, jogando no chão. Engoli em seco, tentando não encará-lo. Não era a primeira vez que o via sem camiseta, mas, devido às circunstâncias...

Riu baixo ao ver minha reação. Um riso abafado, para evitar acordar os Caçadores que dormiam. Estendeu a mão para mim, com seu sorriso tornando-se de certa forma malicioso. Juntei as sobrancelhas ao pegá-la e perguntei:

– O que tem em mente, sr. Quilian Delore?

– O que quer que eu tenha em mente depois do que quase acabou de acontecer, srta. Devens Stamel?

Revirei os olhos, o que o fez rir mais uma vez. Me puxou para perto, passando os braços ao meu redor e me apertando contra ele. Beijou a minha bochecha demoradamente, passando os lábios para o meu ouvido logo depois:

– Quer dar uma volta?

Franzi a testa, surpresa com a proposta quase indecente que havia feito. Quase não: completa e totalmente indecente. Acho que agora sabia o que ele tinha em mente. Recuei um pouco, me livrando de seu aperto e tentando segurar o sorriso malicioso que estava prestes a se formar em meu rosto. Peguei sua capa do chão, a joguei em cima dele e falei:

– Eu aceito. Desde que não tente me agarrar no meio do caminho.

– Essa era a intenção – confessou ele, amarrando sua capa por cima dos ombros e logo depois estendendo a mão em minha direção.

Eu a peguei, deixando que me guiasse pela floresta. Ambos sabíamos que aquilo era extremamente perigoso, ainda mais se considerássemos o horário. Eram quase três horas da manhã, e, mesmo depois de tudo o que havíamos passado, Beilloxih ainda não havia aberto mão de sua parte do acordo.

Tínhamos nos afastado tanto do grupo que eu já nem sabia mais onde estávamos quando finalmente parou. Perguntei, quando começou a circular as árvores ao nosso redor com um olhar atento para as copas:

– O que está fazendo?

– Procurando – respondeu.

– Pelo quê?

Apenas sorriu, parando no lugar em que estava sem tirar os olhos do céu. Fez um gesto com as mãos, pedindo que eu me aproximasse, e se posicionou atrás de mim, com as mãos em meus braços. Sussurrou:

– Olhe pra cima e vai ver.

Obedeci, cerrando os olhos para ver através das copas das árvores. E foi quando eu a vi. A última estrela que restava no céu. Era quase invisível em meio às nuvens densas, mas ainda assim podia vê-la. Sorri, prestes a falar alguma coisa bem aleatória e sem sentido quando ele desceu as mãos pelos meus braços, entrelaçando os dedos nos meus. Respirei fundo, sentindo meu coração apertar um pouco.

– Já fez isso antes? – perguntei, tentando não deixar transparecer o nervosismo em minha voz.

– Quer mesmo saber a resposta? – perguntou de volta, enquanto eu me voltava para ele, o que me fez rir nervosamente.

– Acho que, em caso de a resposta ser sim, não.

Sorriu um pouco, em silêncio, e eu sabia o que aquela resposta queria dizer. Tá, isso aumentava em 99% minhas chances de passar vergonha na frente dele. Provavelmente percebeu meu nervosismo, já que passou os dedos pelo meu cabelo com toda a delicadeza do mundo e o colocou atrás da minha orelha. Aproximou-se um pouco, o suficiente para que eu sentisse sua respiração em meu rosto, e disse:

– Mas nada disso faz diferença, já que a única pessoa que eu amei foi você.

– Quer realmente que eu acredite nisso? – perguntei, pouco antes de ele apertar os lábios contra os meus por apenas alguns segundos.

– Se não fosse verdade, eu não estaria aqui, não é mesmo?

Assenti com a cabeça. Tinha razão, embora aquilo não melhorasse muito a minha situação.

Me beijou mais uma vez, antes que eu pudesse pensar em responder alguma coisa, entrelaçando os dedos em meu cabelo e me puxando contra ele. Desamarrei sua capa quando fez o mesmo com a minha, e, quando sua respiração começou a acelerar, me pegou no colo. Passei as pernas em torno de seu quadril, e ele deu alguns passos até que eu estivesse encostada a uma árvore.

Parou de me beijar, passando os lábios pelo meu pescoço e pela linha da clavícula, e entrelacei os dedos em seu cabelo. Perguntei, sentindo que ainda havia algo que precisávamos resolver antes de qualquer coisa, mesmo que isso fizesse com que ele tivesse vontade de me xingar por tê-lo interrompido:

– Promete que vai me amar pra sempre? Mesmo com Beilloxih dentro de mim?

Dorian parou na mesma hora, me encarando como se quisesse saber se eu realmente estava falando sério. Quando viu que sim, me colocou no chão e se sentou, e eu fiz o mesmo. Algo em seu olhar parecia grave, como se o que estava prestes a me dizer fosse a maior verdade na qual acreditava. Eu sabia que estava tagarelando, mas não podia evitar, e esperava que não ficasse bravo comigo por isso.

– Serena – começou, pegando minhas mãos –, você é o amor da minha vida. É a garota que quebrou a minha maldição e aquela pra qual eu devo meu coração. Você pode até falar demais nos momentos errados, ser muito ciumenta e mais teimosa do que qualquer um que já conheci na vida, mas eu amo tudo isso. Amo cada centímetro seu, tudo o que é. Amo a ideia de amar você. E isso nunca vai mudar. Com ou sem Beilloxih. – Aproximou-se um pouco, sussurrando tão baixo que mal pude ouvir. – Eu te amo, Serena Devens Stamel.

Sorri, me inclinando para a frente para poder beijá-lo. É. Acho que aquela era a resposta da qual precisava e a única da qual havia precisado desde o início. E, se ele podia me amar do jeito que eu era, assim como eu o havia amado antes de quebrar sua maldição, então podia confiar nele.

Eu era dele e ele era meu, e naquele momento aquilo era tudo o que importava. Para nós dois.

LIBERTA

Por mais que planejemos nossa vida, nunca estaremos preparados para as surpresas que ela nos reserva.

– Dorian? Serena? – Ouvi alguém chamar ao longe e abri os olhos na mesma hora, em estado de alerta.

Me sentei com um salto, tentando identificar a que distância estavam para calcular o que eu faria primeiro. Estavam perto, há mais ou menos cem metros.

– Dorian – chamei, tentando parecer silenciosa o suficiente apenas para que eles não me ouvissem. – Dorian! – Eu o chacoalhei o mais forte que conseguia, lamentando que fosse assim depois da noite que havíamos tido.

Ele abriu os olhos preguiçosamente, sorrindo quando a primeira coisa que viu foi meu rosto. Antes que eu pudesse abrir a boca para mandá-lo se apressar, ouvimos a voz de Norman um pouco mais próxima. Há uns setenta metros, talvez. Dorian arregalou os olhos, tão azuis quanto o céu do meio-dia, e saltou do chão, usando sua capa para cobrir a si mesmo.

Peguei todas as minhas roupas do chão e saí correndo para trás de uma árvore a fim de vesti-las. Havíamos perdido a hora. Devíamos ter acordado antes dos outros.

– Merda! – disse o Caçador, colocando o cinto de couro negro.

O olhar assustado em seu rosto me fez rir, de repente, e quase não consegui terminar de vestir a camiseta enquanto tentava manter o silêncio. Sorriu, aproximando-se de mim, e amarrou a capa ao redor do meu pescoço enquanto eu calçava os sapatos. E, quando finalmente terminamos, ajeitando o cabelo e as roupas, os outros Caçadores nos alcançaram.

– Por Deus! – disse Boyd, aproximando-se. – Onde vocês estavam? Procuramos vocês durante a manhã toda!

– Estávamos fazendo uma... – comecei, tentando achar uma desculpa qualquer.

– Caminhada de reconhecimento – dissemos ao mesmo tempo.

O olhar malicioso que Norman nos lançou a seguir mostrou como não acreditava em uma palavra sequer do que havíamos dito, mas eu sabia que guardaria bem o nosso segredo. Dorian e eu nos entreolhamos, abrindo enormes sorrisos disfarçadamente travessos um para o outro.

– Isso explica o fato de você não estar de camiseta, não é mesmo? – comentou Bonnie, olhando meu namorado como se ele fosse sua sobremesa.

Ele fechou a capa, cobrindo a si mesmo, antes de responder:

– Fomos atacados.

– Por um urso – completei e, só depois de terminar a frase, notei o quão sem sentido era aquilo.

Era melhor simplesmente ficarmos quietos. Enquanto Dorian abria uma das mochilas carregadas por um dos Caçadores a fim de pegar uma camiseta para si, Lisa se aproximou de mim. Comentou, quase tão baixo que apenas eu pude ouvir:

– Eca. Vocês são muito melosos.

Ri, antes de Dorian e eu nos entreolharmos mais uma vez. Já não podia mais olhar para ele sem sorrir e corar, então decidi grudar meu olhar no chão. Deveria agradecer a Beilloxih depois por não ter interferido naquela noite. Não sabia o porquê, mas ultimamente ele vinha fazendo algumas boas ações bem estranhas por mim.

Todos olharam para Dorian, depois de ter vestido a camiseta preta que escolhera, esperando que desse alguma ordem ou dissesse o que deveríamos fazer. Então, ele disse:

– Vamos até ela.

Todos os novatos se entreolharam, o que me fez rir. Ethan foi o responsável por explicar a eles quem ela era enquanto caminhávamos na direção da cidade, a qual Dorian sempre sabia a direção, como se fosse um instinto. Acho que, mesmo depois de ter quebrado a maldição, ele ainda tinha algumas coisas que o ligavam à sua irmã como, por exemplo, o fato de agir como um anestésico em qualquer um que se aproximasse, fazendo com que todos se calassem ou falassem mais baixo e nunca sentissem medo em sua presença.

Não demorou muito para chegarmos. As ruas da cidade estavam vazias, o que não me deixou muito surpresa, depois da abertura do portal, quase ninguém saía mais de casa.

Olhei para o céu acinzentado sentindo falta do Sol. Todos haviam começado a ficar estranhamente pálidos por causa dos dias escuros e frios. Paramos em frente à casa, encarando-a. Ao contrário das outras ao redor, ela quase caía em pedaços.

Meus olhos se encheram de lágrimas ao me lembrar da última vez em que estive ali. Ainda estavam todos vivos, e Dorian ainda era amaldiçoado. Não sabia da existência de Beilloxih e não tinha ideia de como segurar uma arma. Apenas uma coisa não havia mudado: a dor que sentia pela falta que minha família fazia.

Dorian entrelaçou os dedos nos meus, fazendo um gesto com a cabeça para que eu seguisse em frente, me encorajando. Respirei fundo antes de avançar. Não sabia exatamente o que era, mas algo na forma que me olhava e tocava em mim havia mudado. Para melhor. E eu gostava muito disso.

Passei por cima da porta caída na entrada, olhando em volta da sala escura do lado de dentro. Os móveis estavam revirados e quebrados, diferentemente da última vez que estivemos ali. Juntei as sobrancelhas, e Dorian soltou minha mão na mesma hora, disparando para o andar de cima. Corri atrás dele, subindo correndo pelas escadas velhas de madeira apodrecida e atravessando o corredor.

A porta do banheiro em que ela ficava estava completamente escancarada, e pude ouvir algo parecido com um choro do lado de dentro, misturado à voz de Dorian. Entrei.

Senti todos os meus músculos congelarem quando vi o que tinha do lado de dentro. Uns cinco corpos de Angeli estavam caídos no chão do banheiro, manchando-o completamente de sangue. Num canto, acompanhada de Dorian, estava uma garota com a qual eu nunca tinha tido uma conversa inteira, mas podia reconhecê-la sem problemas. Era ela, e não estava dentro do espelho. Abraçava os joelhos, e seu rosto estava escondido entre os longos cabelos lisos. Usava a mesma camisola ensanguentada de sempre. Podia ver os ombros tremendo.

Dorian colocou os braços em torno dela, sussurrando algo que eu não consegui entender. Seu olhar encontrou o meu quando apoiou o queixo no topo da cabeça da menina. Perguntei silenciosamente se podia me aproximar, e ele assentiu.

Me ajoelhei à sua frente e olhei por cima do ombro depois de ouvir um barulho do lado de fora do banheiro. Eram os outros Caçadores, e eles se espremiam na porta para ver o que acontecia. Fiz um gesto com a cabeça para que nos dessem licença, e Boyd fechou a porta.

Ela subiu o olhar até mim. Tinha cabelos castanho-escuros lisos. Seus olhos não eram mais duas poças negras assustadoras como antes. Agora eram olhos normais, quase tão azuis quanto os do irmão, e as lágrimas que caíam deles não eram mais feitas de sangue.

– O que aconteceu? – perguntei.

– Minha maldição foi quebrada, libertando-a da dela – explicou Dorian. – Tentaram vir atrás dela para conseguir informações contra nós, mas ela aprendeu a se defender muito bem com o passar dos anos, não é? – perguntou, passando o olhar para a irmã e abrindo um lindo sorriso para a garota, que retribuiu.

– É bom ouvir sua voz mais uma vez – disse ela, depois passou o olhar para mim. – E é bom finalmente conhecê-la. Oficialmente.

– O prazer é todo meu – retribuí, sorrindo um pouco. – Você está bem?

– Tanto quanto poderia estar – respondeu. – Só estou com um pouco de fome. – Juntou as sobrancelhas. – Não sentia isso há mil anos. É bem estranho.

Eu e Dorian nos entreolhamos, sorrindo, antes de nos levantarmos, ajudando-a a fazer o mesmo. Fiz uma careta ao ver a quantidade de sangue em suas roupas e falei, passando o olhar ao meu namorado:

– Acho que vamos precisar dar mais uma passada na casa do Miguel.

Ele concordou, passando um braço por cima dos ombros da irmã, que era um pouco mais baixa do que o normal. Era uma cabeça e meia mais baixa que nós dois. Tinha no máximo 1,55 m.

Fui a primeira a sair do banheiro, lançando um olhar de aviso a todos para que não ficassem encarando-a ou fizessem perguntas estranhas. E o queixo de todos caiu quando Dorian apareceu com ela do lado de fora. Ótimo. Superdiscretos. Revirei os olhos.

– Pessoal, essa é a irmã do Dorian – apresentei a menina. – É uma longa história, e vamos explicar depois. Agora vamos voltar à casa de Miguel pra encontrar algumas roupas e alimento pra ela.

– Não sigo ordens de pessoas que não sejam o Líder – disse Bonnie, erguendo o queixo.

– Pois então fique aí sozinha – retruquei, dando as costas a ela. Aquela garota me dava nos nervos. Por sorte, todos me seguiram. Infelizmente ela acabou decidindo ir junto.

Dorian pegou uma de suas esferas de dentro da capa e a atirou na parede do outro lado do corredor. Seguimos em frente na direção do buraco negro, nem imaginando o que encontraríamos atrás daquelas sombras.

OS ANJOS DO DEMÔNIO

Quando a raiva domina a mente, nosso lado mais sombrio domina o corpo.

A primeira coisa que eu vi quando pisei na sala de estar da casa de Miguel foi o sangue. Ele cobria as paredes e o chão e pingava do teto, como se tivessem jogado baldes e mais baldes dele por toda a parte. Coloquei as mãos na frente da boca e nem me lembrei que estava tampando a passagem dos outros Caçadores para o lado de dentro. Havia sido a primeira a entrar.

Depois eu vi os corpos. Jogados em cima do sofá, da poltrona, da mesa de centro, no chão... E as cabeças de todos eles estavam presas no teto, como lustres macabros. Ouvi alguém gritar, esbarrando em meu ombro e entrando na casa a toda velocidade.

Lucy. Logo atrás dela vieram Stacey, Luke, Anna e Lisa. Pude ouvir Ethan xingar atrás de mim. Só ali eu saquei. Não eram corpos a esmo. Eram parentes, pais e amigos dos novos Caçadores. Um aviso, para mostrá-los no que haviam se metido.

– NÃO! – berrou Anna, com as mãos na frente da boca, ajoelhada na frente do corpo de um homem que devia ser o pai dela.

Nathaniel correu até Anna, ajoelhando ao seu lado e colocando uma mão em suas costas, murmurando algo que não me dei nem ao trabalho de tentar entender. Depois, Sebastian foi até Stacey, praticamente a arrastando para fora da casa mais uma vez, dizendo que não queria que ela visse aquilo. Lucy estava com as mãos na frente da boca, e a única coisa que a impedia de cair no chão era Luke, que havia passado os braços em torno de sua cintura, segurando-a. Os olhos azuis dele estavam cheios de lágrimas, a mandíbula estava rígida, e ele olhava para fora, ignorando a cena à sua frente, como se não conhecesse ninguém ali. Lisa parecia em choque, encarando o chão com os olhos arregalados e vítreos. Ethan passou por mim, indo em sua direção.

Dorian se colocou ao meu lado. Olhei por cima do ombro. Norman havia ficado do lado de fora com Bárbara, Boyd e os outros, que se recusavam a entrar. Prefeririam pensar que seus parentes não haviam sido encontrados e que estavam bem.

Observei as cabeças no teto, esperando não encontrar nenhuma que reconhecesse, e quase pude sentir o coração parar quando... Recuei alguns passos, abafando um grito com as mãos. Eram as cabeças de Miguel e Lúcia, uma ao lado da outra no centro de todas.

Todos seguiram meu olhar, e o grito deles se juntou ao meu. E foi aí que tudo começou.

Os Caçadores que estavam do lado de fora correram para dentro, encontrando não só Miguel e Lúcia, como todos os seus parentes mortos. Cinquenta Caçadores com uma dor irreparável estavam amontoados numa sala pequena quando o apelo de uma alma cortou o silêncio do lado de fora, e pudemos ouvir algo parecido com uma manada de elefantes se aproximando em alta velocidade.

Berrei, sentindo o ódio tomar o lugar da dor. Que viessem todas as almas do mundo e todos os Angeli. Mataríamos todos com muito prazer. Eu arrancaria a cabeça deles e penduraria junto daquelas presas ao teto.

Avancei para o lado de fora, peguei Escuridão do suporte e o girei nas mãos. Não senti nada ao ver a quantidade de almas e de Angeli que haviam cercado a casa, apenas os encarei por alguns segundos, ouvindo os silvos e os passos dos Caçadores saindo da casa de um jeito hesitante.

Vi minha versão malvada, que eu gostava de chamar de Malévola, parada de pé ao meu lado. Fuzilava todos à sua frente com o olhar como se pudesse transformá-los em cinzas. Murmurei, sabendo que poderia me ouvir mesmo que mais uma tempestade de raios tivesse se formado no céu acima de nossas cabeças:

– *Vellem trevelle intieraia laia* (Vamos matar todos eles).

– *Quera intiere goraia* (Com todo prazer) – respondeu, com um sorriso.

Lancei meu machado na primeira alma à minha frente, e a última coisa que eu vi antes de acertá-la bem entre os olhos foi o reflexo de um raio em suas lâminas prateadas.

Corri até lá, saltando por cima de uma delas e o arrancando da carcaça, caindo em cima de um Angeli. Minha boca havia se aberto o suficiente para engolir uma cabeça (obra de Beilloxih). Mordi seu pescoço com o máximo de força que tinha na mandíbula, me agarrando a ele enquanto se debatia, tentando se livrar de mim. Senti seu sangue descendo quente pela minha garganta e encharcando minhas roupas.

Quando finalmente caiu morto no chão, avancei para o próximo, girando meu machado e arrancando a cabeça de um Angeli. Depois, finquei uma de suas lâminas no crânio de uma alma. Vi Anna de relance ao meu lado, lançando seu chicote em um dos Angeli e o acertando no rosto, matando-o na hora devido aos espinhos prateados presos à ponta da arma. Nathaniel lançou longe uma alma que estava prestes a atacá-la pelas costas usando seu bastão, e a garota mal percebeu. Era como se ele agisse como seu guarda-costas realmente.

Vi Stacey esmagando cabeças com seu mangual, Luke arrancando cabeças com sua foice, Lucy furando olhos com suas adagas Sai, Sebastian acertando dois alvos ao mesmo tempo com duas flechas lançadas simultaneamente, Bárbara furando pulmões com suas espadas, Lisa perfurando estômagos com sua lança... Bem... Foi uma matança e tanto, e eu gostei muito disso.

Estava tudo indo bem, até aquele grito cortar o ar, até ele me distrair e até uma lança atravessar meu ombro. Berrei, caindo de cara no chão. Antes que eu pudesse pensar em me levantar, atravessaram minha perna com a mesma arma. Inferno.

Ouvi um tiro cortar o silêncio que a dor havia me imposto, e algo caiu por cima de mim. O corpo de um Angeli, com um buraco de bala na têmpora esquerda. Olhei na direção de onde tinha vindo o tiro e quase consegui sorrir em meio à dor quando vi que era Dorian.

Não havia medo em seu olhar, ou preocupação. Havia apenas ódio. Sua mandíbula estava rígida. As sobrancelhas levemente juntas. Olhos azuis sombrios. Me fez levantar com certa delicadeza e me colocou atrás dele enquanto eu fazia o máximo para ignorar a dor e me manter de pé.

Recarregou os dois revólveres prateados tão rapidamente que mal pude acompanhar com o olhar e me deu um deles. Disse, por cima do ombro, num tom doce que não combinava muito com a situação:

– Fique atrás de mim.

Assenti, observando enquanto ele levantava a arma e atirava numa alma que estava prestes a avançar. Não tenho ideia de como, mas conseguiu acertar outra que estava atrás dela com a mesma bala. Resisti ao impulso de assoviar.

Fez um movimento em arco com o braço, atirado em cada uma das almas à sua volta enquanto andava devagar para a frente e eu o acompanhava, ignorando a dor. Chutou o rosto de um Angeli que veio correndo à nossa frente, e ele caiu no chão desacordado na mesma hora. Pegou uma das esferas de buraco negro do suporte e a jogou no chão alguns metros adiante, sugando todas as almas e Angeli que estavam ao redor. Depois, voltou a atirar e gritou:

– Abaixa!

Obedeci ao mesmo tempo em que ele girava e atirava no lugar onde antes estava a minha cabeça e... a bala curvou. Juro por tudo nessa vida que ela desviou de um dos Caçadores há alguns metros e acertou uma alma prestes a atacá-lo pelas costas.

Permaneci encarando Dorian, de queixo caído. Quer dizer... Quem curva uma bala e atira em algo que nem sequer estava enxergando? Quem? Bom... Não tinha tempo para ficar pensando em como meu namorado era talentoso. Precisava me concentrar na...

Algo agarrou meu pé, fazendo com que eu caísse no chão mais uma vez e largasse a arma no chão. Gritei, e Dorian se virou em minha direção, acertando um tiro na alma que me arrastava para longe, mas ela se manteve viva, me levando para cada vez mais longe dele. Um Angeli avançou em cima dele, mas Dorian o acertou com um tiro na cabeça e, quando voltou a olhar e correr na minha direção, tudo escureceu.

Bom vê-la novamente, Serena, ouvi alguém dizer em minha cabeça. *Quem é você?*, perguntei, também em pensamentos. *O Demônio da Escuridão, o primeiro que viu na vida, mas não o último que vai encontrar*, respondeu. *E o que isso quer dizer?* Ele riu tão alto que mal pude ouvir meus próprios pensamentos antes que respondesse. *Estou levando você para um velho amigo, Serena Devens Stamel. Myrho.*

O HOSPÍCIO

O MEDO É O MAIOR INIMIGO DO SER HUMANO, ELE ENTORPECE OS SENTIDOS, NOS PARALISA, NOS TRANSFORMA EM PRESAS FÁCEIS DIANTE DO PREDADOR.

Quando abri os olhos, soube que não estava mais na floresta. Estava tudo muito escuro e silencioso, tirando o barulho de uma goteira e o eco que ela fazia nas paredes.

Meu braço direito e a perna esquerda doíam demais para eu poder me mexer, mas pelo menos consegui me sentar. O chão abaixo de mim era frio, de concreto. Se houvesse luz no ambiente, sabia que poderia ver o vapor saindo da minha boca enquanto respirava.

Pude ouvir algo se aproximar, e todos os meus músculos enrijeceram. Era lento, e eu conseguia perceber que se locomovia usando os quatro membros, como uma alma, mas a presença daquela criatura, a energia dela, era duas vezes pior. Silvei, um gesto típico do demônio dentro de mim quando se sentia encurralado.

Havia uma coluna atrás de mim, e eu pressionava minhas costas contra ela. Podia sentir o cheiro de carne podre cada vez mais forte no ar, e o frio era quase insuportável. O som da aproximação da criatura parou quando estava próximo o suficiente para ficar bem à minha frente. Prendi a respiração, tentando ouvir qualquer coisa.

Só havia a goteira e seu som repetitivo de eco. Fechei os olhos, sabendo que não conseguiria enxergar nem se estivessem abertos. Caçadores enxergavam no escuro, a não ser quando havia uma presença muito forte no local, como a de um demônio.

Engoli em seco. Sentia falta do meu machado, e, pelo lugar em que deveríamos estar, sabia que não me ouviriam se eu gritasse nem em mil anos.

Vellem leverte (Vamos morrer), pensei. E não houve resposta. A única coisa que podia ouvir além da goteira agora era o som da minha respiração e das batidas aceleradas do meu coração.

Foi quando senti uma corrente de ar em meu rosto, como uma respiração. Gritei, chutando o que quer que fosse para longe e me debatendo, sentindo a agonia de não conseguir ver o que havia à minha volta e sabendo que algo me observava.

Você quer lutar, sabe que há com o que lutar, mas não pode ver. Só há o escuro e o aperto que o medo causa em seu coração. Sua respiração se acelera, e mesmo assim o ar não parece suficiente. Seus pulmões não trabalham direito, seu coração descompassa. O pânico corrói suas veias como ácido. E então uma luz se acende, e você vê uma criatura como se ela estivesse sob um holofote. Está parada de pé, as costas curvadas. Não pode ver seu rosto, pois está virada na direção contrária à sua. Pode ver que ela usa uma roupa parecida com as usadas em um hospício, acinzentada, cheia de sangue.

Seu coração se acelera. Você prende a respiração. Não sente mais os músculos se movendo. Sabe que ela pode vê-lo, mesmo não estando olhando para você. Pode sentir seu olhar pesando em seus ombros. Sabe que ela quer e vai matá-lo.

Então ela começa a virar a cabeça em sua direção, sem mover um músculo além dos do pescoço. Sua cabeça vira 180 graus, e agora ela está olhando para você. Tem cabelos loiros, quase brancos, que caem no rosto, permitindo que você veja apenas os olhos brancos que o observam arregalados.

Você tenta gritar, mas a voz está presa em sua garganta junto com o ar que tanto precisa e não consegue pegar. E então a luz pisca, e de repente a criatura está mais próxima que antes, ainda mais curvada, com o rosto à frente do seu, e pode sentir a respiração dela. Não tem forças para bater, se debater. Sabe que é o fim.

Seus dedos envolvem sua perna, que sangra de um ferimento profundo, e ela o puxa pelo lugar. E finalmente você consegue gritar, fincando as unhas no chão e ouvindo o som agoniante delas arranhando o concreto, sem conseguir se agarrar em nada, misturado ao dos seus gritos e do arrastar da sua perna quebrada.

Pode ver uma trilha de sangue pelo caminho pelo qual ela te arrasta e percebe que está em um corredor de paredes de azulejo branco, com várias macas vazias de ferro. Está em um hospício abandonado. Não tem mais saída. E, quando vê que a criatura a arrastou para um quarto e que a única porta agora presente se fecha, você sabe que vai morrer.

DESESPERO

O AMOR NASCE DO DESESPERO POR CARINHO, DO DESEJO E, PRINCIPALMENTE, DA BUSCA INCANSÁVEL DA ALMA POR OUTRA
QUE A COMPLETE.

STACEY

– Precisamos ir atrás dela agora! – gritou Dorian. Nunca tinha visto alguém tão desesperado antes.

– Mas não sabemos onde ela... – começou Boyd.

– NÃO IMPORTA! – berrou o líder dos Caçadores de Almas.

Suas mãos tremiam, a respiração estava acelerada. Andava de um lado para o outro com suas armas apontadas para o chão. Eu e Sebastian nos entreolhamos. Ainda doía o fato de ter visto os corpos de todos que eu amava jogados no jardim de uma casa, mas agora precisávamos nos concentrar em salvar Serena, ou todos nós acabaríamos morrendo; afinal, duvidava que Dorian estivesse no controle o suficiente para não acabar atirando em nossa cabeça.

– Como vamos saber pra onde ela foi? – perguntou Luke.

– Não vamos – concluiu Sebastian. – Não há como.

– Precisamos dar um jeito – disse ele, agora em um tom controlado.

Ajoelhou-se na frente da irmã, que, apesar de ter dezesseis anos, tinha a altura de uma garota de onze. Colocou as mãos em seus ombros, olhando-a de um jeito suplicante. Pediu, num tom de doçura misturada com tristeza, com os olhos azuis cheios de água:

– Ache-a pra mim. Por favor.

– Não posso mais, Dorian. Eu não consigo – lamentou. – Sinto muito.

– Precisa pelo menos tentar – ele suplicou. – É só tentar.

– Não posso – disse ela, num tom mais firme.

– Por que não pode? – perguntou ele, e tudo o que ela fez foi se afastar e sair correndo.

Fiquei ali parado, confuso, enquanto todos os Caçadores de Almas se entreolhavam. Fui atrás dela, caminhando apressadamente e passando por entre as árvores. Encontrei-a encolhida no chão alguns metros à frente, e Anna estava com ela. Havia sido mais rápida. Dizia algo sobre entender o que a garota sentia.

– O que houve? – perguntei, aproximando-me.

– Não posso contar a ele – confessou ela, balançando a cabeça. Lágrimas escorriam por suas bochechas.

– Não pode contar o quê?

– Eu ainda posso localizar pessoas – contou. – Mas não posso e nunca pude localizar alguém que esteja na presença de um demônio.

– Então não pode achar Serena por causa de Beilloxih? – perguntei.

Ela balançou a cabeça. Eu estava entendendo errado, e isso não ajudava em nada. Me ajoelhei à sua frente, colocando o cabelo atrás da orelha para poder vê-la melhor. Pequena, cabelos castanho-escuros e os olhos do irmão, azuis como o céu do meio-dia, mas os dele, por algum motivo, pareciam mais chamativos, de cor mais forte. Ela continuou:

– Ele não faz diferença porque ainda existe parte dela lá, ainda existe a parte humana. Só não posso localizar nada que esteja *na presença* de um demônio.

Senti meu estômago revirar. Aquilo queria dizer que não foi uma simples alma que a capturou, e sim algo pior. Algo que, pelo que contavam a nós, era muito difícil de matar. Respirei fundo, encarando o céu acima de nós, sem estrelas ou Lua, me perguntando o que poderíamos fazer além de esperar e rezar para que, por um milagre, ela aparecesse durante a noite.

– Uau! – murmurei. Acho que não podia ficar muito pior, não é? Bem... Esperava que não.

– Isso não é bom – constatou Anna, mordendo o lábio inferior. – Não estou com um bom pressentimento.

– É óbvio que isso não é bom – repeti. – Só quero ver quem é que vai contar isso pro Dorian.

– Não estou muito a fim de morrer hoje. Talvez amanhã – brincou Anna, o que me fez rir.

– Posso contar a ele – disse Boyd, que eu não havia percebido que estava ali.

Ele olhava para a irmã de Dorian com certo pesar. Era muita pressão em cima da garota. Havia acabado de voltar, o irmão confiava nela para fazer algo e ela não podia fazê-lo. Não sabia o que faria se estivesse no lugar dela. Fugiria, talvez?

– Faria isso por mim? – perguntou a garota.

– Mas é claro, Cora. Faria qualquer coisa pela irmã do Dorian.

Ela abriu um lindo sorriso para ele, levantando-se e o abraçando. Havia um clima ali, podia sentir isso. Algo que envolvia algum momento antes de a maldição em cima dela ser quebrada. Pelo menos da parte dele havia. Juntei um pouco as sobrancelhas, tentando imaginar se Dorian permitiria uma coisa dessas. Quer dizer... Ele me parecia bem protetor e ciumento com coisas que lhe pertenciam.

– Stacey. – Ouvi alguém chamar.

Olhei na direção da voz. Havia sido Sebastian. Sorri para ele, me levantando do chão e me aproximando. Perguntei, me encostando de braços cruzados à árvore que estava à sua frente:

– O que foi?

– O que foi nada. Você sabe o que eu quero.

Revirei os olhos. Ele queria que eu agradecesse por ter salvado a minha vida. Não faria isso nem a pau. Era orgulhosa demais para tal atitude. Falei, levantando uma sobrancelha:

– Me obrigue.

Ele sorriu, aproximando-se. Será que algum dia eu conseguiria dizer a ele o quão lindos eu achava os piercings em seu lábio inferior? Claro que o todo era... *Uau*, mas... Sei lá, acho que tinha uma quedinha por caras com tatuagens e piercings. Parou há apenas alguns centímetros de distância, tão perto que podia sentir sua respiração em meu rosto. Sussurrou, no tom mais sedutor possível:

– Não vai querer que eu te obrigue.

– Talvez eu queira – respondi, no mesmo tom que ele, o que o fez rir, afastando-se e virando de costas para mim.

Eu não cairia na dele. Sabia exatamente como Sebastian Storne funcionava mesmo depois de conhecê-lo há... O quê? Uma semana e meia? Duas? Ele era o típico bad boy pelo qual as garotinhas morrem de amores. Até mesmo mulheres mais velhas se apaixonariam por ele e por seu olhar de cara mau.

– Obrigada – agradeci finalmente.

E, não podendo deixar de sorrir, ele perguntou, virando-se novamente pra mim:

– Obrigada pelo quê?

– Obrigada por salvar a minha vida, seu idiota.

Sorriu, me observando como se eu fosse alguma coisa extremamente complexa. Disse, após algum tempo:

– Estou vivendo um grande dilema, Stacey Stewart. Será que poderia me ajudar com ele?

– Talvez. Do que se trata? – perguntei.

– Estou há uma semana inteira me perguntando se deveria te beijar a cada vez que me chama de idiota, o que acontece praticamente a cada duas frases suas dirigidas a mim. Eis a questão: Deveria fazê-lo ou não? – perguntou, como se fosse a coisa mais natural do mundo.

Imbecil. Ele sabia que aquilo me deixaria completamente sem reação. Decidi nem tentar responder, sabendo que minha boca apenas ficaria aberta e nada sairia dela de jeito nenhum. Apenas cerrei os olhos em sua direção até estar pronta para responder à altura:

– Quem sabe deva fazê-lo quando conseguir ter uma conversa comigo sem citar conquistas amorosas, cantadas ou nada que envolva seduzir a mim ou a outras pessoas.

Me virei de costas para ele, fugindo apressadamente antes que pudesse responder algo que me deixasse mais confusa sobre a personalidade de Sebastian, mas isso não impediu que um sorriso tão idiota quanto o dele aparecesse em meu rosto.

UMA VELA NA ESCURIDÃO

O AMOR É COMO UMA VELA NO ESCURO, NOS ATRAI PARA ELE COMO UM FIO DE ESPERANÇA QUANDO TUDO O MAIS PARECE DESESPERO E DOR, NOS LEMBRANDO DO QUE REALMENTE IMPORTA.

Lisa

– Precisamos ter uma conversa séria – falei, após um longo tempo encarando o garoto à minha frente.

Eu e Ethan estávamos numa clareira há alguns metros dos Caçadores. Seus olhos verdes brilhavam mesmo que não houvesse muita luz ao redor, assim como os cabelos negros e lisos. Até me arriscava a dizer que ele era mais parecido com Dorian do que a própria irmã dele.

Eu não aguentava mais aquele clima entre a gente. Quer dizer... Os dois eram completamente loucos, gostavam de quadrinhos, não saíamos mais um do lado do outro desde que nos conhecemos... Qual é?! Quando ele finalmente iria admitir que queria ter filhinhos de cabelos negros e olhos verdes comigo?

– O que foi? – perguntou ele.

– O que foi?! Ethan, estamos há o quê? Quase um mês nesse negócio de vai ou não vai. Quando isso vai mudar?

– Que negócio de vai não vai? – ele quis saber, juntando as sobrancelhas. – Pensei que gostasse de caçar almas e...

– Não é disso que eu estou falando – expliquei, revirando os olhos. Ele era burro ou estava tirando uma com a minha cara? – Eu estou falando de... – bufei, tentando achar um jeito para explicar tudo que não me fizesse corar. – Alfred gosta de Contritio, entendeu? Alfred não quer só amizade com Contritio. – Usar os nomes da minha lança e das estrelas ninja dele era um bom jeito de me declarar, não? Enfim... – Alfred acha que Contritio tem lindas pontas de metal negro e que eles combinam muito bem com o cabo de couro cheio de frases estranhas em latim dele. Ele acha que os dois deveriam se juntar logo.

Ele me encarou com as sobrancelhas negras juntas por algum tempo. Só não sei se estava raciocinando ou decidindo se deveria começar a rir da minha cara agora ou depois. Só depois de alguns segundos seu olhar se iluminou com a luz da compreensão. E ele disse:

– Ah... Ah! Tá... Tá. Entendi. Alfred é a Lucy, e Contritio é o Luke? Concordo. Os dois são...

– Não, seu imbecil! – gritei, o que o fez rir.

– Eu sei do que está falando – confessou, depois de conseguir me deixar irritada. – E acho que Contritio concorda com Alfred. Principalmente com a parte do "tem lindas pontas de metal negro".

Sorri, revirando os olhos. Idiota. Me fez cair na dele... Meu sorriso sumiu quando ele começou a se aproximar, e meu coração começou a bater desgraçadamente rápido. Eu estava corando. Podia sentir isso, e tive vontade de arrancar a minha própria cara, mas se o fizesse não poderia (finalmente) beijar aquele deus grego à minha frente, então decidi não fazê-lo. Pelo menos não por enquanto.

Bárbara

– Se você me pedir desculpas mais uma vez... – comecei, colocando o dedo na cara dele.

Acho que devia ser a quinta vez (no dia) que eu e Norman discutíamos pelo mesmo motivo. Não sabia o que ele queria. Quer dizer... Ele havia ido embora, me deixado sem se despedir, e é claro que eu fiquei com raiva dele, mas quando o vi há algumas semanas, a raiva evaporou completamente. Ainda mais quando ele me pediu desculpas... Pela primeira vez. A partir da segunda já começou a me irritar. Sabe o que me irritava mais ainda? O fato de agirmos como desconhecidos um com o outro.

– Me desculpa! – disse ele, me interrompendo.

Cruzei os braços, juntando as sobrancelhas e cerrando os olhos. Ele estava fazendo de propósito. Conhecia aquele cretino muito bem e sabia quando ele fazia as coisas apenas para irritar.

– Eu já perdoei você, Norman – falei. – Não precisa continuar pedindo desculpas a cada cinco minutos.

— Como sabe que são a cada cinco minutos? – perguntou, cruzando os braços e me olhando com cara de bobo, o que me fez rir e esquecer completamente de que deveria me manter séria e fingindo que estava brava com ele.

— Não sei – eu disse. – Foi um chute.

— Um chute bem errado, mas acontece! Na verdade é a cada... Cinco frases. Aliás, me desculpa.

Tentei reprimir o riso. Ele sorriu, me olhando como se eu fosse a coisa mais incrível do mundo. As íris de seus olhos pareciam ser feitas de ouro derretido e brilhavam mesmo sob a escuridão da floresta. O cabelo cacheado castanho-escuro estava lindamente desgrenhado. Resisti ao impulso de suspirar e soltei:

— Eu odeio você, sabia disso?

— É porque eu te abandonei? Eu já pedi desculpas. Foi difícil pra mim também. E muito. Desculpa, por favor.

Ah, e lá se foi a minha felicidade mais uma vez. Senti as bochechas ficando vermelhas de raiva. Realmente odiava o fato de ele se culpar mesmo que eu dissesse que o perdoava, e isso me fazia ter raiva dele, mesmo que... Ah... Era confuso demais pra explicar.

— Olha aqui, seu idiota – rosnei. – Eu não quero ouvir essa palavra mais nenhuma vez na minha vida, pelo menos não vinda da sua boca.

— Mas eu...

— Cala a boca.

— Mas...

— Cala. A. Boca.

— Mas...

— Meu Deus! Se você não calar essa boca, eu vou arrancar sua cabeça com o John, está me ouvindo?

— Com o John? – perguntou, juntando as sobrancelhas e sorrindo um pouco.

— Não interessa que nome eu dei pra uma das minhas espadas, o que interessa é que a próxima frase que você disser não pode conter a palavra "desculpa" ou qualquer derivado dela, senão você vai se ver comigo, seu...

Seu o quê? Bem... Felizmente nunca saberemos como eu continuaria aquela frase, porque ele me beijou antes que eu pudesse terminá-la, passando os braços em torno de mim e me apertando contra ele como se fosse para o Inferno se não o fizesse com toda intensidade do mundo.

A raiva evaporou mais uma vez, dando lugar ao amor que eu sentia por ele. Só esperava que ele não estragasse tudo com sua quinta frase.

Afastou-se, encostando a testa na minha. Seus olhos pareciam mais claros do que antes, e o sorriso era enorme, assim como o meu. Ficamos um longo tempo nos encarando em silêncio, sorrindo como dois idiotas, até ele beijar a minha testa demoradamente antes de finalmente sussurrar a quinta frase:

– Eu amo você.

Lucy

– Eu costumava andar pela praia ao pôr do sol – eu disse, encarando a copa das árvores e sentindo a brisa fria da noite bater em meu rosto. – Gostava do cheiro da maresia. Do som das ondas indo e vindo. Das gaivotas sobrevoando o mar. – Não pude deixar de me sentir um pouco deprimida ao me lembrar disso.

– Eu preferia as festas – contou Luke. – Sinto falta delas. Sinto falta das pessoas, da música... – fez uma pausa. – De ver um sorriso sequer. De fazer alguém sorrir. – Passou o olhar do chão para mim. – Quando foi a última vez que fez alguém sorrir?

Juntei um pouco as sobrancelhas, tentando me lembrar. Não via um sorriso puro, sem nenhum toque de sarcasmo, descrença ou sem uma lembrança de tristeza desde antes da abertura daquele maldito portal do Inferno (literalmente). Não era o Antes de se Tornar Caçador e o Depois. Tudo havia começado meses antes disso. A desolação consumiu o mundo muito antes.

– Há muito tempo.

– Parece que foi uma eternidade – comentou ele.

Assenti com a cabeça. Toda aquela tristeza e destruição fazia o tempo passar mais devagar, como se quisessem que sentíssemos a dor que tudo aquilo nos causava a cada milésimo de segundo. Suspirei, murmurando:

– É. Parece.

Mais silêncio. Desde o desaparecimento de Serena, tudo parecia mais silencioso. É claro que não fazia muito tempo. Uma semana e meia, talvez? Mais? Não tinha ideia. Prendi meu cabelo castanho-claro em um nó e passei as mãos pelo rosto, como se tentasse acordar, sair daquele estado triste de transe. Perguntei, tentando usar um tom mais animado:

– Mas e aí? Me fala mais das coisas de que você gosta, ou gostava, ou qualquer coisa assim.

– Bom... – ele começou, mostrando que também não estava muito a fim de ficar na fossa. – Eu gostava de música. Muito. E gostava do verão. Do Sol, das risadas... Da liberdade – sorriu, o primeiro sorriso que eu via em dias. Não sabia por que gostava tanto do piercing no lado esquerdo do lábio inferior dele. Muito menos de seus olhos azul-safira. – Gostava de crianças. Da piscina, do mar... Da felicidade em si.

– É uma boa resposta – concordei, sorrindo um pouco pra ele também.

– E você? Do que você gostava? – perguntou.

– Acho que... Da felicidade também, mas não acho que a minha seja a mesma que a sua. Quer dizer... Eu gostava do frio, da neve, da praia sim, como disse que costumava andar por ela, mas ainda preferia um lago congelado. O Natal. Ano-Novo... E acho que... Das pessoas. Da proximidade. Agora, mal nos falamos aqui.

– Bom... Não acho que proximidade vá ser um problema – disse ele, o que me deixou meio confusa.

Olhei para baixo quando senti sua mão tocar a minha e tive certeza de que minhas bochechas coraram quando entrelaçou os dedos nos meus como se isso fosse a coisa mais normal do mundo. Não pude deixar de sorrir. O primeiro sorriso de verdade em dias. Um pouco de felicidade na tristeza. Uma vela na escuridão.

ACUEDIATE XES Y ACUEDIATE
ACORDO É ACORDO

Nem sempre a mão que se estende para nos ajudar vem de quem esperamos, mas, sim, da pessoa que jamais poderíamos imaginar.

Bárbara

Já fazia quase dois meses que Serena estava desaparecida, e não tínhamos ideia de onde achá-la. Coralina, ou Cora, a irmã de Dorian, recusava-se por algum motivo a soltar qualquer palavra sobre o assunto, como se escondesse algo de nós. Talvez não quisesse dizer o inevitável. Já não havia mais esperanças de que ela estivesse viva.

— Dorian? — chamei, me aproximando dele.

Estava sentado no chão abraçando os joelhos. Encarava o chão de um jeito vítreo. Me sentei ao seu lado, olhando na mesma direção que ele e tentando achar o que tanto encarava, mas não havia nada além de folhas e galhos secos.

— Não vamos achá-la, não é? — perguntou ele.

— Temos que ter esperança. Serena é corajosa e tem um demônio no corpo. Pode se defender sozinha. Só não acho que vá gostar muito de descobrir sobre você e a Bonnie quando voltar.

Os dois haviam se aproximado bastante desde o desaparecimento de Serena. Não havia *nada de mais* entre eles. A relação se resumia basicamente nas investidas fracassadas de Bonnie e na depressão de Dorian, mas, mesmo assim, eles passavam mais tempo juntos do que qualquer outro casal do grupo. É. Agora tínhamos casais. Ethan e Lisa, Norman e eu, Lucy e Luke, e Stacey e Sebastian. Também achava que havia alguma coisa entre Coralina e Boyd, mas talvez fosse apenas imaginação minha.

– Nós não... – começou ele.

Um grito cortou o ar, interrompendo-o no meio da frase. Levantou-se com um pulo. Não era um grito de pânico. Era um grito de animação, e vinha do grupo há alguns metros.

Praticamente corremos até lá e, quando chegamos à clareira onde todos estavam, meu coração quase parou.

Parada de pé em frente à fogueira estava Serena. Apesar de usar o capuz de sua capa de Caçadora, era possível reconhecê-la pelo cabelo ruivo e cacheado que ia até a cintura. A pele à mostra do rosto estava extremamente pálida. Escuridão estava preso no suporte em suas costas, como sempre, e a barra da capa estava completamente suja com alguma coisa escura, quase preta. Provavelmente o sangue de almas. Os ombros pareciam um pouco curvados para a frente e era a primeira vez que via sua capa completamente fechada, sem deixar nada à vista.

Todos a observavam em estado de choque, alguns sorrindo, outros com as mãos na frente da boca. Todos completamente imóveis. De alguma maneira eu sabia: havia algo de errado com ela.

Subiu o olhar até nós, e não pude evitar recuar alguns passos. Sim, ela estava igual a antes, mas seu olhar era... Era como gelo. Duas poças negras profundas e sombrias. Havia apenas uma expressão séria de indiferença em seu rosto, como se não sentisse nada ao nos ver ali, e isso fazia todos os meus pelos se arrepiarem. Meu sangue gelou.

– Serena... – chamou Dorian, mas sua voz não passou de um sussurro. Estava completamente paralisado.

– Beilloxih – corrigiu ela.

– Aonde ela... – começou Dorian, seu tom endurecendo.

– Abaixe esse tom comigo, garoto. Pode viver há mais tempo, pode caçar aqueles da minha espécie, mas me deve um favor. – Dorian ficou visivelmente confuso. – *Polpexy ai jeve dai dellira* (Salvei a vida da garota).

– Como? – perguntou ele.

– Durante dois meses ela não dormiu, não se alimentou nem fez algo além de tentar conviver com a dor física e psicológica que dois demônios impuseram a ela – explicou. – Conviveu com alucinações, ilusões e torturas diárias. Sua sanidade mental ficou prejudicada, então decidi carregar o fardo por ela e tentar nos trazer de volta antes que nós dois acabássemos mortos.

Ficamos em silêncio por alguns segundos, tentando raciocinar. Aquilo era pior do que a morte. É óbvio que qualquer um morreria se ficasse dois meses sem comer, e, se não fosse por Beilloxih, Serena estaria morta agora. É claro que só queria salvar a própria pele, mas a pele dele era a dela também.

– Boyd, Sebastian e Stacey – começou Dorian. – Arrumem alguma coisa pra ela... Eles comerem – corrigiu. – Preciso que tirem a capa e lavem esse sangue. Ele é um pouco ácido e pode acabar corroendo o tecido. Façam o mesmo com o machado. – Virou-se para Norman. – Preciso que você e Bárbara vão procurar água o mais rápido possível. O restante de vocês quero que... verifiquem o território. Vejam se não há alguma alma ou Angeli por aí.

Assentimos com a cabeça. Todos sacamos que o que ele queria na verdade era ficar a sós com ela... Ou com o demônio, não tenho muita certeza. Eu apenas queria que eles se resolvessem logo e que Dorian encontrasse um jeito de trazê-la de volta.

Serena

Eu estava no escuro e só sabia que fazia muito, muito tempo que estava lá. Era frio e silencioso. Sabia que isso era melhor do que ter que enfrentar os demônios que tanto me atormentavam e eu era muito grata a Beilloxih por estar carregando aquele fardo por mim, apesar de uma parte de todo o sofrimento ter penetrado no escudo que o demônio havia feito em minha mente. Apesar de ter tido apenas alguns dias de contato com toda aquela tortura, isso foi o suficiente para acabar com meu estado psicológico e destruir qualquer rastro de sentimento que eu pudesse ter por alguém, como se eu estivesse permanentemente em choque, sem sentir medo, tristeza, raiva ou amor.

Quando eu recuperei o controle? Assim que todos os Caçadores me deixaram sozinha com Dorian. Quando eu o vi, depois de dois meses, finalmente tive uma sombra de algum sentimento. E ele notou que havia algo de errado. Pude ver isso em seus olhos.

Nos encaramos por alguns segundos, um não acreditando que o outro estava ali. Havia se passado muito tempo. Dias de pura tristeza e desespero. O simples fato de tê-lo a menos de três metros já era o paraíso. Ele praticamente correu até mim, passando os braços ao meu redor e me abraçando com toda a força que tinha. Tentei retribuir com o mesmo ânimo, mas não tinha forças para isso. Não mais.

– Meu Deus! – exclamou ele. – Você está bem? – perguntou, colocando as duas mãos em meu rosto depois de tirar meu capuz. Fiz que sim com a cabeça. – Está bem mesmo? – Assenti mais uma vez. – Tem noção do quão preocupado eu fiquei com você? Serena, tem noção do quão culpado eu me senti em não poder ir atrás de você?

– A culpa não foi sua. Eu voltei, não voltei? – perguntei.

– Voltou. Você finalmente voltou pra mim, *maiene dellira* (Minha garota).

Sorriu um pouco enquanto encostava a testa na minha, fechando os olhos. Mas eu me mantive séria. Não porque queria, e sim porque eu simplesmente não conseguia me mover. Ainda podia sentir o medo paralisando meus músculos, e as imagens do que havia acontecido ainda insistiam em ir e voltar em minha cabeça. E eu tinha medo de que, se fechasse os olhos, o demônio da Escuridão me pegasse de novo.

Recuei quando ele estava prestes a me beijar, dando um passo para trás e virando o rosto. Meu coração havia começado a se acelerar. Mais uma onda de imagens horríveis passou pela minha mente. Minha família morta mais uma vez. Os Caçadores mortos. Dorian morto. Criaturas de olhos escuros e membros em ângulos agonizantes. Um velho hospício abandonado com paredes cheias de sangue. Minhas mãos tremiam.

– Serena... – chamou ele.

– Eu tive medo, Dorian – interrompi-o, com a voz trêmula ao contrário de antes. – Algo que é impensável para um Caçador. – Simplesmente não conseguia encará-lo, mantendo os olhos cheios de lágrimas grudados no chão. – Ainda estou com medo.

E, quando elas transbordaram dos meus olhos, ele me abraçou de novo, e dessa vez eu retribui com toda a força que eu tinha, sentindo cada músculo do meu corpo começar a tremer. Eu estava morrendo de medo. Não queria que me encontrassem, que viessem atrás de mim e que me matassem. Eu havia matado Myrho. Beilloxih o havia matado sozinho e dado uma surra no demônio da escuridão, que conseguiu fugir, mas ainda sim... Fechei os olhos, enterrando a cabeça em seu ombro enquanto tentava, com fracasso, parar de chorar descontroladamente. Por que o fracasso? Porque naquele momento eu era uma garotinha assustada.

– Está segura agora, meu amor – sussurrou ele, com os lábios em meu ouvido enquanto passava os dedos pelo meu cabelo e pelas minhas costas, tentando me acalmar. – Eu vou proteger você.

– Não pode – falei, em meio às lágrimas, com a voz abafada por seu ombro. – Tem que proteger os outros. Não pode perder tempo comigo. Eu *devia* saber me proteger sozinha.

– Você é a minha vida, Serena. É meu dever protegê-la de qualquer coisa, mesmo que peça o contrário.

Assenti com a cabeça. Sentia o mesmo. Eu o protegeria de qualquer coisa, não importava o que fosse. Ele era a minha vida também, a única pessoa que eu tinha no mundo. Minha família havia sido massacrada, assim como grande parte dos meus amigos. Não tinha mais ninguém além de Dorian e dos outros Caçadores.

– Eu te amo – murmurei, com os lábios pressionados contra seu ombro. – Muito mais do que deveria e muito menos do que você merece – repeti, ainda mais baixo. – Eu te amo.

Dorian se afastou apenas o suficiente para poder me encarar. Agora o cabelo, tão negro quanto os olhos das almas que tanto caçávamos, havia ultrapassado as grossas sobrancelhas e quase cobria seus lindos olhos azul-claros como o céu limpo do meio-dia.

Beijou a minha testa demoradamente antes de sussurrar que também me amava e depois passou um braço por cima dos meus ombros, me puxando para mais perto da fogueira. Ao ter contato com o calor e depois de me sentar, relaxando todos os meus músculos, senti o cansaço que todos aqueles dias aguentando aqueles dois demônios me causou.

Não demorou muito até um dos grupos voltar com uma ave enorme e outra com todas as nossas garrafas cheias de água. Em poucos minutos tudo estava dentro da minha barriga, e todos estavam me enchendo de perguntas sobre os últimos meses. É óbvio que eu respondi a todos com uma simples frase: perguntem a Serena quando ela voltar. Sim, eu continuei fingindo que quem estava no controle era Beilloxih.

Quando todos finalmente foram dormir, decidi que tinha que ter uma conversa com o demônio; afinal, ele havia salvado minha vida.

Me afastei alguns metros do acampamento antes de parar, encarando o chão e ouvindo o barulhento silêncio da floresta. Falei:

– Preciso agradecer a você por ter salvado a minha vida. Sei que na verdade só estava tentando não morrer, mas... Bom, eu ganhei com suas tentativas também, então, obrigada.

– *Acuediate xessy acuediate* (Acordo é acordo) – respondeu Malévola, saindo de trás da árvore que estava à minha frente e se encostando a ela, cruzando os braços.

– *Er teten falle nessey fellene fractiai der acuediate* (O que fez não fazia parte do acordo) – respondi. – Podia simplesmente ter me deixado passando fome, sede e aguentando toda aquela loucura sem tomar meu lugar. Se quisesse que meu corpo resistisse, você o faria, mesmo que permanecesse fora do controle – suspirei, encarando-a por mais algum tempo antes de continuar, sabendo que não teríamos uma conversa sentimental e que ela nunca admitiria que quis mesmo salvar minha vida e minha mente. – Sabe que vão continuar nos perseguindo até fecharmos aquele portal, não sabe?

Ela apenas se manteve em silêncio, me encarando com seus olhos completamente negros. Parecia pensativa. Apenas me mantive imóvel, esperando que me dissesse o que queria.

– Só existe uma forma de fechá-lo, Serena.

– E qual é? – perguntei.

– Isso é algo que deve descobrir com o tempo. Quando tiver pleno controle sobre si mesma vai saber, e não posso fazer nada pra impedir, porque eu sou o parasita e o corpo continua sendo seu.

– Quer dizer que só vou saber quando aprender a manter o controle total? O que isso tem a ver com...

– *Nessey fencan cepreyare* (Não está entendendo) – disse, me interrompendo. – Aprender a manter o controle requer uma maturidade mental que ainda não tem, *dellira* (garota). Só quando tiver essa maturidade vai aceitar fazer o necessário, e só aí vou contar o que precisa fazer.

Engoli em seco, com certa apreensão. Algo me dizia que não seria nada fácil fechar aquela porcaria de portal do Inferno. Coloquei as mãos na cabeça, sentindo o coração acelerar com a possibilidade de ter que perder alguém que amava para fazê-lo.

A CASA DA FLORESTA

Dormir é como morrer um pouco a cada dia.

Tinham se passado alguns dias desde a minha volta. Não consegui manter a mentira de que Beilloxih estava no controle por muito tempo e passei dois dias inteiros respondendo ao questionamento dos Caçadores sobre onde eu estava, o que havia acontecido e se eu tinha conseguido, entre uma tortura e outra, saber a localização do portal.

Depois que Beilloxih tomou o controle do meu corpo, tudo o que eu lembrava parecia como um filme assistido em estado de transe. Eram cenas distorcidas, diálogos soltos, lembranças de um pesadelo que eu não queria lembrar, mas sabia que era importante para nossa missão.

Eu sabia que o demônio da escuridão tinha conseguido fugir e que deveria estar muito ferido, então não podia ter ido muito longe do local onde estávamos. Com sorte, Malévola conseguiria nos guiar até o hospício para onde fui levada, e com um pouco mais de sorte poderíamos achar aquele desgraçado e conseguir alguma informação. E se ele se recusasse a cooperar, eu teria o maior prazer em arrancar tudo o que precisávamos saber e depois arrancaria sua cabeça com minhas mãos.

Chovia muito naquela noite, e estávamos caminhando há mais de dez horas, seguindo o rastro de um demônio que achávamos que pudesse nos levar ao local onde os Angeli estavam escondidos.

– Dorian, precisamos parar um pouco. Se conseguirmos encontrar o demônio, do jeito que estamos cansados, tomaremos uma surra dele – constatei, certa de que eu seria a única que ele ouviria. Todos os outros já haviam pedido uma pausa a ele, mas havia recusado todas as vezes. – Por favor!

Dorian me encarou por alguns segundos e depois assentiu com a cabeça. Concordamos que, por causa da chuva, seria melhor parar apenas quando encontrássemos um local onde pudéssemos nos manter secos e aquecidos.

Andamos aproximadamente uns trinta minutos até nos depararmos com uma cerca de madeira apodrecida e um portão que já tinha tido dias melhores. Estava com a parte de cima completamente solta dos parafusos, e galhos secos estavam presos às barras de ferro já muito enferrujadas pela ação do tempo.

Olhei em volta, tudo parecia abandonado há muito tempo. Não havia vida, e até as árvores ao redor da propriedade estavam mortas. Senti um frio percorrer minha espinha e uma sensação apavorante de que não deveríamos entrar ali, mas a chuva, parecendo que queria nos incentivar a seguir adiante, intensificou-se e não tivemos escolha a não ser seguirmos em direção ao final da trilha que se estendia à nossa frente.

O líder dos Caçadores empurrou o portão, que caiu ao chão no segundo seguinte, o que quase seria engraçado se a situação não fosse tão assustadora. Dorian seguiu na frente, guiando os outros, que formaram uma fila indiana atrás dele. Depois de dois minutos de caminhada, avistamos uma casa no final de uma pequena colina.

Norman, que seguia logo atrás do seu líder, parou e cochichou algo no ouvido de Dorian. Ele encarou o garoto por alguns segundos antes de balançar a cabeça e seguir andando. Meu amigo bufou antes de voltar a segui-lo. Um Caçador nunca deveria desobedecer seu líder, por mais que não concordasse com ele.

Apressei o passo para alcançar Norman, a fim de descobrir o que havia de errado. Nem precisei abrir a boca para perguntar a ele, que já respondeu sem nem mesmo olhar para mim.

– Nós não devíamos estar aqui. Existe uma lenda sobre essa casa. Coisas terríveis aconteceram nela há muitos anos. Nós já a investigamos e não encontramos nada, mas existe algo errado ali com certeza – explicou Norman, visivelmente incomodado por estar ali.

– Mas se vocês já estiveram aqui e não encontraram nada, por que esse medo todo? – perguntei, não conseguindo entender o que poderia ter de tão errado com aquele local que poderia apavorar tanto um Caçador experiente como ele.

– Serena, existem coisas que nem mesmo nós somos capazes de enfrentar. Coisas tão terríveis e tão poderosas que acabariam com qualquer um de nós em um piscar de olhos. E, se quer saber, esse é o único lugar do mundo onde eu tenho medo de entrar – respondeu, e seu olhar deixou transparecer um medo nunca visto antes por mim.

Confesso que também sentia muito incômodo de estar indo em direção àquela casa. Até mesmo Beilloxih parecia apavorado, enchendo minha cabeça com imagens de nós dois sendo mortos por algum demônio e praticamente gritando para mim que deveríamos sair dali. Mas decidi apenas ignorá-lo. Tinha que confiar em Dorian.

Uma casa completamente abandonada se erguia no topo da colina. Tinha três andares e uma pequena varanda com uma cerca de madeira que circundava todo o andar térreo da casa. Entre as quatro janelas que ficavam naquele mesmo andar, estava a enorme porta de entrada, de madeira escura e apodrecida.

No andar de cima, víamos uma espécie de torre mais alta que levava ao terceiro andar e, ao lado dela, havia dois telhados pontiagudos com uma janela em cada. A tinta que antes cobria as paredes de fora da casa estava descascada, e era impossível identificar sua cor. Teias de aranha e folhas secas se espalhavam por todo o telhado e pelo chão da varanda.

Entramos. Não havia móveis pela casa.

Estávamos no escuro. Tudo o que se podia ouvir era a respiração pesada dos Caçadores à minha volta. Não sabíamos se algo nos observava enquanto estávamos momentaneamente cegos nem queríamos imaginar o que poderia haver naquela escuridão.

Nos dividimos em quatro grupos: três ficaram responsáveis por vistoriar a casa e ver se estava livre de demônios ou almas, e um grupo ficou responsável por acender a lareira que havia no canto da sala e preparar o local para que pudéssemos descansar um pouco.

Em cinco minutos os grupos que vistoriaram a casa voltaram e indicaram que estava tudo limpo, então relaxamos um pouco e, depois de comer, nos dividimos em turnos para que todos pudessem dormir um pouco.

Meu turno começaria às três horas da manhã, então me enrolei em minha capa e deitei ao lado da lareira para me manter mais aquecida. Dorian se deitou bem ao meu lado, passando os braços em torno de mim e me apertando contra ele. Podia ver pela janela quebrada acima da lareira que a chuva havia ficado ainda mais forte, e raios iluminavam a sala com flashes repetidos e demorados.

Não se passou muito tempo quando finalmente adormeci sob o som da chuva e o abraço apertado de Dorian.

∞

O SONHO

– Vamos logo, Fay, podemos nos abrigar naquela casa antes de morrermos de frio. Aperta o passo aí, por favor – pediu Tony, puxando uma garota franzina de cabelos negros e olhos azuis.

– Estou andando o mais rápido que posso com essa mochila pesada nas costas! O que tem aqui, Tony? O corpo da sua mãe morta? – reclamou Fay, tentando acompanhar os passos do namorado.

– Para de reclamar, garota! Aproveita o passeio! Afinal, não é todo dia que podemos acampar com nossos namorados, né? – disse Stefanie, alcançando a amiga e colocando os braços em cima dos ombros dela.

– Pra você é fácil falar! Já está acostumada a andar no meio do mato com o Harry – falou Fay com um sorriso malicioso à amiga.

– De mato a gente entende, não é, meu amor? – Harry, que andava alguns passos atrás do grupo, deu risada.

Os quatro jovens tinham planejado há muito tempo acampar na floresta que ficava ao norte da cidade. A trilha já tinha sido traçada e os planos tinham sido feitos semanas antes, mas, ao contrário do que a meteorologia havia previsto, a chuva os tinha surpreendido e eles se viram no meio da floresta e sem abrigo.

Andaram durante muito tempo, até avistarem uma cerca de madeira velha que ficava em volta de uma grande área verde. Resolveram entrar e tentar conseguir abrigo para aquela noite, assim poderiam descansar e seguir viagem na manhã seguinte.

Ao verem a casa no final de uma pequena colina, hesitaram. Ela parecia abandonada e apavorante.

– Acho que não é uma boa ideia ir até lá, olha essa casa! Ela me causa arrepios... – disse Fay, encolhendo-se não por causa do frio, mas sim pelo medo que provocou um arrepio em sua espinha.

– Para de reclamar, bebezinha, eu prefiro mil vezes essa casa do que ficar aqui no meio do mato e nessa chuva. Vamos logo, eu te protejo – retrucou Tony abraçando-a pela cintura e dando um beijo rápido e nem um pouco gentil em sua boca.

Seguiram em direção a casa e bateram à porta. Depois de alguns segundos de espera e espiadas pela janela, chegando à conclusão de que estava completamente vazia, decidiram tentar abri-la. Forçaram algumas vezes até que a porta cedeu e se abriu. Olharam ao redor, viram que não havia móveis e constataram que realmente era uma casa abandonada.

Acenderam a lareira, aproveitaram o fogo para assar alguns hambúrgueres e depois se aninharam próximos do fogo e cederam ao cansaço.

∞

Você abre os olhos e por alguns segundos não consegue identificar onde está, sua visão está turva e seus sentidos parecem que ainda estão dormindo. Olha ao redor. Não reconhece o lugar nos primeiros instantes.

Depois de alguns segundos de observação, percebe que está em um local totalmente diferente de onde lembra que estava há alguns momentos. É um lugar escuro, que parece um porão. Não há iluminação. Só um barulho insistente de uma goteira, vindo de algum lugar do cômodo.

Com dificuldade você se levanta e sai tateando as paredes em busca de um interruptor ou uma porta. Movimenta-se lentamente e, conforme se aproxima do lugar de onde vem o barulho da goteira, o ar fica cada vez mais frio. Você toca em algo úmido, instintivamente leva a mão molhada ao nariz e sente um cheiro pútrido de sangue. Seu coração dispara e, no impulso de se afastar da parede, tropeça em algo que está caído no chão atrás de si.

Você cai em cima do corpo sem vida de alguém, e o desespero te domina quando identifica que mais três corpos estão ao seu redor, todos mortos, dilacerados. Você grita! Um grito de desespero que ecoa pelas paredes do cômodo, um grito que não é ouvido por ninguém.

Um barulho soa ao seu lado, vindo do canto mais escuro. Barulho de algo se arrastando. É lento e te provoca arrepios. Seus instintos gritam para que você fuja, mas seus membros o mantêm no lugar, paralisado!

Com esforço você se arrasta até encostar contra a parede, encurralado! Pode sentir cada vez mais o cheiro de carne podre e o ar cada vez mais frio. A criatura para à sua frente.

Uma risada ecoa pelas paredes, afastando-se de você, e fecha os olhos sabendo que não há mais nada para enxergar. Não quer ver. Não quer ver o que sabe que será a causa da sua morte.

Uma luz se acende, e você sabe disso apesar de estar fechando os olhos com o máximo de força que consegue. Não pode resistir. Precisa olhar. Precisa ver, gritar por ajuda. E é o que você faz.

Tudo o que pode ver é a luz do fogo no fim da sala, e a silhueta de alguma coisa em frente a ela. Não é humano, você sabe disso. Está agachado no chão, com um dos braços em um ângulo estranho, assim como o pescoço.

Sua garganta se fecha, e o ar não parece mais suficiente quando a vê se aproximar, rastejando e se contorcendo em sua direção. Você se arrasta para trás, até tocar a parede cheia de sangue. É quando você nota que aqueles três corpos pertencem aos seus amigos, os únicos que poderiam te ajudar naquele momento.

Não há mais lágrimas para sair dos seus olhos, e você fica sem reação, completamente congelado no lugar, como se uma força invisível o segurasse. Uma mão toca seu ombro, e você vira a cabeça para identificar quem é, tremendo como nunca. Mas não há nada, e percebe que, por um segundo, tirou os olhos da criatura que antes se aproximava de você.

Você quer lutar pela sua vida, mas seu corpo não responde à sua mente. Seu coração bate desesperadamente e sua respiração acelera. Quando volta a olhar para a frente na direção do demônio, a escuridão engole a sala novamente.

E a última coisa que escuta é seu próprio grito, antes de tudo o que resta sumir por completo.

Acordei gritando, ainda sentindo o pânico dominando minha mente. Foi mais um dos meus pesadelos.

Dorian ainda estava ao meu lado dormindo. Sentei com dificuldade, tentando espantar o medo que estava sentindo.

Vi Norman ao lado da lareira me olhando como se estivesse há muito tempo ali, me observando e tentando decifrar o que estava acontecendo comigo. Me levantei e sentei ao seu lado.

– O que houve, ruiva? Pesadelo? – perguntou, passando os braços nos meus ombros e me puxando para perto. – Pelos seus gemidos, parece que foi apavorante!

– Foi horrível, parecia que era real, não sei explicar! – falei, tentando afastar a sensação desconfortável que a lembrança me provocava. – Era algo sobre um grupo de jovens que estavam bem aqui nesta sala. Era como se eu fosse um deles, e tinha uma presença maligna aqui, um demônio muito forte.

– É o Demônio dos Sonhos, eu falei que essa casa me provoca arrepios – confessou, encolhendo-se. – Há cinquenta anos, um grupo de jovens foi encontrado morto nesta sala, mas não havia ferimentos, não havia nada que indicasse o que aconteceu. A polícia investigou o caso, a autópsia não indicou a causa da morte, e depois de um tempo acabaram arquivando como morte natural. Mas é claro que não foi, nós sabemos que o que houve aqui foi um caso de morte no sonho. O Demônio dos Sonhos é o pior de todos, não temos como combatê-lo com uma arma. A única coisa que podemos fazer é sobreviver, se nós morremos no sonho, morremos em vida.

– E como podemos matar um demônio desses? Como poderemos enfrentá-lo? Eu morri no sonho que acabei de ter, mas não morri aqui. Não consigo entender – falei, completamente confusa e assustada.

– Ele não está mais nesta casa, Serena. O que você teve foi a visão do que aconteceu, talvez isso tenha acontecido por causa do Beilloxih, não sei. O que sei é que ele não está mais aqui, e acho que isso tem algo a ver com a abertura do portal – explicou Norman, e sua voz transparecia medo. – Se nos depararmos com ele, só podemos torcer para que duremos a noite inteira. Como falei, tem coisas que nem nós Caçadores podemos derrotar. Ninguém está a salvo. Então, ruiva... – aproximou-se, antes de sussurrar ao meu ouvido: – Antes de dormir, olhe bem os cantos escuros e reze para que o Demônio dos Sonhos não te visite durante o sono.

VIAGEM DE IDA PARA O INFERNO

ÀS VEZES, AMAR É COMO ESTAR EM UM TRIBUNAL ONDE O AMOR É O RÉU E O CIÚME, O JUIZ.

Depois de dias tentando encontrar qualquer sinal de um Angeli, Dorian começou a se aborrecer. Ele não gostava de estar perdido, fora do controle da situação, então resolveu pedir ajuda a todos os informantes que tinha conseguido nos anos que passou como Caçador. Esperamos por uma semana inteira até que um deles finalmente conseguiu algo realmente importante. Alguns Angeli tinham sido vistos rondando uma floresta que ficava a uma hora de distância de onde estávamos.

Seguimos imediatamente em direção ao local que o informante nos indicou e encontramos um tipo de caverna. Dentro dela havia dezenas de Angeli. É claro que teríamos que matá-los, e é claro que precisávamos de um bom plano para isso. Também precisaríamos pegar um como refém para nos dar as informações que precisávamos para encontrar o portal. Dorian resolveu que o melhor seria montar acampamento para ter tempo de nos organizarmos e bolar o plano de ataque. Tudo bem pensado, só tinha um pequeno problema:

Eu era a isca.

Como me tornei uma? Bem...

Estava observando os escritos em latim esculpidos nas lâminas de metal do meu machado quando Dorian se aproximou, sentando ao meu lado e abraçando os joelhos. Todos tinham acabado de se banhar em um lago que achamos próximo a uma trilha na floresta e aproveitado para lavar as capas, estendendo-as nos galhos das árvores e esperando que secassem.

Meu cabelo molhado já voltava a formar os cachos rebeldes de sempre e gelava minhas costas. Devia estar fazendo uns dez graus, mas precisávamos muito de um banho.

Eu usava apenas uma regata preta e calça jeans, e todos os pelos dos meus braços estavam arrepiados, mas eu não dava a mínima para isso. Nos últimos dias, desde a minha volta, havia parado de interagir com os outros para ficar pensando no que Malévola/Beilloxih havia dito.

– Estou começando a pensar que a minha namorada ainda é refém daqueles demônios – comentou Dorian.

– Saiba que a última coisa que eu quero no mundo é te magoar – falei, sem desviar o olhar das lâminas.

Pegou a minha mão livre, entrelaçando os dedos frios nos meus. Passei o olhar para ele. Usava apenas uma calça jeans, e o cabelo negro estava molhado como o meu.

– Há quinhentos anos – começou –, eu estava andando na floresta com um grupo de Caçadores quando encontramos um ninho. O primeiro. Era uma casa como aquela que encontrou antes de descobrir que o que havia dentro de você não era uma alma. Pensei que fosse apenas um refúgio de almas e permiti que parte do grupo entrasse primeiro para verificar. – Uma sombra de raiva passou por seu rosto, mas logo sumiu. – Nenhum deles voltou, então decidi entrar. – Fez uma pausa, baixando o olhar. – Lá dentro, encontrei um demônio e os corpos de todos os Caçadores que havia mandado, e ele me disse algo que eu nunca esqueci. Me deu um aviso.

Senti meu estômago revirar. Dorian nunca tinha usado aquele tom sombrio antes. Podia sentir a dor e a tristeza em sua voz como nunca tinha sentido antes. Sabia que o que viria a seguir não seria boa coisa. Continuou:

– Você vai quebrar sua maldição algum dia, mesmo que tente adiar isso o máximo possível, e, quando finalmente acontecer, não vai demorar muito para eu descobrir. Vou atrás dela, Dorian. Vou fazê-la sofrer até o fim de sua vida, e você não vai conseguir impedir – foi o que ele disse.

Nem precisava dizer mais nada. Eu sabia que ele falava do demônio da Ilusão e sabia que aquilo era um sinal de que meu sequestro tinha sido apenas o começo. Dorian havia me contado aquilo para que eu percebesse que deveria permanecer forte para aguentar o que viria a seguir, que deveria permanecer forte por ele.

Uma vez, prometi a mim mesma que seria o porto seguro dele, que demonstraria confiança quando ele mesmo não a tivesse, e era isso que eu precisava fazer.

– Ele já fez o suficiente – falei, me aproximando. – Não vai mais tocar em mim, eu prometo pra você.

– Não prometa algo que não pode cumprir – ele disse, me encarando.

– Posso cumprir essa promessa – sussurrei. – Vou cumprir.

Me encarou por mais alguns segundos pensativamente. Apoiei o queixo em seu braço. Os músculos estavam tensos, e ele apertava tanto os braços em torno dos joelhos que parecia querer se encolher até sumir dentro de si mesmo. Estava com medo.

– Não posso dizer a você que deve acreditar no que eu disse, mas acho que posso pedir que confie em mim.

– Confio, sim, em você. Só não estou muito a fim de ser obrigado a dar uma surra num demônio por sua causa.

Ri, balançando a cabeça. Mais idiota impossível. Passou os dedos pelo meu rosto, afastando os cachos ruivos que caíam na frente dos meus olhos. Já havia parado de tentar me beijar há algum tempo, já que eu sempre acabava recuando antes que se aproximasse demais.

Encostou a testa na minha, fechando os olhos. Era ali que eu sempre acabava recuando, como se tivesse medo dele, e de certa forma tinha. Uma das cenas que mais se repetia em minha cabeça era a dele matando aquelas crianças, matando sua própria irmã e bebendo o sangue dela. E sempre que eu me aproximava de Dorian, essas imagens voltavam à minha cabeça e o medo me paralisava.

Não. Ele não era mais aquele monstro. Dorian era o garoto que eu amava e que sentia o mesmo por mim. Não podia ter medo dele. Nunca seria capaz de me machucar, disso eu tinha certeza absoluta. Jamais havia gritado comigo, e muito menos levantado a mão para mim, e já havia me provado que podia confiar nele na noite anterior ao meu sequestro.

Passei os dedos por seu cabelo, puxando-o para mais perto, sentindo uma abstinência repentina dele ao lembrar daquela noite. Quase podia sentir seus lábios tocando os meus quando alguém soltou um berro tão alto que minha cabeça quase explodiu. Dei um salto para trás, olhando na direção de onde havia vindo. Bonnie. Estava parada há alguns metros.

– O que houve? – perguntou Dorian, visivelmente irritado por termos sido interrompidos.

– Ah... – começou –, eu pensei ter visto uma alma, mas era só um pássaro. Desculpem.

– E desde quando você confunde uma alma com um pássaro, sua idiota? – perguntei, me levantando. Podia sentir o rosto ficando vermelho de raiva. Tinha feito aquilo de propósito. Isso era óbvio.

– Desculpe! Eu errei, uai. Todo mundo erra – lamentou num tom irônico com um sorriso no rosto.

Uma raiva insana tomou conta de mim e, antes que eu pudesse pensar, dei um soco na cara dela. Bonnie caiu sentada no chão com as mãos na frente da boca, que agora sangrava. Cuspiu sangue aos meus pés. Pude ver Dorian se levantando pelo canto do olho.

– Você nem deveria mais estar viva, ridícula! Tem um demônio dentro do corpo, e essa coisa deveria ser arrancada daí junto com a sua cabeça – gritou.

– Você o chamou de quê? – perguntei, sentindo uma onda de raiva crescendo dentro de mim. – Ele não é uma "coisa", idiota! Ele salvou a minha vida!

– Você deveria estar morta! Não merece ter alguém como ele! – ela disse, apontando para o meu namorado.

Chutei seu rosto, fazendo com que seu corpo tombasse para trás. Ela havia acabado de insultar meu demônio e ferir meu orgulho, e agora eu iria ferir a cara dela. Iria mandá-la para o Inferno.

Levantou-se com um pulo, avançando para cima de mim e me batendo contra uma árvore com força. Dorian estava prestes a impedir quando ordenei que ele recuasse. Chutei seu peito, fazendo com que a garota se afastasse de mim. Sacou sua arma. Era um tipo de chicote como o de Anna.

Desviei do primeiro golpe, dando alguns passos em sua direção, e fiz o mesmo com o segundo e com o terceiro, mas no quarto ela me acertou no pescoço, e a corda se enrolou nele. Me arrastou para perto e pulou em minhas costas e... Ha! Ha! Ha! Quebrou meu pescoço.

Saiu de cima de mim, desenrolando seu chicote do meu pescoço e esperando que eu caísse morta no chão. Bem... O máximo que eu acabaria tendo era torcicolo, porque, graças a Beilloxih, minha cabeça voltou ao ângulo normal. Embora estivesse bem, aquilo me deixou ainda mais irritada. Ela achava mesmo que conseguiria me matar assim?!

Avancei para cima dela tão rápido que mal teve tempo de pensar e bati sua cabeça numa árvore com força. Ela queria mesmo me matar? Iria ver o que eu faria com ela.

Joguei-a em cima das capas que estavam estendidas para secar, e ela caiu de bruços no chão. Corri na direção do suporte de buracos negros de Dorian, saquei uma das esferas e a chacoalhei. Berrei, antes de chutá-la na barriga, lançando-a contra uma árvore:

– Quero ver você confundir um pássaro com uma alma no lugar para onde vou te mandar, imbecil!

Antes que Norman pudesse me impedir (uma roda havia se formado ao nosso redor alguns segundos antes), joguei a esfera no chão à frente dela. Para onde eu pensei em mandá-la? Bem... Para a China, Egito, Sibéria... Mas acabei escolhendo a Puta Que Pariu. No segundo seguinte, ela havia sumido, junto com todos os meus problemas.

– Serena! – gritou Norman depois de o buraco se fechar, como se eu tivesse acabado de fazer algo errado. – Pra onde a mandou?

– Pra um lugar aonde ela não vai mais poder me encher o saco. Nunca mais – respondi, dando de ombros.

Todos arregalaram os olhos como se eu tivesse feito a pior coisa do mundo. Ah, qual é? Ela tentou me matar e quase conseguiu! Ergui uma das sobrancelhas, cruzando os braços enquanto Dorian se aproximava de mim. Colocou as duas mãos em meus ombros. Tinha o olhar de líder severo que sempre lançava aos outros quando faziam algo errado, mas havia doçura e amor ali também. Ele disse:

– Não pode jogar num portal qualquer um que te deixe irritada, Serena... – começou.

– Ela tentou me matar, Dorian! – falei.

– Mas foi você quem começou.

– Porque eu já não aguentava mais ela enchendo o meu saco.

Ele suspirou, balançando a cabeça. Agora havia algo em seu olhar que era bem pior do que raiva. Decepção. Sabia que o que viria a seguir não seria nada bom. Dorian, apesar de ser o meu namorado, também era o líder, e tinha que agir como um quando eu fazia algo de errado.

– Não posso expulsá-la ou fazer algo que prejudique o restante do grupo – explicou –, mas sabe que não posso deixar isso passar em branco – assenti com a cabeça. – Vai ter que fazer exatamente o que eu pedir que faça durante a execução do plano de hoje à noite.

E foi assim que acabei virando a isca. A probabilidade de eu morrer havia aumentado 50%, mas eu tinha que pagar pelo que fiz. Se eu estava arrependida? De jeito nenhum. Só estava com um pouquinho de medo de o plano acabar dando errado.

Agora já era noite, e eu estava apenas esperando que todos se aprontassem para eu poder fazer o que tinha que fazer. Estávamos a alguns metros da caverna que os Angeli usavam de abrigo. Suspirei, apertando o cabo de Escuridão enquanto ouvia alguém se aproximar trás de mim. Dorian.

– Sabe que eu precisei fazer isso, não sabe? – perguntou, com certo tom de pesar. Fiz que sim com a cabeça, baixando o olhar. – E sabe que, se eu pudesse, iria no seu lugar, não sabe?

— Não importa mais — falei, mantendo o tom firme. — Eu dou conta.

Coloquei Escuridão no suporte, erguendo o queixo e colocando o capuz para que ele não pudesse ver meus olhos marejados. Só de pensar em me aproximar daqueles... caras, o medo voltava; afinal, eles estavam do lado dos demônios, e com certeza teriam a ajuda deles.

— Sei disso — disse ele. — Só não queria arriscar ainda mais sua vida.

— Como eu disse antes: não importa mais.

Eu estava irritada. Irritada e com medo. Não era uma boa combinação, principalmente quando se está com um machado de guerra ao alcance da mão. Cerrei os dentes.

— Ah, e cá entre nós — ele continuou —, se não tivesse feito aquilo com ela, eu o teria feito.

Isso me fez sorrir um pouco. Mostrava que não estava tão chateado assim comigo. Virei a cabeça para ele, mesmo sem tirar o capuz. Continuava não querendo que ele visse o pânico em meu olhar, embora achasse que já soubesse o que eu estava sentindo.

Ficamos em silêncio por algum tempo. Eu sabia que Dorian queria me dizer algo e estava apenas tentando criar coragem para fazê-lo. Demorou um pouco, mas ele finalmente desembuchou:

— Eu queria pedir desculpas — juntei um pouco as sobrancelhas. — Podia ter pedido pra você ficar de guarda por três dias ou qualquer coisa que não arriscasse sua vida, mas não o fiz, então peço desculpas.

Sabia o quão difícil para ele era fazer aquilo. Um líder pedindo desculpas por uma ordem dada a alguém que era obrigado a obedecê-lo? Era necessário abrir mão do orgulho para fazer uma coisa daquelas.

Colocou a mão em meu queixo, erguendo meu rosto para o dele, esperando uma resposta. Toquei seu capuz e entrelacei meus dedos no tecido com gentileza, me aproximando. Apoiei a cabeça em seu ombro, encostando a testa em seu pescoço. Sussurrei:

— Eu perdoo você. Sempre perdoo, não é?

Pude senti-lo concordar com a cabeça e quase tive certeza de que ele estava sorrindo. Passou os braços em torno de mim, subindo e descendo as mãos pelas minhas costas como se quisesse me acalmar de alguma forma. Sussurrou de volta:

— Vai conseguir. Eu confio em você e sei que não havia ninguém melhor pra fazer isso.

Não tinha muita certeza se ele estava falando comigo ou consigo mesmo, então decidi apenas permanecer em silêncio abraçada a ele. Só algum tempo depois decidi me pronunciar:

– E se eu souber que mais alguma garota deu em cima de você, vou mandá-la pra um lugar pior ainda. E você vai junto.

Dorian riu, e me afastei apenas o suficiente para olhar para ele. Estava com o capuz, assim como eu, mas, como havia passado muito tempo aprendendo a ler suas emoções antes de quebrar a maldição, sabia exatamente o que estava sentindo. Apreensão. Não gostava de vê-lo daquele jeito, muito menos quando a culpa era minha.

– Eu amo você, mesmo que esteja tentando me matar – brinquei, tentando demonstrar um pouco de animação.

– Não estou tentando te matar – ele disse. – Mas posso muito bem tentar se você não me beijar logo.

– Usando os benefícios de líder pra conseguir se aproveitar de uma garota como eu, Dorian? Que feio – acusei, antes de me aproximar.

Mais uma vez aquelas imagens voltaram à minha mente, e o sorriso que antes estava em meu rosto sumiu. Não. Que frescura, garota! Dorian não é mais essa pessoa e ponto.

Apertei meus lábios contra os dele com força, puxando-o pelo capuz para mais perto e intensificando o beijo. Só naquele momento percebi o tamanho da falta que eu sentia dele. Pela forma que me apertava contra ele, vi que sentia o mesmo.

– Eu amo você – sussurrou ele depois de se afastar.

Abri o maior sorriso do mundo para ele antes de beijar sua bochecha e pegar sua mão, puxando-o de volta ao grupo. Falei, ajeitando a capa com a mão livre:

– OK. Todos prontos?

Assentiram com a cabeça, entreolhando-se. Estavam perguntando silenciosamente uns aos outros se estava tudo em ordem para seguir com o plano. Dorian tomou a frente, e permaneci alguns passos atrás; afinal, ele era o líder dos Caçadores, não eu.

– Não tenho ideia do que vamos encontrar lá dentro e espero realmente que seja... – A palavra "bom" não se encaixava muito bem naquela frase. – Satisfatório – continuou. – Lembrem-se de suas tarefas e sigam o plano à risca. Não podemos nos adiantar ou atrasar um segundo. A vida de Serena depende de nós a partir do momento em que ela entrar ali. Entendido? – concordaram. – Boa sorte a todos.

Ele se virou para mim, e agora os olhares de todos pareciam pesar sobre os meus ombros. Senti um arrepio subir pela espinha. Cerrei os punhos, esperando que me dissesse o que tinha de dizer.

– Pegue o machado – pediu. – Coloque uma mão por cima da outra no extremo do cabo e repita comigo...

CAINDO NA ESCURIDÃO

A coragem é o farol que ilumina o coração dos fortes.

Eu estava na entrada da caverna. Tudo parecia escuro e silencioso do lado de dentro, mas sabia que isso era só fachada. Havia um demônio por perto. Caso contrário eu conseguiria enxergar no escuro sem problemas. Respirei fundo antes de adentrar ainda mais.

Não havia sacado Escuridão. Não ainda. Não era esse o plano.

Podia sentir várias pedras se moverem sob os meus pés. Cascalho. Estava me locomovendo mais barulhentamente do que pretendia.

Ergui o queixo quando ouvi um barulho mais adiante e uma luz alaranjada bem fraca subir por uma das paredes de pedra e, hesitante, fui até lá. Sabia exatamente o que encontraria, já que Dorian tinha um conhecimento anormal sobre refúgios de Angeli e cavernas. Deveria me lembrar de perguntar a ele mais tarde como sabia sobre tudo aquilo. Isso se eu sobrevivesse.

Acabei encontrando algo parecido com uma escada de pedra no canto da caverna. Ela só se estendia por alguns degraus antes de fazer uma curva que me impedia de enxergar o que havia adiante. Dorian também havia previsto isso.

Desci os degraus e espiei o que havia depois da curva que a escada fazia. Um enorme corredor iluminado por tochas. Estava vazio. OK. Tudo certo. Tudo correndo conforme o plano.

No final do corredor havia uma bifurcação. Fechei os olhos e baixei a cabeça em frente a ela, tentando ouvir de que lado havia mais barulho. Do direito. Infelizmente, era pra lá que eu deveria ir.

Encontrei uma sala pequena ali, com duas enormes portas de ferro entreabertas, com inscrições em língua demoníaca nelas. Cerrei os olhos, tentando lê-las o mais brevemente possível.

"Neste local jaz a tumba daqueles abençoados pelo Príncipe das Trevas, e, a partir deste ponto, todos os intrusos estarão expostos ao julgamento do demônio que aqui reside."

Sim. Aquilo também havia sido previsto. Passei pelas portas, ignorando o fato de estar cada vez mais distante da saída. Eu era a isca, a distração. Se decidissem me atacar ali, teria que me virar sozinha, mas essa era a minha tarefa, e teria que cumpri-la sem hesitar.

Atrás das portas havia um salão inacreditavelmente grande, com colunas tão altas que o teto se perdia na escuridão na qual a luz conseguia penetrar. Chão e paredes eram feitos de mármore cinza-escuro. Não podia ver onde o salão terminava ou quanto tinha de largura, já que a luz que tinha ali ficava ao lado da porta e não iluminava nem metade do ambiente.

Podia sentir que estava sendo observada. A cada passo, o peso dos olhares parecia maior em minhas costas.

Não havia me afastado nem três metros da porta quando o primeiro Angeli surgiu, com sua capa negra parecendo estar envolta pelas sombras de um demônio. Seus lábios estavam costurados e a cabeça raspada cheia de símbolos que eu não conhecia.

Pude ver Malévola parando ao meu lado. Estava com o olhar fixo no Angeli e os lábios apertados. Parecia tentar entender o significado deles também.

Meus dedos coçaram para sacar meu machado, mas não o fiz. Esse não era o plano. Mesmo que tivesse feito o Juramento antes de entrar na caverna para que pudesse me sentir mais forte, deveria fazer de tudo para evitar uma briga. Nesse momento, todos os Caçadores deveriam estar invadindo o local. A voz que eu ouvi a seguir não saiu dos lábios do Angeli, mas invadiu minha mente como se fosse um pensamento meu:

– *Nessey debaya fenca alle demondo* (Não deveria estar aqui, demônio).

– *Treve teten lefe inea grette loratie demonderes alle* (Pelo que eu saiba, vocês adoram demônios aqui) – retruquei, dando de ombros.

Quase pude ouvi-lo rosnar, o que fez com que eu me perguntasse se era um homem ou um cachorro. Cruzei os braços, esperando que dissesse algo à altura do que eu tinha dito. E continuou, em minha língua-mãe:

– Não sabe no que se meteu, menina. O demônio que habita seu corpo não é um bicho de estimação, e este lugar não é um simples ninho ou refúgio de Angeli. Aqui é a casa de demônios temidos por muitos e odiados por todos. O que você pensa saber não é nem um terço do que eles sabem. A escuridão aqui é mais profunda. O que verá aqui é mais obscuro. Aqui residem os guardiões do labirinto que a levará ao portal do Inferno, criança.

Arregalei os olhos, recuando alguns passos. Era ali, o lugar que tanto queríamos encontrar, a fonte de todo o horror que assolava o planeta Terra, e eu estava sozinha. Olhei para Malévola, parada ao meu lado. Não parecia tão chocada, mas havia algo entre dúvida e curiosidade em seu olhar. Sussurrei, sabendo que apenas ela poderia ouvir:

– Ele diz a verdade?

– *Posso senti-las aqui* – respondeu. – Posso sentir as almas e ouvir os demônios. – Ela arregalou um pouco os olhos. – *Dorian estava errado. Eles estão indo para uma armadilha.*

Dorian havia planejado ir ao coração do refúgio, pegar algum Angeli de refém para nos dar informações e matar os outros enquanto eu distraía os responsáveis pela segurança do lugar, mas aquilo não funcionava como um abrigo de Angeli. Era a fortaleza que guardava um labirinto.

Anna

Eu podia sentir que havia algo de muito ruim naquele lugar. Podia sentir a presença de coisas terríveis e sabia que, mesmo que eu dissesse isso, todos achariam óbvio, já que era um refúgio de Angeli, mas não era só isso. Eu nunca tinha sentido algo daquela magnitude. Convivi com minha mediunidade desde que me entendo por gente, mas nunca me senti tão apavorada na vida. Realmente havia algo de muito terrível naquele lugar.

Olhei para Nathaniel ao meu lado. Segurava seu bastão de ferro cheio de inscritos em latim. Seus olhos eram sérios, suas sobrancelhas negras levemente juntas, e os lábios estavam apertados em uma linha rígida. Peguei sua mão, entrelaçando os dedos nos dele enquanto adentrávamos ainda mais na caverna. Estávamos indo para o lado oposto ao que Dorian disse que Serena havia ido, e agora tinha um corredor escuro à nossa frente.

– Dorian – chamei, meio hesitante. Ele estava logo à nossa frente.

Parou, virando-se para mim com um olhar impaciente. Não tínhamos tempo para paradas. A vida de Serena estava em nossas mãos, e um segundo de atraso poderia matá-la, mas eu realmente precisava avisar a ele o que as vozes sussurravam repetidamente em minha cabeça:

– Isso está errado. Precisamos ir embora. O mais rápido possível.

– Não vai ficar com medo agora, não é, garotinha? – perguntou um idiota do grupo chamado Clark. Devia ter uns vinte e quatro anos, seus olhos eram cinza, e os cabelos, loiros e ondulados. Ele insistia em sempre encher o meu saco.

– Não estou com medo. Simplesmente sei que não devíamos estar aqui e que não devemos entrar aí – expliquei irritada.

Dorian hesitou por um momento. Não era o tipo de garoto que não acredita no que alguém disse e ponto. Ele era o típico líder que ouvia opiniões, mesmo que fossem de uma simples garota de quinze anos que age como uma maluca que ouve coisas. Isso era uma grande qualidade, mas também um defeito que colocava sua vida em risco.

– Tem certeza do que diz? Confia no que essas vozes dizem a você? – perguntou ele, o que fez meu coração descompassar. Nunca tinha contado a ele sobre elas.

– Posso não confiar nelas, mas confio no meu instinto, e, quando ambos dizem a mesma coisa, ela é certa – respondi, erguendo um pouco o queixo para demonstrar confiança em minhas palavras.

Me analisou por mais alguns segundos. Seus olhos azuis pareciam brilhar no escuro e eram o único ponto de cor ao redor. Ele parecia em dúvida, e em parte isso era bom, mas eu sabia que, assim como não deveríamos avançar, também não poderíamos ficar parados no mesmo lugar. Sussurrei, pois era o máximo que conseguiria fazer por causa do medo do que elas me diziam:

– Precisamos ir rápido. Assim como não estamos seguros, Serena também não está.

– DORIAN! – Ouvimos alguém gritar. Era a voz dela, e vinha do outro lado do corredor.

Não houve um segundo de hesitação. O garoto se virou para a escuridão e avançou correndo na direção do chamado, como se sua vida dependesse daquilo. Chamei o nome dele, tentando alcançá-lo e avisar que era uma armadilha, mas algo me prendeu no lugar. Olhei em volta, percebendo só naquele momento que estava sozinha no corredor, no meio da completa escuridão.

Lucy

Agora a mão de Luke, que eu apertava como se fosse minha única ligação com a vida, me parecia tão fria quanto gelo. Olhei em volta. Dorian havia corrido para a escuridão, e tudo o que os outros Caçadores fizeram foi ficar olhando. Devíamos ir atrás dele, não?

Foi quando eu percebi. Um vapor saía da minha boca quando eu respirava, e todos os pelos dos meus braços haviam se arrepiado. Soltei a mão de Luke para poder abraçar a mim mesma e me voltei para ele, a fim de perguntar se estava sentindo tanto frio quanto eu. E então eu vi.

Sua pele estava pálida, havia gelo se acumulando no cabelo loiro, nos cílios e nas sobrancelhas. Ele não respirava. Gritei, colocando as mãos na frente da boca e olhando para os outros, prestes a pedir ajuda, quando notei que estavam todos no mesmo estado.

Me apertei contra a parede, que parecia tão fria quanto gelo também, e olhei para o corredor por onde Dorian havia ido. Ele me parecia a única saída agora. Precisava da ajuda dele.

Lisa, Ethan, Norman, Anna... Todos haviam se tornado estátuas de gelo. Desviei de todos, começando a correr na direção para onde Dorian tinha corrido, mas o chão havia começado a se tornar escorregadio demais, e não dei muitos passos até que eu acabasse caindo e batendo a cabeça no chão.

Tudo começou a girar, e o ar me pareceu mais frio. Podia ver todos os Caçadores de pé a alguns metros, todos virados na minha direção. Seus olhos pareciam grudados em mim, e um segundo antes de desmaiar notei que havia um leve sorriso em seus rostos, como se estivessem satisfeitos ao ver meu pânico.

Norman

A última coisa que eu vi foi Dorian correndo para a escuridão, e, depois disso, algo me distraiu. O cheiro de sangue. Olhei em volta. Todos pareciam estátuas agora, com os olhos completamente negros como os das almas encarando o final do corredor escuro.

Olhei em volta, sentindo o coração acelerar. Agora todas as paredes estavam cobertas com sangue, e a luz que antes iluminava o lugar agora era vermelha e piscava. Havia algo de muito errado ali. Recuei alguns passos. Todo o ar do mundo já não me parecia suficiente, e o cheiro de sangue que entrava por minhas narinas me sufocava.

Comecei a entrar em pânico. Tudo o que eu pensava era que precisava correr, me livrar daquele cheiro que eu tinha certeza de que iria me matar, e foi o que eu fiz. Corri para a escuridão, não dando a mínima para o que poderia haver ali. Não era a morte certa.

Eu corria o mais rápido que podia, tentando sugar todo o ar que conseguia, esperando que fosse puro, mas o cheiro de sangue parecia cada vez mais forte, e o ar parecia começar a criar consistência. E, então, um passo em falso para o vazio, e tudo o que eu senti era a gravidade me puxando para baixo, num abismo escuro e sem fim.

O DESCONHECIDO

O medo não é o problema, mas sim a falta de coragem para enfrentá-lo.

Lisa

Quando abri os olhos, a primeira coisa que eu vi foi o céu azul sem nenhuma nuvem acima da minha cabeça. O Sol era forte, queimando meu rosto. Podia ouvir o barulho das ondas do mar. Estava em uma praia. Fechei os olhos aproveitando o calor do sol. Resisti ao impulso de sorrir. Fazia tempo que eu... Abri os olhos... Juntei as sobrancelhas, vi que já não estava mais na praia. Havia paredes de terra por todos os lados, e, abaixo dos meus pés, era como se eu estivesse em uma cova.

    Me levantei do chão, sentindo a respiração acelerar. Onde eu estava? Coloquei as mãos nas paredes. Eram de areia, então vários pedaços delas se desfaziam conforme eu as tocava, começando a enterrar os meus pés. Balancei a cabeça. Aquilo não podia estar realmente acontecendo. Berrei, esperando que alguém aparecesse para me ajudar, e senti um alívio enorme ao ver Ethan de pé ao lado da cova. Pedi:

— Por favor, me ajuda a sair daqui.

— Por que eu ajudaria? — perguntou.

    Estranhei. Como assim por que ajudaria? Só naquele momento notei que ele segurava uma pá. Coloquei as mãos na frente da boca. Ele havia me colocado ali. Berrei, sentindo o pânico me corroer por dentro e paralisar meus músculos:

— Me tira daqui!

    Ethan apenas riu, balançando a cabeça e fincando a pá na areia da borda da cova, fazendo com que uma grande quantidade dela caísse em cima de mim.

Berrei ainda mais alto. Já não estava mais de pé, agora eu estava deitada, completamente imóvel, como se algo me impedisse de me mexer. Meu coração parecia querer sair pela boca. Aquele era meu maior medo: ser enterrada viva.

Ele jogou mais areia em cima de mim, rindo ainda mais alto. Usei toda a minha força para conseguir me mover e bati contra a parede com força, e mais grãos se desprenderam dela.

– ETHAN! – berrei. – PARA!

Tudo o que ele fez foi rir ainda mais alto. Sua risada penetrava em minha mente, impedindo que eu ouvisse meus próprios pensamentos. Mais um punhado de areia, e mais outro. Já havia areia o suficiente para cobrir parte do meu corpo. Bati na parede, gritando para que Ethan me soltasse, mas apenas continuou jogando um punhado após o outro, até que eu estivesse encoberta até a altura do peito e já não conseguisse mais respirar.

Estava presa, só tinha conseguido manter os braços e a cabeça fora da areia que agora me cobria quase que completamente. Não tinha mais saída. Eu iria morrer. Iria morrer pelas mãos do garoto que eu amava e que eu pensava que sentia o mesmo. Pelo menos era isso que sempre dizia, e era isso que eu via em seus olhos sempre que olhava para ele. O que o levaria a fazer uma coisa daquelas?

– Ethan – chamei, já sem forças pra gritar. – Ethan, você não pode fazer isso comigo.

Ele parou por um minuto, juntando as sobrancelhas. Decidi que esse era o momento perfeito para continuar, aproveitando sua hesitação:

– Você disse que me amava. Prometeu que iríamos ficar juntos, não prometeu? Por que faria isso comigo?

– Porque... – balançou a cabeça, parando no meio da frase. Porque... Porque eu preciso – respondeu.

– E por que precisaria fazer isso comigo?

Sorri um pouco, só notando naquele momento que havia muitas falhas naquela situação. Primeira: por que eu estava numa praia? Quer dizer... Até onde eu sabia, não havia praias em nosso país, e duvidava que, se alguém quisesse me matar, me traria para uma praia apenas para fazê-lo. E Ethan nunca faria uma coisa dessas comigo, disso eu tinha certeza.

Ser enterrada viva podia até ser meu maior medo, mas não estava cega o suficiente para não notar esses erros grotescos. Aquilo não podia ser real. E não era.

Foi quando o chão abaixo de mim se abriu, e eu caí em meio a um abismo de escuridão.

Quando abri os olhos, a primeira coisa que eu vi foi um teto de gesso bem parecido com o do meu quarto. Estava deitada numa cama. Me sentei no colchão. Era noite, podia ver isso pela janela. A rua do lado de fora estava vazia, e a única luz que iluminava o quarto era a de um poste em frente à casa.

Podia sentir que estava sendo observada de alguma forma e só notei naquele momento que o canto do quarto, ao lado da janela, estava anormalmente escuro. Me arrastei silenciosamente para trás, olhando para o chão ao redor da cama e procurando meu mangual, mas ele não estava lá, assim como a minha capa.

Havia um silêncio mortal no lugar, a única coisa que podia ouvir era a minha própria respiração.

Algo se moveu nas sombras, e me apertei contra a cabeceira da cama. Sabia que o que quer que estivesse lá estava me observando enquanto eu dormia. Senti o coração acelerar ao tentar imaginar o que havia ali. Podia dizer que era muito difícil eu ter medo de alguma coisa, e era verdade, mas havia apenas uma coisa no mundo da qual eu realmente tinha medo.

Ele deu um passo à frente. Sapatos sociais, calça social, paletó... Seu rosto era anormalmente pálido. Não tinha olhos, nariz ou boca. Eu o reconhecia muito bem das várias histórias que eu já ouvira. Podia até parecer idiota eu ter medo de um simples personagem de uma lenda, mas agora ele estava logo à minha frente e era real. Slender Man.

Ouvi um grito de pânico cortar o silêncio, tão alto que meus ouvidos chiaram, e percebi que ele havia saído da minha própria boca. Coloquei as mãos na cabeça, tapando os ouvidos como se ele estivesse dizendo alguma coisa. Sabia que, se tentasse sair de cima da cama, acabaria caindo no chão, já que minhas pernas tremiam como nunca.

Aproximou-se, parando ao lado da minha cama com seus tentáculos negros saindo das costas. Os braços eram anormalmente longos, assim como os dedos, que tamborilavam nas pernas pacientemente. Mesmo que não tivesse olhos, sabia que me encarava.

– VAI EMBORA! – berrei.

Ouvi uma risada, tão grave e profunda quanto um trovão. Uma risada que vinha do fundo de seu ser. Achava o meu medo engraçado. Inclinou-se sobre a cama, parando com o rosto há centímetros do meu, e gritei, me debatendo e tentando chutá-lo para trás, mas ele não se moveu.

Peguei meu abajur, em cima da mesinha de cabeceira, e o acertei na cabeça com toda a força que eu tinha, e, quando recuou por causa da dor, me levantei da cama e saí correndo do quarto, atravessando todos os corredores da minha casa, consciente do fato de ele estar me perseguindo.

Desci correndo as escadas, até a sala de estar, mas acabei tropeçando em um dos degraus e rolei escada abaixo. Quando finalmente cheguei ao chão, senti uma dor lancinante no ombro e vi sangue pingar de algum ponto da minha cabeça. Não importava. Eu precisava sair dali e ponto.

Me levantei cambaleando e corri para o lado de fora. Só percebi que havia quebrado o braço quando fui abrir a porta e ele estava em um ângulo estranho. Com certeza havia afetado um dos nervos. Não sentia mais meus dedos.

Gritei ao sair da casa, pedindo ajuda, mas por algum motivo a rua não estava mais lá, e só havia uma floresta à minha frente. Corri para ela, mesmo sabendo que era o lar dele, mas era o meu também.

Corri o mais rápido que podia, desviando das árvores com agilidade. Havia me acostumado àquele ambiente. Mas algo me fez parar depois de o perder de vista, quando finalmente consegui pensar em algo que não fosse ele. Aquilo estava errado. Slender dava sinais antes de atacar as vítimas, mas nunca havia visto nada dele durante meu tempo na floresta. Além disso, o ambiente tinha mudado rápido demais, algo possível apenas em sonho. Minha casa ficava bem no meio do centro da cidade, não na beira da floresta.

Me virei para o monstro que agora havia voltado para meu campo de visão e sorri torto para ele. Falei, levantando certo dedo na sua direção:

– Vai pro inferno, otário.

No segundo seguinte, o chão abaixo dos meus pés se abriu, e eu caí num abismo de escuridão. Depois de algum tempo de queda, pude ver que havia um tipo de portal quilômetros abaixo dos meus pés e estava indo na direção dele. Era como uma piscina de chamas. Eu provavelmente iria morrer, mas quem liga pra isso?

Dorian

– SERENA! – berrei, em meio à escuridão.

Saí em disparada pelo corredor escuro, deixando todos para trás, e já não via sinal deles. Estava completamente perdido. Aquilo não havia sido previsto.

Já tinha invadido muitos refúgios dos Angeli, mas aquele não era nada parecido com os outros. Isso não me importava agora. Precisava salvá-la do que quer que fosse.

Continuei correndo, não dando a mínima se estava sendo cuidadoso ou silencioso. Que viessem atrás de mim. Eu mataria qualquer um que tentasse me impedir de chegar até ela.

Dorian. Ouvi uma voz em minha cabeça. Parei de correr. Estava acostumado a ouvir vozes ocasionalmente, me dizendo o que eu deveria saber ou me ajudando em certas decisões, mas nunca tinha ouvido aquela especificamente. Não em minha mente. Era a voz de Beilloxih misturada à da minha namorada. *Dorian, fencan intiore reverte. É uma armadilha.* Continuou.

– Não confio em você – rosnei.

Mas devia. Ai jeve dai dellira fencan eve maienaia hadiare.

Revirei os olhos. Ele falava a verdade. A vida dela dependia dele agora. Ela estava sozinha em um lugar que eu não conhecia, e Beilloxih com certeza nunca entraria em contato comigo se não fosse realmente urgente. Perguntei, em voz alta:

– *Er teten waiera teten lefe fellore?* (O que quer que eu faça?).

Apenas continue andando, sem parar ou hesitar. Tem sua própria proteção contra seus medos, ao contrário dos outros Caçadores, então não vai se deparar com eles ao... Fez uma pausa, o que me deixou um pouco tenso. *Apenas siga em frente. Depressa.*

Assenti com a cabeça, voltando a correr. Não me desviei do caminho, apenas segui em frente o mais rápido que podia e, quando me deparei com um portal que parecia feito de chamas, não hesitei ao atravessá-lo. Se ele me levaria até Serena, não havia o que temer.

SERENA

Agora havia um grupo de Angeli à minha frente. Eles interrompiam minha passagem para a escuridão adiante, que eu sabia que abrigava a entrada do labirinto. Falei, sorrindo um pouco depois de mandar Malévola atrás de Dorian para avisá-lo:

– Eu vou passar, e ninguém vai me impedir.

– Nós vamos – respondeu o que parecia ser o líder.

– Não me faça perder tempo com tentativas inúteis, idiota – falei. – Vocês podem estar em maior número, mas eu tenho um demônio, um machado e uma bênção divina.

Eles se entreolharam, com certeza um tiquinho incomodados com minha autoconfiança. Aproveitei o momento para sacar Escuridão e avançar, girando-o à minha frente com toda a velocidade, e, quando cheguei perto o suficiente do primeiro Angeli, girei no lugar e fiz um movimento em arco com o machado, arrancando sua cabeça na mesma hora.

Antes que seu corpo sequer pudesse cair no chão, saltei por cima dele e corri para o salão à frente. Sabia que estava sendo seguida, mas não dei a mínima. Muito menos quando bati a cabeça contra uma coluna e ela começou a sangrar. Apenas continuei avançando, e avançando, e correndo tão rápido que minhas pernas quase não conseguiam aguentar. Até eu ver uma luz no meio da escuridão, como uma tocha a vários metros de distância, e corri para ela.

Conforme eu me aproximava, maior a luz ficava, e, quando cheguei perto o suficiente, pude ver que na verdade era um portal de uns quatro metros de altura. Tinha cor de chamas, e eu não podia ver o que havia adiante. Não houve tempo para hesitação ou medo do que haveria depois dele. Simplesmente saltei para o desconhecido.

O LABIRINTO

Líder é aquele capaz de tirar o melhor de nós mesmo quando tudo o que temos a oferecer é o medo do fracasso.

Aterrissei no chão do outro lado em alta velocidade, rolando vários e vários metros antes de finalmente conseguir parar, e, quando parei, estava completamente tonta.

Encostei a testa no chão, fechando os olhos enquanto esperava o mundo parar de girar. O chão era frio como o gelo e duro como concreto. Era feito de algum tipo de pedra lisa cinza-escura. Podia ouvir um barulho alto de fornalha, e o ar era insuportavelmente quente, em contraste com o chão. Me levantei devagar, olhando em volta, e meu queixo caiu.

Havia duas paredes de pedras irregulares negras. Uma à minha frente, e uma às minhas costas. Ambas deviam ter no mínimo vinte metros de altura. Estava em um corredor largo, de no mínimo uns dez metros. Ao meu lado direito, a uns cinco metros, estava o portal que eu havia atravessado e, atrás dele, o corredor se estendia até onde a vista alcançava, assim como do meu lado esquerdo. Era como se aquele portal tivesse sido colocado no meio de um corredor infinito para ambos os lados, e eu tivesse sido jogada lá. Aquele era o labirinto.

Olhei para cima, para o que deveria ser o teto do lugar, que ficava quilômetros e mais quilômetros acima da altura máxima das paredes de pedra. Era vermelho, meio alaranjado, como se fosse iluminado com fogo. Por isso o barulho.

Duvidava que uma coisa daquelas pudesse existir na Terra. Não em segredo. Aquilo me fazia acreditar que estávamos em outra dimensão.

Senti o suor brotar na minha testa, escorrendo pelo meu rosto, e passei as costas da mão por ela para secá-la, e ela voltou com sangue. O corte que havia feito ao bater a cabeça naquela porcaria de coluna de mármore.

Estava prestes a xingar a minha vida quando algo passou pelo portal. Ou melhor, alguém. Dorian.

Um sorriso enorme e involuntário se formou em meu rosto enquanto o via rolar na minha direção e parar aos meus pés de bruços. Pude ouvi-lo xingar alguma coisa enquanto se levantava cambaleante, e, quando me viu parada ao lado dele, praticamente pulou em cima de mim.

– Meu Deus, Serena! Sabe o quanto fiquei preocupado com você? Espera...

Ele se afastou, olhando em volta e assobiando. Aquele lugar era incrível e assustador ao mesmo tempo.

Antes que eu pudesse fazer um comentário, mais alguém passou pelo portal. Norman, seguido de Lisa e Lucy.

Ele tinha uma perna quebrada, e Lucy um enorme galo no meio da testa. Lisa parecia apenas com um pouco de falta de ar. Aos poucos, vários de nós foram passando pelo portal. Anna, Nathaniel, Sebastian, Stacey, Ethan, Luke, Boyd, Coralina, Bárbara e Clark. Depois de algum tempo esperando, quando mais ninguém saiu do portal e quando eles nos explicaram pelo que haviam passado, acabamos imaginando que os outros não haviam conseguido enfrentar seus medos e que provavelmente não voltariam. Nunca mais.

Tivemos que tratar de muitos ferimentos. Bárbara havia deslocado um ombro, Stacey tinha um corte na testa bem parecido com o meu, só que um pouco mais profundo, e tinha quebrado o braço. Sebastian tinha quebrado alguns dedos. Clark tinha apenas alguns arranhões. Nathaniel e Anna também. Boyd tinha sido esfaqueado na perna. Cora parecia apenas um pouco atordoada, e Luke e Ethan estavam sujos de cinzas dos pés à cabeça. Os dois tinham medo de fogo.

Expliquei a todos eles o que havia descoberto, e cada um deles me explicou o que havia acontecido enquanto eu não estava presente. Passaram por coisas piores do que eu, mas bem que eu gostaria de saber qual era o meu maior medo. No momento? Perder Dorian acho que seria o fim do mundo. Ele era a única pessoa que eu tinha agora.

Pensar nisso me assustou um pouco, e não pude evitar de me aproximar dele. Estávamos todos sentados no chão à frente do portal. Ainda tínhamos esperança de ver os outros caçadores.

Na verdade, todos estavam sentados do outro lado do corredor, exceto eu e Dorian. Ele passou um braço por cima dos meus ombros, me puxando para perto. Pude sentir meu corpo estremecer ao pensar na simples ideia de perdê-lo. Então perguntou:

– O que houve?

– Acho que tive sorte por não ter passado pelo que passaram. Não aguentaria me ver perdendo você – respondi, dando de ombros.

– Esse é o seu maior medo? – perguntou. – Não achava que fosse tão importante pra você.

– É a única pessoa que eu tenho no mundo.

Ele beijou a minha têmpora. Seus lábios eram quentes, ao contrário de sempre, e acho que gostei disso. Depois se aproximou mais uma vez, prestes a beijar a minha bochecha, mas virei o rosto antes que pudesse fazê-lo, beijando-o sem a mínima gentileza e do jeito mais intenso que conseguia.

Passei os braços em torno dele, puxando-o para ainda mais perto, sentindo a respiração se acelerar assim como o coração. Quanto mais próximos, mais a ideia de perdê-lo me assustava.

Ele passou os dedos pelo meu cabelo como se tentasse me acalmar antes de se afastar, beijando meu ombro. Apoiou a testa nele depois, e o apertei ainda mais contra mim, quase como se quisesse que fôssemos um só. E Dorian sussurrou:

– Estou com medo por você.

– Por quê? – perguntei, juntando as sobrancelhas.

– Porque, quanto mais próximos do portal, mais fortes ficam os demônios. Estou com medo de você não conseguir mais manter o controle sobre ele. – Falava de Beilloxih.

– Temos um acordo, e ele não vai quebrá-lo. Tenho certeza disso – garanti.

– Pode quebrá-lo se não tiver escolha. Seu corpo enfraquece, assim como sua alma, e ela cede o controle a ele involuntariamente – explicou ele, num tom mais baixo e grave.

Passei os dedos por seu cabelo, beijando o topo de sua cabeça antes de sussurrar que tudo iria ficar bem e me levantar do chão. Dorian me seguiu enquanto eu me aproximava do grupo de Caçadores sentado a alguns metros. Alguns estavam revirando nossas mochilas de suprimentos, e, pela cara deles, não estávamos em boa situação. Me aproximei do grupo, me ajoelhando à frente de Norman, que era o que mais parecia estar com a mente sã. Os outros ainda estavam meio em choque por terem enfrentado seus medos. Perguntei:

– Como estamos?

– Nada bem – respondeu. – Gastamos cinco das últimas sete garrafas de água que tínhamos apenas para limpar os ferimentos. Nossos últimos remédios também acabaram agora. Comida... Bem..., ainda temos uma mochila, mas... Nada que preste muito.

Meu estômago revirou ao pensar em como nos viraríamos sem alimentos e remédio naquele lugar horrível. Precisávamos tentar dar um jeito em tudo antes que começássemos a sofrer por causa disso. Olhei por cima do ombro para Dorian, que estava parado de pé atrás de mim e fazia um sinal com a cabeça para que eu permitisse que ele tomasse a frente da situação.

– Preciso que guardem os últimos suprimentos e remédios em duas mochilas e guardem suas capas nas que restarem. Aqui é muito quente e podem acabar se desidratando mais do que o inevitável. Vamos seguir caminho.

– Mas e os outros? – perguntou Anna, já tirando sua capa.

– Teremos que seguir sem eles. Já não há mais tempo pra esperar – respondeu Dorian, num tom firme.

Todos assentiram com a cabeça. Podia ver o pesar em seus olhos, a tristeza por ter que deixar os irmãos para trás, o medo de seguir em frente, na direção do desconhecido, a dor dos ferimentos... Mas também pude ver uma centelha de esperança, coragem. A mesma coragem que haviam tido ao se tornarem Caçadores. Eles queriam ajudar a salvar o mundo, a fechar aquela droga de portal. Tudo o que eu precisava agora era saber como, esperar que Beilloxih decidisse ajudar. "Aprender a manter o controle necessita de uma maturidade mental que ainda não tem, *dellira*. Só quando tiver essa maturidade vai aceitar fazer o necessário, e só aí vou contar o que precisa fazer." Essas haviam sido as palavras do demônio quando perguntei a ele o que deveria fazer, e esperava que não demorasse muito para ele achar que eu já tinha maturidade o suficiente.

Levantaram-se, entrando em formação atrás de Dorian. Sabíamos que não levaríamos apenas algumas horas para achar o portal naquele maldito labirinto. Talvez levasse uma vida inteira, mas não tínhamos tempo nem suprimentos para isso, então teríamos que nos apressar um pouquinho e tentar achá-lo o mais rápido possível. Não aguentaríamos muito tempo, uma semana talvez era o máximo que suportaríamos antes de acabar morrendo de desidratação, exaustão ou inanição.

SILÊNCIO

Nem sempre o caminho mais fácil é a melhor opção a ser seguida.

Já estávamos andando há pelo menos três horas quando finalmente vi algum sinal de que aquele maldito labirinto não era apenas um corredor infinito. Pude ver de longe uma enorme parede de pedra irregular negra (igual às duas que nos ladeavam) se erguendo do chão e interrompendo nosso caminho, criando uma bifurcação. Como o lugar era protegido por demônios, eu sabia que não haveria apenas paredes de pedra e caminhos a seguir. Seria muito mais difícil do que isso, e foi o que eu vi ao olhar para os dois lados quando cheguei à bifurcação.

Lucy prendeu a respiração ao parar do meu lado e seguir meu olhar.

De um lado, árvores sombrias, sem folha alguma nos galhos. Uma neblina estranha cobria o chão ali, e o silêncio era quase ensurdecedor. Do outro lado, apenas escuridão. Consegui ver alguns lampiões presos à parede de pedra. Se fôssemos por ali, teríamos que pegá-los e seguir para o desconhecido.

Vi Dorian enrijecer a mandíbula ao meu lado. Estava escolhendo um caminho e, com certeza, pelo modo que olhava na direção dos lampiões, pensava o mesmo que eu. Eles sabiam que iríamos pela floresta. Éramos Caçadores. Aquela seria a escolha óbvia, e por isso precisávamos seguir para a direita, para o escuro. Como ambos os lugares sopravam um ar incrivelmente frio, voltamos a vestir nossas capas. Meu namorado estava indo na direção do primeiro lampião quando Stacey tocou seu ombro. Perguntou, com a voz um pouco mais baixa do que o normal:

– Não podemos ir pelo outro lado?

Abriu a boca para responder, mas a voz que ouvimos a seguir não veio dele, e sim de Anna, que já pegava seu lampião da parede:

– Não.

Todos se entreolharam, como se não entendessem o porquê de ela apoiar Dorian naquela decisão. Como se ela fosse louca em querer seguir por aquele caminho. Olhei pelo canto do olho para minha versão demoníaca. Ela encarava a bifurcação com um ar indeciso. Beilloxih estava pensando dentro daquele corpo imaginário com sua mente sombria. Esperava que dissesse algo antes de acabarmos escolhendo o caminho errado. Quando finalmente o fez, repeti suas palavras em voz alta, traduzindo-as para nossa língua-mãe:

– A escuridão é lar dos demônios, o que torna este caminho mais perigoso, mas é o correto. Não dariam a vocês o caminho mais fácil e menos protegido.

Todos concordaram. Respirei fundo, ficando ao lado de Dorian em frente à escuridão. Ele já segurava seu lampião. Por questão de segurança, para não acabarmos nos perdendo sozinhos, decidimos andar em pares. Eu iria com ele, Norman iria com Bárbara, Anna com Nathaniel, Lucy e Luke, Ethan e Lisa, Boyd e Coralina, e Clark iria com Stacey e Sebastian.

Entrelacei meus dedos nos de Dorian apenas um segundo antes de ele dar um passo à frente, e a escuridão pareceu nos engolir. Olhei para trás. Não via os outros, como se tivéssemos andado dezenas de metros sem esperar por eles. No segundo seguinte, Lucy e Luke apareceram ao nosso lado. Me senti imediatamente aliviada ao ver que, aos poucos, cada grupo ia aparecendo e se aproximando de nós.

Só depois de estarmos juntos me permiti olhar em volta. Não que houvesse muito para ver. Sim, só havia escuridão, mas havia uma coisa diferente. O ar parecia mais denso e frio. O chão era levemente grudento, e, quando olhei para baixo, vi que estava coberto de sangue seco. Não tinha ideia do que havia à nossa frente, se tinham paredes ou se era o caminho certo a seguir, só sabia que a sensação de estar sendo observada era horrível.

Abri a boca para dizer alguma coisa, mas nenhuma palavra saiu. Tentei falar mais uma vez, nada. Dorian me olhou confuso. Pegou sua arma e atirou em uma direção qualquer; silêncio absoluto. Isso fez meu estômago revirar. Se algum de nós fosse pego, não ouviríamos os gritos.

Anna se curvou sobre si mesma, ajoelhando no chão com as mãos tapando os ouvidos. Sua boca estava aberta, como se ela estivesse soltando um horrível grito de pânico, mas não ouvimos nada além do silêncio ensurdecedor. Seus ombros tremiam, e lágrimas escorriam pelos seus olhos. Sabia o que havia com ela. Eram as vozes. Pareciam mais altas sob o silêncio, e, com a presença de demônios no local, podia imaginar as coisas horríveis que diziam a ela. *Eve enare.* Ouvi Beilloxih dizer em minha mente. Apesar de saber que ele estava apenas falando, sua voz no silêncio me pareceu um berro, e não pude evitar de me encolher um pouco ao ouvi-lo.

Fiz um gesto com a cabeça para os outros, pedindo que seguíssemos em frente. Nate ajudou Anna a se levantar do chão e a guiou para a frente com um braço por cima de seus ombros. Não tinha ideia do que nos aguardava, mas só podia esperar que não fosse algo tão ruim.

∞

Sentia meus membros doerem. Meus pés se arrastavam no chão. Minha cabeça latejava e a visão escurecia às vezes, mas tínhamos que continuar andando. Malévola caminhava calmamente ao meu lado. Tinha o queixo erguido e o olhar fixo na escuridão à nossa frente. As costas estavam eretas e a expressão atenta. Já fazia alguns minutos que ela não dizia nada, e eu estava começando a ficar um pouco preocupada. Seu silêncio não era bom sinal. Abri a boca para dizer alguma coisa, mas ela levantou a mão, pedindo que eu me calasse. Parou de andar, e eu fiz o mesmo, assim como Dorian, que me olhou com uma expressão confusa. Os outros fizeram o mesmo

– *Keme tizia nai swelle* (Há algo na escuridão) – disse ela.

– *Er teten exaliarelle?* (O que exatamente?) – perguntei.

– O mal – respondeu, em minha língua-mãe.

Um arrepio percorreu meu corpo inteiro, e eu estremeci. Olhei para minhas mãos, que haviam começado a formigar. Uma sensação que eu conhecia bem. A sensação da perda de controle. Minhas unhas estavam azuis, e os dedos incrivelmente pálidos. Cerrei os punhos, encarando a escuridão como se pudesse ver o que havia além dela, e todos seguiram meu olhar.

O que eu fiz a seguir com certeza não foi por vontade própria.

Levei a mão até Escuridão, preso no suporte em minhas costas, num movimento tão rápido quanto um piscar de olhos, e, quando me viram com aquele enorme machado de guerra na mão, todos se abaixaram, já imaginando o que eu iria fazer.

Girei no lugar lançando-o para o escuro em algum lugar à minha frente com toda a força que conseguia. Pudemos ouvir o grito de uma alma quebrar o silêncio mortal, e todos taparam os ouvidos. Fazia horas que não ouvíamos um barulho sequer. Mas eu me mantive imóvel, apenas com um pequeno sorriso no rosto. Agora era Beilloxih que estava no comando, e eu não dava a mínima para isso desde que salvasse nossas vidas. Ele sabia o que se passava na escuridão. Ele podia ouvir os demônios e ver as almas. Eu via tudo como se estivesse fora do meu corpo, observando a cena como se eu e Malévola tivéssemos trocado de lugar.

Meus olhos verdes escureceram até as íris ficarem negras como a escuridão que nos envolvia, e elas cresceram até não haver sequer mais parte branca. Pude ver minha pele empalidecendo e as veias do pescoço e mandíbula ficarem visíveis, arroxeadas e azuladas. Meu cabelo ruivo e cacheado caía na frente do rosto e pelas costas até a altura do quadril. Desfiz o laço que prendia a capa em meu pescoço e a joguei no chão, me agachando e esticando o pescoço enquanto olhava em volta, como se procurasse algo. Todos me observavam atentamente, com suas armas em punho. Pude ver Stacey tentando falar algo, mas, como esperado, não ouvimos sua voz. Talvez apenas nós não nos ouvíssemos, mas os demônios e almas, sim.

Coloquei uma das mãos no chão, me apoiando para poder inclinar mais o corpo para a frente. Segui o olhar de minha versão demoníaca (que agora era a única visível para todos). Podia ver uma ondulação no escuro, como se sombras ainda mais negras se aproximassem e nos rodeassem. Sabia exatamente quem nos cercava. Era o Demônio da Escuridão. Malévola sorriu quando ouvimos uma risada tão grave e alta quanto um trovão retumbar em nossas mentes. Mais uma vez os Caçadores se encolheram. Depois de se recompor, eles colocaram seus lampiões no chão e se posicionaram atrás de mim. Dorian ficou ao meu lado. Ele já não tinha mais problemas com minha versão demoníaca. Era até grato a Beilloxih por ter salvado minha vida. Carregou suas armas.

– Bem-vindos ao Inferno, Caçadores – disse o demônio.

– *Maloerto xessy paiare locuentro hemoe siemalle gretto*. (Inferno é para onde vou mandar você) – murmurei, e todos olharam para mim como se pudessem me ouvir. Ah, eu também era parte demônio, então provavelmente podiam ouvir minha forma demoníaca. Dorian sorriu.

– *Lo ner Maloerto xessy locuentro gretto debaya fenca* (E no Inferno é onde você deveria estar) – retrucou ele.

Abri ainda mais o sorriso, com dentes extremamente brancos e afiados antes de dizer, agora em voz alta e em minha língua-mãe.

– Eu mesma vou matar você se não nos deixar sair daqui, maldito.

Mais uma vez ele riu, uma risada ainda mais trovejante que a anterior, mas dessa vez ninguém se moveu. E continuou:

– Não precisa se dar ao trabalho, menininha. Não tocarei um dedo em vocês. Não vai ser necessário.

Antes que qualquer um de nós abrisse a boca para perguntar o que aquilo significava, Stacey foi levada ao chão por uma força invisível. Ela gritou, mas não houve nenhum som, então ninguém além de Sebastian, que estava ao seu lado, percebeu. Ele tentou agarrar sua mão, mas algo a puxou para o escuro antes que ele pudesse alcançá-la. Em seguida, foi a vez de Sebastian ser levado, e ninguém notou. Um por um, os Caçadores foram sendo levados para o escuro, até só sobrarmos Dorian e eu. Praticamente fui jogada de volta no controle do meu corpo, o que foi extremamente sem sentido.

Vi Malévola parada de pé ao meu lado. Não me parecia tão confusa quanto eu. Ela explicou:

– *Ele é mais forte do que eu, Serena. A força dele me repele.*

Me levantei do chão, voltando a me colocar ao lado de Dorian, pegando minha capa e meu machado, que parecia ter sido jogado no chão ao meu lado de novo por alguma força invisível. Peguei a mão do garoto ao meu lado, prometendo a mim mesma que não o largaria por nada neste mundo. Aquele desgraçado não me levaria para longe do garoto que eu amava. Para onde eu fosse, ele iria, e vice-versa.

– *Isso não é necessário* – disse o demônio. – *O futuro de vocês é o mesmo.*

Não consegui entender, e, antes que eu pudesse perguntar o que aquilo significava, o chão se abriu, e ambos caímos na escuridão completa.

VOZES E ESCOLHAS

As decisões são opcionais, mas lidar com suas consequências
é inevitável.

Anna

Já não tinha mais forças para tentar me debater e impedir que aquela força invisível me puxasse cada vez mais para a escuridão. Eu não sentia suas mãos me arrastando pelos pés. A única sensação que eu tinha era o frio em volta dos tornozelos. Podia ver cada um dos Caçadores sendo levados ao chão a alguns metros, e, por mais que eu gritasse, eles não me ouviam. Até o momento em que o escuro era tudo o que eu via, era também o que eu tocava e o que eu respirava. Não havia mais nada além da sensação de estar sendo arrastada para o nada, e o frio aumentava. Também já não tentava mais gritar.

As vozes berravam em minha cabeça tão alto que eu sabia que, se tivesse que ouvi-las por mais um minuto, acabaria enlouquecendo. Elas diziam o quanto aquilo era errado, diziam que aquele demônio só me traria sofrimento, diziam que eu acabaria morrendo... Sim, muito apoio moral. Sei disso.

Foi quando o chão embaixo de mim começou a atingir um tom cinza-escuro e depois foi clareando até chegar à cor de concreto liso e polido. A velocidade com a qual eu era arrastada diminuiu aos poucos, até eu estar parada de bruços no chão encarando a escuridão à minha frente. Me levantei devagar, me virando na direção de onde vinha uma luz que iluminava tudo ao redor, e encontrei duas enormes paredes de tijolos que formavam um corredor. Ou um beco, melhor dizendo.

Olhei em volta. Só havia aquilo, e mais nada, então acho que era por ali que deveria seguir. Sabia que, se gritasse, continuariam não me ouvindo, então aquela era minha única saída. Segui pelo beco. Nunca havia bifurcações, apenas uma curva para a direita e outra para a esquerda a alguns metros. Tudo o que eu tinha que fazer era seguir em frente, esperando acabar e encontrar os outros. Sabia que não seria assim tão fácil, mas não custava nada imaginar.

Saquei meu chicote. Ele era de couro negro e se abria em três pontas. Havia ganchos prateados presos em cada uma delas. Elas arranhavam o chão, fazendo um barulho agonizante, mas até ele era melhor do que ouvir o que eu tinha que ouvir todo santo dia, 24 horas por dia.

Não sabia há quanto tempo estava andando quando fiz a última curva, dando de cara com uma rua vazia. Um trovão me fez dar um sobressalto, e, no segundo seguinte, depois de parar no meio da rua, uma chuva torrencial começou a cair, me deixando completamente encharcada em poucos segundos. Olhei em volta. Era uma rua sem saída. De um lado, casas e mais casas vazias com vidros quebrados e portas arrombadas, e, do outro, uma construção que parecia um hospital abandonado. Algo me disse que eu deveria ir até lá, e foi o que eu fiz, passando pelo portal enferrujado de entrada.

Passei pelo pátio, contornando uma fonte seca. Não tinha pressa, mesmo que estivesse chovendo. Algo me dizia que eu não precisava correr. Parei em frente à porta de acesso ao que deveria ser a recepção do tal hospital. Ela estava escancarada, então entrei.

Tudo lá dentro estava revirado, sujo de poeira, sangue e vômito, mas continuei a andar, passando pela mesa da recepção. Uma parede de azulejos que se erguia atrás dela dizia que na verdade aquele lugar era um hospício. Meu estômago revirou, e eu parei de andar. Podia ouvir o cantar dos corvos do lado de fora. Chamei, ouvindo minha voz ecoar pelo lugar várias e várias vezes:

– Olá? Tem alguém aí?

– Anna... – Ouvi alguém cantarolar. Era uma voz sussurrada, feminina. – Anna.

Engoli em seco antes de começar a seguir o som da voz. Subi alguns lances de escada, indo parar em um corredor cheio de portas metálicas. Continuava ouvindo meu nome sendo cantarolado. Cada uma das portas estava aberta, e não havia ninguém dentro dos quartos com macas e paredes acolchoadas. Guardei o chicote. Algo me dizia que não precisaria dele ali. A voz ficava cada vez mais alta, mais próxima, e eu continuava avançando.

Parei em frente a um dos quartos. O único com a porta fechada. A voz vinha de trás da porta. Coloquei a mão no metal, frio como gelo. Vapor saía da minha boca quando eu respirava, e eu tremia um pouco. Meus cachos cor de chocolate haviam voltado a ter forma agora que começavam a secar, e podia ver no meu reflexo que meus olhos quase dourados haviam escurecido alguns tons.

Estava com medo, mesmo sabendo que Caçadores não deveriam tê-lo. Tinha medo do que encontraria atrás daquela porta, mas algo me atraía para ela como um ímã atrai o outro.

– Anna – chamou mais uma vez, e eu entrei.

A primeira coisa que eu vi foram as paredes brancas, acolchoadas. Depois vi o chão, também acolchoado com um tecido branco encardido. Depois eu vi cachos. Sim, cachos. Cachos da mesma cor que os meus, mas rebeldes, espetados para todos os lados como se não fossem penteados há dias. Ou semanas. Depois vi olhos de um dourado anormal, com olheiras, me encarando, e uma pele extremamente pálida. Eles pertenciam a uma criatura encolhida num canto, com uma camisa de força. Os ângulos do rosto eram afiados, ossudos, e sabia que aquela criatura era extremamente magra, anoréxica. Era eu. Aquela criatura era eu. Extremamente diferente, deformada, doente e maltratada, mas era eu. Balançava o tronco para a frente e para trás, murmurando coisas que eu mal conseguia entender.

Sabe o que é isso, Anna? Ouvi uma voz perguntar, em minha cabeça. É o seu futuro. Ela mesma respondeu, e eu balancei a cabeça, colocando as mãos na frente da boca. Não podia ser. Aquele não podia ser o meu futuro.

– Isso é culpa sua, sabia? – murmurou minha versão do futuro. – Você, com sua loucura, mandou-os pelo caminho errado. Todos eles morreram por sua causa, sua louca, e você veio parar aqui. Foi amaldiçoada por isso. – Ela falava cada vez mais alto, e a cada palavra meu coração se apertava mais, e mais, e mais. – Vai viver pra sempre com elas, com as vozes, neste lugar abandonado por causa do apocalipse. – Estava ajoelhada no chão agora. Suas palavras eram tão cortantes quanto as lâminas do meu chicote. – Vai conviver com elas pelo resto da eternidade, Anna. E tudo isso é culpa sua.

Berrei o mais alto que conseguia, não querendo mais ouvir o que ela tinha a dizer. Tapei os ouvidos, me encolhendo no chão e sentindo as lágrimas encherem meus olhos. Não. Aquilo não podia ser culpa minha. Não podia.

– Dorian, Serena, Norman, Bárbara – continuou, e sua voz penetrava em minha mente, não permitindo nem que eu ouvisse meus próprios pensamentos. – Clark, Stacey, Sebastian, Coralina, Boyd, Lucy. – Cada nome ela gritava mais alto, e mais alto, até meus ouvidos chiarem. – Luke, Lisa, Ethan e Nathaniel. Todos mortos por sua causa, Anna! Você é uma assassina louca! Nunca deveria ter se tornado um deles.

– Não! Para! – gritei.

Pude vê-la se levantando e se aproximando enquanto continuava berrando coisas horríveis sobre mim e sobre o que eu havia feito para chegar até ali.

– Eles morreram naquele labirinto, lenta e dolorosamente. Um por um. Lutaram até o fim, mas no final eles sucumbiram. – Sua voz engrossava a cada palavra, tornando-se demoníaca. – Não há mais ninguém para controlar o apocalipse. O mundo está acabando, e a culpa é sua. Epidemias estão sem controle, pessoas morrem de fome, almas soltas nas ruas matando quem bem entendem... Não há quem impeça. Fizeram uma escolha errada. Escolheram o lado errado, escolheram confiar na garotinha maluca, no bebê chorão do grupo. E A CULPA É SUA, ANNA!

– NÃO! – berrei.

– Shhhhhh – sussurrou, ajoelhando-se ao meu lado, com sua voz se tornando baixa e humana mais uma vez. – Você não precisa aguentar esse peso, essa culpa, minha querida.

Fez uma pausa, finalmente me dando tempo para pensar. Olhei para ela, sentindo todos os músculos tremerem. Minha visão estava embaçada por causa das lágrimas. Tirei as mãos dos ouvidos, querendo ouvir o que tinha a dizer. Seu cheiro de vômito e urina putrificava o ar em volta e quase o tornava impossível de se respirar. Fiquei paralisada, olhando seu sorriso de loucura cheio de dentes amarelados e podres. Continuou:

– Você pode simplesmente desistir. Não precisa passar por isso, aguentar a culpa. Pode desistir de tudo e salvar a vida deles...

– Sacrificando a minha – continuei, com certo tom de compreensão. – Posso fazer isso?

Assentiu com a cabeça, me olhando como uma mãe olha para um filho quando ele precisa compreender alguma coisa difícil de se digerir, como se ela tivesse me dado uma pista sobre a morte da minha avó e eu tivesse que tirar o resto das conclusões sozinha. Seus olhos agora eram doces. Eu os encarei por algum tempo. Algo neles me dizia que eu deveria fazer o que ela falava. Ouça o que ela diz. Disse uma das vozes. É o melhor para todos. Continuou. Engoli em seco, pensando nas consequências daquilo, mas não havia nenhuma. Todos ganhariam se eu desistisse de continuar naquela missão.

– E o que acontece depois de eu desistir? – perguntei.

– O futuro é como um lago. Pode até atirar uma pedra que vai perturbar a calmaria, mas a água sempre volta a ficar plana como antes – respondeu.

– Isso quer dizer que, enquanto eu estiver viva, enquanto eu existir, a vida deles corre perigo?

Ela fez que sim. Encarei o chão à minha frente, pensando no que deveria fazer. Havia uma pequena parte em minha mente que dizia que eu não deveria ouvir minha versão do futuro. Era tão pequena que era quase inexistente, mas era o suficiente para que eu não aceitasse aquela proposta de cara. Sabia que essa pequena parte era minha intuição, mas tinham as vozes que gritavam para eu me sacrificar. E eu não confiava nelas. Confiava em mim. Confiava no que eu acreditava, e não naquelas vozes que tentavam me influenciar. Eu só devia tomar cuidado para não fazer as escolhas erradas, certo? Era só evitar fazer escolhas, não?

– Não – falei, endurecendo o tom e me levantando do chão.

– Como assim "não"? Vai sacrificar a vida dos seus amigos pela sua? – perguntou ela, levantando-se também. Seu olhar já não era mais doce. O dourado da íris tremulava como fogo, como se estivesse contendo a raiva.

– Não confio em você, no que diz, muito menos nas circunstâncias em que se encontra. Eu não vou abrir mão da minha vida e, mesmo que isso pareça egoísta, sei que é a coisa certa a fazer.

– Então a escolha foi feita – disse, e sua voz, na última palavra, saiu tão grave quanto um trovão.

Meus joelhos falharam e eu caí, vendo o mundo todo ao meu redor girar. Minha visão havia começado a embaçar. Coloquei as mãos na cabeça, sentindo como se minha mente estivesse falhando. Eu vi minha versão do futuro se levantar, erguendo-se sobre mim. Vi sua forma ficando escura e se convertendo puramente em sombras, e a última coisa que vi antes de apagar foram seus olhos vermelhos me encarando.

O SACRIFÍCIO

O FUTURO NÃO É COMPLETAMENTE DESCONHECIDO,
ELE É CONSEQUÊNCIA DE TODAS AS DECISÕES
QUE TOMAMOS NO PRESENTE.

Dorian

Devíamos ter desmaiado em algum momento da queda, já que não me lembrava de mais nada depois de ouvirmos aquele maldito demônio falar algo como "O futuro de vocês é o mesmo". Não me importava muito agora.

Abri os olhos, e Serena estava desacordada ao meu lado. Respirei fundo, mas o ar empoeirado fez com que toda a minha garganta secasse e eu começasse a tossir. Me sentei no chão arenoso, olhando em volta. Estávamos em um tipo de cratera enorme, com quilômetros e mais quilômetros de extensão e profundidade.

– Serena – chamei, passando os dedos por seu cabelo. Ela abriu os olhos, e quase me senti aliviado ao ver que permaneciam verdes. Ela ainda tinha o controle.

Semicerrou os olhos enquanto se levantava, também olhando ao redor, e ambos nos colocamos de pé.

O céu era escuro e nublado, e era quase impossível de respirar. Havia milhares de corpos carbonizados espalhados pela cratera em que estávamos, e alguns deles ainda soltavam fumaça.

– Onde estamos? – perguntou ela, pegando a minha mão.

– Não tenho ideia, mas não me parece um futuro muito distante.

– Serena? Dorian? – Ouvimos alguém gritar e fomos em direção à voz.

Podia ver que quem chamava era um rapaz jovem, mas não o reconhecia. Nem mesmo Serena, mas, pelo tom de desespero dele, devia nos conhecer muito bem e precisava da nossa ajuda.

Nos apressamos quando vimos que sangue começava a cobrir o chão. Ele brilhava mais do que o normal sob o reflexo do céu. Não era sangue humano, muito menos de uma alma ou de um demônio. Só havia visto aquilo uma vez na vida, no dia em que fui abençoado.

Era o sangue de um anjo.

Ergui o olhar, girando no lugar para ver de onde vinha aquele sangue, e pude ver algo brilhando no horizonte. Um brilho estranho e perolado. Podia ver uma figura ensanguentada de joelhos no chão.

Conforme nos aproximávamos, pude enxergar melhor o que ou quem era. Havia um amontoado de penas brancas peroladas e ensanguentadas no chão, amarradas por uma fita de cetim preta, como um presente. E ao lado um garoto ajoelhado de mais ou menos dezessete anos. Estava acorrentado e de costas para nós. Tinha dois enormes cortes em suas costas, que ainda sangravam, como se parte da pele tivesse sido arrancada.

– Serena, Dorian. Por favor... – disse ele, em meio ao choro, enquanto nos posicionávamos à sua frente.

Subiu o olhar até nós. O cabelo era castanho-escuro, e os olhos, azuis como os meus. Suas bochechas estavam úmidas por causa das lágrimas. O rosto era quase irreconhecível por causa dos ferimentos.

– Meu Deus... – sussurrou Serena, passando o olhar da montanha de penas para o garoto. – São as asas dele, Dorian. Ele é um anjo.

– Por favor... – murmurou ele, sem forças para dizer mais alguma coisa.

Ela estava prestes a se abaixar, a fim de desamarrar o anjo, mas eu a segurei pelo braço. Sabia que havia algo de errado. Era óbvio que não seria tão fácil assim:

– O que você quer? – perguntei, colocando-a atrás de mim de forma protetora.

– Dorian... – começou ela, mas levantei uma mão, pedindo que esperasse.

– O que você quer? – perguntei mais uma vez, num tom mais firme.

Ele apenas me encarou confuso por alguns segundos. Era quase como se me desafiasse a manter a postura. No segundo seguinte, ouvimos alguém gritar alguma coisa ao longe e olhamos em volta mais uma vez. À nossa direita, no topo da cratera, havia um grupo de jovens. Uma delas parecia ter gritado o nome dele. Seu cabelo era castanho-claro, extremamente comprido.

Não tinha ideia do que estava acontecendo. Que futuro era aquele? Onde nós estávamos?

– Vê aquele grupo de jovens? – perguntou o anjo, que agora havia se colocado de pé, e as correntes haviam sumido. – Eles são o seu futuro. – Agora ele nos rodeava, falando enquanto encarava o chão. – Serão os eleitos para uma grande missão, e você... – disse, apontando para mim. – Vai liderá-los. – Depois, voltou-se para Serena. – E uma parte sua vai levá-los à sua destruição.

– O que quer dizer? – perguntou ela, visivelmente confusa.

– Não dê ouvidos a ele, Serena – murmurei, apertando-a contra mim. – É só um demônio tentando te enganar.

Ele sabia que eu não cairia na dele, então tinha voltado sua atenção para ela, que era muito mais influenciável. Ainda mais sem a presença de Beilloxih ali. Sabia que nada que eu dissesse a faria mudar de ideia. Ela queria ouvir o que aquele anjo tinha a dizer.

– Você será a responsável por ensinar tudo o que sabe a um deles, e ele será o responsável pela destruição do mundo que conhece. Vai levar todos eles à morte, assim como aquele que mais ama – respondeu ele.

– Serena – falei, antes que tivesse a chance de continuar, me virando para ela. Segurei seu rosto com as duas mãos. – Não ouça o que ele tem a dizer. É mentira.

– Mas pode impedir isso – continuou o anjo. – Pode impedir que isso aconteça se desistir de seguir em frente. Dê sua vida por ele. Fique aqui, e permita que Dorian siga em frente.

– Amor – chamei. Ela não olhava para mim, apesar de segurar seu rosto virado para o meu. – Amor, olha pra mim.

Ela o fez. Podia ver as pupilas se contraindo e dilatando. Estava ficando com medo e perdendo o controle. A pele estava fria. Não podia deixá-la acreditar nele. Sabia que, se estivesse sozinha ali, já teria aberto mão de sua própria vida para me salvar, e o fato de estar hesitante já me fazia sentir aliviado. Não havia perdido ela completamente. Não ainda.

– Você nunca vai me perder. Nunca vou te deixar, não importa o que aconteça – falei. – Vou ficar ao seu lado pra sempre, até que se canse de mim e decida me mandar embora. Mas preciso que acredite em mim agora, quando eu digo que nada disso é verdade, e que ele está mentindo.

Me encarou por alguns segundos, com a respiração acelerada. Estava enfrentando uma luta enorme em sua mente. Me perder não era seu pior medo, e disso eu tinha certeza, mas sabia o quão difícil era para nós dois simplesmente pensar na possibilidade de perder um ao outro.

– Eu acredito. Acredito em você.

Uma das garotas no topo da cratera gritou mais uma vez, e olhamos em sua direção. Ela sorriu, acenando quando viu que a observávamos, e praticamente berrou:

– Dorian! Serena! Eu vejo vocês! Eu vejo! Eu tô vendo vocês!

– Sua escolha foi feita – disse o anjo de olhos azuis, o que nos fez voltar a olhar para ele. Um sorriso cruel surgiu em seu rosto quando se aproximou mais de nós dois. – Espero que saibam lidar com as consequências.

E então, tudo escureceu.

Serena

Não. A pior parte não foi dar de cara com aquele demônio da persuasão em forma de anjo, e muito menos a ameaça que fez a mim para que eu não escolhesse seguir em frente. A pior parte veio depois, quando acordamos em uma sala de chão, paredes e teto de concreto. Todos nós. Resisti ao impulso de suspirar aliviada ao vê-los. Ainda não estávamos seguros e não tínhamos fechado o portal, mas pelo menos estávamos juntos de novo. Permaneciam desacordados. Olhei em volta ao me levantar. Havia um buraco de tamanho considerável perto do teto, no canto da parede à minha frente. Conseguiria enfiar a cabeça lá dentro sem problema algum.

Havia o que parecia uma pequena abertura entre a parede atrás de mim e o chão. Era da espessura do meu dedo mindinho. Também havia algo parecido com uma alavanca de pedra presa à parede da minha direita, e nada na esquerda. Engoli em seco. Aquilo não me parecia nada bom.

Observei enquanto Dorian se levantava, logo seguido de Norman, Stacey e os outros. Todos se colocaram em roda, nem mesmo comentando o que havia acontecido antes de irmos parar ali. Por enquanto isso sequer tinha importância. Ouvimos alguém começando a ofegar. Lisa. Ela tinha as mãos ao redor do pescoço e estava ajoelhada no chão. Era claustrofóbica. Engoli em seco novamente, olhando em volta mais uma vez. Não tinha ideia de como sair dali.

Dorian se aproximou do buraco na parede à nossa frente e usou as mãos para levantar o corpo o suficiente para conseguir olhar lá dentro. Disse, com a voz ecoando lá dentro:

– É um tipo de cano. Posso ouvir o barulho de...

Não precisou continuar. No segundo seguinte, ouvimos um barulho de água rugindo por trás das paredes da sala, e ele recuou apressadamente até ficar ao meu lado. O chão começou a tremer abaixo dos nossos pés e entrelacei os dedos nos dele, sentindo a respiração acelerando.

Todos se acumularam no canto oposto ao do buraco, que agora fazia um barulho alto de cachoeira, um segundo antes de ele começar a lançar um enorme e forte jato de água.

Berrei ao ver o chão começar a se encher de água rapidamente.

– Preciso de ajuda! – Ouvimos a voz de Luke ao nosso lado. Ele tentava levantar a alavanca de pedra.

Sebastian e Stacey correram até ele, ajudando-o a levantá-la. No segundo seguinte, a pequena abertura entre o chão e a parede atrás de nós começou a crescer, mas a água começou a sair de lá também, elevando seu nível até a altura dos nossos tornozelos. Soltaram a alavanca, evitando que mais água entrasse na sala.

Vi Norman socar a parede do que deveria ser a porta, gritando. Estava irado. Bárbara correu até ele, impedindo-o de socar a parede mais uma vez.

– Precisamos abrir isso! – gritou Dorian.

– Só vai entrar mais água! – respondeu Clark.

– Mas é a única saída que nós temos, ou está vendo outra por aí? – berrou Anna, visivelmente desesperada.

Subiram a alavanca mais uma vez, e mais água entrou pela abertura, que ficava cada vez maior conforme a parede subia. Dois segundos depois, ela se fechou mais uma vez. Me virei na direção de Sebastian, Stacey e Luke. Os três a haviam soltado. Juntei as sobrancelhas, tentando entender o porquê. Não tínhamos tempo para indecisão. O nível da água estava subindo muito rapidamente, e Malévola insistia em reforçar isso em minha mente, parada ao meu lado encarando os três Caçadores com um olhar de descrença.

– Idiotas – murmurou.

– O que houve? – perguntei, tentando falar mais alto do que o alto barulho da correnteza e ignorando minha versão demoníaca.

– Se soltamos a alavanca, a porta se fecha – respondeu Sebastian.

– E?... – perguntou Nathaniel, do outro lado da sala apenas esperando a porta se abrir mais uma vez.

Não foi preciso uma resposta. Todos raciocinaram sozinhos. Alguém teria que ficar e segurar a alavanca para os outros poderem passar. Balancei a cabeça, me recusando a deixar alguém para trás. Não podia acreditar que isso pudesse ser verdade. Havíamos conseguido burlar todas as regras do labirinto até agora e não havíamos perdido quase ninguém. Era meio óbvio que essa hora iria chegar. A hora que teríamos que lidar com alguma morte.

– Eu fico – disse Dorian. – Sou o líder, o responsável. Nada mais justo do que dar a minha vida por vocês.

– Não, Dorian – falei, num tom tão firme que todos olharam para mim um pouco assustados. – É exatamente por isso que não pode ficar. Estamos perdidos sem você.

Os Caçadores assentiram com a cabeça, concordando. Vimos Norman levantar a mão, encarando a água que já estava na altura de nossos joelhos e dizendo:

– Posso ficar. Não sou o líder, não faço diferença. Eu fico.

– Norman... – começou Bárbara, obviamente a ponto de chorar.

– Não – falou Stacey, balançando a cabeça. – Eu vou ficar. Não sei lutar direito, não sou silenciosa ou graciosa o suficiente. Sou apenas um peso morto. Preciso fazer algo de útil, não? Além disso, apesar de não ser tão forte, é mais fácil mantê-la levantada do que levantar. Posso ficar.

– Stay... – começou Sebastian, mas ela levantou a mão, pedindo que parasse.

– Tudo bem – interrompeu Stacey. E repetiu, em um tom mais baixo e doce: – Tudo bem. Nada que vá dizer pode me fazer mudar de ideia.

Sebastian balançou a cabeça, aproximando-se dela e colocando as duas mãos em seu rosto, encostando a testa na dela logo depois. Meus olhos se encheram de lágrimas. Abrir mão da vida de qualquer um ali era algo extremamente difícil, e, se pudesse, me ofereceria para ficar em seu lugar, mas não era o que Beilloxih queria, então não conseguia fazê-lo, por mais que tentasse. Tudo o que eu conseguia fazer era ficar parada no lugar, observando a tudo enquanto sentia a dor e a tristeza inundarem cada centímetro do meu corpo como a água inundava a sala cada vez mais rápido. Já não tínhamos tempo para discutir quem ficaria ou não.

Ele a beijou, e todos desviamos o olhar, querendo dar pelo menos um pouco de privacidade aos dois. Aproveitei o momento para me aproximar de Dorian. Perguntei, baixo o suficiente para que apenas ele ouvisse e tentando ignorar o fato de a água estar chegando em nossas cinturas e mal conseguirmos andar de um lado para o outro na sala:

– O que acha que vai haver do outro lado?

– Não tenho ideia. Só espero que haja alguma saída – respondeu.

Assenti com a cabeça, abraçando-o ao sentir o medo de não haver nada além de uma armadilha atrás daquela parede. Sussurrei, com os lábios pressionados contra seu ombro:

– Eu amo você.

– Eu também amo você, *maiene dellira* – falou, afastando-se apenas o suficiente para poder beijar minha testa.

– OK, pessoal – falou Stacey, no segundo seguinte, e voltamos a olhar em sua direção. – Prontos? – Assentimos com a cabeça, olhando-a com pesar.

Foi naquele momento, naqueles poucos segundos em que até mesmo o barulho da água pareceu cessar, que realmente paramos para olhá-la com atenção.

Havia uma mistura de ferocidade e tristeza em seus olhos verdes chamativos. Estava com medo, isso era visível, e podia ver que se segurava para não chorar, mas mesmo assim ainda estava disposta a seguir em frente, a sacrificar sua vida por todos nós. Mas Sebastian também tinha aquele brilho em seu olhar e agarrava a alavanca como se sua vida dependesse disso. Pela forma triste que nos encarava, entendi que ele havia decidido ficar também. Ele sorriu um pouco, tentando mostrar que estava tudo bem antes de continuar:

– Então é melhor prenderem a respiração.

A porta rugiu enquanto Stacey e Sebastian pareciam fazer a maior força do mundo para levantar a alavanca, e, um segundo antes de sermos puxados pela correnteza para a sala adiante, Dorian chamou seus nomes, e eles olharam em sua direção. Falou, sorrindo para os Caçadores com doçura:

– Obrigado.

SEGREDOS E MALDIÇÕES

Devemos encarar nosso destino como um muro a ser ultrapassado que nos impede de ver o que há atrás dele. E ter esperança de que do outro lado tudo seja muito melhor.

A porta havia se fechado e estávamos numa sala com paredes, chão e teto negros. Havia apenas uma luz branca presa no chão. A água havia inundado quase toda a sala. Havia espaço suficiente na superfície para pegarmos um último fôlego antes de tudo ficar submerso, e foi o que fizemos.

Olhamos em volta depois de já não haver mais lugar para pegarmos ar, esperando que uma saída misteriosa se revelasse, mas não havia nada. Podia ver Ethan nadando de um lado para o outro na sala, batendo com força nas paredes tentando achar uma porta, mas não havia nada. Dorian estava ao meu lado, também procurando uma saída. Seus olhos azuis pareciam ainda mais claros sob a água. Uma das nossas outras habilidades de Caçadores era conseguir enxergar debaixo da água com tanta nitidez quanto víamos fora dela.

Via Lucy se debatendo num canto, soltando todo o ar que guardava. Isso me parecia o certo a fazer também, já que não havia saída alguma. Morrer o mais rápido possível era a melhor opção. Senti meus pulmões começarem a queimar e alguém me puxando pela manga da capa. Dorian. Passou os braços em torno de mim, me apertando contra ele, e eu retribuí o aperto. Se morrêssemos, pelo menos morreríamos juntos, não é? Fechei os olhos, não querendo ver os corpos dos outros se encherem de espasmos e depois afundando até parar no chão da sala.

A água era tão fria quanto gelo e fazia com que mal conseguíssemos nos mover. Não podíamos fazer nada para evitar nossa morte. Havíamos caído numa armadilha.

Ouvia os gemidos deles embaixo da água, e houve até algo parecido com um grito em certo momento. Algumas pancadas próximas a nós, como se estivessem espancando a parede tentando derrubá-la para conseguir mais ar. E depois? Nada. Já não podia mais sentir os braços de Dorian ao meu redor, meus membros ou o frio da água. Tudo o que havia restado era o silêncio e a escuridão.

– Serena. – Ouvi alguém chamar, como um sussurro em meu ouvido, e abri os olhos.

Eu estava deitada no chão do que parecia ser um sótão empoeirado. Levantei-me do chão de madeira velha e mofada com certa dificuldade.

O teto era triangular. Havia vários móveis velhos e quebrados ao redor, e só depois de observá-los por algum tempo notei que faziam parte da minha antiga casa, a que vivia com meus pais e minha irmã. Dei alguns passos na direção de uma vela do outro lado do sótão, que era a única luz ali, a fim de pegá-la para examinar melhor o ambiente.

A cada passo que eu dava, a madeira rangia debaixo dos meus pés e mais móveis quebrados eu via. Até algo me chamar a atenção. Um brilho metálico na escuridão. Fui naquela direção e juntei as sobrancelhas ao ver Escuridão em cima da minha antiga cama. Estava coberto com uma grossa camada de poeira. Peguei-o, com a mão livre, e sorri ao me lembrar já ter pensado que nunca conseguiria levantar um daqueles quando o vi pela primeira vez. Ele me parecia, e sempre me pareceu, pesado aos olhos, mas era tão leve quanto um travesseiro. Soprei a poeira de suas lâminas, vendo como elas reagiam à luz da vela. Os inscritos que cobriam cada centímetro prateado da arma me pareciam cada vez mais lindos e curiosos a cada vez que eu os observava.

– *Sabe o que significam?* – perguntou alguém, logo atrás de mim.

Eu me virei para olhar e fiquei surpresa ao encontrar Malévola de pé no meio do sótão, me encarando com certa curiosidade. Você deve estar se perguntando o porquê de às vezes eu usar o nome do demônio para me referir a ele e às vezes usar o nome dessa vilã de conto de fadas. Bem... Era como se fôssemos três pessoas diferentes. A primeira era eu, Serena. A segunda era Beilloxih. E a terceira era Malévola, fruto da minha imaginação, uma personalidade que era a minha junção com o demônio dentro de mim e visível apenas para mim. O porquê daquele nome? Bem... Acho que nem eu mesma sabia. Acho que era só porque gostava da personagem.

– *A escuridão abriga demônios que se perpetuam pela eternidade, vagando pela Terra até que os Anjos da Noite cumpram sua tarefa, dada por Deus, para proteger aqueles ainda inocentes em sua alma. E, quando já não há mais esperança, e as almas antes puras são castigadas com o sofrimento de vagar inquietante e eternamente pelo mundo, nossos Anjos devem libertá-las e conceder-lhes o perdão divino* – disse ela. E acrescentou, sorrindo um pouco: – *Está escrito na língua dos Anjos.*

Passei os dedos pelas lâminas depois de colocar a vela em cima da cômoda velha ao meu lado, de repente sentindo certa admiração pela minha arma. A língua dos Anjos. Ela havia sido feita por eles e abençoada com suas palavras para que me acompanhassem por toda a minha jornada. Anjos da Noite era como deveríamos ser chamados. Não tínhamos asas, não vivíamos eternamente, mas protegíamos tantas vidas quanto. Morríamos, vivíamos por pessoas que nem sabiam nossos nomes ou sequer nossa existência. Éramos os Anjos deles e os nossos próprios. Dávamos a vida uns pelos outros, amávamo-nos como irmãos, sentíamos a dor um do outro como se fosse nossa, como se fôssemos um só. E de certa forma éramos.

– Por que me disse isso?

– *Pra que entenda que o que vou contar a você depende de algo muito maior do que nossa vontade* – respondeu, sentando-se em minha velha cama. Mantinha o olhar grudado ao chão.

Eu a observei por algum tempo em silêncio, com paciência. Me aproximei alguns passos, parando à sua frente e deixando Escuridão no chão. Perguntou, num tom tão baixo que tive que me esforçar para ouvir:

– *Sabe o que seu nome significa na língua dos Anjos, Serena?* – fez uma pausa, antes de ela mesma responder. – *Infinito. Sempre. Qualquer expressão de algo que não tenha um fim.* – Olhou para mim, e pude ver um sorriso quase imperceptível em seus lábios. Seus olhos já não eram mais poças negras, mas sim verdes como os meus. – *Seu nome significa algo que nós dois devemos ao mundo. Continuidade. Eternidade.*

– O que quer dizer? – perguntei.

Ela se levantou, parou de pé à minha frente e colocou as mãos em meus ombros. Não me lembrava qual havia sido a última vez que tinha me tocado. Não me causava arrepios ou sensação ruim. Era como tocar qualquer outra pessoa. Já não tinha mais aparência demoníaca, o que me deixou um pouco confusa. Olhei para minhas próprias mãos. Podia ver as veias arroxeadas por baixo da pele pálida. Parecíamos ter trocado de lugar.

– *Sei que não escolheu tomar esse caminho, Serena* – disse Malévola. – *Sei que nunca quis que compartilhássemos o mesmo corpo e que estivéssemos ligados dessa forma, mas estamos, e não há nada que possamos fazer com relação a isso, assim como não há nada que possamos fazer com relação à culpa que sentimos por ter aberto aquele portal.* – Fechei os olhos, trincando os dentes, e virei a cabeça para o outro lado. O pior erro que cometi na vida foi ter sido fraca e não ter podido evitar... Não. Eu não queria pensar nisso. – *E como não há nada que eu possa fazer além de sentir certa raiva de você por compartilharmos os mesmos sentimentos graças a toda a sua... humanidade...* – aquilo quase me deu vontade de rir –, *podemos, então, consertar tudo isso.* – Colocou a mão em meu queixo, fazendo com que voltasse a olhar para ela. – *Podemos fechar aquele portal.*

– Como? – perguntei. Por algum motivo, minha voz não saiu mais alta do que um sussurro.

Apenas se afastou, dando alguns passos para trás, e olhou ao redor, analisando os móveis empoeirados e velhos. Só ali eu percebi que não usava minha capa de Caçadora, e que ela estava pendurada em um mancebo no canto da sala, com várias partículas de sujeira presas à camurça azul-marinho.

– *Sabe o que é isso?* – ela indagou, gesticulando ao redor. – *É o seu passado e presente. Coisas das quais você deve abrir mão pra poder seguir em frente.*

Sabia que todo aquele papo levaria a algum lugar e queria muito que ela se adiantasse e me dissesse logo aonde queria chegar. Perguntei:

– O que isso tem a ver? Como isso pode me ajudar a fechar o portal?

– *O "como" é a nossa maldição. O motivo de tanto quererem nos matar. Nosso destino e única escolha. O segredo que devemos guardar até o final. Somos sim quem pode fechar o portal, e é por isso que querem tanto nos matar. Por causa do "como". Mas, antes de contar, preciso saber se está pronta pra isso.*

Eu a encarei por alguns segundos, analisando seu rosto, que era espelho do meu. Ela tinha uma expressão que não via há tempos, de coragem e determinação, com as sobrancelhas arqueadas e os olhos verdes com brilho feroz e desafiador. O cabelo, rebelde como sempre, era como fogo, e quase me sentia surpresa toda vez que o via, esperando que começasse a irradiar a própria luz a qualquer momento. Sardas claras cobriam as bochechas e o nariz pequeno e empinado. Era ela quem eu nunca deveria ter deixado de ser.

– Diga-me você: estou pronta pra isso? – perguntei.

Antes de concordar com a cabeça, sorriu, daquela forma determinada e surpresa que eu costumava sorrir, e disse:

– *Está. Com certeza você está, Serena.*

A ÚLTIMA VEZ

O amor é a prova de que nem tudo pode ser explicado, quantificado ou provado. Ele simplesmente existe e ponto.

A primeira coisa que eu senti foram os pulmões, que ardiam como se estivessem em chamas. Depois senti a cabeça latejando e algo subindo pela minha garganta. Houve uma súbita vontade de colocar aquilo para fora, e foi o que eu fiz. Meu corpo inteiro pesava, e eu sentia muito frio. Sabia que estava completamente encharcada. Abri os olhos. A primeira coisa que eu vi foi uma enorme parede de pedra irregular negra, como as que vimos no labirinto assim que chegamos. O chão estava cheio de folhas e galhos abaixo de mim. Me ajoelhei no chão, olhando em volta. Todos permaneciam desacordados, deitados no chão tão encharcados quanto eu.

Estávamos em um tipo de ecótono entre o labirinto e uma floresta escura. Onde antes havia uma entrada para a escuridão, agora havia apenas uma parede. Estávamos de volta à bifurcação que vimos no início de tudo. As folhas invadiam o corredor do labirinto por causa da brisa fria que vinha da floresta. Não tinha sinal algum de sótão ou de Malévola, o que fez com que eu me perguntasse se aquilo realmente acontecera. Sim, havia sido real, mas deveria manter isso em segredo para o bem de todos.

– Dorian – chamei, chacoalhando-o gentilmente até que começasse a se mover.

Abriu um dos olhos preguiçosamente e, quando viu que estávamos fora daquela horrível sala inundada, levantou-se com um salto, visivelmente atordoado. Com certeza estava surpreso por não ter morrido. Analisou a si mesmo e aos outros enquanto acordavam e olhavam confusos ao redor. Sorri ao observá-lo. Era bom saber que estávamos todos vivos, apesar de também saber que ainda não estávamos seguros.

Eu me levantei do chão, seguida dos outros Caçadores, e a primeira coisa que fiz depois disso foi levar a mão às costas. Escuridão com seus inscritos em língua angélica permanecia preso às minhas costas mesmo depois de tudo. Todos também checaram suas armas. Todas no lugar. Estávamos ilesos. Pude ver a tristeza no olhar de alguns Caçadores. Sabia que era inevitável sofrer pela morte de alguém que amávamos, mas tínhamos que deixar todos esses sentimentos para depois, quando estivéssemos fora daquele lugar.

– Bem... Acho que nossa única saída agora é a floresta – comentou Dorian, atraindo nossa atenção. – Prontos?

Fizemos que sim com a cabeça, permanecendo parados por mais alguns segundos e encarando o caminho que seguiríamos, rezando para que não tivéssemos que perder mais ninguém na jornada.

Dorian entrelaçou os dedos nos meus antes de me puxar adiante, e todos nos seguiram sem hesitar. Podíamos seguir em frente, iríamos conseguir fechar aquele portal e salvar o mundo. Honraríamos a alma dos Caçadores que perdemos no caminho e a alma daqueles que ainda estavam no mundo. Era nosso dever protegê-los, e daríamos nossa vida se necessário fosse.

Demoramos o que pareceu uma década para atravessar a floresta e, quando finalmente o fizemos, demos de cara com uma enorme clareira. A um ou dois quilômetros, dentro dela, ficava o que parecia uma enorme e velha mansão, cercada por um muro alto e enorme.

Estávamos nos aproximando do portão de entrada da casa quando Dorian parou, encarando-o com certa hesitação. Ele se voltou para mim e, quando o fez, arregalou um pouco os olhos.

Franzi a testa, analisando minhas mãos para ver o que estava acontecendo, e vi que minhas veias haviam escurecido, ficado aparentes por cima da pele pálida. Senti algo escorrer pelo meu nariz e orelhas e passei os dedos por eles para saber o que era. Eles voltaram cheios de sangue negro. Era Beilloxih tomando o controle, e a energia se tornando forte demais para o meu corpo mortal.

– Tudo bem – falei. – Eu estou bem. Vamos.

Dorian me observou por mais alguns segundos hesitantemente antes de continuar andando. Estava tudo sob controle. Ou pelo menos era disso que eu tentava convencer a mim mesma. Atravessamos o pátio de pedra em frente à porta de entrada. Havia uma fonte seca no centro de tudo, e nela estavam esculpidas coisas que faziam um arrepio subir pela minha espinha. Desviei o olhar, apertando o cabo de Escuridão. Ouvi alguém gemer atrás de mim e vi Anna encarando o chão com um olhar levemente assustado. Imaginava o que as horríveis vozes estariam dizendo a ela... Bem... Pelo menos eu pensei que fosse por isso até acompanhar os olhares de todos na direção dos meus pés. Uma enorme poça de sangue negro se formava ao redor deles. Olhei para as minhas mãos quando vi que o sangue saía por baixo das minhas unhas e, quando começou a pingar da minha cabeça enquanto encarava meus pés, percebi que saía dos meus olhos também.

Precisei me sentar, e Dorian veio até mim. O pânico inundando seu olhar. Ele se abaixou ao meu lado enquanto passava os dedos pela raiz dos meus cabelos. Eles voltaram com sangue também. Segurou meu rosto com as duas mãos, voltando-se para mim. Estava começando a me sentir tonta. Minha cabeça girava, e estava me afogando no meu próprio sangue. Murmurou algo sobre ser muita pressão para o meu corpo e sobre Beilloxih estar me destruindo de dentro para fora.

– Tente respirar, está bem? – pediu ele, enquanto todos os Caçadores ao meu redor nos observavam, atônitos. – Respire fundo e me deixe falar com ele.

– Mas... Como?... – Tentei pronunciar mais algumas palavras, mas uma onda de sangue subiu pela minha garganta, e tive que botá-la para fora.

– *Serena.* – Ouvi alguém chamar. Aquela voz era familiar demais para que não a reconhecesse, afinal... Era minha.

Olhei para cima, onde Malévola estava parada agachada à minha frente. Colocou a mão no meu ombro e disse:

– *Acorde-o.* – Fiquei confusa, tentando entender o sentido daquilo ao mesmo tempo que tentava me acalmar. Repetiu:

– *Acorde-o.*

– Não s... sei... do... que...

– *Sabe, sim. Sabe. Acorde-o* – disse, agora num tom mais firme.

Olhei para Dorian, e sua respiração parecia mais rápida que a minha. Estava entrando em pânico, e só naquele momento eu percebi que aquele era seu medo. Desde que entramos naquele lugar, ele parecia preocupado demais com o fato de Beilloxih poder ficar no controle por causa da energia do local. Isso misturado ao medo de me perder fazia com que aquela cena em que estávamos inseridos fosse seu pior pesadelo.

– Vamos, Serena – exigiu ela, como se fosse algo que eu pudesse fazer facilmente. – *Ou nós dois vamos morrer.*

Minha visão escureceu. Estava perdendo muito sangue e, se continuasse assim, não demoraria muito tempo até que acabasse morrendo de hemorragia. Sussurrei, pois era tudo o que eu conseguia fazer naquele momento:

– Dorian... Dorian, não... Não é... real.

– O quê? – perguntou. Os olhos estavam cheios de lágrimas, e elas escorriam por suas bochechas. Tremia como nunca, com os braços ao meu redor.

– Não é real – insisti, antes que começasse a vomitar sangue mais uma vez.

Ele parou, me encarando de um jeito confuso. Precisava que acreditasse em mim. Não havia por que falar aquilo num momento daqueles. Mas não era tão fácil quanto parecia; afinal, estávamos todos vivenciando o pior medo dele. E aquilo era um sonho.

Passou os dedos pelo meu rosto mais uma vez, secando as lágrimas de sangue que caíam involuntariamente dos meus olhos, ainda com um olhar hesitante em seu rosto.

– Acorde – sussurrei. – Acorde, por favor. Ou eu vou morrer.

Balançou a cabeça, como se não acreditasse no que eu estava falando. O medo nos cegava, apagava de nossas mentes tudo o que acreditávamos e sabíamos, e para Dorian era pior ainda. Ele pensava que saberia se virar. Pensava que estava seguro e que não tinha precisado enfrentar o que temia como os outros. Fizeram com que acreditasse que havíamos passado da primeira fase do labirinto. Mas não havíamos, e tudo aquilo era o pesadelo dele. Não o nosso. Se ele não acreditasse, eu e Beilloxih morreríamos, e não haveria mais como fechar o portal. O mundo estaria perdido, e todos nós iríamos morrer.

– Por... favor...

Podia sentir as batidas do meu coração ficando mais fortes, pesadas, e ele começava a doer no peito. Tombei meu tronco sobre Dorian e apoiei minha cabeça em seu ombro porque não tinha mais forças para me aguentar sentada. O Caçador apertou os braços ao meu redor, enterrando a cabeça em meu pescoço. Murmurou:

– Eu não consigo. Não consigo fazer isso.

Fechei os olhos, sentindo como se minha alma estivesse sendo puxada para fora do corpo, e senti mais alguém nos abraçar. Era Norman.

Aos poucos, os Caçadores foram se juntando a nós um por um, e, apesar de seu aperto ficar cada vez mais forte, mal pude senti-lo após alguns segundos.

Quando o chão pareceu desaparecer e o ar começou a ganhar consistência enquanto eu me afogava em meu próprio sangue, pude sentir a vida se esvaindo do meu corpo.

Quase podia senti-la: a Morte chegando até mim.

E foi aí que tudo desapareceu. A dor, o sangue, a tontura e o aperto. Tudo.

Só havia um chão de concreto frio e o ar insuportavelmente quente. Abri os olhos, e a primeira coisa que vi foi uma parede enorme de pedra se erguendo à minha frente.

Movi os dedos com dificuldade até meu rosto, passando-os pela minha bochecha à procura de sangue, mas voltaram tão limpos quanto antes.

Me apoiei nos antebraços no chão, olhando em volta.

Todos os Caçadores estavam deitados. Todos. Desde Stacey até aqueles que não haviam passado pelo portal quando chegamos ao labirinto.

Juntei as sobrancelhas, me sentando. Estávamos de volta ao ponto em que existia uma bifurcação, mas, agora, a passagem para o escuro e para a floresta estavam bloqueadas por... centenas e mais centenas de capas azul-marinho.

Coloquei as mãos em frente à boca enquanto me colocava de pé, girando no lugar. Muitos Caçadores ali eu nem mesmo conhecia ou tinha ideia de sua existência.

Procurei por Dorian entre eles. Apenas alguns de nós começavam a se mover, acordando. Apenas os que haviam chegado até a frente da assustadora casa que ficava no fim da floresta. Mas havia um que já estava encolhido contra a parede, como se tivesse sido o primeiro a se levantar e estivesse ali há horas, e eu sabia exatamente quem era.

– Dorian – chamei, me ajoelhando ao seu lado, e ele levantou o olhar até mim.

Seus olhos estavam vermelhos, e parecia muito mais magro e pálido que o normal. Coloquei as mãos em seu rosto, mas ele recuou, visivelmente assustado. Levantou-se do chão, sacando a arma e apontando-a para mim. Olhei para minhas mãos, procurando algum sinal de que Beilloxih estava entrando no controle, mas não havia nada. Era eu, simplesmente isso. Não havia por que estar tão...

– Vá embora! – berrou. – Já chega! Vá embora!

– Dorian... O quê? – comecei.

– NÃO! – gritou. – Não fale comigo, seu demônio maldito! O que mais quer de mim? Ela está morta!

Recuei um pouco, e todos os outros Caçadores, agora já acordados, se colocaram atrás de mim. Estavam tão confusos quanto eu.

– *Er teten hapriove?* (O que aconteceu?) – perguntei a Beilloxih.

E, como resposta, Malévola apareceu ao meu lado. Encarava o Caçador com certo pesar.

– *Ele acha que acordou tarde demais. Depois que voltou a si, fizeram com que ele pensasse que muito tempo havia se passado e que não conseguiu salvá-los, como* um castigo por tudo o que fez, por todos os demônios e almas que matou. – OK. Eu continuava confusa.

Ela revirou os olhos, murmurando algo sobre eu ser muito burra às vezes. E disse:

– *Depois que atravessaram o portal para o labirinto, as consciências de todos vocês foram sugadas para dentro do maior medo de Dorian. Tudo o que viveram foi apenas fruto da imaginação dele. Quem causou isso foi o demônio do Sono. Todos que morreram durante seu pesadelo morreram aqui. Depois que conseguiu acordá-lo, outros dos demônios presentes aqui para guardar o portal, procurando vingança por tudo o que Dorian fez em sua vida e por ser líder dos Caçadores de Almas, criaram um tipo de lapso temporal que afetou apenas a ele.*

– Dorian ficou aqui por semanas pensando que não acordaríamos – concluí. – Fizeram com que pensasse que todos havíamos morrido.

Ela assentiu com a cabeça, ainda sem tirar os olhos dele. Podia ver a arma tremendo em suas mãos. Os dedos agora eram esqueléticos, e as bochechas, fundas. Continuou, como se tudo o que aqueles malditos demônios o fizeram passar já não fosse o suficiente:

– *Eles o atormentaram durante esse tempo, da mesma forma que fizeram com você quando Myrho a sequestrou. Os corpos que você não reconhece são dos Caçadores que Dorian perdeu durante seus mil anos de maldição. Fizeram com que olhasse para todos eles por semanas. E agora ele pensa que está louco.*

Meus olhos se encheram de lágrimas ao imaginar Dorian passando por tudo o que havia acontecido comigo. Ele não tinha ninguém para protegê-lo e teve que passar por tudo sem ajuda alguma. Mantiveram-no vivo por semanas sem que pudesse se alimentar, impedindo que dormisse, atiçando suas memórias e sua mente para que acreditasse que todos havíamos morrido por culpa dele. E agora temia que não houvesse mais volta.

Fiz um movimento lento, dirigindo as mãos à Escuridão, preso em minhas costas, e colocando-o no chão. Depois, levantei as mãos ao lado da cabeça, mostrando que estava desarmada para poder tentar me aproximar. Dei um passo de cada vez em sua direção, dando tempo a ele para se acostumar com a proximidade enquanto ele apertava um pouco mais o cabo da arma, apontando-a diretamente para minha cabeça.

Quando finalmente cheguei próximo o suficiente, coloquei a mão em torno do revólver que ele segurava, e Dorian colocou o dedo no gatilho. Congelei naquela posição. Se seu dedo escorregasse, destruiria minha cabeça em pedaços. Sussurrei, tentando transmitir o máximo de calma possível:

– Está tudo bem. Não vou machucar você.

Apertei os dedos um pouco ao redor do cano da arma, e ele se manteve imóvel, permitindo que eu a tirasse de suas mãos depois de algum tempo. Coloquei a arma no chão e chutei para trás, evitando correr o risco de Dorian a pegar novamente e estourar meus miolos.

Dei mais um passo em sua direção, e ele virou um pouco a cabeça, ameaçando recuar, desconfiado. Estendi a mão em sua direção, e tudo o que fez foi encará-la por alguns segundos, antes de dizer, com a voz rouca e falhada:

– Eu vi Serena morrer. Ela morreu nos meus braços. Não acordei a tempo, e todos eles morreram por minha causa. E... E esses aqui – continuou, apontando para alguns dos corpos que eu não conhecia –, eles vieram pra me culpar. E... Eles... Eles me disseram que era culpa minha. Disseram que era culpa minha e morreram. Morreram de novo. Duas vezes. Ela morreu mais. Ela morreu mil cento e oito vezes. Todas na minha frente. E todas foram culpa minha. Tudo culpa minha. E eu também morri. Morri mil cento e oito vezes mais uma. Morri todas as vezes em que vi que ela morreu, e morri agora – balançou a cabeça, e os olhos se encheram de lágrimas. – Eu vi Serena morrer. Ela morreu nos meus braços. Não acordei a tempo, e todos eles morreram por minha causa. E esses aqui, eles vieram pra me culpar. Eles me disseram que era culpa minha. Disseram que era culpa minha e morreram. Morreram de novo. Duas vezes. Ela morreu mais. Ela morreu cento e nove vezes...

Ele repetiu tudo o que havia dito mais uma vez. E mais outra, e outra, acrescentando mais uma unidade a cada uma das minhas mortes, como se tivesse dito aquilo a si mesmo durante todo aquele tempo e, como se cada vez que repetisse aquilo, se lembrasse de mais alguma morte minha que pensava ter presenciado.

Continuou repetindo até as lágrimas o impedirem de continuar falando. Tentei abraçá-lo, mas ele me empurrou para trás com força, berrando mais uma vez todo o seu discurso, como se eu precisasse entender alguma coisa antes de poder me aproximar. Só não sabia o quê.

– O que ele quer? – perguntei, enquanto o Caçador repetia pela décima vez a mesma coisa.

– *Não posso ajudá-la com isso* – disse Malévola, um segundo antes de se desfazer no ar.

Voltei a encará-lo, ouvindo mais algumas vezes o que tinha a dizer. Era como se quisesse que eu provasse que era real. Mas... Como? Quer dizer... Não sei. Pela primeira vez na vida não sabia como responder alguma coisa.

Agora era eu quem estava chorando. Coloquei as mãos na frente do rosto, dando as costas para Dorian e passando pelos Caçadores, indo até a outra parede de pedra do labirinto e apoiando a cabeça nela, impedindo que vissem meu rosto. Eu o havia perdido. Não sabia como trazê-lo de volta, muito menos como seguir em frente, e ninguém podia me ajudar. Nem ele, nem os Caçadores e muito menos Beilloxih.

Eu me lembrava de ter pensado uma vez que Dorian era meu cubo mágico, o qual eu precisava resolver no escuro. Pensava tê-lo resolvido ao quebrar sua maldição, mas agora, mais do que nunca, eu sabia que estava errada. Não havia prestado atenção, e agora, a cada segundo, eu o perdia ainda mais.

Foi quando eu me lembrei de algo que ele havia dito que pareceu uma eternidade atrás. Lembrava de seus olhos tristes quando me contou e do tom melancólico nas palavras.

"Há quinhentos anos, eu estava andando na floresta com um grupo de Caçadores quando encontramos um ninho. O primeiro. Era uma casa como aquela que encontrou antes de descobrir que o que havia dentro de você não era uma alma. Pensei que fosse apenas um refúgio de almas e permiti que parte do grupo entrasse primeiro para verificar. Nenhum deles voltou, então decidi entrar. Lá dentro, encontrei um demônio e os corpos de todos os Caçadores que havia mandado, e ele me disse algo de que eu nunca esqueci. Me deu um aviso: 'Vai quebrar sua maldição algum dia, mesmo que tente adiar isso o máximo possível, e, quando finalmente acontecer, não vai demorar muito para eu descobrir. Vou atrás dela, Dorian. Vou fazê-la sofrer até o fim de sua vida, e você não vai conseguir impedir.'"

Ele pensava que aquele demônio havia cumprido sua promessa, pois era o que estava esperando que acontecesse desde o dia em que quebrei sua maldição. De certa forma, era realmente o que havia acontecido. O demônio da Ilusão realmente fez com que ele acreditasse que eu havia morrido várias e várias vezes, até que Dorian perdesse a noção do que era real e do que não era. Ele berrou mais uma vez, e vi que era porque Cora havia tentado se aproximar também. Não deu certo. Eu o ouvi repetir seu discurso mais uma vez, a alguns metros, e algo me chamou a atenção.

"Morri todas as vezes em que vi que ela morreu, e morri agora." Voltei a olhar para ele, como se, de repente, algo fizesse sentido ali. Havia levado comigo seu coração a cada vez que morria, o que simbolizava suas próprias mortes ao assistir às minhas. Mas... O que queria dizer ao falar que havia morrido "agora"?

Tentei achar uma ligação por mais maluca que ela fosse. E, por incrível que pareça, eu consegui encontrá-la. Myrho, ao dizer: "Vou fazê-la sofrer até o fim de sua vida" não queria dizer que era até o fim da minha vida, mas sim até o fim da vida de Dorian. "Morri agora" significava que... Não podia ser. Balancei a cabeça, me recusando a acreditar naquela ideia estúpida e idiota.

Se, repito, *se* fosse realmente o que eu estava pensando, "morri agora" significava realmente "morri agora", mas como não estava morto (obviamente), quem havia morrido era o Dorian de antes. O Dorian amaldiçoado. O Dorian imortal.

No fim do lapso temporal criado por Myrho para castigá-lo, ele também tirou sua imortalidade e, assim, a vida que Dorian havia tido desde o dia em que recebeu a maldição. Agora, sua vida estava continuando a partir do momento em que parou de envelhecer. Assim, quando acordamos, as imagens do meu sofrimento, ou seja, das minhas mortes, foram embora e, junto com elas, sua imortalidade.

Era isso que eu estava tentando me dizer. E ele só saberia que eu era real se eu me lembrasse disso, pois era a única que sabia daquela história. É claro que nunca iria facilitar para mim.

Voltei a me aproximar dele, secando os olhos e rezando para que eu estivesse certa. Apenas quando parei à sua frente ele se calou, esperando minha resposta. Falei, escondendo minhas mãos nas dobras das capas para que não visse que elas tremiam como nunca:

– Ele não pode mais me machucar. – O Caçador juntou as sobrancelhas. – Cumpriu sua promessa e me fez sofrer até o fim da sua vida. Da sua vida imortal. E agora você não é mais imortal. – Todos atrás de mim exclamaram, mas levantei a mão, pedindo que parassem. A última coisa de que eu precisava naquele momento era uma confusão.

Esperei que desse um sinal de que eu estava certa, mas tudo o que fez foi continuar me encarando. Pelo menos havia parado de repetir aquelas coisas, o que já era um avanço.

Passaram-se alguns minutos. Dorian me analisava dos pés à cabeça, como se decidisse o que fazer, e, quando estendi minha mão em sua direção mais uma vez, ele a empurrou para o lado, movendo-se pela primeira vez em um longo tempo e me puxando pela capa para o abraço mais apertado que recebi na minha vida inteira. Sorri, retribuindo o abraço com a mesma intensidade enquanto ouvia todos os Caçadores atrás de mim suspirarem de alívio.

Levou algum tempo até que nos afastássemos, e, quando o fizemos, dei a ele as últimas reservas de água e comida que tínhamos. Não disse uma palavra sequer.

Só quando terminou de se alimentar e quando teve certeza de que realmente todos eram quem pareciam ser, decidiu contar o que havia acontecido. Também contou que durante todo aquele tempo havia percorrido o outro lado do Labirinto, o caminho que ficava atrás do portal que havíamos atravessado, e descobriu que havia outra bifurcação lá. Não pôde avançar, já que estava sem os outros Caçadores, e por isso pensou que ficaria preso para sempre ali.

É claro que o caminho certo nunca seria o mais fácil.

Caminhamos por alguns metros, a fim de nos distanciarmos dos corpos dos Caçadores mortos para deixá-lo descansar pela primeira vez em... Quanto tempo ele havia dito que ficou ali? Duas semanas? Bom... bastante tempo.

Dormiu por pouco mais de uma hora, assim como metade de nós. Os únicos que se mantiveram acordados foram Norman, Boyd, Nathaniel e eu. Eu estava exausta, mas preocupada demais com Dorian, que dormia com a cabeça em meu colo. Não deixaria mais que o pegassem e ficaria acordada pelo resto da vida se fosse necessário.

A MORTE

O AMOR É A MAIOR FORÇA DO SER HUMANO, É ELE QUE NOS DÁ CORAGEM PARA LUTAR E, SE NECESSÁRIO, SACRIFICAR TUDO EM PROL DAQUELES QUE AMAMOS.

Quando todos acordaram, decidimos que devíamos seguir caminho. Dorian parecia ter finalmente voltado a si. Ou simplesmente estava fingindo não se lembrar do acontecido.

Voltamos ao ponto inicial e passamos ao redor do portal de entrada para explorar o outro lado do labirinto. Ao chegar, não encontramos bifurcação alguma, mas sim um único caminho, que terminava na mesma floresta pela qual havíamos passado antes. O teto do lugar, que antes era a quilômetros de altura e tinha um vermelho forte, como se fosse iluminado por fogo, converteu-se no céu estrelado da noite, e o calor foi substituído por uma brisa fria.

Sabíamos o que fazer, apesar de Dorian estar hesitante, e desta vez fui eu quem o encorajou a seguir em frente, a cumprir a missão que nos levara até ali.

Quanto mais adentrávamos na floresta, mais frio e pesado o ar ficava. O silêncio era tão grande que parecia esmagador. Sentíamos como se estivessem nos observando enquanto caminhávamos na direção do desconhecido, na direção daquele maldito portal que tínhamos que fechar.

Nossos joelhos falhavam a todo segundo, a fome que sentíamos parecia nos corroer por dentro e o coração não parecia bater forte o suficiente para sustentar nossos corpos, mas tínhamos que continuar. E foi só quando ouvimos o apelo de uma alma ecoar pela floresta que decidimos que era melhor dar uma parada. Sabíamos que estávamos próximos, mas nunca conseguiríamos lutar para fechar aquele portal exaustos do jeito que estávamos. Além disso, nós não estávamos psicologicamente prontos para nada que não incluísse nos sentar e descansar.

Nos espalhamos no chão úmido da floresta, colocando nossas armas no chão do centro da roda irregular que havíamos feito. Alguns mais próximos do que outros, alguns mais ao fundo e outros mais perto do centro da roda. Dorian encostou as costas em uma árvore, e eu sentei no espaço entre suas pernas, apoiando minhas costas em seu peito. Passou os braços em torno da minha cintura, pegando minhas mãos e pousando nossas mãos em meu colo. Olhei em volta, vendo Bárbara e Norman conversarem baixo abraçados alguns metros à frente. Lisa estava deitada no chão, com a cabeça no colo de Ethan. Lucy e Luke estavam em silêncio, e ela encarava o chão de um jeito vítreo com a cabeça apoiada no ombro do garoto. Coralina, que geralmente ficava num canto invisível para nós, agora estava encolhida contra Boyd, que havia passado um braço por cima de seus ombros e a apertava contra ele. Anna estava sentada no colo de Nathaniel, com as pernas ao redor de seu quadril e a testa encostada na dele. Ambos estavam de olhos fechados, como se tentassem aproveitar aquela proximidade pelo máximo de tempo possível, tentando procurar um pouco de paz na presença um do outro.

Clark estava sentado ao nosso lado, abraçando os próprios joelhos e encarando o chão. Naquele momento, a tensão era tão grande que quase podíamos sentir seu peso sob nossos ombros. O medo ainda não era presente, mas sim um breve vislumbre dele, uma prévia para o que viria a seguir. A tristeza em nosso coração por saber que talvez nunca mais fôssemos ver um ao outro superava a esperança de que conseguiríamos fechar aquele portal e ficar bem. Mas o amor que sentíamos uns pelos outros ainda permanecia ali, ocupando seu espaço de direito em nossos pensamentos, nos mantendo fortes, querendo seguir em frente sem se importar com as consequências. Ainda tínhamos uns aos outros, e isso bastava. Era motivação suficiente.

– Quem diria, hein? – comentou Norman, o que fez com que todos olhassem para ele. – Quem diria que depois de tudo ainda estaríamos aqui, juntos?

– E eu que pensei que nunca conseguiríamos chegar ao labirinto? – admiti, sorrindo um pouco com descrença para mim mesma.

– Juro que pensei que não passaríamos do ritual em que encontramos a Serena – confessou Boyd, o que nos fez rir.

Silêncio se seguiu, nos deixando sozinhos com nossa tensão e devaneios sobre um futuro impossível. Me desencostei de Dorian, ficando de frente para ele a fim de encará-lo e me sentando em seu colo. Passei a mão por seu rosto, encarando seus olhos azul-gelo que pareciam ainda mais claros sob a luz da Lua, assim como a pele pálida de seu rosto. Mas agora, pela primeira vez desde que o conheci, havia cor em suas bochechas. Talvez fosse apenas um efeito da mortalidade. O cabelo negro e liso estava levemente bagunçado, mas de um jeito bonito. Passei os dedos por ele, descendo pelo nariz perfeito até os lábios, e depois para o queixo pequeno. Me encarava com uma mistura de amor, curiosidade e tristeza por tudo o que havia acontecido. Então ele disse:

– Como eu queria saber o que se passa na sua cabeça...

Sorri, me lembrando de ter dito a mesma coisa a ele há alguns meses, antes mesmo de a maldição ser quebrada, e decidi dar a mesma resposta que ele havia dado para mim silenciosamente:

– Você. É você que está passando na minha cabeça.

Retribuiu o sorriso, passando a mão pelo meu rosto e me puxando para perto até que eu encostasse a testa na dele. Fechei os olhos, evitando que lágrimas escorressem por eles. Tudo o que eu queria e precisava era de tempo. Mais tempo com ele e com todos os Caçadores ao meu redor. Respirei fundo, sentindo seu cheiro de floresta e chuva. Aquele cheiro me fazia sentir em casa. Dorian era o meu lar, a única família que me havia restado, a única pessoa da qual eu precisava para viver. Eu o amava mais do que jamais pensei que fosse possível amar alguém. Sussurrei:

– Você é a prova.

Abri os olhos, encarando os dele, que tinham em parte um brilho de compreensão e, em outra, curiosidade e confusão. Ele perguntou, no mesmo tom que eu:

– Prova de quê?

– Sempre disse, em toda a minha vida, que, se uma coisa não pode ser explicada, quantificada e não há provas de sua existência, é porque ela não existe. Mas você é a prova de que eu estava errada. O que eu sinto por você é a prova. Não posso explicar, quantificar e muito menos provar a existência de um amor tão grande, mas mesmo assim ele existe, e está aqui, fazendo meu cérebro produzir todas aquelas substâncias que um dia citei para você. – Uma lágrima escorreu pela minha bochecha, e minha voz falhou quando falei a frase seguinte: – E ele sempre vai existir, mesmo quando eu já não estiver mais aqui pra tentar incessantemente provar a existência dele pra você, meu amor. – Ele secou minhas lágrimas enquanto eu continuava. – Espero que algum dia me perdoe pelas escolhas erradas que fiz, pelas palavras que um dia eu deveria ter dito e não disse e pelo dia em que já não vou mais poder estar ao seu lado pra te dar esperança quando ela já não existir mais pra você. E que, apesar de tudo, apesar de não haver uma forma de consertar os erros que eu cometi com você, espero que seu estoque de perdões ainda não tenha acabado e que ainda possa me perdoar mais uma vez.

Mordeu o lábio, me observando com paciência e com certeza pensando no que diria para mim. E falou, num tom tão baixo, que tive certeza de que ninguém ao nosso redor escutaria nem se lesse pensamentos:

– *Niloe lenara malie. Relle brinnie lenoie plae serena.*

Juntei as sobrancelhas. Não era língua demoníaca. Era a língua dos Anjos. Perguntei:

– O que isso quer dizer?

– Quer dizer: Eu amo você. E vou amar pra sempre.

Sorri, apertando os lábios contra os dele com força. E, naquele momento, esse simples gesto me pareceu o suficiente. Já não precisava mais de tempo, de comida, de descanso ou paz. Tudo do que eu precisava estava ali, e isso bastava.

– Prontos? – perguntei.

Estávamos todos de pé, descansados, armados, vestidos com nossas capas apenas à espera de um sinal de Dorian para que o seguíssemos na direção do desconhecido à nossa frente. Assentiram com a cabeça. Tinham a expressão determinada, um brilho feroz e contido no olhar. Eles queriam caçar almas e matar demônios e estavam apenas esperando a ordem para fazê-lo.

Dorian se pôs à nossa frente, observando-os com uma doçura que eu nunca havia visto antes em seus olhos para outra pessoa além de mim. Podia ver o brilho das lágrimas neles. Não queria deixá-los ir. Eram seus filhos, seus irmãos, amigos, tudo o que ele tinha, e pela primeira vez estava sentindo medo de perdê-los. Apesar de tudo o que havia passado até chegar ali, ele ainda tinha esperanças de que conseguiríamos no final. Ainda tinha esperança em nós, seus Caçadores. Abriu a boca para dizer alguma coisa, mas a voz falhou, então ele a fechou, esperando pelo momento em que estaria pronto para falar. Não demorou muito para que o fizesse. Desviou o olhar.

– Acho que todos aqui sabem que eu não costumo falar muito – concordamos, sorrindo um pouco. Ele continuou: – Mas acho que devo isso a vocês. Acho que devo algumas palavras. – Fez uma pausa. – E não só isso. Devo também a minha vida a cada um de vocês, meus irmãos. – Voltou a olhar para nós. – São a minha família, o meu lar, tudo o que eu tenho, e é por isso que eu agradeço. Não foi uma maldição que me manteve vivo durante todo esse tempo, e muito menos todas as almas e demônios que eu cacei, mas sim a força que cada um de vocês me deu e me dá todos os dias apenas pelo simples fato de permanecer ao meu lado. E sei que parece injusto arriscar suas vidas agora, mas é necessário, e saibam que eu vou ficar ao lado de vocês assim como ficaram ao meu por todos esses anos, meses ou semanas – sorriu com um pouco de descrença, balançando a cabeça. – Sei que parece impossível, que estamos fracos, famintos e feridos, e que vamos ter que enfrentar demônios, almas e mais Angeli do que jamais enfrentamos antes, mas, quando parecer que já não há mais forças pra lutar, quero que olhem para o Caçador ao seu lado e encontrem nele a força da qual precisam pra continuar, e quero que se lembrem do que eu vou dizer agora. – Fez mais uma pausa e mal conseguiu conter as lágrimas naquele momento. – Eu amo cada um de vocês com todas as minhas forças e darei minha vida e o meu sangue para protegê-los se for preciso.

E, naquele breve segundo de silêncio em que processamos tudo o que ele disse, vi um reflexo do que fomos antes e do que éramos agora. Caçadores fortes e confiantes que haviam se tornado exaustos e sem esperança alguma. Dorian não via aquela segunda imagem. Via os sentimentos que guardávamos no fundo do coração, e, para ele, aqueles sentimentos é que criavam nossa imagem. Para o líder dos Caçadores de Almas, nós sempre seríamos invencíveis, e, depois daquele breve segundo de silêncio, passamos a acreditar nele.

Ouvimos um trovão ecoar pelas árvores e fazer o chão debaixo dos nossos pés tremer. Nos entreolhamos, sorrindo uns para os outros e colocando nossos capuzes. Demos as mãos, formando uma roda ao redor do nosso líder, que disse:

– Desta vez não quero ninguém espiando por baixo do capuz... Ouviu, Boyd? – Todos rimos antes de ele continuar. – Façam isso direito, pois talvez seja a última vez que tenhamos a chance de fazê-lo juntos.

Baixamos as cabeças, fechamos os olhos e apertamos as mãos uns dos outros como se nossa vida dependesse daquilo antes de começar, todos em uníssono, numa voz tão forte quanto os trovões que faziam o chão da floresta estremecer:

– Até que as estrelas caiam. Até que o último raio de sol brilhe. Até que a escuridão tome o mundo e até que todos aqueles que amamos tenham perecido, eu prometo que caçarei aqueles que não merecem o perdão. Não permitirei que vidas inocentes sejam sacrificadas. Darei minha vida por aqueles que dão a sua por mim. Meus irmãos, a partir de agora, serão parte de mim, e eu serei parte deles. Seremos um e assim viveremos eternamente, e, até que o fim da eternidade chegue, eu serei um Caçador de Almas.

ANJOS DA NOITE

Não importa quais caminhos você seguirá, uma hora ou outra,
seu destino o alcança.

Dorian era o primeiro na formação, como sempre, na minha diagonal direita, e Boyd estava logo ao meu lado, ao lado esquerdo. Estávamos caminhando na direção de onde havíamos ouvido o apelo da alma e avistamos uma clareira alguns metros adiante. Me aproximei um pouco do garoto ao meu lado, o mais silenciosamente possível para que ninguém notasse. E sussurrei:

– Boyd, preciso que me faça um favor.

Olhou para mim por baixo do capuz, visivelmente confuso. Quer dizer... Aquela não era hora para conversar, mas era necessário fazê-lo agora que ninguém nos notava. Pedi:

– Preciso que, depois que tudo isso acabar, você diga a Dorian que eu o amo, está bem?

– Serena...

– Pode fazer isso? – interrompi-o, num tom firme e baixo.

– Posso, mas... O que você vai fazer? – perguntou.

Apenas sorri e toquei seu ombro, antes de responder no tom mais calmo e confiante possível:

– Apenas confie em mim, está bem?

Assentiu com a cabeça, o que me fez abrir ainda mais o sorriso antes de voltar para minha posição inicial. A clareira estava a apenas dois metros agora. Um... Meu coração descompassou quando chegamos.

Havia uma enorme mansão no meio da grande clareira. Não havia luzes do lado de dentro ou barulho algum. Era um ninho, identifiquei isso assim que bati os olhos nele, mas sabíamos que havia algo muito pior do lado de dentro do que apenas algumas dezenas de almas. Uma tempestade de raios iluminava o céu, cortando as nuvens pesadas de chuva que tornavam o ambiente mais sombrio. Podia sentir a energia pesada do lugar onde estávamos, e vapor saía de nossa boca quando respirávamos. Vi minhas unhas começarem a ficar azuladas conforme nos aproximávamos. Sacamos nossas armas. Havia um muro que cercava a casa do lado de fora, e o portão de entrada era velho e enferrujado. Rangeu quando nós o abrimos, e o barulho fez com que todos os pelos de nossos braços se arrepiassem. Sabíamos que por trás das janelas escuras havia criaturas nos observando, apenas esperando que fôssemos até elas.

– Serena. – Ouvi alguém chamar. Dorian.

Ele olhava para mim por cima dos ombros com os olhos levemente arregalados. Juntei as sobrancelhas, olhando para mim mesma. Podia ver as veias arroxeadas das minhas mãos por baixo da pele que parecia empalidecer um pouco mais a cada piscada que eu dava. Sabia que estava assumindo minha forma demoníaca involuntariamente. Era a energia. Beilloxih ficava mais forte próximo a outros demônios, e devia haver dezenas dentro daquela casa. Ele tomaria o controle em breve, e eu tinha medo de o meu corpo não aguentar e tudo o que havíamos passado se repetir. Não. Não iria acontecer. Não desta vez.

– *Eve enare* (Em frente) – falei, tentando não deixar o tom de pânico transparecer em minha voz.

– É um aviso – murmurou Anna. – Um aviso do que nos espera se seguirmos em frente. Vai acontecer tudo...

– *Eve enare* – repeti com firmeza, interrompendo-a e ignorando completamente o que ela havia dito. Não podíamos parar ali. Fecharíamos aquele portal de qualquer forma.

Ultrapassei Dorian, o primeiro da formação, atravessando o pátio com a fonte e subindo os degraus de entrada até a porta, esperando que me seguissem. Quando finalmente o fizeram, acertei o enorme pedaço de madeira pesada à minha frente com um chute, quase o arrancando das dobradiças e provocando um estrondo ao bater contra a parede. E aquele era o aviso de que havíamos chegado.

Havia um corredor se estendendo à nossa frente, levando para o que parecia uma enorme sala de jantar. Não havia uma luz acesa do lado de dentro, apenas a dos raios que entravam pelas janelas empoeiradas. Podíamos ouvir a madeira dos andares de cima rangendo sobre o teto, como se houvesse criaturas se locomovendo nos andares de cima. Respirei fundo antes de dar o primeiro passo para dentro, tentando ir o mais silenciosamente possível e acompanhar o barulho dos raios para que ele mascarasse meus passos. Todos atrás de mim fizeram o mesmo. Os móveis da sala de estar estavam revirados, rasgados e sujos de sangue e de um líquido viscoso que eu não podia identificar qual era.

Ouvimos a porta atrás de nós bater, e ouvi Coralina soltar um grito abafado. Voltei a olhar para a frente. Haviam fechado pelo lado de fora. Engoli em seco, assustada só de pensar em que criatura havia feito aquilo. Ouvimos um som agudo vindo do canto da sala e olhamos naquela direção. Tinha um enorme piano de cauda preto ali e, em cima dele, pressionando suas teclas, havia uma criatura esquelética olhando em nossa direção. A pele era levemente azulada, como se fosse um sinal de asfixia. Havia marcas roxas em seu longo pescoço. O cabelo era negro e liso, caindo na frente dos olhos que, mesmo sob a escuridão, refletia a luz dos raios do lado de fora, tão prateado quanto a Lua que fazia tanto tempo que não víamos. A pele ao redor dos olhos era arroxeada, e podíamos ver algumas veias acompanhando ao redor do rosto. Silvou na nossa direção, mas não fez menção alguma de atacar, então continuamos avançando na direção de uma enorme escada de mármore que levava ao que parecia ser um andar subterrâneo.

O chão rangia sob nossos pés como se não houvesse nada para sustentá-lo. Não havíamos dado nem dois passos quando ele cedeu, então caímos pelo menos oito metros de altura num chão extremamente duro de concreto. Não houve tempo para dor ou algo assim (por sorte, aparentemente nenhum dos Caçadores se machucou, já que graças ao Juramento nos tornamos bem mais resistentes que o normal), pois o que vimos a seguir foi... horrível.

No meio de toda a escuridão do lugar onde tínhamos caído, havia um enorme, gigante portal circular que girava em espiral. Parecia puramente feito de chamas capazes de engolir o mundo. Ao redor dele havia dezenas de formas escuras e esqueléticas aparentemente feitas de sombras. Não tinham rosto ou qualquer coisa assim, mas as cabeças viradas em nossa direção davam a impressão de que sabiam que estávamos ali. E sabiam. Podiam sentir a presença de nossas almas. Eram demônios.

Nas colunas de mármore cinza que sustentavam o teto acima de nossa cabeça havia centenas de almas, com seus olhos negros e sombrios voltados para nós. Também havia Angeli ajoelhados, todos virados na direção do portal. Balançavam seus troncos para a frente e para trás, sussurrando coisas na língua demoníaca, incompreensível para os Caçadores ali, exceto para Dorian e eu. Tentavam manter o portal aberto.

A energia no local era tão pesada que podíamos senti-la esmagando nossos ombros, fazendo cada pelo do nosso corpo se arrepiar e cada músculo começar a tremer.

Os Caçadores haviam se colocado em fila dos meus dois lados. Dorian ao lado direito, seguido de Coralina, Boyd, Clark, Lucy e Luke, e do outro estava Norman, seguido de Bárbara, Nathaniel, Anna, Lisa e Ethan.

Apertei o cabo de Escuridão, engolindo em seco enquanto encarava as almas e os demônios. Pareciam esperar que avançássemos, que começássemos a luta. Passei o olhar para o portal. Estava diretamente na minha direção, e sentia como se me puxasse para ele, como se me desafiasse a tentar fechá-lo.

Não tinham se passado dois segundos quando, involuntariamente, avancei para o portal apressadamente, sentindo como se minhas pernas se movessem mais rápido que o tronco. Beilloxih fez com que eu largasse Escuridão no meio do caminho e passasse a me locomover usando os quatro membros. Um apelo de uma alma irrompeu no ar, e logo imaginei que fosse meu. Ninguém tinha movido um músculo ainda, como se não acreditassem na minha idiotice e estivessem tentando raciocinar ainda.

Saltei por cima do primeiro Angeli, que não tentou me impedir. Eles estavam concentrados em manter o portal aberto. Proteção era trabalho das almas e demônios. Uma força invisível me jogou para trás, fazendo com que eu recuasse metros e mais metros até bater contra uma coluna, caindo de joelhos no chão. Sabia exatamente quem havia sido. Myrho. Um dos demônios que havia me sequestrado e me torturado por meses. Pude ver sua forma escura se distanciando do portal e vindo em minha direção, seguido como sempre das sombras que o envolviam. Sibilei, sentindo raiva por tudo o que ele fez comigo e com Dorian:

— Eu devia ter matado você quando pude.

— Acha que é tão fácil matar um demônio, Serena? Não tem força suficiente para isso.

— Mas eu tenho. — Ouvi alguém dizer.

No segundo seguinte, o barulho de um tiro ecoou pelo ar, e uma bala atravessou a cabeça de Myrho, que se dissolveu no ar no segundo seguinte. Atrás do demônio pude ver Dorian, parado com a arma ainda erguida. Ele tinha um leve sorriso no rosto. Um sorriso cruel que eu só via quando ele lutava. Seus olhos azuis pareciam ainda mais claros do que o normal. Piscou para mim um segundo antes de se virar novamente na direção do portal, abrindo ainda mais o sorriso, e gritar:

— Próximo!

NER MALOERTO
NO INFERNO

Sacrifício é a coroa dos heróis, e a mortalha, suas vestes.

Quando todas as almas saltaram para o chão ao mesmo tempo, avançando em nossa direção como se nos matar fosse a única salvação de sua vida imunda, senti como se algo se agitasse dentro de mim. Uma coisa que eu nunca tinha sentido antes em toda a minha vida. Como se tivesse tomado um milhão de xícaras de café puro e ainda tivesse levado um choque elétrico logo em seguida. Meu coração batia tão rápido que pensei que fosse sair pela boca. Minha garganta havia secado, e a sede parecia ainda pior quando olhava para aquelas almas que avançavam na direção dos Caçadores. Beilloxih queria sangue. E eu também.

Pela primeira vez, ambos tínhamos o controle total. Pela primeira vez, nós dois realmente tínhamos nos tornado um. Eu sabia o que ele queria que eu fizesse, e faria sem questionar, porque também era o que eu queria. Se precisássemos matar todo mundo naquele maldito lugar para fechar o portal, nós dois o faríamos. Juntos.

Avançamos na direção da primeira alma que passou pela nossa frente, fincando nossos dentes, que agora haviam se tornado extremamente afiados, em seu pescoço e as unhas em seus ombros, fazendo um movimento que arrancou sua cabeça no segundo seguinte. Largamos a carcaça no chão e avançamos para a próxima. Saltamos em suas costas com as pernas ao redor de seu quadril ossudo e, segurando sua cabeça com as duas mãos, quebramos seu pescoço.

Avistamos Escuridão caído no chão a alguns metros e corremos até ele, voltando a nos locomover apenas com as pernas. Nós o pegamos do chão, giramos no lugar e cortamos a cabeça de duas almas ao mesmo tempo com um movimento só. Usamos o machado como um martelo de guerra, esmagando no chão o crânio de uma alma que estava prestes a atacar Bárbara pelas costas, e seu sangue negro espirrou para todos os lados, o que nos fez rir.

– Serena! – Ouvi Dorian berrar a alguns metros, e olhamos para trás.

Havia um demônio com a cabeça a centímetros da nossa. Abriu sua boca, que antes nós pensamos que não existisse, e soltou um grito agudo horrível, que quase estourou nossos tímpanos. Seus dentes eram do tamanho dos nossos dedos, amarelados e afiados como navalhas. A língua se assemelhava à de uma cobra, e eu jurava que dentro daquela boca caberiam umas três cabeças. Ele devia ter uns três metros de altura, mas estava curvado até ficar da nossa altura.

Demos um salto para trás, silvando com o susto e levando um segundo para nos recuperar. Usamos nosso machado para tentar acertá-lo no pescoço, mas ele fez um movimento rápido com uma das mãos, e Escuridão voou longe. Sequer acompanhamos nossa arma com o olhar para ver onde tinha caído. Saltamos em cima do demônio no segundo seguinte. Não era como se pudéssemos tocá-lo, exatamente. A sensação era meio indescritível, e o frio que gelava até os nossos ossos em cada parte do corpo que tocava o demônio era imensurável, mas não nos importávamos. Queríamos saber qual era o gosto do sangue de um demônio.

Ele se endireitou, tentando nos fazer largar seu pescoço, mas eu havia fincado nossos dedos no que pareciam seus braços tão fortemente que eu tinha certeza de que nada em mil anos nos faria largá-los.

– *Paiare er Maloerto, malleto!* (Para o Inferno, maldito!) – gritamos para o demônio.

Forçamos ainda mais as pernas ao redor de seu tronco, enfiando as unhas em seu rosto e o ouvindo gritar. Usamos tanta força que nossos dedos chegaram a penetrar em seu crânio e o partimos ao meio usando nossas próprias mãos. O demônio se converteu em pó na mesma hora. Bom, acho que aquele não tinha tanta força quanto Myrho. Caímos agachados no chão, já olhando em volta à procura do nosso machado, e, quando o achamos, corremos até ele usando os quatro membros, sacando-o e rachando ao meio o crânio de uma alma que já se preparava para nos atacar. Eu sabia que aquela luta não seria nada fácil, mas parecíamos estar indo bem até ali, e eu tinha certeza de que tínhamos uma boa chance de vencer. Bem... Até o acontecimento seguinte.

∞

Nathaniel

Fui o primeiro a vê-los. Eu era o mais próximo ao portal e podia sentir seu calor em minhas costas. Quando o calor cessou, sendo substituído por um frio horrível, eu soube que havia algo errado. Olhei por cima do ombro, pretendendo apenas ver de soslaio o que havia acontecido, mas simplesmente fiquei paralisado com aquela cena.

Todos os quatro demônios que havíamos matado nos minutos anteriores (três foram mortos por Dorian e um por Serena) agora passavam pelo portal e retornavam à sala ainda maiores do que antes, e sua energia agora era ainda mais pesada.

Podia sentir aquela energia praticamente me esmagando contra o chão, por um segundo senti o medo me paralisar, demorei a avisar os outros Caçadores, e isso nos custou três vidas.

A primeira a ser perdida foi a de Clark, que foi morto pelo primeiro demônio que atravessou o portal antes mesmo que pudesse entender o que havia acontecido. Depois, ouvi um grito logo ao meu lado, um grito alto e agudo de agonia, e olhei em sua direção. Ele vinha de Bárbara. Todo o sangue havia sumido de seu rosto, e ela tinha as mãos na frente da boca, olhando para a frente com os olhos arregalados. E ali, a dois metros de distância dela, Norman estava ajoelhado no chão, com uma flecha atravessada em seu coração. Ele olhava para o próprio peito como se não pudesse acreditar em como aquilo havia acontecido. Tinha sido atacado pelas costas por um dos vários Angeli que haviam interrompido seu ritual de manter o portal aberto.

Voltou a olhar para a garota à sua frente, com uma lágrima escorrendo pela bochecha, um segundo antes de tombar de frente no chão, já com o corpo sem vida e os olhos dourados sem o brilho de sempre.

O apelo de uma alma cortou o silêncio que havia se imposto sobre nós naquele breve momento, e ele havia partido de Serena, distraindo a todos mais uma vez. Depois, o som de uma lâmina atravessando o ar em alta velocidade e o som de um corpo caindo no chão logo ao meu lado. Bárbara havia caído de bruços no chão, com uma flecha atravessada no peito. Não houve tempo para pensar. No segundo seguinte, ouvi alguém gritar:

– NATE! – Era a voz de Anna.

Olhei para trás, já esperando ver alguma alma prestes a me atacar pelas costas, mas, antes que eu pudesse ver, algo me empurrou para trás com força, fazendo com que eu batesse com tudo contra a coluna de mármore cinza-escuro que havia ali. E havia algo em meus braços. Meu coração descompassou. Era ela. Era Anna, com uma flecha fincada na barriga. Uma enorme mancha de sangue havia começado a tingir sua capa azul-marinho. Tinha um leve sorriso no rosto, me olhando como se não estivéssemos naquele lugar horrível, mas sim no Céu, no Paraíso, como se eu fosse algum milagre maravilhoso. Então, sussurrou fracamente:

– Agora estamos quites.

Arregalei os olhos, balançando a cabeça e apertando-a contra mim. Havia salvado a vida dela uma vez, e agora ela havia salvado a minha quando eu estava prestes a ser atacado pelas costas, e isso custou a dela. Eu queria poder pedir desculpas, dizer que a amava, mas nenhuma palavra saiu de minha boca enquanto ela morria em meus braços. Pude sentir quando ela respirou fundo uma última vez e pude sentir quando a vida deixou seu corpo, como se fôssemos um só. Podia sentir sua dor e a dos outros ao nosso redor como se fosse minha. E era.

Olhei para a frente, sentindo a raiva tomar o lugar da dor, e vi que um Angeli segurava uma enorme besta prateada alguns metros à frente, e já voltava a armá-la mais uma vez, apontando para Lucy, que olhava na minha direção e na de Anna como se seu coração houvesse sido arrancado. Ele havia matado Clark, Norman, Bárbara e a garota que eu amava, aproveitando-se de nossa distração. Tentei gritar para que ela tivesse alguma chance de se defender, mas minha garganta havia fechado, e nenhuma palavra saiu. Isso custou mais uma vida. A vida de Lucy, que foi atingida na cabeça por mais uma flecha daquele maldito Anjo do Demônio. Caiu no chão já sem vida no segundo seguinte, com os olhos vítreos encarando o vazio.

No segundo seguinte, com um grito tão alto que nos fez despertar de nosso choque, Serena saltou em cima do Angeli, arrancando sua cabeça com as próprias mãos, e a jogou longe.

Agora éramos apenas eu, Boyd, Coralina, Serena, Dorian, Lisa, Ethan e Luke, e nenhum de nós tinha mais esperança de que iríamos sobreviver. Foi aí que tudo escureceu.

JUNTOS

Às vezes os demônios que assombram nossos sonhos se tornam os anjos que protegem nossa vida.

Serena

Foi quando atingiram Nathaniel com uma espada no coração antes mesmo que ele pudesse se levantar do chão que eu decidi que era a hora de dar um fim a tudo aquilo. Ninguém mais morreria por minha causa, por culpa da minha demora. Quando matávamos os demônios, eles retornavam pelo portal ainda mais fortes. Quando matávamos as almas, mais delas apareciam, e os Angeli agora pareciam ter conseguido manter o portal estável o suficiente no lugar para que pudessem lutar. Estávamos em apenas oito Caçadores, e eu sabia que não conseguiríamos continuar lutando por muito mais tempo.

    Olhei na direção de Dorian, vendo-o recarregar sua arma rapidamente atrás de uma das colunas de mármore cinza-escuro e não pude deixar de sorrir ao vê-lo, imaginando a vida que poderíamos ter tido se não fosse tudo aquilo. Durante tantos meses eu havia tentado ser seu pilar de força, mas, durante mais da metade desse tempo, tinha sido o contrário. Sabia que sem ele nunca estaria aqui, e era por isso que eu esperava que ele pudesse me perdoar algum dia. Por ter que deixá-lo daquele jeito no momento em que ele mais precisava, eu esperava que algum dia ele entendesse que o que eu fiz foi para mantê-lo seguro, assim como a todos que ainda estavam ali.

    Seu olhar se cruzou com o meu, feroz, desafiador e triste ao mesmo tempo por ter perdido tantas pessoas que amava em tão pouco tempo, e meu coração se apertou ainda mais. Senti lágrimas encherem os meus olhos e pude ver seu olhar confuso para mim. Sussurrei, sabendo que ele poderia entender:

– Me desculpa.

Antes que Dorian pudesse gritar meu nome, me virei na direção do portal. Não havia uma alma, demônio ou Angeli sequer entre nós, e eu soube que aquela era a hora. Respirei fundo, engolindo em seco e sentindo o demônio dentro de mim se agitar. Ele sabia o que precisávamos fazer.

Avancei na direção do portal, e tudo pareceu correr em câmera lenta, o que me deu tempo suficiente para me lembrar das palavras de Beilloxih que, desde o acontecimento no sótão, não haviam saído da minha cabeça. "Seu nome significa algo que nós dois devemos ao mundo. Continuidade. Eternidade." Devíamos ao mundo uma chance de continuar existindo, devíamos aos humanos uma chance de continuar com suas vidas e devíamos àqueles Caçadores uma chance de viver. Já haviam lutado demais, por muito tempo, e perdido pessoas demais.

Beilloxih havia demorado tanto tempo para me contar como fechar o portal porque sabia que não seria algo fácil para eu aceitar. Eu precisava ter maturidade suficiente para convencer a mim mesma de que era o único jeito de salvar a todos, para convencer a mim mesma de que eu devia isso ao mundo tanto quanto o demônio dentro de mim, e que era por isso que eu teria que...

Eu precisava atravessar o portal para fechá-lo. Porque apenas as palavras certas, pronunciadas do lado de dentro, poderiam fechá-lo. Mas esse não era o problema. Uma vez fechada, a passagem de volta para a Terra não poderia voltar a ser aberta, e eu não poderia voltar. Nunca mais. E meu corpo, assim como o de nenhum mortal, poderia suportar a viagem de ida para o Inferno por causa da energia, mas Beilloxih sobreviveria, indo para o outro lado e fechando o portal. E eu não. Não sabia se iria ser instantânea ou dolorosa, só sabia que minha morte iria ser inevitável. Inevitável e necessária.

Senti as lágrimas escorrerem pelas minhas bochechas quando ouvi Dorian gritar meu nome ao longe. Não podia parar. Não podia hesitar. Se parasse para pensar, eu não faria o que era o certo. Se me virasse para olhá-lo mais uma vez, sabia que veria uma tristeza e confusão em seus olhos que me fariam desistir de tudo, então o ignorei, sentindo o coração apertar ao fazer isso. Dorian não merecia aquilo. Não merecia perder mais alguém, e não merecia que eu o deixasse sem nem mesmo olhar para trás, mas era o que eu precisava fazer. Por ele e por todo mundo.

Quando estava próxima o bastante do portal para sentir o calor quase insuportável que emanava dele, saltei em sua direção.

E, naqueles breves segundos, naqueles segundos que pareciam intermináveis e os últimos da minha vida, fechei os olhos, me perguntando se eu saberia quando iria acontecer.

Juntos. Ouvi Beilloxih dizer em minha mente um segundo antes de escutar Dorian gritando meu nome uma última vez.

E depois veio o silêncio.

LÁGRIMAS DE SANGUE

A VIDA NÃO É COMO UM FILME, QUE VOCÊ SABE QUE NO FINAL TUDO DARÁ CERTO. SÓ PODEMOS TER FÉ E ESPERAR PELO MELHOR.

Boyd

Dorian foi embora naquela mesma noite, dois anos atrás. Ele não disse uma palavra antes de partir. Apenas se levantou do chão, depois que fomos jogados para fora do labirinto na floresta, e foi embora. Eu sabia o quanto doía para ele. A coisa mais importante em seu mundo havia sido tirada dele: a garota que havia quebrado sua maldição, que havia salvado a vida de todos nós sacrificando a dela, nunca mais estaria lá para ele, e eu sabia o quanto isso o machucava.

Cora sempre costumava, e ainda costuma, dizer que ele está por perto, e gosto de acreditar que isso seja verdade. Dorian sempre esteve por perto, mesmo que fosse quase inalcançável, e eu sabia que isso não mudaria nunca.

Todas as noites tenho pesadelos com a cena de Serena saltando dentro do portal e ele consumindo a si mesmo poucos segundos depois. E não posso deixar de imaginar que ela chegou ao outro lado, que pronunciou as palavras que tinha de pronunciar e ficou esperando que fôssemos buscá-la. Eu sabia que não era isso que tinha acontecido, mas pensar que ela ainda vivia, mesmo longe de nós, me parecia a melhor opção e a menos dolorosa.

Sobre a promessa que fiz a Serena? A de lembrar a Dorian que ela o amaria mesmo que já não estivesse mais aqui? Escrevi uma carta para ele. Não deixei endereço ou algo assim, apenas a coloquei em cima da escrivaninha do meu quarto numa noite, e na manhã seguinte ela já não estava mais lá. Em seu lugar havia apenas um pequeno bilhete com uma palavra: obrigado.

Os outros Caçadores? Bom... Todos foram embora. Partiram depois de algum tempo. Primeiro Lisa e Ethan, quando a dor de olhar nos olhos dos outros e se lembrar do que havia acontecido ficou grande demais. E depois Luke, naquele mesmo ano.

Almas já não podiam mais voltar para a Terra, assim como os demônios, pois a mínima passagem que os Angeli podiam encontrar para trazê-los a esse mundo também havia sido fechada. Serena havia não só salvado a vida de todos, como também a vida dos filhos, netos e bisnetos que ainda não tinham nascido, e ficaríamos devendo isso a ela até o fim de nossa vida.

Não saímos na TV, jornais ou recebemos qualquer agradecimento. Ninguém sabia pelo que havíamos passado, e muito menos da nossa existência. Só sabiam que um dia o caos havia se dissipado. Depois só se concentraram em reconstruir o que havia sido destruído e seguir em frente sem olhar para trás ou se perguntar o que tinha acontecido.

Eu e Cora agora tentávamos viver uma vida normal, mas, para qualquer lugar que olhássemos, a todo segundo, nos lembrávamos de Serena e dos outros Caçadores que haviam morrido durante toda a nossa jornada, e era quase impossível viver daquele jeito, mas tínhamos que tentar. E continuaríamos tentando até o fim, porque devíamos isso a eles. Devíamos isso a todos eles. E todas as noites, antes de dormir, eu os agradecia utilizando as únicas palavras que eu sabia que realmente entenderiam:

"Até que as estrelas caiam. Até que o último raio de sol brilhe. Até que a escuridão tome o mundo e até que todos aqueles que amamos tenham perecido, eu prometo que caçarei aqueles que não merecem o perdão. Não permitirei que vidas inocentes sejam sacrificadas. Darei minha vida por aqueles que dão a sua por mim. Meus irmãos, a partir de agora, serão parte de mim, e eu serei parte deles. Seremos um e assim viveremos eternamente e, até que o fim da eternidade chegue, nós seremos Caçadores de Almas."

EPÍLOGO

O Caçador sabia que estávamos ali e estava esperando que déssemos uma explicação para o fato de termos vindo atrás dele.

– Dorian? – chamei, percebendo que minha voz estava trêmula.

Ele e Lilian eram os dois sonhos mais perigosos que tínhamos. Emma também era, e muito, mas... Seu passado nunca foi sombrio, e ela sabia muito bem de que lado estava. Emma tinha grandes poderes, mas Lilian e Dorian tinham muitas habilidades e a personalidade um pouco instável.

– Dorian... Viemos pedir sua ajuda.

Não haviam se passado dois minutos quando vi uma figura encapuzada sair de trás da árvore à minha frente. Sabia que era ele. Engoli em seco.

– Precisamos que nos ajude a...

– Eu sei – ele interrompeu. – Sei por que precisam da minha ajuda, mas...

Ele tirou o capuz, e meu coração descompassou. Jesus. Seus cabelos negros e lisos caíam na frente dos olhos e estavam completamente desgrenhados. Os olhos azuis, mais claros e de cor mais forte que os de Gabriel (se é que isso era possível), tinham um brilho de tristeza que fazia meu coração apertar, como se sua dor fosse a minha. Era como se implorasse que eu o deixasse em paz para sofrer sozinho. Continuou:

– Mas eu não sou mais aquele que eu era, aquele que poderia ajudá-los em sua missão.

– Garoto... – começou Gabriel, tomando a frente. – Você tem dois braços e duas pernas? – perguntou, e Dorian assentiu com a cabeça. – Está vivo e aqui? – perguntou mais uma vez.

– Estou sim – respondeu ele, como se fosse óbvio.

– Então pode nos ajudar – concluiu Samantha.

Todos assentimos com a cabeça, concordando. Dorian recuou, com os olhos se enchendo de lágrimas. Por algum motivo, ele não podia fazê-lo. Olhei por cima do ombro para os outros do grupo, pedindo que nos deixassem a sós, e foi o que fizeram.

Eu me aproximei do garoto de olhos marejados à minha frente. Ele havia se ajoelhado no chão, com as mãos na cabeça, como uma criança indefesa. Algo de muito ruim havia acontecido com ele. Algo que o havia destruído por dentro.

– Dorian – chamei, o que fez com que olhasse para mim. Eu peguei a carta que Ana havia me dado e a estendi em sua direção. – Dorian, eu sei que algo de muito ruim aconteceu a você, mas... Nossa Criadora me pediu que eu lhe entregasse isso. Não sei se o que está escrito vai ajudar em alguma coisa, mas peço que leia antes de dar uma resposta definitiva.

Ele me olhou confuso ao pegar o envelope das minhas mãos, observando-o como se fosse algum tipo de bomba que poderia explodir a qualquer momento. Abriu o envelope de um jeito levemente impaciente. Até mesmo eu queria saber o que havia ali, mesmo sabendo que não entenderia nada do que seria dito.

Seu olhar mal havia focado no papel quando o largou no chão, levantou-se com um pulo e colocou as mãos na frente da boca, recuando como se o próprio demônio houvesse se revelado sob a tinta das letras pequenas e trêmulas no papel. Havia apenas três palavras ali. Três palavras que pareceram abalá-lo como se o houvessem acertado com uma marreta.

"Ela está viva."

DICIONÁRIO DA LÍNGUA DEMONÍACA

Acuediate: Acordo
Aer: Ao
Afergaz: Depois
Ai: A
Aia: As
Ajodri: Água
Alle: Aqui
Anteler: Só
Antetut: Primeiro
Aprelie: Medo
Aprielys: Medos
Aunte: Ainda
Baiaretse: Basta
Balatie: Entre
Biera: Quem
Biere: Ser
Bokren: Fundo
Boreglla: Perdido
Bortzia: Bocas
Bortzua: Boca
Borya: Bem
Boryai: Boa
Boryen: Bom
Bouera: Embora
Brecta: Casa
Cella: Chegou
Cellatre: Chegando

Cenodi: Segredo
Cepreya: Entender
Cepreyare: Entendendo
Colaigo: Perto
Collente: Fogo
Conien: Óbvio
Cortzua: Cabeça
Corzia: Cabeças
Dai: Da
Daia: Das
Debaya: Deveria
Delaniet: Deveria
Delene: Deve
Dellira: Garota
Demonderes: Demônios
Demondo: Demônio
Denotris: Internos
Der: Do
Dessete: Diz
Devectio: Retorno
Devente: Devastação
Dier: De
Disporie: Escolhido
Disporiert: Escolher
Eia: Se
Enare: Frente
Ephion: Fim

Er: O
Eraia: Ouse
Eres: Os
Esueno: Este
Eve: Em
Exaliarelle: Exatamente
Exporecetum: Espalhar
Faialle: Faz
Falle: Fez
Faller: Fazer
Falleren: Faço
Felle: Fiz
Fellene: Fazia
Fello: Tocar
Fellore: Faça
Fenca: Estar
Fencaer: Estou
Fencan: Está
Fencante: Estão
Fessing: Engolindo
Fessiré: Engolir
Filie: Sentir
Filier: Sinto
Folmendrion: Desespero
Fomente: Inocente
Fractiai: Parte
Frendin: Libertar
Gaia: Humana
Gaiante: Terra
Gevante: Dar
Geve: Dê
Goraia: Prazer
Gorean: Aquilo
Grette: Vocês
Gretteryen: Destino
Gretto: Você
Grieme: Muito
Hadiare: Mãos

Hadiato: Fazer
Hadiere: Mão
Hapriove: Aconteceu
Harie: Nós
Hemaia: Vão
Hemaien: Vamos
Hemoe: Vou
Hemoen: Vai
Hertzia: Corações
Hertzua: Coração
Hiruece: Seguidores
Homenie: Caçadores
Homenien: Caçador
Ianallyen: Finalmente
Ine: Sei
Inea: Saiba
Intieraia: Todo
Intiere: Todo
Intieries: Todos
Intiore: Tudo
Jecria: União
Jeve: Vida
Kalastre: Nome
Kalya: Fechar
Keme: Há
Ketet: Roupa
Khelloecy: Ajuda
Kiolonbri: Aviso
Klya: Mostrar
Ladielay: Machucar
Laeryo: História
Laia: Eles
Laie: Ela
Laien: Ele
Larie: Foi
Lefe: Eu
Leverte: Morrer
Leviro: Futuro

Lignian: Luz
Linvortre: Sinal
Lire: Deixe
Lo: E
Locuentro: Onde
Lokaia: Aquelas
Lorat: Adoro
Loratie: Adoram
Maie: Meu
Maienaia: Minhas
Maiene: Minha
Malette: Maldita
Maletto: Maldito
Maloerto: Inferno
Mazine: Mesmo
Medore: Importa
Melly: Mãe
Mentelli: Almas
Mentellia: Alma
Merte: Me
Mervoro: Temos
Mofero: Mensagem
Mondo: Mundo
Morian: Tempo
Moriene: Nossos
Nai: Na
Naiara: Uma
Naiare: Um
Neprollie: Precisamos
Ner: No
Neriegle: Sombrio
Nessey: Não
Nigorian: Enfrente
Nomarie: Ninguém
Nortzia: Narizes
Nortzua: Nariz
Oblivy: Ilusão
Ogasde: Sentir

Oie: Se
Omarion: Dominar
Oratche: Ordens
Orien: Sou
Orlegra: Aparecer
Ortzia: Olhos
Ortzua: Olho
Orum: Embora
Pagrere: Loucura
Paiare: Para
Patre: Pai
Peia: Pela
Pelle: Ponto
Perfente: Por favor
Perme: Permanecerei
Phinar: Algo
Pollede: Pode
Polledery: Poder
Polpexy: Salvei
Portzia: Pés
Portzua: Pé
Possem: Invade
Prae: Por
Priorascle: Misterioso
Promikly: Juramento
Quera: Com
Razak: Avançar
Razier: Acontecer
Raziertry : Acontecendo
Reallio: Prontos
Reverte: Errado
Sartrya: Conversar
Satre: Sobre
Senly: Escrita
Serilla: Pertencentes
Shomante: Horror
Siemalle: Mandar
Sokia: Disso

Solosso: Seus
Solumbre:Trevas
Sophyen: Dia
Sorium: Cheiro
Swei: Abrir
Swelle: Escuridão
Taveraia: Irmãos
Taxoni: Espero
Tempelo: Hora
Tenera: Irmã
Teten: Que
Tevera: Irmão
Thaga: Esse
Tizia: Algo
Tore: Portas
Treve: Pelo
Trevelle: Matar
Trioforis: Início
Tririna: Grupo
Turmioriene: Inteiramente
Unian: Nada

Upotli: Cima
Vaharni: Terra
Vellem: Vamos
Verdrivia: Queimar
Vilear: Ir
Viré: Olhos
Vole: Vai
Volem: Vão
Vollam: Vou
Vonial: Sozinha
Vonio: Sozinho
Waiera: Quer
Waieren: Quero
Worien: Preocupada
Xailondro: Destroçado
Xennya: Indo
Xerigon: Nunca
Xessy: É
Xyes: Seus
Zhera: Passado
Zofrori: Sofrer